MARGO TIENE
PROBLEMAS DE DINERO

MARGO TIENE PROBLEMAS DE DINERO

RUFI THORPE

Traducción de Aurora Lauzardo Ugarte

HarperCollins *Español*

MARGO TIENE PROBLEMAS DE DINERO. Copyright © 2024 de Rufi Thorpe. Todos los derechos reservados. Impreso en los Estados Unidos de América. Ninguna sección de este libro podrá ser utilizada ni reproducida bajo ningún concepto sin autorización previa y por escrito, salvo citas breves para artículos y reseñas en revistas. Para más información, póngase en contacto con HarperCollins Publishers, 195 Broadway, New York, NY 10007.

Los libros de HarperCollins Español pueden ser adquiridos con fines educativos, empresariales o promocionales. Para más información, envíe un correo electrónico a SPsales@harpercollins.com.

Título original: *Margo's Got Money Troubles*

Publicado en inglés por William Morrow, un sello de HarperCollins Publishers, en los Estados Unidos en 2024

PRIMERA EDICIÓN EN ESPAÑOL, 2025

Traducción: Aurora Lauzardo Ugarte
Traducción © 2025 de HarperCollins Publishers

Diseño adaptado de la versión en inglés de Bonni Leon-Berman

Este libro ha sido debidamente catalogado en la Biblioteca del Congreso de los Estados Unidos.

ISBN 978-0-06-341591-1

25 26 27 28 29   HDC   10 9 8 7 6 5 4 3 2 1

Para ti

CAPÍTULO UNO

Estás a punto de comenzar a leer un libro nuevo y, con toda sinceridad, sientes un poco de aprensión. El principio de una novela es como una primera cita. Desde las primeras líneas, esperas que una magia urgente se apodere de ti, sumergirte en la historia como en un baño caliente, entregarte por completo. Pero esa esperanza se ve atenuada por la expectativa de que tendrás que aprenderte los nombres de un montón de personas y seguirlas con cortesía, como si estuvieras asistiendo al baby shower de una mujer a la que apenas conoces. Y eso está bien, las diosas saben que te has enamorado de libros que no te cautivaron desde el primer párrafo. Pero eso no te impide desear que lo hagan, que se te acerquen en la oscuridad de tu mente y te besen en la garganta.

El baby shower de Margo fue organizado por la dueña del restaurante donde trabajaba, Tessa, a quien se le ocurrió que sería divertido que el pastel tuviera forma de pene grande, tal vez porque Margo no estaba casada, o porque tenía diecinueve años y ni siquiera podía beber, o porque fue su profesor quien la dejó embarazada. Tessa era una repostera experta. Ella misma preparaba todos los postres del restaurante y apostó por el pastel de pene: un falo tridimensional esculpido a mano, doce capas de bizcocho recubiertas de glaseado rosa mate. Instaló una bomba manual y, después de que cantaron *Será un bebito grandote* con la melodía de *Es un muchacho excelente*, después de que Margo apagó las velas —¿por qué, si no era su cumpleaños?—, Tessa apretó con fuerza la bomba y de la parte superior brotó una nata blanca que se chorreó por los lados. Tessa aulló de alegría. Margo fingió reírse y más tarde lloró en el baño.

Margo sabía que Tessa había hecho el pastel porque la quería. Tessa era, al mismo tiempo, una persona mala y amorosa. Una vez, cuando Tessa descubrió que el chico de las ensaladas no tenía sentido del gusto ni del olfato porque casi lo habían matado a golpes en su adolescencia, le sirvió un plato de crema de afeitar y tierra, diciéndole que era un postre nuevo. Lo dejó comerse dos grandes bocados antes de detenerlo.

Margo sabía que Tessa estaba intentando alegrar una situación que no era feliz. Convertir la tragedia en un carnaval era lo suyo. Pero parecía injusto que la única manifestación de amor disponible para Margo fuera tan inadecuada y dolorosa.

La madre de Margo, Shyanne, le había dicho que abortara. El profesor estaba loco por que Margo abortara. De hecho, Margo no estaba segura de querer al bebé tanto como quería demostrarles a ambos que no podían doblegarla sin más a su voluntad. Nunca se le ocurrió que la decisión que había tomado provocaría que se alejaran más de ella o, en el caso del profesor, que dejarían de relacionarse con ella por completo.

Si bien con el tiempo Shyanne aceptó la decisión de Margo e incluso intentó apoyarla, el apoyo en sí mismo no siempre era útil. Cuando Margo empezó el trabajo de parto, su madre llegó al hospital cuatro horas tarde porque había estado conduciendo por toda la ciudad buscando un osito de peluche.

—No te lo vas a creer, Margo, pero terminé regresando a Bloomingdale's porque tenían el más bonito.

Shyanne trabajaba en Bloomingdale's desde hacía casi quince años. Uno de los primeros recuerdos de Margo eran las piernas de su madre en pantimedias negras. Shyanne le mostró el oso, que era blanco y tenía cara de estreñimiento, y con una voz aguda chilló:

—¡Puja a ese bebé, quiero conocer a mi amiguito!

Shyanne llevaba tanto perfume que Margo casi se alegró cuando fue a sentarse en un rincón y empezó a jugar un juego de póquer competitivo en su teléfono. PokerStars. Ese era su pasatiempo favorito. Mascaba chicle y jugaba al póquer toda la noche, y hacía trizas a esos idiotas. Así es como Shyanne llamaba a los demás jugadores: «idiotas».

Una enfermera grosera se burló del nombre que Margo había elegido. Margo había llamado al bebé Bodhi, como *bodhisattva*, lo que hasta a su madre le parecía una estupidez, pero Shyanne le dio una bofetada a la enfermera, provocando una tremenda trifulca. Esa fue la vez que Margo se sintió más querida por su madre y, durante muchos años, evocaría el recuerdo de esa bofetada y la perfecta expresión de sorpresa en el rostro de la enfermera.

Pero todo eso fue después de la epidural, después de pasar toda la noche rabiando de sed como un perro, de suplicar que le dieran un pedacito de hielo y tener que conformarse con una esponja amarilla para chupar, porque de todos es sabido que las esponjas tienen la capacidad de saciar la sed mejor que nada.

—¿Qué carajo es esto? —dijo Margo con la esponja, que sabía a limón, en la boca.

Todo eso fue después de pujar y hacerse caca en la camilla, y de que su obstetra pusiera cara de asco mientras la limpiaba.

—¡Vamos! Habrás visto esto antes, ¿no? —gritó Margo.

—Tienes razón, tienes razón, ya lo he visto todo —respondió él riéndose—. Ahora un buen pujo, mamá.

Y, entonces, la magia del cuerpecito morado y resbaloso de Bodhi, con los ojitos cerrados, cuando se lo colocaron sobre el pecho envuelto en toallas. Al instante le preocupó verlo tan flacucho. Las piernitas, en particular, parecían inmaduras, casi como de renacuajo. Solo pesaba seis libras, a pesar de la canción que le habían cantado en el trabajo. Y lo amaba. Lo amaba tanto que le zumbaban los oídos.

No fue hasta que le dieron el alta en el hospital que Margo comenzó a sentir pánico. Shyanne ya había faltado al trabajo un día para estar allí durante el parto, así que no había forma de que pudiera dedicar otro día a ayudar a Margo cuando saliera del hospital. Además, en principio, a Shyanne le habían prohibido entrar en el hospital después de abofetear a aquella enfermera. Margo le dijo a su madre que, por supuesto, estaría bien. Pero al salir del estacionamiento con el bebé gritando en la dura jaula de plástico del asiento de seguridad, Margo se sintió como si estuviera robando un banco. Los gritos eran tan mucosos y frágiles que a Margo se le aceleró el corazón, y estuvo temblando durante todo el viaje de cuarenta y cinco minutos hasta su casa.

Estacionó en la calle porque su apartamento solo tenía un lugar designado, pero cuando fue a sacar a Bodhi del asiento de atrás, descubrió que no sabía cómo funcionaba la palanca que liberaba el asiento de seguridad de su base. Estaba presionando el botón, ¿habría un segundo botón que debía presionar a la vez? Empezó a mover el asiento de seguridad, con cuidado de no sacudirlo demasiado. Si había algo que todo el mundo le había dicho, era que no podía sacudir nunca al bebé. Bodhi lloraba frenéticamente y Margo no dejaba de pensar: «No ingieres suficientes calorías para gastar tanta energía. ¡Te vas a morir antes de llegar a la casa!».

Tras cinco minutos de pánico, por fin, recordó que podía quitarle el cinturón de seguridad y, tras buscar a tientas el gigantesco cierre de plástico que le cubría el pecho y presionar el estúpido botón rojo de la hebilla de la entrepierna con la fuerza sobrehumana que requería (en serio, se imaginó a una familia de escaladores, acostumbrados a colgarse con los dedos en los acantilados, que luego había decidido diseñar artículos para bebés), lo liberó. Pero ahora no tenía ni idea de cómo cargar a esa cosa pequeña y frágil junto con todas sus bolsas. Los puntos de sutura ahí abajo le dolían muchísimo y lamentaba en lo más profundo de su ser la vanidad que la había llevado a empacar unos jeans para ponérselos cuando saliera del hospital, aunque pudo constatar que le quedaban bien.

—Está bien —le dijo con seriedad al pequeño cuerpo de Bodhi, que tenía la cara morada y los ojos apretados—, ahora no te muevas.

Lo dejó en el asiento del pasajero para poder pasarse las correas de la bolsa de pañales y la bolsa de viaje sobre los hombros y cruzárselas sobre las tetas como bandoleras. Luego, agarró al bebito y caminó calle arriba hasta los destartalados edificios color marrón de Park Place. No eran, en rigor, apartamentos malos —estaban escondidos detrás de una gasolinera de nombre insigne, Fuel Up!—, pero, en comparación con las alegres y luminosas casas de la década de 1940 alineadas en el resto de la calle, Park Place parecía una persona non grata.

Mientras subía las escaleras exteriores hasta el segundo nivel, le aterrorizó que se le pudiera caer el bebé, tan pequeñito, como una codorniz, y rodara en espiral hasta la piscina comunitaria repleta de hojas. Margo entró y saludó a su compañera de cuarto en el sofá, la más amable, Suzie, a la que le encantaban los juegos de rol en vivo y, a veces, se vestía de elfa, incluso en días de la semana. Cuando por fin llegó a su habitación, cerró la puerta, guardó sus maletas y se sentó en la cama para amamantar a Bodhi. Margo se sentía como si hubiera regresado de la guerra.

No pretendo insultar a las personas que de verdad han estado en la guerra; solo quiero decir que ese nivel de estrés y esfuerzo físico era una experiencia del todo ajena para Margo. Mientras lo amamantaba, no dejaba de pensar: «Estoy tan jodida, tan jodida». Porque a su alrededor podía sentir el eco del vacío de no importarle a nadie, de que no hubiera nadie que se preocupara por ella o la ayudara. Bien podría estar amamantando a ese bebé en una estación espacial abandonada.

Sostuvo la bolsa perfecta de su cálido cuerpecito y miró su carita delgada, los pequeños canales de sus fosas nasales, de una misteriosa hermosura. Había leído que los ojos de los bebés solo pueden enfocar cosas que están a unos cuarenta y cinco centímetros, que es exactamente la distancia a la que están las caras de sus madres cuando los amamantan. Y él la miraba ahora. ¿Qué vería? A Margo le apenaba que la viera llorar. Cuando se durmió, no lo puso en la cuna como debía, sino que se acostó junto a él en su cama, aun sabiendo que la batería de su conciencia se estaba agotando. Era la única guardiana de ese pequeño ser y le daba miedo quedarse dormida, pero su cuerpo no le daba otra opción.

HABÍA APRENDIDO LOS términos primera persona, tercera persona y segunda persona en la escuela secundaria, y pensé que eso era todo lo que había que saber sobre el punto de vista hasta que conocí al padre de Bodhi en el otoño de 2017. El curso que enseñaba Mark trataba sobre puntos de vista imposibles o improbables. Recuerdo que, un día, un chico de la clase llamado Derek intentaba utilizar conocimientos básicos de psicología para diagnosticar al protagonista de una novela mientras Mark decía una y otra vez:

—El personaje principal no es una persona real.

—Pero, en el libro, es una persona real —dijo Derek.

—Sí, siempre y cuando no se le presente como un gato o un robot —dijo Mark.

—Solo digo que, en el libro, creo que tiene un trastorno límite de la personalidad.

—Esa no es una forma interesante de leer el libro.

—Quizás no lo sea para usted —dijo Derek—, pero a mí me parece interesante.

Derek llevaba un gorro negro y por debajo se notaba que tenía el pelo sucio, lacio y fino, como el pelaje de un gato enfermo. Era el tipo de chico que nunca tuvo un interés romántico por mí y en quien, por lo tanto, no pensaba mucho. Es probable que viera muchas películas extranjeras.

—Pero el personaje no sería interesante si fuera una persona de carne y hueso —dijo Mark—. Nadie querría conocer a alguien así, jamás sería amigo de nadie. Solo resulta interesante porque no es real. Es en la ficción donde radica el interés. De hecho, me atrevería a decir que las cosas de verdad interesantes no son del todo reales.

—Las cosas reales son aburridas y las irreales son interesantes, entiendo —dijo Derek.

Solo podía ver la parte posterior de su cabeza, pero parecía que estaba poniendo los ojos en blanco, lo que era un atrevimiento incluso para él.

—El punto es —dijo Mark— que el narrador no hace tal o cual cosa porque tiene un trastorno límite de la personalidad. Hace tal o cual cosa porque el autor lo ha creado así. No intentes relacionarte con el personaje. Intenta relacionarte con el autor a través del personaje.

—Está bien —dijo Derek—, eso suena menos estúpido.

—De acuerdo —dijo Mark—, me conformaré con menos estúpido.

Y luego la clase entera se echó a reír como si de pronto todos fuéramos amigos. Solo una vez hablé en esa clase. No hablaba en ninguna de mis clases. La verdad es que ni se me ocurrió que debía hacerlo. Los profesores siempre advertían que parte de la calificación era la participación en clase. Pero yo había aprendido hacía tiempo que no era cierto. No podía entender cómo alguien querría hablar en clase, pero siempre había uno o dos que parloteaban sin cesar, como si el profesor fuera un presentador nocturno y ellos fueran celebridades muy admiradas promocionando una película de su propia creación.

Pero el día que nos devolvió nuestros primeros trabajos, Mark me pidió que me quedara después de la clase.

—¿Qué haces aquí? —preguntó.

—Oh, estoy matriculada —dije.

—No —dijo—, en este trabajo.

Entonces vi que estaba sujetando mi ensayo. Vi que tenía una A escrita con bolígrafo rojo, pero fingí preocuparme, no sé por qué.

—¿El ensayo no es bueno?

—No, el ensayo es excelente. Te pregunto por qué estás en la universidad de Fullerton. Podrías estudiar en cualquier lugar.

—¿Sí? —pregunté entre risas—. ¿Como en Harvard?

—Sí, como en Harvard.

—No creo que me admitan en Harvard por escribir un buen ensayo en inglés.

—Esa es exactamente la razón por la que te admitirían en Harvard.

—Oh —dije.

—¿Te gustaría que nos tomáramos un café uno de estos días? —preguntó—. Podríamos hablar más sobre este asunto.

—Sí —respondí.

Aún no tenía ni idea de que estaba interesado en mí. Ni se me pasó por la mente. Estaba casado, llevaba un anillo, tenía más de treinta años; era lo suficientemente mayor como para no pensar en él de esa manera. Pero, aunque hubiera sabido sus intenciones, igual habría ido a tomarme ese café. Era mi profesor y, por alguna razón, ese misterioso título lo convertía en algo casi no-humano. Al principio, me costaba imaginar que pudiera herir sus sentimientos o afectarle de alguna manera. Tampoco pasé un juicio moral sobre él. Lo acepté tal como era, como si se hubiera ganado el derecho a ser tonto, raro y adúltero por ser mejor y más inteligente que otra gente, mejor y más inteligente que yo. De algún modo misterioso, Mark parecía tan extraño e inútil como la propia ciudad de Fullerton.

En realidad, Fullerton no era más próspera que en donde había crecido en Downey, aunque tenía un ambiente muy diferente por las universidades: Cal State Fullerton y su hermana menor, Fullerton College. En Downey, podías comer mariscos carísimos en un restaurante oscuro escuchando música tecno o hacer cola durante una hora para comprar unos panecillos dulces dignos de Instagram que vendían en Porto. Fullerton, por el contrario, era como un pueblo entero administrado por tías solteronas. Tenía tantos dentistas y asesores financieros que cualquiera diría que la gente no hacía otra cosa. Incluso las fraternidades parecían pintorescas e inofensivas bajo la sombra de los olmos. El dinero de Fullerton no provenía de la industria. Provenía de su conexión con la educación. Las universidades son motivo suficiente para mantener los alquileres altos y el flujo de dólares. Mark formaba parte de todo eso. Era una campanilla de viento con forma humana, que colgaba, absurda, del glorioso árbol de la educación superior.

Al principio, eso me hizo sentir que la dinámica del poder estaba a mi favor. Su aire profesoral no me impedía ver sus rarezas. Me di cuenta de lo ridículo de sus pantalones (¡de pana! ¡verdes!), sus zapatos (¡Birkenstock!), la copia manoseada de *Beowulf* que asomaba desde su bolso de mensajero (¡bolso de mensajero!).

Pero era casi como si yo fuera el personaje de un libro para él. No lograba comprender la Rana René tatuada en mi cadera.

—¿Por qué la Rana René? —preguntó la primera vez que dormimos juntos mientras paseaba la yema del dedo sobre el cuerpecito verde de la Rana René.

Me encogí de hombros.

—Quería hacerme un tatuaje. Todo lo demás eran cuchillos o serpientes o cosas serias, y yo no soy una persona seria.

—¿Qué clase de persona eres?

Lo pensé por un momento.

—Una persona cursi.

—¡Cursi! —ladró.

—Sí, cursi —dije—. Por ejemplo, creí en Papá Noel hasta los doce años. ¡No sé, soy cursi!

—Eres la persona más singular que he conocido —dijo con asombro.

Esa fue una de las razones por las que evité hablarle de mi padre. Hay personas que veneran la lucha libre profesional y personas que desprecian la lucha libre profesional, y me preocupaba que Mark fuera del tipo de persona que veneraba lo que despreciaba. Sabía que mi linaje carnavalesco sería un fetiche instantáneo para él.

Cuanto más ficticio nos parece algo, más nos intriga. Eso era lo que a Mark le encantaba del punto de vista: que podía ser a todas luces ficticio o esforzarse por ser real, lo que, a su vez, aunque parezca extraño, es otra forma de mostrar lo ficticio que es.

—La forma en que miramos algo cambia lo que vemos —decía.

Es CIERTO QUE escribir en tercera persona me ayuda. Es mucho más fácil sentir simpatía por la Margo de aquel entonces que tratar de explicar cómo y por qué hice todo lo que hice.

Lo QUE ME confundía sobre el padre de Bodhi era que, por supuesto, solo me había acostado con él porque él tenía el poder y, por supuesto, por el hecho de que era mi profesor de Inglés, mi clase favorita. Y, sin embargo, lo que me convenció en gran parte fue la forma en que insistía en que yo tenía el poder. Pero ¿cuál de los dos lo tenía en realidad? Pasaba largas horas pensando en ello.

Aparte de embarazarme y arruinarme la vida, Mark me ayudó mucho con mi escritura. Repasaba conmigo todas las oraciones de mis ensayos, analizándolas una a una, viendo cómo podía mejorarlas. Me daba un sobresaliente, pero, de todos modos, luego me exigía que volviera a escribir los ensayos.

—Lo que eres es demasiado importante como para no pulirte —me decía, señalando una frase que había escrito—. ¿Qué intentabas decir aquí?

Y yo le decía, tartamudeando, lo que había intentado decir.

—Pues dilo y ya. No le des tantas vueltas.

Fue hasta después de ayudarme de esa manera durante varias semanas que comenzó lo nuestro. Un día, se suponía que iba a verlo en su oficina. Cuando llegué, dijo que no podía concentrarse y que nos viéramos otro día, y yo le dije que por supuesto. Pero, luego, nos encontramos al salir del edificio, y eso se convirtió en dar un paseo juntos y que él se desahogara: de todas sus frustraciones con el departamento y con su esposa y sus hijos, y de lo atrapado que se sentía en su vida.

—Y ni siquiera merezco esta vida de mierda —dijo—. Soy una mala persona.

—No —le dije—. ¡Eres un maestro increíble! Has pasado todo este tiempo conmigo, ayudándome.

—Y cada segundo lo único que he deseado con desesperación es besarte.

No supe qué responder. O sea, en cierto modo estaba enamorada como una colegiala de él, pero nunca había pensado en besarlo. Me sentía feliz y bien cada vez que me elogiaba.

Llovía y dábamos vueltas por el campus. No teníamos paraguas, pero ambos llevábamos chaquetas con capucha. Nos detuvimos debajo de un enorme eucalipto.

—¿Puedo besarte? —preguntó.

Asentí con la cabeza. O sea, no podía imaginar decirle que no. Habría hecho cualquier cosa que me hubiera pedido. Era bajito, tal vez medía un metro y medio, era de mi estatura, y yo nunca había besado a un chico tan bajito antes, y fue bastante agradable, los dos encapuchados bajo la lluvia. Pero yo pensaba: «¿Nos estamos besando en público en el campus? Me parece una muy mala idea».

La cosa fue que, cuando todo terminó entre nosotros, se comportó de una manera tan infantil y yo tuve que asumir tanta responsabilidad por lo que habíamos hecho, que no sentí que se había aprovechado de mí. Me sentí... furiosa. Porque, si él se hubiera comportado como un adulto de verdad, nada de esto habría sucedido.

LA PRIMERA VEZ que Mark llegó al apartamento de Margo, llevaba una gorra de béisbol y gafas de sol, como si estuviera intentando esquivar a los *paparazzi*. A Margo no se le ocurrió limpiar ni recoger para su visita; no le avergonzaba que Mark viera el sofá de terciopelo rosa manchado o el lío de cables que colgaban del televisor. Su propia cama sin marco; un colchón y un somier en el suelo. Nada de eso le preocupaba. Estaba ahí para tirarse a una chica de diecinueve años: ¿qué más podía esperar?

—Tienes compañeras de apartamento —fue lo que dijo.

—Te dije que tenía compañeras de apartamento —dijo ella.

—No pensé que estarían en casa.

—¿Eso es cerveza? —preguntó Suzie.

De hecho, Mark estaba agarrando un paquete de seis botellas de cerveza que tenían aspecto medicinal. Red Stripe. Era una cerveza que Margo nunca había visto en su vida. Desde luego, no la vendían donde trabajaba. Mark aún llevaba puestas las gafas de sol dentro del apartamento.

—Quítatelas —dijo Margo, intentando quitárselas.

Mark le dio un manotazo.

—Son recetadas.

—Págale el peaje al trol —dijo Suzie, extendiendo la mano para que Mark le diera una cerveza.

—¿Qué?

—Dale una cerveza —dijo Margo riéndose de él.

Tenía las botellas pegadas al pecho como un niño que no quería compartir.

—¿Cuántos años tienes? —le preguntó a Suzie—. Dios mío, Margo, no quise...

—Los suficientes como para decírselo al decano; ahora págale el peaje al trol —gruñó Suzie.

—Esto ha sido un grave error —dijo Mark.

—Toma —dijo Margo, y sacó una cerveza del paquete y la colocó en la mano extendida de Suzie.

—El trol está muy contento —dijo Suzie.

—Vamos a mi habitación —dijo Margo.

Mark la siguió por el pasillo pasando por las habitaciones de sus otras compañeras de apartamento —Kat, la más grande, y Kat, la pequeña— hasta su puerta.

—Bienvenido —dijo, sujetando la puerta abierta— al lugar donde ocurre la magia.

A PESAR DE que no se sentía demasiado atraída hacia Mark, el sexo fue, para su sorpresa, agradable. Había tenido relaciones sexuales con dos chicos antes. Uno fue su novio de la secundaria, Sebastián, que tenía el mejor perro del mundo, un pastor de raza mixta llamado Remmy, cuya cabeza tenía un leve olor a cacahuete, y a quien sin duda quería más que a Sebastián. El otro fue un chico que conoció en la orientación la primera semana en la universidad y que nunca volvió a hablarle. Mark era diferente a ambos en la cama. No estaba circuncidado, algo que despertó su curiosidad, aunque nunca llegó a explorar la elasticidad de su prepucio de manera satisfactoria. Pero también era Apasionado con A mayúscula. La primera vez que tuvieron relaciones sexuales lo hicieron de pie y ella estaba contra la pared. Parecía poco práctico e incómodo, pero Margo supuso que era alguna fantasía de Mark. En realidad, no podía haber otra razón para tener relaciones sexuales contra la pared más que una fantasía.

Cuando terminaron, Mark se sentó en la silla de su escritorio y empezó a girar. Margo fue al baño a orinar para asegurarse de no contraer una infección urinaria y, cuando regresó, lo encontró revisando los cajones de su escritorio.

—¿Qué haces? —preguntó ella.

—¿Andas así en ropa interior? —respondió él levantando la vista.

—Son chicas —dijo—. ¿Por qué estás rebuscando en mi escritorio?

—Curiosidad, nada más.

Margo se habría molestado si hubiera habido algo interesante en sus cajones. Pero, si quería examinar su calculadora científica con la pantalla rota, adelante. Nunca descubriría sus secretos. La verdad es que no tenía ningún secreto. O los tenía, pero de alguna manera eran internos, eran secretos incluso para ella misma. Por ejemplo, que Mark no le caía bien —la verdad era que no— y el secreto de su desprecio era como una promesa doblada esperando en un cajón dentro de ella.

—¿Tu esposa sabe que estás haciendo esto? —preguntó ella.

—Eh, no —dijo él y volvió a girar en la silla del escritorio.

—¿Pero has hecho esto antes?

—¿Con una estudiante? No.

—¿Con otras mujeres?

Dejó de girar y, al parecer, sopesó su respuesta. Abrió una de las cervezas raras que había traído. Utilizó el borde del escritorio para quitarle la tapa a la botella y a Margo le sorprendió su mala educación.

—Nunca se lo he dicho a nadie —dijo.

—¿Qué? —preguntó Margo acostándose en la cama, consciente de que en ese momento estaba intentando verse linda en ropa interior, ladeando un poco la cadera mientras se recostaba sobre las almohadas. Desde el pasillo, oyó vomitar a una de sus compañeras de apartamento. De seguro era Kat, la más pequeña, que era bastante vomitona. Las cosas entraban y salían de su cuerpo de una forma tan caprichosa que Margo no podía entenderlo.

—Me acosté con la hermana de mi esposa en nuestra noche de bodas.

Margo suspiró.

—¡Dios mío, eres una mala persona!

Él asintió, el ceño fruncido.

—Sí que lo soy.

—Pero, luego, dejaste de acostarte con su hermana.

—Sí. O sea, lo hicimos unas cuantas veces más después de que regresamos de nuestra luna de miel, pero después lo dejamos. Sí.

—¿Te sentías culpable? —preguntó ella.

Se dio cuenta de que era difícil saber lo que sentían los hombres. Siempre se había preguntado cómo su padre había podido ser tan inmune a lo que ella lo necesitaba; cómo había podido hacer las maletas e irse al amanecer sin despedirse de ella. Cuando era niña, presumía que su padre era diferente con sus hijos de verdad, pero, a medida que fue creciendo y conociéndolo mejor, comprendió que también era así con su esposa y sus hijos. Era la vida de la lucha libre. Siempre montado en un avión. Ahí era donde quería estar: apretujado en un auto alquilado con otros dos hombres que pesaban casi ciento treinta y seis kilos, violentos hasta la psicosis y adictos a los analgésicos. El mundo normal y corriente tal vez nunca fue del todo real para él.

—Esto va a sonar descabellado, pero en realidad no lo es —dijo—. Fingí que nunca lo había hecho. Y como ella no se enteró, fue como si no lo hubiera hecho nunca.

MARK LE ESCRIBÍA poemas —en total, le escribió casi una docena—, pero este fue el que más le gustó:

EL FANTASMA HAMBRIENTO

En la oscuridad, nos miramos uno al otro
como palomas deformes,
confundidas de tener cuerpos.

No siento nada,
sigue tocándome,
no siento nada.
Soy un fantasma hambriento.

Intentamos comernos uno al otro,
Pero es como intentar correr en un sueño,
El hielo oscuro y congelado de la realidad se escinde a nuestro
alrededor.

CAPÍTULO DOS

Mark tenía dos hijos: una niña de cuatro años llamada Hailey y un niño de siete años llamado Max, pero casi nunca hablaba de ellos. Y, claro está, no hablaba de su esposa. De lo único que quería hablar era de poesía, escritura y libros. Me llevaba a Barnes & Noble.

—¿Has leído alguna vez a Jack Gilbert? ¿No? Okey, tienes que hacerlo; es imprescindible —decía, añadiendo más y más libros a la pila. Luego, me invitaba a cenar. En aquel momento, no se me ocurrió preguntarme cómo podía pagar por todo eso con su sueldo de profesor universitario.

Le encantaban los mariscos. Siempre ordenaba cosas que me infundían un leve pavor: pulpo a la parrilla o mejillones que parecían el clítoris de un cadáver metido dentro de una concha. Yo me atragantaba esas cosas con la consternación de un perro al que le dan una zanahoria. Luego, me contaba sobre un sueño extraño que tuvo en el que él era una niña en el Japón de la era Meiji.

SE ACOSTARON SOLO cinco veces y, después de la quinta vez, Mark le explicó que el sexo lo hacía sentir muy culpable por su esposa y que debían dejarlo. Estaban en el apartamento de Margo, aún desnudos sobre su cama de dos plazas, cuando se lo dijo.

—Pero quiero seguir viéndote.

—¿Por qué? —preguntó ella. En realidad, aún le sorprendía que él pensara que podría sentirse de otro modo que no fuera culpable hacia su esposa por acostarse con ella.

—Bueno, porque me importas. Por favor, no me dejes, aunque no nos acostemos.

Margo ladeó la cabeza. Nunca se le había ocurrido que ella pudiera dejarlo; siempre le había parecido que él controlaba la relación. Ella le había estado permitiendo mantener el control. Pero la idea de una relación con ese hombre de mediana edad sin sexo era algo así como tener ¿un amigo mayor y tontorrón?

—Okey —dijo—, déjame ver si entiendo. ¿Así que todavía quieres que salgamos a cenar?

—Sí —dijo él.

—¿Correos electrónicos?

—Por supuesto que podemos enviarnos correos electrónicos. Los correos electrónicos son la parte más importante. ¡Podemos enviarnos correos electrónicos por el resto de nuestras vidas!

A Margo le pareció obvio que no lo harían.

—¿Pero a tu esposa no le importarían más los poemas de amor que el sexo? Por ejemplo, si yo fuera la esposa de alguien y ese alguien se acostara con otra persona, podría superarlo. Lo que me dolería sería todo el asunto amoroso. Por ejemplo, no deberías decirme que me amas.

—Pero es que sí te amo.

Margo no sabía qué decir. Tenía una ampolla en el pulgar por haber agarrado una placa caliente en el trabajo. Había sido culpa suya por dejarla ahí demasiado tiempo, pero la nueva anfitriona le había dado el triple de las mesas que solía atender. No dejaba de apretarse la ampolla y sentía la presión del agua debajo de la piel. También estaba a punto de reprobar Francés. Debería estar estudiando.

—No estoy dispuesto a mentir sobre el hecho de que te amo. Si no puedo ser sincero conmigo mismo, entonces estoy acabado.

—Voy a ir a orinar —dijo Margo—. ¿Quieres un vaso de agua?

—Sí, por favor —dijo Mark, subiéndose la sábana hasta la barbilla. Luego, añadió con voz de ancianita—: Tengo mucha sed, Margo.

Hacía eso a menudo, pretender que era una anciana.

—Está bien, abuelita —dijo Margo, poniéndose ropa interior limpia y saliendo a trompicones al pasillo.

PENSÓ QUE TAL vez no lo decía en serio: lo de dejar de tener relaciones sexuales. Que realmente estaba jugando un juego en el que decía que no iba a acostarse con ella para luego rendirse y acostarse con ella, y después decir que se sentía culpable y jurar que no volvería a hacerlo, y así. Resultó que ese no era el caso. Mark no volvió a acostarse con ella. Y siguió llevándola a cenar a restaurantes elegantes y escribiéndole poemas de amor sin el más mínimo remordimiento. A ella le resultaba en extremo incómodo. Sin embargo, estaba bastante segura de que, con el tiempo, podría cansarlo.

En medio de esa situación, que podría llamarse estable, Margo descubrió que estaba embarazada. Ni siquiera se había dado cuenta de que tenía un retraso. Una noche en el trabajo, se la pasó vomitando un poquito del Taco Bell en la boca y volviéndoselo a tragar.

—¡Tal vez estás embarazada! —le dijo Tracy, su compañera de trabajo favorita.

Pero le parecía mucho más probable que su cuerpo se estuviera rebelando contra el Taco Bell que se había comido. Y, sin embargo, su cuerpo siguió rebelándose contra la tarta de queso que se había comido al terminar su turno y contra el yogur que se comió a la mañana siguiente. Se bebió un Gatorade azul —la sangre fría y oscura de los dioses— y también lo vomitó. Estuvo así cuarenta y ocho horas completas hasta que se dio por vencida y fue a comprar una prueba de embarazo. No habían usado preservativos. Él siempre lo sacaba. Estaba casado y decía que así lo hacían él y su esposa. ¡Y que nunca había fallado! Se sentía tan estúpida. Por creer en él, por haber tenido una aventura con él, por tener un útero.

Lo primero que hizo fue llamar a su madre, y no pudo siquiera pronunciar las palabras, no podía parar de sollozar.

—¿Estás embarazada? —preguntó su madre.

—Sí —gritó.

—¡Maldita sea!

—Lo siento —dijo Margo—. Lo siento mucho.

Y, luego, su madre la llevó a comprar donas. Margo se las comió y no las vomitó.

CUANDO SE LO conté a Mark, estábamos en un restaurante y yo había pedido una ensalada con higos frescos, lo que me llevó a preguntarme por qué todo el mundo fingía que le gustaban los higos frescos, esa gran conspiración para hacernos creer que los higos son buenos. En cualquier caso, le dije a Mark que estaba embarazada.

—Mierda —dijo.

—Lo sé —dije.

—¿Estás segura? —preguntó.

—Pues, sí —contesté.

—¿Has ido al médico?

—Aún no.

—Así que podría ser un retraso.

—Bueno, me hice como cuatro pruebas de embarazo, así que no lo creo, pero supongo que sí.

Mark bebió un sorbo de cerveza.

—Sin querer me he emocionado. ¡Mi semilla es fuerte! —exclamó con una especie de acento alemán o vikingo.

Me reí. Las manos me sudaban a chorros. Sentí que todo el restaurante se movía como si estuviéramos en un barco, la pesada cubertería de plata se deslizaba despacio sobre los manteles blancos.

—Lo siento —dijo—. Sé que es un asunto serio. Quiero estar ahí para apoyarte en todo lo que pueda. En lo financiero, por supuesto, pero si quieres que te lleve a la cita o algo así; también es culpa mía y asumo toda la responsabilidad.

—Entonces, ¿cómo hago una cita? —pregunté.

—Bueno, yo empezaría por llamar a Planned Parenthood —dijo—. Bueno, no sé si los médicos privados los hacen o si sería mejor... no quiero que te hagas un aborto barato.

No me había dado cuenta hasta ese momento de que él ya había decidido que me haría un aborto. ¿Cómo no? Él decidiría de la misma forma en que había decidido que no volveríamos a acostarnos (aunque al parecer toquetearnos en su auto estaba bien); de la misma forma en que había decidido que tendríamos una aventura. Nunca le había dicho que no, ni una sola vez. Íbamos a donde él quería cuando él quería, comíamos lo que él quería, nos tocábamos o no nos tocábamos como él quería. Y para ser sincera creo que le respondí solo para joderlo.

—Oh, no voy a abortar.

Se puso verde casi al instante; fue muy gratificante.

—¿Acaso eres católica? —preguntó en un tono de voz mucho más desagradable que el que solía usar conmigo.

—No, pero es mi decisión —dije.

—¿No crees que yo debería opinar? —preguntó.

—No —dije.

Me puse de pie, dejé caer la servilleta sobre la asquerosa ensalada de higos y me fui. Cuando salí del restaurante, aspiré el olor del océano, y por un instante extraño me sentí como mi madre, caminando altiva por la acera, las piernas metidas en unas pantimedias negras transparentes, como si pudiera convertirme en alguien diferente por completo. Luego, tropecé en la acera y la sensación se desvaneció, y volví a ser la idiota que había aparcado demasiado lejos.

Y ojalá lo que sigue no hubiera sucedido, pero la verdad es que Mark corrió tras de mí, y acabamos besándonos y toqueteándonos en su auto, y admití que tal vez abortaría, pero que no quería que me obligaran.

—No podría obligarte a hacer nada, Margo —dijo—. Eres la persona más silvestre que he conocido.

Y me gustó que me llamara así, aunque las cosas que Mark decía sobre mí no parecían tener nada que ver conmigo. Eran más bien sus fantasías sobre mí. Pero me gustó que nos besáramos en su auto, y nos despedimos en buenos términos. Después, Mark no se comunicó conmigo en tres días, un silencio inaudito. No dejaba de revisar mi teléfono y mi correo electrónico. Le envié un mensaje: Oye, ¿estás bien? (Siempre le escribía con propiedad por deferencia a sus discrepancias con la generación X, y también, porque, por Dios, era mi profesor de Inglés). No respondió.

Y supe que había pasado algo malo, que sus sentimientos habían cambiado. Por lo general, entre nosotros había una especie de cordón que nos unía y del que podía tirar para sentirlo al otro extremo. De repente, tuve la horrible sensación de que alguien lo había cortado, y ahora lo que tenía era un cable colgando en el aire, que no conducía a ningún lugar.

Luego, llegó su correo electrónico, largo y enrevesado, en el que explicaba por qué creía que era mejor que no tuviéramos más contacto, lo cual no sería difícil, puesto que el semestre había terminado y yo ya no estaba en su clase. Lamentaba todo lo que me había hecho pasar, pero sentía que yo estaba desperdiciando mi vida y él no podía soportarlo. Puedes ir a donde quieras, puedes hacer lo que quieras, escribió. No lo desperdicies todo por tener un bebé. Por una vez, Margo, créeme. Soy mayor que tú. He tenido bebés. Son difíciles. Tú no quieres tener un bebé.

Me confundía que siguiera intentando enmarcar la decisión en términos de lo que yo deseaba. Para mí, desear y deber eran dos cosas muy distintas. De hecho, desear algo solía ser una señal de que no lo merecía y no lo conseguiría, como, por ejemplo, mudarme a la ciudad de Nueva York e ir a una buena universidad como NYU. Por el contrario, cuanto menos deseara hacer algo, más probable era que debía hacerlo, como ir al dentista o pagar los impuestos. Más que nada, lo que deseaba era tomar la decisión correcta y, sin embargo, nadie estaba dispuesto a comprometerse conmigo en esos términos.

LA MEJOR AMIGA de Margo en la secundaria había ingresado en NYU y se había mudado a Nueva York. El dolor de que Becca estuviera viviendo la vida que ambas querían y Margo fuera una camarera que asistía a la universidad —con el entendido tácito de que eso era porque los padres de Becca tenían dinero y la madre de Margo no— había sido demasiado intenso y las niñas habían dejado de hablarse. Excepto que ahora Margo la llamó y Becca contestó al primer timbrazo.

Margo le dio un resumen de lo que había sucedido.

—Entonces, ¿qué opinas? —preguntó Margo.

—¡Mierda, hazte un aborto! —dijo Becca.

—Pero... o sea...

Margo podía escuchar las sirenas y el ruido de la ciudad al fondo.

—No hay «pero» que valga. ¡Esto no es una situación «pero... o sea»! ¡Esto es una emergencia!

A Margo no le parecía una emergencia.

—¿Crees que las cosas ocurren por alguna razón? —preguntó Margo—. O sea, ¿crees que todo está predestinado o crees en el libre albedrío?

—Margo, esto no es una cuestión filosófica. Se trata de una decisión financiera.

—Me siento mal de tomar una decisión importante a base de algo tan estúpido e inventado como el dinero.

—Te lo aseguro, el dinero es algo muy real —dijo Becca.

Margo estaba sentada en su habitación mirando la pila de ropa que se desbordaba de su armario, como si intentara escapar de ahí.

—Creo —dijo Becca— que tal vez ser madre soltera no sea tan glamoroso como piensas.

Margo se enfadó.

—Becca, yo fui criada por una madre soltera y no es una mierda de glamoroso. No digo que tendría el bebé porque me parece divertido o fácil. Digo que creo que tener el bebé puede ser lo que haría una buena persona.

—¿Así que abortar te convierte en una mala persona?

—Bueno, no —dijo Margo.

Aunque, en cierto modo, ¿no era eso lo que todo el mundo insinuaba? No se debía abortar solo porque fuera más práctico. Había que sentirse mal por hacerlo.

—Entonces, explícame otra vez cómo tener el bebé te convertirá en una buena persona.

—¡No lo sé! ¡No estoy diciendo que sea así!

Margo se rascó el cuero cabelludo con las uñas.

—Dijiste que estabas considerando tener el bebé porque crees que eso es lo que haría una buena persona.

—Entonces, tal vez no quise decir eso.

—¿Y desde cuándo te importa tanto ser una buena persona? O sea, estabas acostándote con el esposo de alguien.

—Lo sé —dijo Margo.

Pero no era cierto. Siempre había sabido que Mark era una mala persona, pero hasta ese preciso instante no se había dado cuenta de que ella también lo era.

—Es que... ¿qué voy a hacer con mi vida? ¿Ir a la universidad? ¿Pretender que voy a transferirme? ¿Acaso sabes lo imposible que es entrar a una universidad pública? Y aunque lo lograra, ¿en qué me especializaría? ¿Inglés? No se puede conseguir un trabajo con un grado en Inglés. ¡Y no se me ocurre nada más que pudiera estudiar! Entonces, ¿a qué me dedico? ¿A ser camarera o algo así? ¿A trabajar en Bloomingdale's como mi madre? Nada de eso tiene sentido. Al menos esto es algo.

—Hay muchas cosas interesantes que puedes hacer, Margo. Podrías dedicarte a la viticultura, y trabajar con vinos o algo así.

Margo recordó al instante a la representante de vinos que iba a su restaurante, tan cursi y pretenciosa. Tenía un enorme tatuaje de uvas en el pecho, justo en el escote, unas uvas moradas enormes y feas como de caricatura. Y sabía que, si estuvieran hablando de lo que Becca debería hacer con su vida, la viticultura ni siquiera sería una opción.

—¡Lo que estoy tratando de decir es que es algo importante! —dijo Margo—. O sea, ¿no crees que al menos debería pensarlo? ¿Por qué quieres pretender que no es importante?

—Lo siento —dijo Becca—, no sé por qué estoy siendo tan mala. Es algo importante, es súper importante.

Eso no satisfizo a Margo, pero no podía precisar por qué.

—¿Cómo va la escuela? —preguntó Margo.

Y hablaron de eso durante un rato. Cuando colgaron, Margo lloró durante veinte minutos y, luego, se fue a trabajar.

MIENTRAS TANTO, PASABA el tiempo y, de repente, llegó el martes, y fue a su primera cita con el médico. Al principio, había llamado a Planned Parenthood. Sin embargo, no hacían ecografías para confirmar embarazos hasta las ocho semanas. La aritmética del embarazo era cruel. En el momento en que descubres que estás embarazada, ya tienes cuatro semanas. Esperar cuatro semanas más para ver si estaba o no estaba embarazada le parecía absurdo, así que llamó a varios médicos hasta que encontró un ginecólogo obstetra que estuvo dispuesto a verla a las seis semanas.

Fue igual que las otras veces que había ido al médico. No sabía bien por qué le sorprendía. Quizás pensó que serían más amables con ella. El médico era un hombre de mediana edad, blanco y regordete, con la cabeza rapada por completo.

—Entonces, ¿no sabes la fecha de tu última regla?

—No, no llevé... ¿la cuenta?

—Okey, no te preocupes, arreglaremos todo esto.

Parecía el tipo de hombre que podía ser un gran esposo, pero cuya esposa lo engañaría de todos modos.

—Voy a salir de la habitación —dijo—. La enfermera te traerá una bata. Póntela y quítate la ropa interior.

Margo asintió con la cabeza.

—Esto es una ecografía transvaginal —dijo—. ¿Alguna vez te has hecho una?

—No.

—Bueno, cuando el feto es tan pequeño, no se puede ver bien a través del abdomen, así que hay que mirarlo por dentro.

Margo miró el consolador futurista conectado a la máquina de ecografía. Entendió de qué se trataba. No se había imaginado en absoluto que fuera así. Cuando el doctor salió de la habitación, mientras se ponía la bata que le había traído la enfermera, agradeció a Dios en silencio que Mark no estuviera presente para ver semejante espectáculo. Habría sido igual de extraño que su madre hubiera venido, pero Shyanne estaba trabajando.

Y llegó el momento de que un robot se la tirara para conocer a su hijo nonato.

—Okey —dijo el médico—, ya calentamos un poco el gel, así que no debería ser muy incómodo.

El médico empezó a insertarle el consolador gigante. No le dolió. Pero se sentía muy raro. El médico empezó a hurgarle, intentando ver algo, quizás en su columna vertebral.

—¡Okey! —dijo mientras giraba una perilla de la máquina y, de repente, se oyó un zumbido rítmico, rápido y discreto—. Ese es el latido del corazón.

—¿De verdad?

Parecía un juguete mecánico. Margo no sabía por qué lloraba; era un sonido decepcionante.

El médico siguió hurgando con el sensor de ultrasonido, tomando fotografías y haciendo clic con el ratón de la computadora con la otra mano. Era impresionante su destreza.

—Estoy tomando las medidas para que podamos hacernos una idea de la edad del feto.

Margo notó que evitó usar la palabra bebé. Pensó que era amable de su parte y eso la hizo llorar de nuevo.

—Okey —dijo—. Yo diría, basándome en las medidas, y estas son bastante precisas, sobre todo tan temprano en el embarazo, que tienes unas ocho semanas.

No era que no fuera posible, solo que Margo no estaba preparada para escucharlo. Ocho semanas de embarazo sonaba a que estaba muy embarazada.

Extrajo el sensor, al que le quitó el condón de plástico, y luego presionó un botón de la máquina y se encendió la impresora.

—Oh, debí haberte preguntado: ¿quieres copias de las fotos?

—Sí —dijo y empezó a toser porque lloraba a moco tendido por más que intentaba disimular.

—¿Sabes lo que quieres hacer con el embarazo?

—No —dijo y cerró los ojos.

—Voy a dejar que te vistas y, luego, podemos hablar más sobre tus opciones.

Cuando salió de la habitación, Margo miró las fotografías en la delgada y brillosa tira de papel que aún colgaba de la máquina. Y ahí estaba. Su bebé, que parecía una paloma pequeña y deforme.

CAPÍTULO TRES

Después de la cita con el médico, me dirigí al apartamento de mi madre.

—Hola, cariño —dijo mi mamá.

—Resulta que estoy embarazada de ocho semanas —dije, recostándome en el sofá. Mi madre me miró desde arriba un buen rato.

—Quieres tener ese bebé, ¿verdad? —dijo ella.

—No lo sé —respondí.

Mi mamá fue a la cocina. Escuché un crac y un silbido cuando abrió una cerveza. Regresó al salón.

—Me gustan tus uñas —le dije.

Estaban acabadas de hacer. Una especie de amarillo radiactivo.

—Si tienes ese bebé —dijo—, yo no lo voy a cuidar. Será solo tuyo.

—Lo sé —dije desconcertada. Nunca le habría dejado el bebé a mi madre.

—Maldita sea —dijo paseándose de un lado a otro frente al televisor con la cerveza.

—Mamá, está bien —le dije—. Ya me las arreglaré.

—Es que... ¡Creí que lo había hecho bien! ¡Estabas en la universidad! ¡Ibas a ser alguien!

—¿Quién iba a ser? —pregunté.

De repente, vi a mi madre imponer su idea de quién debía de ser yo sobre mi yo real, como una uña acrílica, una gran máscara de un rostro encima de mi rostro real.

—Sabes a qué me refiero. ¡Ibas a tener una carrera y a hacer cosas!

—¿Qué cosas?

—No lo sé —dijo Shyanne—. ¡Lo que quisieras!

Me quedé en silencio. Mark, Becca y mi madre insistían en que tenía tantas opciones y yo no era capaz de ver cuáles se suponía que fueran esas opciones. En la secundaria me había reunido con mi consejero escolar, el Sr. Ricci, dos veces. La primera vez, me dijo que podía solicitar becas y ayuda financiera, y me dio un montón de formularios para que los llenara. La segunda vez, parecía no recordarme y me dijo que mi única esperanza era transferirme una universidad pública. Me había matriculado en Fullerton College, pero, en todo mi primer año, no había podido inscribirme en una sola clase de las que necesitaba para transferirme; todas se habían llenado casi al instante. Así que había completado un año entero de créditos de Humanidades que nunca podrían transferirse a ningún lado. Todos me decían que perdería mucho si tenía el bebé, pero a mí no me parecía que iba a perder nada en absoluto.

—Me da miedo decírselo a Kenny —dijo Shyanne y empezó a pasearse de un lado a otro de nuevo.

—¿Por qué diablos temes decírselo a Kenny?

—¡Es religioso! —siseó. Parecía un velociraptor por la forma en que se paseaba de un lado a otro.

—Entonces..., ¿se alegrará de que no me haga un aborto?

—No. Para empezar, ¡se horrorizará de que te hayas prostituido! ¿Una mamá adolescente? O sea, Margo, ¡si te hicieras un aborto, no se lo diríamos!

—Tengo que ser sincera, mamá. Me preocupa muy poco lo que Kenny piense de mí. Además, tendré veinte años cuando nazca el bebé.

—¡Podría acabar siendo tu padrastro!

Aquello era poco probable, pero me pareció una mezquindad de su parte decirlo.

—Kenny es genial —dijo—. Kenny es increíble.

—Okey —dije—, de acuerdo.

—Todo irá bien —dijo—. Le daré a entender a Kenny que Mark se aprovechó de ti. La verdad es que no fue culpa tuya.

Mi intención no era ponerme de pie de un salto, pero lo hice, y no supe qué hacer después.

—Mark no se aprovechó de mí —dije—. No fue así.

—Eso es lo que crees, por supuesto. No lo habrías hecho si hubieras sentido que se estaba aprovechando de ti. Pero es un hombre hecho y derecho, cariño. Hay cosas que no comprenderás hasta que seas mayor.

Estaba tan enfurecida que me dolía la planta de los pies, y también tenía que orinar, así que fui al baño. Mi madre tenía un gran póster de la Torre Eiffel y unos jaboncitos franceses en el baño; todo el baño estaba decorado con motivos parisinos. Mientras me lavaba las manos con el jaboncito, haciendo movimientos espásticos, como si estuviera pelando una papa, pensé en lo ridículo que se veía todo y en lo mucho que me fastidiaba mi madre. Entonces, me di cuenta de que quizás ella ansiaba ir a París y quizás nunca lo lograría. Me miré al espejo y, de repente, pude ver cuánto me parecía a ella: una imitación de Shyanne con los ojos demasiado separados. Ambas teníamos caras de estúpidas, caras bonitas y dulces, que parecían sugerir que estábamos vacías por dentro.

Cuando volví al salón, la encontré sentada medio languidecida en el sofá, como si alguien la hubiera desinflado. Me acosté y recosté la cabeza en su regazo.

—Cuando me quedé embarazada de ti —dijo, acariciándome el pelo, distraída—, sentí mucho miedo.

—¿Por qué me tuviste? —pregunté.

En realidad, nunca lo había comprendido. Fue una aventura de una noche; apenas conocía a mi padre. Se conocieron en el Hooters donde ella trabajaba. Ni siquiera sabía su verdadero nombre; solo sabía su nombre en el cuadrilátero, Jinx. Porque, en su primera lucha, su oponente cayó muerto antes de que lo tocara.

—No sabía que estaba casado —dijo—. No llevaba anillo. Ninguno de ellos lo llevaba porque podían perder un dedo, pero yo no sabía eso. Fue algo muy intenso lo que tuvimos, y pensé que quizás... No sé... Tal vez... Que era mi destino, mi alma gemela.

La ternura de su esperanza y su evidente ingenuidad eran demasiado. Me apresuré a cambiar el tema.

—¿Cómo era papá entonces? Ahora es tan serio que me cuesta imaginar incluso la idea de que se emborrachara.

—Ah, créeme, tu papá era capaz de beber con los mejores. No sé. Tenía esos ojos oscuros de un brillo especial. Y tomaba tantos esteroides que tenía los trapecios enormes y no se bronceaba. Era tan pálido y tan grande que parecía un toro blanco, como la leche.

—¡Mamá, estaba preguntando por su personalidad!

—¡A eso iba! Era todo un caballero. Tal vez por ser canadiense. Era muy dulce, pero en el cuadrilátero era una fiera, así que te sorprendía. Sabía escuchar, le gustaba sentarse y dejar que otras personas hablaran.

—Ya veo —dije.

Nunca había conocido a mi padre como luchador. A la edad en que estaba empezando a cultivar mis propios recuerdos, ya se había herniado dos discos en Japón y había empezado a representar a Murder y Mayhem. Los representaba en el sentido práctico de programar sus luchas; eran de los pocos luchadores independientes en las Guerras de los Lunes por la Noche. Pero también interpretaba el rol de su mánager en la televisión, porque Murder y Mayhem no eran muy conversadores y Jinx era un genio de las promociones. Presumí que dejó de usar esteroides después de lesionarse, porque perdió mucho peso, y cuanto más envejecía, más delgado se veía. Y, siendo tan alto, con esa delgadez casi esquelética y la cabeza rapada, empezó a parecer un gato pelón.

—¿Cómo se lo...? ¿Cómo se lo dijiste?

Aunque parezca increíble, había pensado muy poco en todo eso.

—Una noche, todos llegaron al restaurante, borrachos hasta el culo, a eso de la una de la mañana. Y, cuando terminé mi turno, me llevó a su habitación en el hotel y se lo dije. Se puso muy contento. Fue extraño. No podía dejar de sonreír y tocarme la barriga. Me dijo entonces que estaba casado, y me rompió el corazón. Me eché a llorar y me dijo: «Me alegro mucho de haberte conocido». Y me di cuenta de que también yo me alegraba de haberlo conocido. Así que nos las arreglamos con lo que teníamos. Cuando venía a la ciudad, nos veíamos. Yo sabía que él tenía que ahorrar mucho dinero para su esposa y para ellos, siempre lo supe. Pero, en realidad, ayudaba cuando podía, lo sé. No creo que debas contar con que Mark haga lo mismo. Y es probable que mucha gente diga que fui una tonta por lo que hice, pero sabes que siempre lo amé.

Eso sí lo sabía. Era obvio, demasiado obvio. Cada vez que venía a la ciudad, ella lo trataba como a un rey. Se pasaba el día preguntándole si quería que le hiciera un sándwich o le trajera un vaso de agua. Era como un combate en jaula de acero captar su atención, y yo siempre perdía. Las pocas veces que gané, y que Jinx me iluminó con ese rayo láser de amor, fueron dolorosas, pero de una forma diferente. Un año vino a la ciudad por mi cumpleaños y me llevó a un restaurante especializado en carnes. Yo tenía trece años y odiaba esos trozos gigantescos de carne, pero me había invitado a una cena elegante, y cuando llegué a casa, Shyanne no estaba molesta, estaba destruida. En ese viaje, se hospedó en un hotel en vez de en nuestra casa. A veces lo hacía, y nunca supe por qué o qué significaba.

—Escogiste tenerme —le dije.

Podía oír el sonido leve de las burbujas de su cerveza.

—Sí. Pero hubo otras veces, después, en las que escogí lo contrario.

Me quedé en silencio. No lo sabía. Sin embargo, tenía sentido.

—¿Crees que las cosas ocurren por alguna razón? —pregunté.

—No lo sé —dijo—. Pero creo que te asusta admitir que quieres arruinarte la vida.

—¿Crees que me arruinará la vida? —pregunté.

Me acarició el pelo.

—Sí, cariño, te arruinará la vida, estoy segura. Pero, a veces, lo único que queremos es arruinarnos la vida.

Sabía que estaba hablando de cuando decidió tenerme. De la zona gris en la que ella y Jinx pasaron toda su vida, de lo agridulce de tener que conformarse con el esposo de otra mujer. De la forma en que yo gritaba y parloteaba cuando él entraba por la puerta, rogándole que me hiciera un súplex incluso antes de soltar su bolsa, y ella salía de la cocina, se limpiaba las manos con un paño de cocina después de haber estado ensayando algún plato retro extraño: una cazuela de atún con pasas, un pastel de carne cubierto de salsa de tomate. Ella me regañaba, me decía que le diera un poco de espacio, y le ofrecía una cerveza a Jinx mientras yo le suplicaba que me dejara hablarle de la escuela. Y cuando volvía a marcharse al cabo de unos días, el apartamento quedaba en un silencio tal que no sabíamos cómo hablarnos, como si nos sintiéramos avergonzadas de nosotras mismas y de cómo nos habíamos comportado.

—Te arruiné la vida —dije.

Era indudable. Solo quería que supiera que lo sabía.

—Me arruinaste la vida de una forma tan bonita, cariño.

No dije nada, permanecí recostada en el sofá con la cabeza en su regazo mientras ella me acariciaba el pelo y me hacía dibujos en el cuero cabelludo con sus uñas acrílicas.

Pero también hubo todas esas ocasiones en las que comíamos palomitas de maíz y nos carcajeábamos juntas. Las notitas escritas en una letra llena de garabatos que me ponía en la lonchera e intentaba hacerme creer que el gato las había escrito. Nuestros brazos moviéndose en perfecta sincronía cuando doblábamos una sábana. El día en que condujimos ocho horas seguidas hasta el Gran Cañón, lo miramos, compramos unos Sour Patch Kids y condujimos de regreso a casa para que yo pudiera ir a la escuela al día siguiente.

Si Shyanne no me hubiera tenido a mí, ¿qué habría tenido?

—Hice una cita para hacerme un aborto —le dije.

No respondió nada.

—Pero no creo que pueda ir. O sea, no puedo imaginarme yendo.

—Bueno —dijo—, tendrás que esperar a que llegue el momento y, luego, decidir si quieres ir o no.

—Okey —dije, tratando de no demostrar lo emocionada que estaba de que ella hubiera descartado la idea de que me hiciera el aborto de todos modos. Como si estuviera haciéndome la enferma para no ir a la escuela.

Llamé y cancelé la cita para el aborto en cuanto salí de su casa ese día. No podía explicar por qué. Era una mala idea. No había una buena razón. Y no era porque quisiera ser una buena persona, en realidad, no. No era porque estuviera enamorada de Mark. Es solo que quería a ese bebé. Lo quería más de lo que nunca había querido nada en la vida.

Recorté las mejores imágenes de la ecografía y las puse en mi mesita de noche. Me pasaba horas mirándolo. Era una imagen tan inadecuada y fea, tan frustrante por su negativa de darme algo a lo que aferrarme, alguna forma de imaginarme quién sería ese bebé. Mi cuerpo estaba fabricando algo en secreto y me vi reducida a espiar mis órganos internos con esas fotos granulosas en blanco y negro. Pero aguanté, fiel, y esperé.

CUANDO CUMPLIÓ LAS dieciséis semanas y, por ley, ya no podía abortar, Margo le escribió a Mark para decirle que tendría el bebé. No quería que él intentara convencerla de lo contrario. No respondió. Esperaba un sermón, una llamada de pánico. Durante días esperó una reacción que estaba segura de que llegaría. Incluso dos semanas después del correo electrónico, esperaba que él hiciera algo, que se pusiera en contacto de alguna manera. No lo hizo.

La asustó lo mucho que le dolía. Que la ignorara. Haber creído que tener el bebé tal vez lo obligaría a hablar con ella. No creía que esa fuera la razón por la que había tomado la decisión, pero tampoco estaba segura de que no lo fuera. No es que quisiera que Mark se comportara como su esposo, que interpretara el papel de papá. Eso lo sabía. Si él hubiera dicho: «Está bien, mi matrimonio es una farsa de todos modos; me divorciaré, me casaré contigo y criaré al bebé», se habría horrorizado. Ni siquiera le interesaba verlo con tanta frecuencia. Pero siempre había tenido una cosa clara: que ella era importante para él. Que ella era increíble. Pero si realmente lo era, ¿por qué la trataba así?

CUANDO MARGO LE dijo a Jinx que se quedaría con el bebé, se mostró muy tranquilo.

—Tengo muchas ganas de ser abuelo —dijo con un aplomo estilo Sr. Rogers, lo cual no dejaba de resultar extraño. Margo era la menor de sus hijos, la primera en tener un bebé, y ella lo sabía.

—Tal vez sea un niño y sea luchador —sugirió Jinx.

De repente, Margo se sintió mal por el hecho de que Mark fuera tan bajito. Ni siquiera había elegido un ejemplar grande y fuerte para procrear; más bien, se había apareado con un bicho raro, pequeño e inmoral. Jinx llenó el silencio con elegancia.

—No sabía que tenías un amigo —dijo.

—La verdad es que no —dijo ella.

—No pasa nada, Margo. Creo que lo harás muy bien.

No habían hablado desde entonces. Margo lo llamó.

—Tengo miedo —le espetó en el instante en que contestó.

—Hola —dijo, y su voz sonaba extraña.

Luego, oyó a una mujer al fondo. Podía ser una amante, su esposa o una de sus hijas, y Margo sabía que eso significaba que la conversación sería breve. «Al menos contestó», se dijo a sí misma. Había visto que era ella y, aun así, contestó. De algún modo, eso era amor. Margo fue al grano.

—¿Qué pasa si estoy cometiendo un grave error?

—No lo estás haciendo —dijo.

Ambos sabían que estaban a punto de tener la versión más abreviada posible de esa conversación. Era como hablar en código morse.

—¿Crees que no? ¿Lo sabes con certeza? —preguntó Margo.

—Puedo garantizarlo —dijo él.

—Okey —dijo ella.

—Okey —dijo él.

Colgaron y Margo se sintió mejor. Pero fue una liberación de tensión lenta e insatisfactoria, como abrir una cerveza sin efervescencia.

UN SÁBADO, A los seis meses de embarazo, Margo y Shyanne fueron a la tienda de segunda mano con la esperanza de encontrar un cochecito usado que no tuviera un aspecto deprimente. Margo deseaba un cochecito UPPAbaby más que nada en la vida, y los cochecitos de la tienda de segunda mano —hechos de una tela floral marrón que parecía de otra época o de otro país, quizás de la Rusia soviética, con manchas de comida de algún bebé que, por lo visto, comía muchos huevos— distaban mucho del cochecito UPPAbaby.

—Mark debería comprarte un cochecito —dijo Shyanne—. Es lo menos que puede hacer. ¿Siquiera has hablado con él sobre este asunto?

Una vez que Shyanne aceptó que Margo no se haría un aborto, centró toda su atención en una sola cosa: sacarle dinero a Mark. Todas las conversaciones giraban en torno a eso: a cómo Margo tenía que demandarlo por paternidad y asegurarse de que pagara la manutención de su hijo. Shyanne se horrorizó cuando Margo se negó y dijo que no quería provocar problemas en su matrimonio. Su esposa nunca se había enterado de la relación y Mark se empeñaba en que siguiera sin saberlo.

—No cometas el mismo error que cometí yo —dijo Shyanne—. Quizás pienses que, si eres generosa y no arruinas su matrimonio, entonces..., tal vez..., ya sabes, las cosas entre ustedes...

Pero Margo no pensaba así en absoluto. Lo cierto es que ya no quería tener nada que ver con Mark.

—No —dijo—. No voy a pedirle a Mark el maldito cochecito.

Excepto que ahora estaba a punto de echarse a llorar en la tienda de segunda mano, a pesar de que nunca se había considerado una persona materialista. Todo lo que había en Target o en las tiendas de segunda mano siempre le había servido muy bien. Pero sentía que, si tenía que usar uno de esos cochecitos marrones que olían a zapatos de boliche, su bebé crecería escupiendo por las ventanillas de las camionetas y riéndose de chistes racistas. Y, a decir verdad, era muy probable que eso sucediera sin importar qué cochecito usara. De solo pensarlo sintió que no podía respirar.

—Puede que no necesite un cochecito —dijo Margo—. O tal vez encuentre uno en Craigslist.

—Esto es lo que debes hacer —dijo su madre, guiándola hacia la sección de cristalería y cerámica, la favorita de Margo—. Le escribes a Mark y le dices...

—No —dijo Margo—. No sé cómo ser más clara al respecto. Nunca, nunca le pediré a Mark nada de nada. Jamás.

Shyanne puso los ojos en blanco.

—Supongo que eso ya lo veremos.

—Vamos a mirar el azul otra vez.

—La bandejita del azul está rota.

—Vamos a mirarlo de nuevo —dijo Margo arrastrando a Shyanne de vuelta a los cochecitos.

Al final, Margo hizo cola durante treinta minutos y compró el cochecito azul, con la frente en alto y los ojos iluminados por la llama de un orgullo ardiente cuyas lenguas de fuego azules podía sentir en su interior, y que, creyó entonces, podía limpiarla, quemar todo rastro de impureza, salvarla.

Y DESPUÉS NACIÓ Bodhi, y Margo estaba sola con él en su habitación, como si la hubieran encerrado allí y le hubieran dicho que convirtiera paja en oro. ¿Cómo hacían las demás mujeres? Dormía a lo sumo dos horas seguidas. Tenía el pijama manchado de leche seca y vómito de bebé. En lugar de cambiarse, se ponía la sudadera gris gigante por encima, se ataba a Bodhi al pecho en su portabebés y se dirigía a la Fuel Up! que estaba en la esquina para comprar un jugo de naranja y SunChips con queso chédar, un desayuno que ella y Becca habían inventado, llamado «manjar naranja».

Le había enviado un mensaje de texto a Becca mucho después de su llamada —voy a tenerlo— y Becca no respondió. Cuando Bodhi nació, le envió una foto a Becca. Becca respondió: ¡Es hermoso! ¡Felicidades! Pero después, silencio total. Incluso las chicas que conocía de la secundaria, que intentaron seguir siendo amigas de Margo, y después del nacimiento de Bodhi venían con comida china y la esperanza de ver Netflix, se molestaban porque era imposible pasarla bien con el bebé. No sabían cómo sujetarlo —Bodhi arqueaba la espalda y se retorcía cuando lo intentaban—, así que ni siquiera podían ayudar mientras Margo se duchaba. Tiró al suelo un recipiente entero de huevos fu yung agitando un bracito, aún pegado a la teta de Margo. Eso era lo otro: las tetas de Margo se habían vuelto omnipresentes. A veces, olvidaba tapárselas y ahí estaba la teta, colgando cual ojo vago, mientras terminaba de decir lo que estuviera diciendo o comerse algo. Y los pezones se le habían alargado de un modo extraño, como por un centímetro y medio. Aquello no era divertido. No era divertido visitar a Margo y al bebé, así que poco a poco todas dejaron de hacerlo.

Sus compañeras de cuarto no estaban de acuerdo con la situación del bebé. Las tres se comportaban como si el que Margo tuviera un bebé fuera casi como traer un perro al apartamento, cuando el contrato de arrendamiento decía que los perros estaban prohibidos. Les parecía una locura que a alguien se le permitiera tener un bebé llorón donde le diera la gana, y Margo entendía su punto, recordaba remotamente su sentir, pero no podía comunicarles cómo había cambiado su vida ni cómo pensaba que debían comportarse.

Una vez, en mitad de la noche, Bodhi no paraba de llorar y Margo no tenía idea de por qué. Había hecho todo lo posible: le había cambiado el pañal, lo había amamantado, le había sacado los gases. Pero no dejaba de arquear la espalda y emitir alaridos estridentes, como un águila enfurecida. Intentó meterle la teta en la boca, y él apartó la cara y siguió chillando.

Kat, la más grande, golpeó la pared.

—¡Bajen el volumen!

—¡¿No crees que, si supiera cómo hacer que se calle, lo haría?! —gritó Margo.

Escuchó a Kat, la más grande, lanzar contra la pared algo que sonó como un libro o un despertador, algo bastante pesado.

—¿Qué carajo quieres que haga? —gritó Margo.

—Irte afuera —rugió Kat, la más grande. Luego, Margo oyó pisadas fuertes y Kat, la más grande, apareció en su habitación, hablando a toda velocidad como una rematadora en una subasta:

—¡No sé cómo puedes creer que esto es aceptable, esto es inaceptable, estás demente, crees que no tengo nada que hacer mañana, tengo un final de Bioquímica y nunca entenderás lo que puede costarme pasar esta noche sin dormir, nunca lo entenderás, así que, si no puedes hacer que se calle, llévatelo afuera!

Kat, la más pequeña, apareció detrás de ella en la puerta.

—¿Podrían bajar la voz? —dijo—.

—¿Son las dos de la mañana, y nos estás echando del apartamento a mí y a un bebé de tres semanas? —preguntó Margo, sintiendo el maravilloso y estimulante furor de la rabia.

No sabía que eso era lo que tenía que hacer: luchar. Estaba furiosa, llevaba semanas furiosa: con Mark, por haberla dejado embarazada, y también por tener razón cuando dijo que los bebés eran difíciles y no debía tener uno; con Shyanne, por no ayudarla más y por tener razón cuando dijo que esa decisión le arruinaría la vida. Le estaba arruinando la vida. Su vida estaba arruinada. Hacía cuatro días que no se duchaba, e incluso, cuando lo hacía, no tenía más opción que poner a Bodhi en la alfombra del baño y dejarlo llorar, hablar con él y cantarle mientras se lavaba el pelo y el cuerpo lo más rápido que podía. ¿Por qué diablos había hecho esto? El tamaño, la magnitud de su propia idiotez era aplastante. Y le dolía aún más porque amaba a Bodhi más de lo que había amado a nada ni a nadie, y no lo abandonaría por nada del mundo.

—Váyanse al carajo las dos —dijo Margo—. Podrían ofrecerse a ayudarme. Podrían practicar un mínimo de decencia humana.

—¡¿Qué dices?! —preguntó Kat, la más grande, ahora gesticulando con las manos en la habitación oscura—. ¿Estás loca? ¡Es tu bebé! ¡Es tu responsabilidad! ¡No es mi responsabilidad! ¡Mi responsabilidad es aprobar el examen de Bioquímica mañana!

—Creo que —comenzó a decir Kat, la más pequeña, con su voz aguda y dulce— lo que Margo quiere decir es...

—Está bien —dijo Margo—. Me iré.

Ató a Bodhi a su pecho y le puso un gorrito en la cabeza.

—¿Están contentas ahora? —preguntó.

—¡Sí! —dijo Kat, la más grande— ¡Porque ahora voy a poder dormir!

—Margo... —dijo Kat, la más pequeña, y no dijo nada más.

Margo cerró la puerta y bajó las escaleras a zancadas. Por lo general, le aterrorizaba subir y bajar las escaleras con Bodhi, segura de que resbalaría, se caería y lo aplastaría bajo su enorme cuerpo (sentía la diferencia de tamaño entre ambos; a las tres semanas, Bodhi apenas era del tamaño de un gato pequeño), pero la rabia le infundió tanta altivez que perdió el miedo. Ya en la calle oscura, la belleza de la noche la sobrecogió. Estaba despejada, no hacía frío. La luna había salido. Margo empezó a caminar hacia su auto porque no sabía qué más hacer. Arrullado por el movimiento, Bodhi se relajó y se acomodó en el portabebés, y Margo notó que estaba a punto de quedarse dormido. Miró hacia un lado y otro de la acera. Hacía una noche hermosa. Había farolas en la calle, y se sintió relativamente segura, siempre y cuando se mantuviera en su pequeña zona residencial y no se acercara demasiado a la autopista.

Anduvo por Fullerton durante más de una hora pensando en lo que había sucedido, en la serie de decisiones que la habían llevado a ese punto y en el sentido de todo aquello. Lo que un poco de amabilidad significaría en este momento y en lo poco dispuestos que estaban todos a brindársela. Lo sagrado que era el bebé para ella, y lo mundano e irritante que era para los demás.

Margo se sentía herida, goteante, mortal y, sin embargo, más fuerte que nunca. La opción de tirarse al suelo y llorar había quedado descartada. Tenía que seguir adelante, pasear entre los rosales y los gnomos del jardín en la oscuridad, con el bebé dormido en su pecho, preguntándose cuándo sería seguro regresar a casa.

CAPÍTULO CUATRO

Margo no había previsto lo incómoda que Shyanne estaría con el bebé. Cuando le colocaron a Bodhi en los brazos, algo extraño le sucedió en los codos, como si unos hilos de marioneta se los hubieran tensado demasiado, y ni siquiera su sonrisa de felicidad pudo disimular su creciente pánico.

—Esto es muy raro, mamá —dijo Margo, porque en verdad era raro, muy raro.

—Bueno, hace tiempo que no cargo un bebé, así que ¡discúlpame! —dijo Shyanne.

Era cierto que Bodhi lloraba cada vez que Shyanne lo cargaba. Margo estaba convencida de que era porque Shyanne no podía relajarse, y él captaba su vibra.

—O será tu perfume, mamá, tal vez sea demasiado fuerte para su naricita.

—No entiendo por qué lo amamantas. ¿Por qué no le das el biberón?

Shyanne le hizo la pregunta varias veces, y Margo le explicó que darle el biberón a un bebé demasiado pronto podía provocarle una «confusión de pezones» y estropear la lactancia.

—¿Me diste el pecho? —preguntó Margo atando cabos.

—Bueno, ¡lo intenté! —dijo Shyanne.

Margo dudó en preguntarle si los implantes le habían hecho imposible la lactancia.

—Me dio una infección grave —dijo Shyanne, señalándose todo el pecho.

—¿Mastitis?

—Como se llame —dijo Shyanne.

—¿Jinx venía mucho cuando yo era bebé? —preguntó durante otra visita tras un intento fallido de que Shyanne alimentara a Bodhi con leche materna en un biberón. Bodhi chillaba y Shyanne temblaba de pánico cuando intentaba meterle la mamadera en la boca.

—No. ¡Ese era el problema! —dijo Shyanne—. Decía que iba a venir y luego no venía. ¡Acababa de lesionarse en Japón!

—¡Ay, Dios mío! ¿Qué edad tenía yo cuando se lesionó la espalda?

—Tres semanas.

—Por Dios. ¿Y tu mamá te ayudaba?

—¡No! ¿Estás bromeando? A mamá le aterrorizaba volar. No le gustaba la idea de que hubiera tenido un hijo fuera del matrimonio. No había forma de que condujera desde Oklahoma para ayudarme a salir del problemón que yo solita me había buscado.

—Por fin, ¿cuándo regresó Jinx? —preguntó Margo.

Siempre había sabido que su padre se había lesionado «cuando ella era bebé», pero nunca se le había ocurrido lo que eso debió de significar para su madre.

—Bueno, se sometió a esa primera operación en Japón porque no podía volar y, luego, hizo la rehabilitación allí durante dos meses. Cuando llegó a Estados Unidos, tuvo que pasar un tiempo con Cheri y sus hijos, así que no lo recuerdo bien, pero creo que tenías unos nueve meses cuando te vio por primera vez.

—¿Casi lo matas?

—¡Bueno, lo habría matado si no hubiera necesitado tanto su dinero! —dijo Shyanne riéndose, aunque no de alegría.

—Debía de estar corto de dinero. O sea, para todos los efectos, había perdido su trabajo, ¿no?

—Sí —dijo Shyanne—. No fue una época feliz para nadie. Me da escalofríos hasta hablar de ello.

—Lo siento mucho, mamá —dijo Margo, y lo decía en serio. Antes de tener a Bodhi, sabía que su madre la quería, pero no había comprendido lo caro que era ese amor, todo lo que le costaba a una madre.

MARGO REGRESÓ A trabajar cuando Bodhi tenía unas seis semanas. Shyanne lo cuidó ese día y después dijo que nunca volvería a hacerlo.

—Me vienen recuerdos a la cabeza —dijo—. No le gusto, Margo. No está bien que un bebé esté llorando y llorando así durante horas.

Margo asintió. Tampoco quería que Bodhi llorara durante horas.

La siguiente vez, Margo contrató a una niñera, que en realidad era una vecina de su madre, una mujer que tenía la estatua de una rana Elvis en el jardín, y que dijo que no había logrado que tomara el biberón y se había pasado las siete horas llorando. La siguiente vez, contrató a una niñera de Care.com llamada Theresa, que tenía veinticuatro años, estudiaba Psicología Infantil y había cuidado a unas gemelas. Cuando Margo llegó a casa, Theresa salió casi corriendo del apartamento, y dijo que todo había ido genial y que Bodhi era un ángel. Bodhi estaba alterado, aunque se calmó después de que Margo lo amamantara y se asegurara a sí misma que todo estaba bien. Más tarde, Margo fue al congelador a buscar helado, y vio que las seis bolsas de leche que había dejado seguían allí, intactas. Era como si Theresa ni siquiera hubiera intentado alimentar a Bodhi. Sus compañeras de piso le dijeron que el llanto había sido incesante y que no podía traer a más niñeras a cuidar a Bodhi en el apartamento.

Margo tenía que ir a trabajar una vez más antes del fin de semana —bueno, su fin de semana, que era martes y miércoles—, así que llamó a su madre.

—Tienes que hacerlo —dijo—. En este momento tienes que estar presente.

—Cariño, no puedo —dijo Shyanne—. ¡Cuando se pone a llorar, me entra el pánico! Te digo que no le gusto a ese bebé.

—Es un bebé, no se trata de que le gustes o no le gustes. Te lo estoy pidiendo. Te estoy pidiendo que hagas esto —dijo Margo.

—Cariño —dijo Shyanne.

—Te pagaré —dijo Margo.

Su madre hizo una pausa.

—Maldita sea. ¿A qué hora?

Pero llamó al restaurante a mitad del turno para decirle a Margo que no podía cuidarlo ni un minuto más y que, si no iba a buscarlo, ella misma conduciría hasta allí y lo dejaría con el barman. Tessa, la dueña, estaba muy molesta cuando le pasó el teléfono a Margo.

—Una llamada para usted, *madame*.

Recibir llamadas personales en el trabajo era un gran tabú. A Tessa se le había corrido el delineador de ojos, lo que acentuaba su aspecto de bulldog bonito y refinado.

—¿Quieres que te lo lleve? —preguntó la madre de Margo con una voz que sonaba diminuta a través del voluminoso teléfono inalámbrico.

Margo no sabía si enfadaría más a Tessa que se fuera a mitad de un turno o que apareciera un bebé en el bar. Abrió la boca y no emitió sonido alguno.

—¿Qué pasa? —preguntó Tessa, ablandada por lo que fuera que vio en el rostro de Margo—. ¿Es el bebé?

—No —dijo Margo—. Bueno, está bien. Mi madre dice que no puede cuidarlo porque no para de llorar y pregunta si puede traerlo.

—No me jodas —dijo Tessa, quitándole el teléfono a Margo y dirigiéndose a Shyanne—. Debería darte vergüenza. Tráelo aquí, yo misma lo cuidaré.

Esa noche, Tessa dejó que Margo amamantara a Bodhi en el despacho de atrás, y el niño se quedó dormido al instante. Durmió sobre el enorme pecho de Tessa durante el resto del turno y Tessa se sintió como toda una susurradora de bebés. Todos los borrachos habituales se acercaron a admirarlo, y Tessa les explicaba que el secreto para calmar a un bebé era bla, bla, bla, y terminaba diciendo que había que darles un poco de whisky con la punta de una toallita para que chuparan, aunque no había sido así como consiguió que Bodhi se durmiera.

En cierto modo, parecía una telecomedia de los noventa, y Margo se imaginó que quizás Tessa se convertiría en la niñera de Bodhi y dirigiría el restaurante con él atado al pecho. Sería una especie de mascota. ¡Nada alegra más a un viejo alcohólico que un bebé! Al final del turno, Margo cerró y distribuyó la propina entre todos. Se sentía bien; había ganado más dinero que de costumbre y trabajó la última mitad del turno ligera de espíritu sabiendo que Bodhi estaba seguro.

—Tienes que buscar una solución —dijo Tessa mientras le despegaba el cuerpecito dormido del pecho.

—Lo sé —dijo Margo.

—Si no consigues una niñera para tu próximo turno, estás despedida.

—Oh —dijo Margo.

—Sé que suena duro. Pero, cariño, no deberías estar aquí. Deberías estar en tu casa con este bebé.

—Sí —dijo Margo tan enfadada de repente que parecía que se le estaba acumulando electricidad en las cuencas de los ojos—. Pero tengo que, ya sabes, buscarme la vida. Y pagar el alquiler.

—¡Por Dios, múdate con tu madre!

Tessa se frotaba los ojos con los nudillos. El barman, José, que llevaba trabajando allí cien millones de años y de algún modo aparentaba tener solo veintitrés, escuchó la conversación y le sirvió a Tessa otro whisky con soda.

—No puedo mudarme con mi madre —dijo Margo.

—¿Por qué coño no? ¿Es que no se llevan bien? Esas cosas no importan, Margo, ¡tienes un jodido bebé!

Margo se quedó callada, rabiando y tratando de no llorar, demasiado terca como para contestar.

—No voy a despedirte de verdad —dijo Tessa suspirando—. Digo, lo haré, pero me dolerá mucho. Por favor, no me obligues.

Margo asintió. No podía mirar a Tessa. No podía mirar a nadie. Giró la cabeza para que el oscuro caleidoscopio del restaurante diera vueltas a su alrededor. Todos los borrachos riéndose. El bebé en sus brazos.

—¡Buenas noches! —dijo.

—Margo —dijo Tessa—. ¡No te enfades!

Margo siguió caminando, salió por la puerta y anduvo calle abajo hasta su destartalado Civic violeta. Dios, cuánto le había gustado ese auto cuando lo compró. Fue en su tercer año de secundaria. Era usado y ya tenía casi 129 mil kilómetros, pero tenía el techo corredizo y radio, y eso era todo lo que importaba. Jinx se lo había regalado de sorpresa. Ella y Becca salían en él a espiar las casas de los chicos que les gustaban.

Bodhi se despertó en cuanto lo sentó en la sillita y lloró todo el camino de regreso a casa.

MARGO TENÍA DOS días libres antes de su siguiente turno, y no se le ocurría ninguna idea novel e iluminadora sobre el misterio del cuidado de niños. Las niñeras costaban unos 800 dólares a la semana, y las guarderías solo 300, pero las guarderías eran muy diurnas, como obsesionadas con la luz del sol. Si hubiera tenido un trabajo respetable, secretaria o algo así, le habría resultado más fácil encontrar cuidado para el niño. Pero era una trabajadora nocturna, lo que de alguna manera le negaba el derecho a una guardería asequible. ¡Aquello no tenía sentido! Una guardería nocturna sería incluso más fácil de gestionar. ¡Todos los bebés estarían durmiendo!

¿Cómo iba a buscarse la vida? Estaba dispuesta a trabajar mucho, a no dormir, a llevar un uniforme feo, a soportar leves degradaciones cotidianas. Estaba dispuesta a hacer lo que hiciera falta. Pero necesitaba creer que era posible.

Parte del problema era que, si tenía que pagarle veinte dólares por hora a alguien para que cuidara a Bodhi por las noches, sus ingresos se verían reducidos a menos de la mitad. Pensó en cambiar al turno del almuerzo, pero, cuando llamó a la guardería local, estaba llena. ¿Le gustaría anotarse en la lista de espera? ¿Cuánto habría que esperar? Oh, no mucho, la mayoría de la gente solo esperaba de tres a seis meses.

—¿En serio? —preguntó Margo—. ¡Había que ponerse en lista de espera antes de tener el bebé!

—Es justo lo que hace la gente —dijo la mujer.

—Oh.

Para calmarse, Margo veía vídeos en YouTube de cosas que le provocaban una extraña satisfacción —alguien que cortaba una tarta de queso a la perfección o envolvía una maleta en plástico—, y amamantaba a Bodhi. Cuando se aburría, se ponía a navegar por Twitter, que era como sumergirse en el agua sucia de los pensamientos de los demás. En Instagram se metía en un profundísimo bucle. El algoritmo la había descifrado e intentaba venderle una mezcla de vitaminas, artículos de lujo para bebés y leggins que favorecían el trasero. Aquello era codicia de alto octanaje. No podía permitirse nada de lo que veía. Aun así, hacía capturas de pantalla de las cosas que más deseaba.

Una parte de Margo se negaba a creer que Tessa la despediría. Resolver un problema tan inmenso e inextricable en dos días no era realista. Necesitaba solo un poco más de tiempo para organizarse. Tal vez Tessa podría ayudarla a encontrar una guardería.

La noche antes de su siguiente turno, le envió un mensaje a Tessa: No pude encontrar una niñera.

Tessa respondió: No me jodas.

Margo: Solo necesito un poco más tiempo. No es fácil organizar algo tan pronto.

Tessa: Tuviste nueve meses para organizar algo. Lo siento, Margo.

Margo: Espera, ¿vas a despedirme?

Tessa: Sí.

Margo: ¿Estoy despedida?

Tessa: Sí.

Margo: Espera, ¿en serio?

Tessa no escribió nada más. Era el fin. Margo llevaba casi dos años trabajando allí.

Se pasó los dedos por el cabello una y otra vez. No era capaz de ver una solución.

Había pensado que, si tenía el bebé, la gente sería más amable con ella. Pero las mujeres le fruncían el ceño al verla con Bodhi en el supermercado. Los hombres miraban a través de ella como si fuera invisible. Parecía caminar envuelta en una nube de vergüenza. Era una puta estúpida por haber tenido un bebé y, si hubiera abortado, también habría sido una puta estúpida. Era un juego imposible de ganar. Se lo habían advertido: su madre, Mark, incluso Becca. Pero cuando le hablaban de las oportunidades que perdería, pensó que se referían a la universidad. No comprendía que cada persona que conociera, cada nuevo amigo, cada interés amoroso, cada empleador, cada casero, la juzgaría por haber hecho lo que todos afirmaban que era la elección «correcta».

Para tranquilizarse, se comió dos tazones de Crunch Berries, y sintió el azúcar y el colorante artificial viajar por su torrente sanguíneo como por arte de magia. Se dio cuenta de que, tras el pánico, una parte secreta de ella se alegraba de que la hubieran despedido. Para no tener que moler más pimienta negra. Para no mancharse las manos de salsa ranchera y acabar frotándosela como si fuera loción. Sonrió de pensar que no tendría que volver a ver al jefe de cocina, Sean, que una vez la había engañado para enseñarle el pene poniéndolo en un plato adornado con un poco de perejil.

Puso el tazón vacío en el fregadero y se arrastró hasta el dormitorio donde su bebé dormía.

Mañana solicitaría el desempleo. Ya se las arreglaría. Porque era imposible que no hubiera una solución. La gente tenía bebés todo el tiempo y de alguna manera se las arreglaba. Solo tenía que esforzarse un poco más.

A LA MAÑANA siguiente, aún dormía cuando llamaron a la puerta de su habitación.

Eran Kat, la más grande, y Kat, la más pequeña.

—Queríamos que supieras que hemos encontrado un apartamento —dijo Kat, la más grande.

—Bodhi está durmiendo —susurró Margo haciendo un gesto con la mano para que bajaran la voz. Kat, la más grande, tenía un vozarrón. Era una de las cosas que a Margo le habían gustado de ella al principio.

—Oh, lo siento —susurró Kat, la más grande, aunque de algún modo misterioso, seguía sonando fuerte—. Hemos encontrado un apartamento. Así que nos mudaremos en una semana más o menos. Sólo queríamos avisarte para que busques otros compañeros de apartamento.

Margo tardó un par de segundos en entender lo que decía Kat. Margo y Suzie eran las únicas que figuraban en el contrato de arrendamiento. Les habían subarrendado dos habitaciones a las Kats, pero no había nada por escrito.

—¿Con menos de treinta días de antelación? O sea, ¿están bromeando? —el susurro de Margo empezó a volverse estridente.

—Bueno, ya hemos pagado el alquiler de este mes, así que tienes como veinticinco días o algo así —dijo Kat, la más pequeña.

Margo no sabía qué decir. La intensa sensación de injusticia también hacía que la situación pareciera irreal. ¿No había alguien que controlara cuántas cosas malas podían ocurrir a la vez?

—¡Vamos a tener un conejillo de indias! —susurró Kat, la más pequeña, juntando las manitas con emoción por debajo de la barbilla.

—Qué bien —susurró Margo—. Pudieron avisarme con más tiempo.

—Bueno, no lo sabíamos —dijo Kat, la más pequeña—. ¡Perdón!

—Buena suerte con el bebé y todo eso —dijo Kat, la más grande, arqueando las cejas para enfatizar lo mucho que Margo necesitaría esa suerte y, con el gesto, el gorro se le subió un poco. Le quedaba pequeño, el gorro, y ahora que se le había movido de sitio, iba despegándose poco a poco de la cabeza de Kat. Margo se quedó mirando cómo sucedía, y Kat, la más grande, debió de darse cuenta, pero no se lo arregló.

—¡Te invitaremos a la fiesta de inauguración! —dijo Kat, la más pequeña.

—¡Okey! —dijo Margo y cerró la puerta.

Luego, se acercó a la cama y se tumbó boca abajo junto a Bodhi, que estaba dormido. No lloró. Apretó la cara contra el edredón y la hundió con fuerza. El alquiler era 3995 dólares, dividido entre cuatro, así que ahora les faltarían unos 2 mil dólares mensuales. No creía que Suzie fuera a compartir con ella la diferencia, no porque Suzie no fuera buena gente, sino porque Suzie trabajaba en el decanato de la escuela como becaria por unos 11 dólares la hora y se gastaba todo el dinero en orejas de elfo, capas de mago y esas cosas. La madre de Suzie tenía menos dinero que Shyanne. Una vez, Suzie tuvo que vender su propio plasma para comprarse unas lentillas de ojos de gato.

—¡Mieeeerdaaaa! —gritó Margo en el edredón.

Se preguntó cuándo ya no podría decir palabrotas cerca del bebé. Por el momento, podía.

A MARGO LE tomó casi dos días solicitar el desempleo. Tuvo que pedirle a Shyanne su partida de nacimiento y su tarjeta del seguro social, pero por fin quedó inscrita como era debido en la Asistencia Social. Cuando llegó a la última pantalla, se le detuvo el corazón. «¡Felicidades!». El

Estado le daría 1236 dólares mensuales. Una lluvia de confeti digital en la pantalla.

Margo se quedó mirándola. ¿Cómo piensan que en California se puede vivir con esa cantidad? Le sobrarían 200 dólares después de pagar el alquiler, y eso suponiendo que encontrara compañeras de apartamento en seguida.

Agarró el teléfono, lo soltó, lo agarró de nuevo y llamó a Jinx. Sonó y sonó. En otro momento, no se habría atrevido a dejar un mensaje de voz sobre algo así. Sus otros hijos y su esposa conocían a Margo, pero no les gustaba que Jinx hablara con ella, y Margo sabía que la esposa de Jinx, Cheri, se la pasaba husmeando en su teléfono. Pero aquello no podía esperar. Luego, pensó que podía estar en Japón, una zona libre de Cheri.

—Papá, soy Margo. Tengo un problema muy serio. Me han despedido del trabajo, mis compañeras de apartamento se largan de repente y el alquiler son tres mil mensuales. Solicité el desempleo, pero solo me dan 1200 dólares mensuales. Necesito ayuda. Me duele decir esto, porque yo misma me lo busqué y todo el mundo me advirtió. Pero tengo miedo. Así que, si pudieras, por favor, devolverme la llamada lo antes posible, yo... estoy aterrada. Bueno, eso. Okey. Siento que esta llamada no haya sido más alegre. Te quiero.

Estaba segura de que la llamaría. Nunca antes le había pedido nada. No le había pedido que fuera a su graduación, no le había pedido un iPhone, ni siquiera le había pedido, o esperado, que estuviera en el nacimiento de Bodhi. Llevaba toda la vida guardando y ahorrando sus fichas, y ahora intentaba canjearlas. Y sabía que él la quería. Sabía que la llamaría.

MÁS TARDE ESA misma semana, me estaba comiendo una pizza de microondas entre las montañas de cajas de la mudanza de las dos Kats, que por alguna razón habían decidido que su lugar era el comedor, y me quemé casi todo el paladar. Mientras me despegaba el colgajo blanco de piel entumecida, llamó mi madre.

—Kenny quiere conocerte.

Tardé un segundo en responder.

—Ya conozco a Kenny.

—¡Solo de pasada! —gritó ella.

—¡Okey! ¿Y?

—Quiere llevarte a cenar y conocerte de verdad.

Aquello sonó espeluznante.

—¿Y tú irás?

—Sí, creo que sí. Bueno, no le pregunté. Ay, Dios, ¡ahora me lo pregunto!

—¿Es una entrevista formal?

Me pareció oír a Bodhi en la otra habitación, me despegué el teléfono de la oreja y escuché el aire. Nada. Le di otro mordisco a la pizza. Mi madre seguía hablando cuando volví a acercarme el teléfono a la oreja.

—...No estoy dando nada por sentado. ¡Ya lo he hecho muchas veces! Pero creo que esto significa que la cosa se está poniendo seria. De verdad lo creo.

—Si te pidiera que te casaras con él, ¿le dirías que sí?

Era difícil imaginar que lo haría. Kenny era viejo y algo rígido, todo tenía que ser a su modo. Tenía la típica barriga que les sale a algunos flacos cuando empiezan a envejecer. Había sido maestro de Matemáticas en una escuela y se jubiló antes de tiempo para trabajar en su iglesia. Con su descuento de Bloomingdale's, mi madre llevaba años consumiendo sueros de belleza y cremas antiarrugas, y no aparentaba más de treinta años, así que, aunque Kenny sólo tenía seis años más que ella, parecía mucho mayor.

—Puedes apostar el culo a que sí —dijo—. Ese hombre es todo lo que yo no soy. Es austero y lo planifica todo.

Me reí. Era increíble estar tan deprimida y, aun así, encontrarles la gracia a algunas cosas. De hecho, todo me parecía más gracioso.

—Margo, eso es seguridad. Eso es asegurar el futuro. Oye, ¿has estado buscando trabajo?

—Sí —dije.

Mentira total.

—¿Ya tienes alguna entrevista?

—Sí, en una marisquería, el miércoles.

No tenía ni idea de qué parte de mi cerebro había generado esa historia. Ni siquiera sabía qué día de la semana era ni cuántos días faltaban para el miércoles.

—Una marisquería es perfecta. Seguro que dan buenas propinas —dijo.

Contuve la respiración esperando a que me preguntara quién cuidaría al bebé y preguntándome si también le mentiría al respecto, pero no lo hizo.

—¿Así que te casas con Kenny porque tiene una buena pensión?

Me divertía tomarle el pelo a mi madre. Siempre mordía el anzuelo.

—¡Eso nunca! —dijo—. Me casaría con él aunque no tuviera un centavo.

—Claro que no.

—¡Claro que sí! —insistió—. Porque Kenny es el tipo de hombre que podría perderlo todo y volver a empezar.

—¿Crees que ese hombre va a permitir que te gastes cuatrocientos dólares en cremas faciales?

—No tiene por qué saber lo de las cremas faciales.

—Se va a enterar si te casas con él y abren una cuenta conjunta y todo eso. No puedo imaginar que renuncies a tanto control.

—Sé cómo arreglármelas —dijo.

Sabía que se refería al dinero del póquer. O al dinero de Jinx.

—¿Lo amas? —pregunté.

—Sí, lo amo.

Pensé que estaba faroleando, como en el póquer, aunque no estaba segura. Dobló la apuesta.

—Lo admiro. Admiro su forma de ser porque es diferente a la mía.

—Okey, —dije, suavizando el tono.

Comprendí que también se engañaba a sí misma. El hecho era que la vida de mi madre no era sostenible y ella lo sabía. Había esperado mucho tiempo, demasiado, con la esperanza de que Jinx dejara a su esposa y se casara con ella, pero eso no sucedió, y los años no perdonaban. A mi madre le encantaban los chicos malos, guapos, musculosos y con motocicleta. Elegir a Kenny, que no se parecía en nada a su tipo, era un último intento desesperado por salvarse de sí misma. Y había algo de sabiduría en ello. Si una no quiere obtener el mismo resultado una y otra vez, tiene que hacer algo diferente.

—¿Supongo que no podrías darme algo de dinero para el alquiler mientras encuentro trabajo? —pregunté—. Las Kats se mudaron, así que tenemos que conseguir los dos mil que faltan.

—¿Me estás pidiendo dos mil dólares?

—Más o menos.

—No tengo dos mil dólares, cariño.

—Me lo imaginaba —dije.

—Pídeselos a Mark. Él es quien debería darte eso dos grandes.

—Sí —dije aturdida.

—¿Qué noche tienes libre? Tendrás que conseguir una niñera.

—¿Para cenar con Kenny?

—Sí.

—¿Por qué no puedo llevar al bebé?

—No le he dicho nada del bebé.

—Pues no voy a fingir que no tengo un bebé, mamá.

Había aprendido a no caer en esa trampa. Cuando murió abuelita, Shyanne recicló su muerte una y otra vez para no tener que hacer cosas que no quería hacer.

—Sabía que esa iba a ser tu respuesta.

—Claro, porque si no, sería una psicópata.

—No es asunto suyo que tengas un bebé, Margo.

—Iré a cenar con Kenny en cuanto le digas que tengo un bebé.

—¡Mierda! —dijo, y me colgó el teléfono.

CAPÍTULO CINCO

El día en que las Kats se mudaron, Suzie salió de su habitación, se tumbó a mi lado en el sofá y dijo:

—Gracias a Dios que se han ido, ¿verdad?

—Bueno, excepto por la parte del dinero del alquiler —dije.

—Tengo unos amigos que tal vez podrían mudarse —dijo Suzie—. Tengo que averiguar la situación de su alquiler.

Me horrorizaba que los amigos nerdos de Suzie vinieran a vivir con nosotras. Se la pasarían jugando juegos de rol en vivo por todo el salón. Pero asentí.

—Adelante —le dije.

Lo que fuera con tal de no tener que publicar anuncios y entrevistar a nadie. Lo que fuera con tal de poder seguir durmiendo mal y lactando a Bodhi. Al cabo de dos semanas, comprendí que Jinx no iba a llamar y la tristeza en la que me sumí era como arena movediza.

—Oye, vi a Mark en el campus —dijo Suzie.

—¿Sí?

No quería hablar de Mark. Cada vez que pensaba en él, me dolía. No porque lo extrañara o lo amara, sino porque me dolía.

—Se veía mal —dijo Suzie—. Muy mal.

Me encogí de hombros, pero me alegré un poco de que no estuviera muy bien que digamos.

—¿Sabías que lo nombraron director?

—Me alegro por él.

—No —dijo Suzie—, a nadie le gusta ser director, es demasiado trabajo. Está muy jodido. Ahora tiene que ir a todas las reuniones de la facultad, así que puedo mirarlo mal.

Parte del trabajo de Suzie consistía en levantar acta de todas las reuniones del decano. Me resultaba muy extraño haber sido parte de ese mundo —el campus, la universidad—, y ahora no salir del apartamento más que para ir a la gasolinera. Había terminado el semestre de primavera y Bodhi había nacido en julio, así que no me había matriculado en ningún curso en el otoño. Siempre había pensado que regresaría en algún momento, pero ahora la idea me parecía ridícula.

—¿Puedo cargarlo? —preguntó Suzie.

Nunca lo había pedido. Bodhi había terminado de mamar y dormía profundamente en mis brazos. Lo deslicé hasta su pecho agradecida de la oportunidad de levantarme y estirarme.

—Tengo la espalda baja jodida —dije.

—¡Dios mío, es como tener un gatito dormido encima! —susurró Suzie—. ¡Una persona-gatito!

—¿Puedes quedarte así un momento? —pregunté—. Hace como dos días que no hago caca.

—Claro que sí —susurró Suzie, relajándose un poco y acomodándose la cabecita peluda de Bodhi debajo de la barbilla—. Pero si se despierta, entro en el baño y te lo devuelvo.

—Trato hecho.

MARGO ESPERÓ HASTA diez días antes de que venciera el alquiler. Entonces se tragó su orgullo y le escribió a Mark para pedirle prestados tres mil dólares. Se preguntó si le contestaría.

—Por supuesto que podemos enviarnos correos electrónicos —había dicho Mark—. Los correos electrónicos son la parte más importante. ¡Podemos enviarnos correos electrónicos por el resto de nuestras vidas!

Como si lo que tuvieron hubiera sido real. ¿Habría sido real para él? Ella nunca pudo saberlo con exactitud; le parecía tan atrapado en su fantasía. Quizás la tonta había sido ella. Por supuesto que había sido algo real. No había más que ver a ese bebé real en sus brazos, ese alquiler real que estaba a punto de vencer.

Recordó un día que Mark y Derek discutieron en clase. Derek había intentado afirmar que la narración omnisciente en tercera persona «parecía más sincera».

—La sinceridad y la ficción son incompatibles —había dicho Mark.

—Sí, como los narradores en primera persona poco fiables y todo eso —dijo Derek, gesticulando con las manos, pálidas y suaves.

—La ficción siempre es mentira —dijo Mark—. Miren, lo haré ahora mismo. Una mesa opulenta repleta de carnes, fruta, vino y pasteles. ¿Hay una mesa aquí?

Mark miró a su alrededor, simulando buscar la mesa.

—Sí, pero... —dijo Derek.

—¿Sí? —preguntó Mark.

—No lo sé —dijo Derek.

—¿Te gusta que tus mentiras se sientan más reales? —preguntó Mark.

—Supongo —dijo Derek.

—Pues a mí no —dijo Mark—. Me gusta la arrogancia. Me gusta la bravuconería del autor cuando dice: «Mira qué falso es esto, ahora voy a hacer que lo olvides».

MARGO SABÍA QUE lo que había tenido con Mark no podía ser más falso. Pero no por ello el resultado era menos real e iba a necesitar ayuda para pagarlo.

PASÓ UN DÍA y luego otro, sin noticias de Mark ni de Jinx. Entonces, Margo recibió una llamada en su móvil de un número local, que pensó que podría ser el pediatra de Bodhi, el Dr. Azarian. Era la madre de Mark, que quería reunirse con ella para discutir sus «exigencias». Incluso escuchándola, Margo no podía creer que Mark le hubiera pasado el problema a su mami. Surrealista total.

—No tengo exigencias —dijo Margo.

—Pues yo sí —dijo la madre de Mark, y le informó cuándo y dónde quería reunirse.

EL EDIFICIO AL que llegó Margo casi parecía un hospital. Cuando entró y encontró el número de la suite, vio que era un bufete de abogados y pensó: «Oh». Entró con Bodhi, alerta y sonriente, en sus brazos. La secretaria le preguntó su nombre. Margo no podía creer que aquella chica ya supiera su nombre y la tuviera anotada para una cita, pero estaba claro que así era, y la chica la hizo pasar a un despacho en el que había una mujer rica y mayor con un conjunto de falda rosado, y un abogado de pelo rizo y cara de caballo. El abogado se llamaba Larry. Larry, el abogado. La mujer se llamaba Elizabeth y era la madre de Mark; estaba a todas luces sorprendida y horrorizada de que Margo hubiera traído a Bodhi con ella.

—¡Desde luego que no esperábamos esto! —exclamó Elizabeth con una risa fingida.

¿Dónde pensaban que dejaría al bebé? ¿Con su niñera sueca a tiempo completo? Margo estaba tan sobrecogida por el pánico de estar en aquella habitación que se perdió casi los primeros cinco minutos de lo que allí se dijo. Era abrumador y muy extraño lo parecidos que eran los gestos de Elizabeth a los de Mark. Ambos tenían una forma similar de bajar la vista, las ramitas de sus pestañas rectas y tiesas, y ambos arrugaban los labios antes de empezar una frase. Cuando Margo por fin pudo escuchar algo por encima del sonido de los latidos de su propio corazón, Elizabeth seguía hablando. Cada vez que Larry intentaba interrumpir, Elizabeth levantaba la mano y era como si le empujara las palabras de vuelta al interior de su cuerpo.

—Y, a cambio, garantizarás que no asistirás a Fullerton College en el futuro y que no intentarás contactar a Mark o a su familia. Y tendrás que firmar este acuerdo de confidencialidad, que es por lo que Larry está aquí.

Larry asintió. ¡Claro que estaba allí!

—¿Puedo preguntar si Mark figura en el certificado de nacimiento del niño? —preguntó Larry.

—Pues, no. Lo dejé en blanco. Y si hago todo eso, ¿entonces qué? —preguntó Margo, abrazando a Bodhi en su regazo. Estaba recostado sobre ella mirando hacia enfrente, como si Margo fuera un gigantesco sillón reclinable humano.

—En el acto recibirás los quince mil para cubrir los gastos iniciales, si quieres; y, cuando el niño cumpla dieciocho años, recibirá el fideicomiso que ya he mencionado.

Elizabeth seguía llamando a Bodhi «el niño» a pesar de que Margo le había dicho su nombre.

—Yo... —dijo Margo—, ¿podría explicarme otra vez lo del fideicomiso?

Por la forma en que Elizabeth arqueó las cejas postizas, Margo se dio cuenta de que la tomaba por estúpida, pero le pareció importante averiguar de qué estaba hablando.

—De acuerdo... —dijo Elizabeth despacio—, tomaremos cincuenta mil dólares y los depositaremos en un fondo fiduciario, como si fuera una cuenta bancaria. E invertiremos ese dinero en algo llamado fondos de inversión. Y ese dinero crecerá, de modo que, cuando el niño cumpla dieciocho años, habrá llegado a unos trescientos mil.

—Okey —dijo Margo sorprendida por la cifra—. Bueno, me parece justo. Yo renuncio a ir a la universidad, pero él sí podrá ir.

—Todavía puedes ir a la universidad —dijo Larry.

—Solo que no aquí —dijo Elizabeth.

El pintalabios que llevaba puesto era del mismo tono de rosa que su conjunto de falda, y Margo se imaginó un armario lleno de ropa color sorbete de frambuesa vibrante, como una versión de Batman para señoras ricas, aunque sabía que era demasiado bueno para ser verdad. Elizabeth parecía el tipo de mujer que también vestía de beige.

¿Cómo era posible odiar a la persona que la estaba salvando?

—Claro —dijo Margo.

—Entonces, ¿estás de acuerdo? —preguntó Elizabeth, casi incrédula.

¿Esperaba que Margo protestara? Ese fue el único indicio que percibió Margo de que quizás se estaban aprovechando de ella. No se daba cuenta de que aquello no era mucho dinero para esa gente, que podía haber pedido el doble, y Elizabeth no se habría negado. Margo tenía toda la vida de Mark en su poder. Podía acabar con su carrera, destruir su matrimonio, arruinar su reputación. El movimiento #MeToo estaba por todas partes, aparecía a diario en las noticias. Un año atrás, a Mark no lo habrían despedido por acostarse con una estudiante. Pero ahora todo estaba cambiando. El pasado se abombaba y se contorsionaba bajo una nueva lente. Empezaba a parecer que, incluso, la antes puta Monica Lewinsky solo había sido una pobre becaria de la que el presidente de los Estados Unidos se había aprovechado. Los hombres estaban siendo escarnecidos, los hombres estaban siendo cancelados. ¡Los hombres lo estaban perdiendo todo!

Pero en aquel momento, a la Margo de antaño no le cabía en la cabeza que cincuenta mil dólares no fueran mucho dinero para alguien.

Sobre todo, pensó que Elizabeth, Larry y Mark habían organizado todo aquello presumiendo que Margo era una chica inmadura de clase baja, que podía enfadarse y llamar al decano de Mark por una tontería, o presentarse en su casa para dramatizar el asunto. Margo pudo haberles dicho que nunca haría eso. Pero ahora su supervivencia dependía de que creyeran que sí podía.

Así que firmó todo lo que le dijeron, demasiado avergonzada como para leerlo delante de ellos. Cuando regresó a su auto, metió los documentos en la guantera. No quería ni mirarlos. Casi le parecían sucios. Llevó el cheque al banco para ingresarlo de una vez. Nunca antes había tenido un saldo bancario mayor de quinientos dólares. Parecía tanto dinero. Le preocupaba que el cajero pudiera hacerle preguntas, acusarla de falsificar el cheque, incluso robárselo. Margo firmó el reverso del cheque y se lo entregó al cajero.

—¿Eso será todo? —preguntó el cajero.

Todavía me parece verla, a esa Margo, regresar flotando a su Honda Civic violeta, anestesiada por dentro, casi en shock. No estaba segura de lo que debía hacer a continuación. De milagro, Bodhi se había quedado dormido, así que fue al autoservicio de Arby's, pidió dos sándwiches de Classic Beef 'n Cheddar y se los comió en el auto mientras él dormía. Cuando la grasa le llegó al torrente sanguíneo, se dio cuenta de que se sentía en extremo feliz. Tenía quince mil dólares. Sí, se sentía asquerosa y degradada, pero lo había logrado. Los había salvado. Me gusta ser la yo de ahora y ver a esa yo del pasado. Es casi una forma de quererme a mí misma. Acariciarle la mejilla con compasión a esa chica. Pasarle la mano por el cabello en mi pensamiento.

A MARGO LE daba pavor la cena con Kenny. Shyanne lo había organizado todo después de que por fin le dijo que su hija había tenido un bebé.

—Bien —había dicho Margo—. ¿Adónde vamos?

—A Applebee's —dijo Shyanne—, así que vístete bien, pero no exageres.

Margo captó el mensaje. Shyanne creía de todo corazón en la importancia de vestirse para la ocasión y solía pasar más tiempo pensando en la ropa que se pondría que en lo que diría en cada situación. Había instruido a Margo toda su vida en la ciencia y el arte de la vestimenta comunicativa. Shyanne quería que Margo se vistiera para que Kenny viera que había hecho un esfuerzo, que la consideraba una ocasión especial, pero sin avergonzarlo por no llevarla a un sitio más caro.

—¿Algo que se vea usado? —preguntó.

Shyanne creía que una prenda con signos visibles de uso inspiraba simpatía en la gente, porque demostraba que una hacía todo lo que podía con lo que tenía.

—Quizás esa chaquetita negra con las pelusitas —dijo Shyanne.

—¿También podría ponerme una camiseta de tirantes vieja con un suéter más bonito?

—No es tan detallista.

—Okey, eso haré. ¿A qué hora?

No FUE HASTA que estuvieron sentados en Applebee's que Margo se dio cuenta con gran alegría de que iban a comer. Siempre había sido un poco glotona, sobre todo, porque podía permitírselo. En realidad, no sabía qué hacer para engordar, pero desde luego que una orgía de perritos calientes con chili o Cheez-It de vez en cuando no era suficiente. Con la lactancia su apetito había llegado a otro nivel. Examinó las fotos a todo color del menú de Applebee's como si fuera un catálogo de Navidad para gente rica. Las costillas relucían misteriosas e inescrutables, y los camarones fritos parecían brillar como una promesa crujiente. Empezó a salivar.

—¿Creen que deberíamos pedir un aperitivo?

—No lo sé —dijo Shyanne.

—Margo, quiero que sepas —dijo Kenny— que te estoy invitando y que puedes pedir lo que quieras, sin mirar lo que cueste.

Y le sonrió con calidez. Tal vez por la cantidad de cenas a las que Mark la había invitado, sintió una curiosidad repentina sobre qué pensarían Mark y Kenny el uno del otro, y casi se carcajeó. Se imaginó algo instantáneo, una reacción química, ambos hombres disueltos en espuma en cuestión de segundos.

—No necesitamos un aperitivo —dijo Shyanne.

—Quizás tú no lo necesites porque vas a pedir una margarita tamaño familiar, pero yo sí —dijo Margo.

—¡Margo! —dijo Shyanne tajante—. ¡Sabes que no bebo!

Margo se quedó helada.

—Oh —dijo— ¿supongo que lo olvidé?

Kenny se rio.

—Eso está muy bien —dijo.

Margo no supo a qué se refería. ¿Estaba bien que Shyanne bebiera y fingiera no beber para complacerlo? ¿Estaba bien que Margo hubiera olvidado un hecho básico sobre su propia madre?

—¿Qué te apetece, Margo? —preguntó Kenny.

—Nachos o alitas —dijo Margo.

—¡Muy bien! —dijo—. Eso nunca falla.

—Me inclino por los nachos —prosiguió Margo sin dejar de mirar el menú con apetito—. Soy un poco exigente con las alitas.

—¿Cómo te gustan las alitas?

Kenny parecía encantado, como si fuera algo inusual que a una chica le gustaran las alitas de pollo.

—Me gustan con hueso y sin empanar. Excepto las de Hooters, con esas hago una excepción.

—¡Margo! —dijo Shyanne.

—Ay, por favor —dijo Margo—, te encantan las alitas de Hooters y lo sabes.

—Lo admito —dijo Kenny con cierto brillo en los ojos—, he comido las alitas de Hooters una o dos veces, y son deliciosas.

—Nunca he ido —dijo Shyanne. Margo se quedó mirándola. Su madre había trabajado allí seis años. Empezaba a pensar que el problema no era Kenny, sino la personalidad falsa que Shyanne parecía decidida a proyectar.

Cuando llegó la mesera, Kenny pidió tés helados para él y Shyanne, así como una orden de alitas de pollo y otra de nachos con carne. Margo aplaudió jubilosa.

—¡Estoy tan emocionada! —dijo.

Era reconfortante estar en un Applebee's con sus paredes de imitación de ladrillo, las mesas de resina gruesa tan reluciente y lisa que casi brillaba. El servicio era atroz; Margo no sabía cómo la chica que los atendió podía dormir por las noches. Cuando trajo los nachos, metió el pulgar en los frijoles y Margo la vio lamérselo mientras se alejaba.

—Cuéntame otra vez, Kenny —dijo Margo—, ¿trabajas para la iglesia?

—Soy el director pastoral juvenil de Forest Park Community Church —dijo con una gran sonrisa—. Y me fascina.

—¡Oh, qué bien! —dijo Margo, aunque Kenny era tan viejo y radicalmente anticuado que resultaba difícil imaginar a qué tipo de juventud podría pastorear con éxito.

—Tienen unos programas estupendos, Margo —dijo Shyanne—. Hacen muchas obras teatrales y esas cosas.

—Me encantan los musicales —dijo Kenny.

—Incluso montaron *Rent* —dijo Shyanne.

—Somos un grupo bastante liberal —dijo Kenny—. Por eso, fue una tontería que a Shyanne le preocupara que pudiera juzgarte por tener un hijo fuera del lazo matrimonial.

Margo tragó en seco. Aquello del lazo matrimonial sonaba medio espeluznante.

—Bueno —dijo—, digamos que he cometido muchos errores en mi vida, pero no creo que tener a Bodhi haya sido uno de ellos.

—¡Amén! —dijo Kenny y alzo el vaso de té helado—. Hoy en día mucha gente quiere librarse de las consecuencias de sus propios actos. ¿No te parece?

La camarera regresó y les tomó la orden.

—La mayoría de la gente —empezó a decir Kenny cuando la camarera se fue—, y siéntete en la libertad de discrepar, me gustaría saber qué opinas sobre esto, Margo, pero la mayoría de la gente asume el papel de la víctima. Piden el café con leche especial, sin espuma ni crema batida ni caramelo, y si no se lo dan, de repente se indignan. ¡Muchas chicas en tu situación habrían gritado «violación»! Habrían dicho: «¡Pero si es mi profesor! Debió hacer esto, no debió hacer esto otro».

Margo no estaba segura de qué tenía que ver Starbucks con aquello.

—Bueno, creo que Mark no debería acostarse con sus estudiantes.

—Claro que no —dijo Kenny—. Todos somos ángeles caídos. Pero la verdadera prueba es qué hacemos cuando esos fantasmas del pasado nos acechan. ¿Intentas utilizar la carta para salir libre de la cárcel, o te comportas como un hombre y aceptas las consecuencias de tus actos? Tenemos agencia. Tenemos el poder de hacer de nuestras vidas un paraíso o un infierno. Todo está en las decisiones que tomamos.

—Cierto —dijo Margo.

Parecía muy probable que la conversación iba a continuar en una dirección que la haría sentirse incómoda, aunque no discrepaba del razonamiento de Kenny.

—Te dije que nos llevaríamos bien —le dijo Kenny a Shyanne, quien se rio y bajó la vista.

Su madre era tan hermosa. Margo siempre lo había pensado, pero a medida que se hacía mayor, veía a su madre más como la veía el resto del mundo. Cuando estaban a solas, Shyanne solía hacer muecas, ponerse bizca y sacar la lengua. Como tenía los ojos tan separados, adquiría un aire reptiliano que siempre hacía reír a Margo. Pero cuando era consciente de que la miraban, Shyanne se erguía de un modo diferente. Estiraba el cuello y ladeaba un poco la cabeza, como si la belleza fuera una especie de brida que tuviera que morder.

—Por eso —empezó a decir Kenny con prisas—, quería invitarte a cenar esta noche.

Por su tono, Margo supo que algo trascendental estaba a punto de ocurrir.

Kenny estiró el brazo por encima de la mesa y le tomó la mano a Shyanne.

—Quiero pedirte tu bendición, Margo. Me gustaría pedir la mano de tu madre en matrimonio.

—Oh —dijo Margo—. ¡Oh, felicidades!

Shyanne lanzó una especie de grito ahogado que solo habría tenido sentido en un intercambio sexual o deportivo, quizás en un juego de azar. Era el sonido gutural y emotivo de la victoria.

—Entonces, ¿tenemos tu bendición? —preguntó Kenny.

—Sí, por supuesto —dijo Margo.

Aunque la idea de que todos los días de Acción de Gracias y Navidad se vieran arruinados por la constante y exuberante presencia de Kenny le revolvía el estómago. Miró a su madre, sentada a su lado, que lloraba y temblaba de felicidad. No quiero hacer esto nunca, pensó Margo. No quiero casarme con nadie, nunca.

Y entonces Kenny se puso de pie, con un aspecto tan decidido y bochornoso que Margo se conmovió. De repente pudo visualizar todas las veces que Kenny había recibido una paliza en el autobús o que no se había atrevido a hablar con una chica. Era como si su yo juvenil se superpusiera por un instante a su yo adulto. Kenny se arrodilló en la alfombra marrón de Applebee's y sacó un estuche con un anillo. Lo abrió.

—Shyanne —dijo—, eres la mujer más hermosa que he conocido.

Margo era consciente de que el restaurante había hecho una pausa, de que la gente estaba mirando y también de que Kenny estaba bloqueando el pasillo. Se puso tensa de pensar cuando algún camarero con una gran bandeja tuviera que pasar.

—Sí —gritó Shyanne, abanicándose la cara con los dedos muy abiertos—. ¡Digo que sí!

—Déjame terminar —dijo Kenny.

Margo miraba el anillo, un diamante rosa de corte cojín.

Tal vez Kenny conocía bien a Shyanne.

—Shyanne, me sentiría honrado de que permitieras que mi pesadez acompañe tu belleza; mi fuerza, tu delicadeza; mi seriedad, tu alegría. Shyanne, ¿quieres ser mi esposa?

—Sí —dijo Shyanne, aunque lloraba tanto que Kenny y Margo fueron los únicos que pudieron oírla.

Kenny le deslizó el anillo en el dedo. Ella lo abrazó y se aferró a él, aún arrodillado ante ella, el rostro hundido en sus pechos, y todo el restaurante estalló en aplausos.

Bueno, pensó Margo, mirando a su alrededor a toda la gente que aplaudía. Al menos les darán un postre gratis.

CAPÍTULO SEIS

Una semana después, sonó el timbre de la puerta. Bodhi estaba dormido y Margo se detuvo para ver si se despertaba, pero entonces empezaron los golpes, así que se acercó a la puerta y la entreabrió.

Estuviera o no en la tele, Jinx siempre llevaba la misma ropa: jeans negros o pantalones de cuero, suéter negro de cuello de tortuga, chaqueta negra de cuero. Como una especie de sacerdote impío. En los dedos largos y finos, llevaba muchos anillos, y a menudo juntaba las manos de un modo que parecían raras y artificiales. Doblaba los dedos como quien dobla un paraguas.

No le había contestado la llamada, pero Margo siempre veía a Jinx en sus propios términos y, con frecuencia, aparecía sin avisar. Ni siquiera le pareció extraño que trajera consigo su bolsa de viaje de cuero.

—¿He venido en un mal momento? —preguntó, bajando el tono de voz por si Margo tenía visita.

—No, es que... No has contestado ninguno de mis mensajes de texto en... semanas, y te dejé un mensaje de voz, ¿lo recibiste?

—Por eso estoy aquí —dijo—. Vine tan pronto como pude. No tenía el teléfono porque estaba en rehabilitación, te quitan el teléfono. Cuando lo recuperé al salir, tenía como un millón de mensajes de voz. Escuché el tuyo y vine directo. ¿Puedo pasar? Puedo darte un cheque ahora mismo.

—Oh —dijo Margo—. Pues, sí. Pero ya resolví lo del dinero, así que...

Le abrió la puerta. Sabía que su padre había estado en rehabilitación antes. Siempre le habían restado importancia al asunto. Se preguntó si eso significaba que las cosas le iban mal.

Jinx se agachó un poco al entrar en el apartamento.

—Es muy bonito —dijo.

Margo no se había dado cuenta de que él nunca había visto su apartamento.

—¿Quieres algo de beber? —preguntó Margo, y Bodhi empezó a

gemir desde la habitación—. Déjame ir a buscarlo, y te preparo un té o algo.

A Jinx le encantaba el té. Había empezado a beber té verde en Japón, y ahora estaba metido de lleno en los tés de hierbas y esas bebidas asquerosas hechas de corteza de árbol. Era capaz de recitar las propiedades medicinales de las plantas con lujo de detalles, aunque Margo nunca podía estar segura de que todo fuera cierto. «La rosa mosqueta es tremenda para la inflamación», decía, sosteniendo una taza de té entre sus manos de grulla.

Margo regresó con Bodhi enchufado a la teta izquierda. Pensó que sería raro amamantar delante de su padre, pero él no parecía incómodo en absoluto.

—Tan pronto como termine, déjame cargarlo. Es bello sin remedio. Es increíble, Margo.

Jinx la miró, tenía los ojos vidriosos por las lágrimas.

Margo tuvo una extraña sensación de vértigo. Quizás era la primera vez que su padre estaba orgulloso de ella o al menos la primera vez que era consciente de eso.

—Entonces, ¿estás de vuelta en la ciudad? —preguntó de camino a la cocina para poner agua para el té.

—Sí, y de forma semipermanente, creo —dijo.

—¿Qué quieres decir?

—Bueno, Mayhem se ha retirado —dijo.

Margo conocía a Murder y Mayhem de toda la vida. Una visita de Jinx a menudo significaba una visita de Mayhem, ya que a Mayhem le gustaban más los niños que a Murder. Antes de dedicarse a la lucha libre, Murder había sido matón en una pandilla callejera de Los Ángeles. Así fue como obtuvo su nombre, asesinando gente.

—Pensé que ibas a... ¿Cómo era que se llamaba?

Jinx había pasado por una transición. Margo se había enredado un poco en su propio drama y ahora tenía la sensación de que se había perdido piezas vitales de la historia. Murder había muerto de una sobredosis hacía cinco años. Mayhem había intentado seguir actuando solo por un tiempo y no le fue muy bien. La gente lo quería en las luchas en pareja porque, en aquel momento, él y Murder eran icónicos, estaban haciendo historia. Pero, para ser realistas, Mayhem ya estaba demasiado viejo y la espalda empezaba a fallarle. Cuando Mayhem por fin se retiró de forma oficial, Jinx había empezado a trabajar con un tipo nuevo, una especie de bala perdida, al menos ese era su truco. Margo le llevó el té a Jinx al sofá y se sentó en la silla frente a él para amamantar a Bodhi.

—Billy Ants, sí, y eso no funcionó. No sé si había hablado contigo de esto, pero Cheri y yo nos vamos a divorciar.

Desde luego, nunca había hablado de ello con Margo. Rara vez hablaba de su matrimonio y de su otra familia, su verdadera familia.

—Oh —dijo Margo—. Lo siento mucho.

—No importa —dijo, echándose hacia atrás y cruzando sus larguísimas piernas—. Tarde o temprano tenía que ocurrir.

Bodhi, borracho de leche, volvió a quedarse dormido en los brazos de Margo, que le sacó el pezón de la boca con un chasquido.

—Toma —dijo Margo, levantándose y poniéndole al bebé dormido en los brazos.

—Ven aquí, cosita perfecta —dijo su padre.

No hablaba como bebé, pero sus palabras tenían un toque de dulzura. Empezó a mecer a Bodhi con evidente delicadeza.

—Lo haces muy bien —dijo Margo.

Nunca pensó que su padre sabría manejar un bebé, quizá por todo ese cuero negro o por lo mucho que se parecía a Beerus de *Dragon Ball*.

—Bueno, he tenido unos cuantos —susurró—. Cinco con Cheri, y luego, Margo. Y mis hermanitos y hermanitas.

Jinx era el segundo de nueve. Margo no conocía a ninguno, ni siquiera sabía sus nombres.

Jinx se recostó en el sofá con Bodhi tratando de no despertarlo y empezó a examinarlo abriéndole el puñito cerrado.

—Va a ser grande —dijo.

—¿Cómo lo sabes?

Margo sabía que no lo sería. Quiso fingir.

—Mira qué dedos tan largos y gordos tiene.

Al ver la expresión de embriaguez amorosa de Jinx, a Margo se le hizo un nudo en la garganta. ¿Su padre la habría mirado así cuando era bebé? Afuera estaba nublado, el cielo estaba cubierto de nubes blancas y el salón tenía una especie de penumbra elegante.

—¿Sabe Shyanne que estás en la ciudad? —preguntó Margo.

—Sí, ella fue la que me envió aquí.

—Oh, ¿fuiste allí primero? —preguntó Margo.

Jinx parecía ignorar que antes había dicho que había ido directo a casa de Margo.

—Bueno, sí, no tenía tu dirección. Y necesitaba hablar con ella de algo. Conocí a Kenneth.

Era propio de Jinx llamarle Kenneth en vez de Kenny. Margo apostaba a que eso le jodía a Kenny.

—¿Y qué tal?

—Bueno, es un fan.

—¿No me digas?

—Pero no deja de ser irónico. Creo que Shyanne se sorprendió.

—¿Qué es irónico? Espera, ¿estabas pensando volver con ella?

—Ese era el plan —asintió Jinx—. Le traje rosas y todo.

—¡Pudiste haberle advertido del plan!

Jinx se encogió de hombros y acomodó a Bodhi, esta vez más erguido, contra su pecho.

—Sí, bueno, mi vida ha sido un caos, para ser sincero. Y entonces, llego aquí y ya no necesitas mi ayuda, así que supongo... ¡supongo que no tenía que haber venido!

—Papá —dijo Margo.

Le molestaba que ahora se hiciera la víctima porque ella ya no necesitaba dinero. Pensaba que podía ser la hostil un ratito más. Pero lo vio entristecerse.

—Siempre tengo ganas de verte. Estaba desesperada por que conocieras a Bodhi.

Jinx sonrió y movió la cabeza.

—Tal vez fue mejor que no le contara el plan a Shyanne. No era algo definitivo. Y quizás nos hemos salvado el uno del otro.

Margo no sabía qué contestar. Jinx era el maldito amor de la vida de Shyanne.

—Lo habría dejado por ti en un santiamén.

—Eres muy amable —dijo Jinx—, pero ha corrido mucha agua bajo ese puente. Creo que todos estos años han sido muy duros para ella.

Margo quería responderle, decirle que los sentimientos de Shyanne hacia él nunca habían cambiado, que siempre había sido él y siempre sería él, y que, si volvían ahora, todo lo que había pasado habría merecido la pena.

—Creo que al menos deberías decírselo —dijo Margo.

—Tal vez lo haga, pero han pasado cosas entre nosotros que no entenderías.

—¿Por qué? O sea, ya no soy una niña.

—No, claro que no —dijo Jinx, cruzando las piernas en la otra dirección, apartando la vista del bebé—. Creo que mi constitución me impide serle fiel a una sola mujer y dudo que eso haya cambiado. Shyanne estaba obsesionada con Cheri, pero en verdad Cheri nunca ha sido el obstáculo. Eliminarla de la ecuación no aliviará las tensiones entre nosotros, aunque Shyanne crea que sí.

—O sea, ¿no podrías tan solo... no?

Margo pensó que se había puesto viejo; ¿con cuántas chicas guapas podría estar coqueteando en ese momento? Una cosa era cuando tenía veintiocho años y recorría el mundo como luchador profesional, pero un cincuentón flacucho incapaz de mantenerse la cosa dentro de los pantalones de cuero negro era mucho más triste.

—Bueno, eso también eran suposiciones mías, creer que era un comportamiento que podía y debía controlar. Pero nunca lo he logrado, así que no sé por qué iba a lograrlo esta vez.

—Y, luego, la rehabilitación —dijo Margo.

Tenía muchas ganas de hablar de ello, aunque temía perturbar la dignidad de su padre, como quien agarra a un gato para molestarlo.

—¿Cómo te fue?

—Ya sabes, es un ciclo —dijo.

Ella sabía que era un ciclo. Era un ciclo por el que pasaban todos los luchadores profesionales: lesionarse, tomar analgésicos para poder seguir luchando, lesionarse más por luchar lesionado, tomar más analgésicos. Para muchos luchadores, eso se agravaba con la vida en la carretera y las noches de juerga con muchas drogas y alcohol, pero ese no era el verdadero problema de Jinx. En realidad, el papel de Jinx era el de madre de Mayhem y Murder: asegurarse de que no perdieran sus vuelos, discutir cuántos Somas podían tomar, mantenerlos a raya en los hoteles. Murder era un bromista atroz y una vez hizo caca en el ascensor del Waldorf Astoria.

No obstante, y a pesar de que ya no trabajaba en el ring, Jinx se había sometido a cuatro o cinco operaciones de la columna vertebral a través de los años, ninguna de ellas muy exitosa, quizás también a una de la cadera —lo había olvidado, pero sabía que también le habían operado las dos rodillas—. Renunciar a los analgésicos no era una opción realista.

—Pero ¿cómo supiste que tenías que ir a rehabilitación? —preguntó Margo.

No entendía por qué no se limitó a tomarse los analgésicos como se los recetaron, uno al día o una pastilla cada cuatro o seis horas, lo que fuera. Que abusara de ellos parecía implicar que no se los tomaba y los guardaba para luego tomarse muchos de golpe. Nunca se había atrevido a preguntar los detalles de todo ese asunto.

Vio que Jinx dudaba y no sabía cuánto debía contarle. Por fin, alzó la vista y, mirándola a los ojos, le dijo:

—Había empezado a usar heroína y mantenía una relación con una chica llamada Viper.

—¡Qué asco! ¡Papá!

Alzó tanto la voz que Bodhi se despertó sobresaltado en el pecho de Jinx. Margo extendió la mano para que Jinx se lo devolviera. Jinx meció a Bodhi un poco y el niño volvió a dormirse.

—Shyanne mencionó que quizás estabas buscando un compañero de apartamento, y yo necesito con urgencia un lugar donde vivir, pero si vamos a vivir juntos, quiero ser sincero contigo, incluso si luego piensas mal de mí.

Seguía mirándola a los ojos. Pero ¿qué creía? No había forma de que Margo pudiera pensar bien o mal de él: era casi un personaje de ficción para ella, un dios griego, un planeta distante cuya órbita lo acercaba a ella solo una o dos veces al año. Lo había visto más en televisión que en persona. Le resultaba doloroso desear que fuera más que eso, así que siempre lo mantuvo contenido en su mente. Pero ahora hablaba de vivir en su casa. De forma semipermanente. La idea era emocionante y aterradora a la vez.

—Bueno... —Margo no sabía cómo decir lo que tenía que decir porque era el tipo de cosas que nunca en la vida le había dicho a su padre—. La verdad es que necesito un compañero de apartamento. Y sería estupendo verte todos los días. Pero... Tienes que estar limpio si vas a estar cerca del bebé.

—Margo —dijo Jinx—, estoy limpio y quiero seguir estándolo. Yo mismo me metí en rehabilitación. Terminé mis treinta días con éxito; participo de forma activa en mi recuperación. Nunca, nunca querría que me vieras así. No habrá... No habrá nada de eso aquí.

—¿Por qué no te mudas con Andrea o Stevie? ¿O con uno de los chicos? —preguntó Margo de repente.

Le parecía raro que Jinx la eligiera a ella antes que a sus verdaderas hijas. Como era natural, Margo acechaba sus cuentas de Instagram hasta límites insanos. Andrea se había casado en el verano y Stevie iba a comenzar su último año en Barnard. En casi todos los sentidos, eran superiores a Margo. Vestían ropa bonita, iban a restaurantes elegantes, vacacionaban en lugares exóticos. Ninguna tenía la nariz deforme de Jinx o se la operaron en la adolescencia. Los chicos no tenían cuentas en las redes sociales, excepto Ajax, que practicaba artes marciales mixtas. Los chicos le interesaban menos.

—La verdad es que, cuando lo discutí con mi terapista, llegamos a la conclusión de que la tensión de esas relaciones podría provocarme una recaída.

—Okey —dijo Margo.

Se sintió culpable de que eso la complaciera e hizo todo lo posible por disimularlo.

—¿Y por qué no alquilas tu propio espacio?

—Porque entonces sí que recaería. No habría nadie por quien... actuar con cordura.

—Oh —dijo Margo—.

—«Actúa como si...» dicen en NA —dijo Jinx—. Finge hasta que lo consigas. Pero está bien si dices que no, Margo. Entiendo que no me quieras aquí. Debí haber venido a traerte un cheque y ver al bebé. O no traerte un cheque y ver al bebé.

De pronto Jinx se puso tan triste que Margo se alarmó. Le temblaban las mejillas y se le tensaban, y tenía los ojos desorbitados.

—¡No te lo pregunté porque esperara que te fueras a vivir con uno de ellos! —dijo Margo—. Necesitamos un compañero de apartamento con urgencia, y me horroriza tener que buscar uno, y te quiero. Sabes que te quiero. ¿Lo sabes? ¿Papá?

Jinx miraba a Bodhi. No dijo nada durante un momento y, luego, casi susurró:

—Y yo también te quiero.

Y estaba llorando.

Margo se levantó y rodeó la mesita para sentarse a su lado. A modo de prueba, se le pegó un poco y sintió la chaqueta de cuero fría sobre la piel caliente. Jinx giró un poco los hombros para que Margo pudiera acomodarse bien a su lado.

—Puedes quedarte —dijo.

Se apartó un poco y vio la mancha de crema hidratante con color que le acababa de dejar en la manga de la chaqueta de cuero.

—Claro que puedes quedarte.

Después de una conversación con Suzie acompañada de comida china, Jinx se mudó al dormitorio de Kat, la más grande, porque era, bueno, más grande. Decidieron aplazar la búsqueda de un cuarto compañero porque Jinx argumentó que el cuarto dormitorio debía convertirse en la habitación de Bodhi. ¿No podían pagar 1333 dólares cada uno? A Suzie le estresó la idea. Jinx ni se dio cuenta. Después, Margo agarró a Suzie en el pasillo cuando salía del baño.

—Yo pagaré tus trescientos, no te preocupes —susurró.

—¿En serio? —preguntó Suzie aliviada.

—En serio —dijo Margo, aunque no sabía por qué se sentía obligada a ahorrarle a Suzie el alquiler extra. Aún no tenía ni idea de qué iba a hacer, pero tenía el dinero de la madre de Mark en el banco, que era más de lo que tenía Suzie.

Cuando volvió al salón, Jinx estaba viendo un programa de lucha libre que parecía casi tres quintas partes comedia y solo dos quintas partes lucha.

—Oh, no sabía que Arabella estaba con Ring of Honor —dijo.

—¿Quién? —preguntó Margo acurrucándose en su extremo del sofá.

Bodhi estaba dormido sobre el pecho de Jinx. Se sentía raro no tenerlo en brazos todo el tiempo.

—La del pelo rosa brillante. Estaba con la WWE y le cancelaron el contrato porque... Bueno, ¿has oído hablar de OnlyFans?

—No, ¿qué es? ¿Es como Cameo?

Margo sabía que buena parte de los ingresos de Jinx provenían de una página web en la que le pagaba por grabar vídeos para desearle feliz cumpleaños a un marido o a quien fuera.

—Oh, no, para nada. OnlyFans es más... es pornografía, en pocas palabras. Los famosos o las personas con muchos seguidores en las redes sociales tienen cuentas sin filtro y con contenido para adultos. Uno puede pagar una cantidad al mes para seguir a Arabella y ver las fotos picantes que publique. No es nada nuevo, los luchadores profesionales han hecho pornografía durante años. Me alegro por ella porque he oído que gana bastante dinero, pero la WWE no quería identificarse con eso. Me alegra que Ring of Honor la haya escogido. Es buena gente. Le encantan los videojuegos.

Margo se incorporó para digerir lo que acababa de escuchar. Jamás había hablado con su padre de pornografía. Jinx podía ser bastante pudoroso en las conversaciones.

—¿Como cuánto dinero? —preguntó por fin.

—No lo sé, pero cuando Triple H le dijo que tenía que salirse de OnlyFans o abandonar la WWE, dijo que había ganado más en un mes allí que en todo un año luchando. No conozco los detalles de su contrato, pero, si es así, no había mucho que pensar. No te revientas una rodilla haciendo desnudos, ni te rompes el cuello sin querer y acabas paralítico. Margo sabía que hablaba de Droz, que terminó en una silla de ruedas después de que D'Lo Brown le rompiera el cuello en SmackDown. Jinx iba a verlo como una vez al año.

—¿Qué tan famoso hay que ser para hacer eso? —preguntó Margo.

—Creo que cualquiera puede hacerlo. Es cuestión de que la gente te siga. Mira eso, está a punto de hacer su remate, mira.

Margo vio cómo Arabella estrangulaba a la otra chica con los muslos mientras hacía lagartijas con un solo brazo. Impresionante.

—¿Cómo hará para que algo tan estúpido se vea tan bien? —dijo Jinx maravillado.

ESA NOCHE, EN su habitación, Margo amamantó a Bodhi y esperó a que se durmiera para acostarlo. Estaba sin blusa y se miró en el espejo, uno de esos espejos baratos de residencia estudiantil que se cuelgan detrás de la puerta. Tenía las tetas enormes. Nunca había tenido las tetas tan grandes. De manera impulsiva, se apretó una y roció el espejo con leche.

Y en ese momento se le ocurrió: «Cualquier hombre pagaría por ver esto».

Margo era muy consciente que no era tan guapa como sexy. Shyanne se lo repetía una y otra vez: «¡No eres lo suficientemente guapa como para tener el pelo sucio, métete en la ducha! ¡Usted no es lo suficientemente guapa como para tener esa actitud, señorita!». No tenía la cara angulosa de su madre y había sacado la nariz medio aplastada de Jinx. Shyanne siempre trataba de afinársela con el maquillaje para que luciera mejor.

Margo sabía que su madre intentaba transmitirle la sabiduría y destreza del enigmático arte de convertir a una persona común y corriente en una diosa menor mediante pinturas y telas, pero lo que también escuchaba era: «Tienes que cubrirte el rostro. Para que te amen, debes ponerte este rostro sobre tu rostro».

Incluso si le dolía, le picaba o le arrancaba las pestañas. «La belleza es como el dinero gratis», solía decir mientras maquillaba a Margo.

Margo trasladó a Bodhi a su cuna y sacó su portátil. No sabía por qué sentía tanta curiosidad. Tenía el dinero de la madre de Mark. No estaba desesperada, aunque era alarmante lo rápido que se evaporaba ese dinero. Entró en el sitio web de OnlyFans. Era difícil ver en qué consistía sin registrarse, pero era gratis, así que ¿por qué no?

Necesitaba un nombre de usuario. Algo sexy, pensó. Aunque de pronto lo que hacía que algo fuera sexy se convirtió en todo un misterio. Desde que había tenido a Bodhi, el sexo le parecía imposible y ajeno, como algo de otro mundo, el recuerdo vago de un sueño. Sexo adyacente, pensó, pero su cerebro seguía generando ideas como TetasMcGee y ControlChocho. Por fin, tecleó: FantasmaHambriento.

Y, así, sin más, estaba dentro.

Lo primero que hizo fue buscar a Arabella, pero no encontró nada. Desconcertada, revisó la ortografía. ¿Sería que Arabella no tenía una cuenta o se trataba de alguna rareza deliberada en el algoritmo de búsqueda de OnlyFans? Frustrada, fue a la cuenta de Instagram de Arabella y, desde un enlace en su biografía, llegó a Linktree. Al final había un enlace que decía Vente sígueme 18+. Margo clicó y finalmente accedió a la página OnlyFans de Arabella, pero no podía ver nada de lo que había publicado sin suscribirse y pagar. Seguir a Arabella costaba la asombrosa suma de veinticinco dólares al mes. Margo se sentía como Rico McPato, reacia a desprenderse de sus monedas de oro. Pero, al final, la curiosidad pudo más que ella. Una vez que tuvo acceso completo, fue leyendo las publicaciones de Arabella para poder entender. Esperaba ver desnudos, tal vez algo entre el tipo de selfis que una le enviaría a un chico y algo más profesional como *Playboy* o *Penthouse*. Casi todo lo que Arabella publicaba eran fotos de ella jugando videojuegos en ropa interior. Había algunos videos que estaban en gris; había que pagar más para verlos. Uno de ellos se titulaba «Toqueteo después de un tremendo *vic roy*». Margo no estaba segura de querer ver aquello; no sabía lo que significaba «*vic roy*». Pero abrió uno gratis y le sorprendió ver que duraba ocho minutos.

En una pantalla dividida, estaba, a un lado, Arabella con el pelo rosa encendido que le caía un poco alrededor de la cara y un sujetador de cuero negro con cadenitas conectoras en los pezones; al otro, un videojuego que Margo nunca había visto y que la cautivó al instante. El personaje de Arabella en el juego era una chica sexy con un traje de osito color rosa magenta. Margo vio al osito rosado lanzarse en paracaídas desde un dirigible a una hermosa isla en tecnicolor cubierta de edificios y lagos, carreteras y árboles, todo un mundo por explorar. Arabella mascaba chicle. Dijo: «Vayamos a Tilted, siempre me gusta ir a Tilted». Aterrizó con mucha gracia en la azotea de una especie de torre de apartamentos hecha de cemento y empezó a perforarla con un pico. El juego iba tan de prisa que a Margo le costaba visualizar lo que ocurría mientras el oso rosa recogía unas armas brillantes y avanzaba por las habitaciones hasta encontrar lo que parecía ser un ángel de piedra en movimiento, al que mató de inmediato diciendo: «¡Hola, hola!». Mientras Arabella bajaba las escaleras del edificio a toda velocidad, se cruzó con otros jugadores en rápida sucesión: un rubio musculoso, un cascanueces gigante y una chica sexy disfrazada de triceratops rojo. Arabella los mató casi antes de que Margo pudiera visualizarlos en la pantalla. Después de matar a la chica triceratops, Arabella rompió el silencio concentrado en el chicle que mascaba y soltó un grito de guerra: «¡Atrévete, putaaaaa!», al tiempo que su personaje de oso de peluche empezaba a bailar break dance.

Margo no podía dejar de mirar. En el juego había carritos de supermercado que podía empujar para desplazarse de un lugar a otro, había una tormenta violeta que se le acercaba amenazante, había cantimploras de un líquido azul místico que podía beber para protegerse, todo un espectáculo visual. A Margo nunca le habían apasionado los videojuegos. En realidad, solo conocía el Nintendo, que le parecía un poco infantil, y *Call of Duty*, donde todo era bastante crudo y caótico, y no había chicas guapas disfrazadas de oso. Era el primer juego que le había interesado jugar. Después de ese, vio tres videos más. Aquello no era en absoluto lo que esperaba encontrar en la cuenta de Arabella.

Siguió clicando y se suscribió a otras tres cuentas de Instagram que encontró al azar de chicas que habían mencionado OnlyFans en un post o un comentario. Cada una costaba quince dólares, pero ninguna era como la de Arabella. Eran mucho más parecidas a lo que esperaba: un montón de desnudos, conversaciones sensuales y emojis de diablitos violeta. Era posible comprar un set de fotos o un video a base de una miniatura y una sola frase descriptiva: «Los miércoles me ponen caliente: auto juego, vibrador, pies». Parecía improbable que los hombres desearan tanto el sexo y, sin embargo, lo deseaban; había toda una economía basada en cuánto lo deseaban y, por un instante, Margo comprendió que su propio deseo sexual era leve en comparación. Jamás se le ocurriría pagar quince dólares por ver a un tipo desnudo. Con quince dólares podía comprar dos, quizás hasta tres sándwiches. No era posible ver cuántos fans tenía alguien en su OnlyFans, pero a juzgar por sus seguidores y su tasa de compromiso en Instagram, ninguna de las otras cuentas que siguió tenía tantos fans como Arabella.

Margo aún no pensaba abrir una cuenta y empezar a postear, pero la intrigaba. Se había imaginado a OnlyFans como un triste jardín de chicas desesperadas que fingían estar excitadas e intentaban ser lo que los hombres deseaban, todas ellas gritando: «¡Escógeme a mí, escógeme a mí!». No se había imaginado a Arabella en un mundo de fantasía vestida como un osito de peluche rosa magenta, aniquilando a gente a diestra y siniestra. Margo sabía que jamás podría ser así, no era tan fuerte y, además, era un desastre en los videojuegos, pero ¿y si lograba encontrar su nicho?

—Quizás un montón de gente quiera tirarse a mamá —susurró, mirando a Bodhi acostadito en su cuna, roncando suave como un cerdito.

Y así fue como se convirtió en FantasmaHambriento. A solas, en la oscuridad, iluminada por la pantalla de un portátil, con su bebé, negándose a imaginar a su padre inyectándose heroína y tirándose a una mujer llamada Viper.

O ASÍ FUE como me convertí en FantasmaHambriento. Es difícil decir cuál de nosotras fue.

CAPÍTULO SIETE

Una de las primeras cosas que hizo Jinx fue limpiar el baño, y me refiero a que lo limpió con un cepillo de dientes y un galón de lejía. Era como si lo estuviera preparando para una cirugía. Descartó las botellas de champú medio vacías y me hizo elegir solo dos de la amplia gama de lociones perfumadas que había acumulado durante el año anterior.

Ahora su uniforme era una camiseta blanca y pantalones deportivos grises, un cambio audaz respecto a su estricto estilo de vida de negro. No podía hacerme a la idea de lo pequeño y normal que se veía. ¡La camiseta blanca tenía letras color verde azulado! ¡Verde azulado!

—Lo siento, me cuesta verte con ropa que no sea negra. ¡Eres otra persona!

—*Kayfabe* —dijo, encogiéndose de hombros.

Kayfabe era un término de lucha libre que significaba más o menos «mantenerse en el personaje». Por ejemplo, si un luchador se lastimaba en el ring como parte de un espectáculo, podía usar un yeso en la vida real.

—¿O sea, que lo de tu ropa de andar por la calle es *kayfabe*?

—Por supuesto. Todo el mundo *kayfabea* su ropa de andar por la calle.

—Pensé que te gustaba vestir así.

—La verdad es que me he vestido así durante tantos años que no tengo idea de cómo me visto ahora. Pero para limpiar la casa, esto es mejor. Por la lejía. Crees que no te has salpicado, pero puedes apostar que sí. No sé cuántas camisas he arruinado.

Lo siguiente fue la cocina. Limpió la estufa quitando las rejillas, que yo pensaba que estaban fijas, y blanqueó partes de la estufa que yo no sabía que debían de ser blancas. Mientras restregaba y restregaba, escuchaba a todo volumen la música rap más sucia que jamás había escuchado: «Casi me ahogo en su chocho, así que nadé hasta su culo».

¿Qué significa eso, Lil Wayne? La única forma en que la letra podía tener sentido era si la cantaban al estilo de *El autobús mágico*.

No sabía que mi padre escuchaba música rap, pero al parecer seguía las carreras y nuevos lanzamientos incluso de artistas desconocidos. Cuando descubrió que yo no sabía quién era J Dilla, por poco se desmaya. Se convirtió en una especie de juego entre nosotros.

—¿Quién canta? —le preguntaba.

—Ese es Maxo Kream. Es de Houston. Ya había lanzado algunos mixtapes, pero en enero lanzó su primer álbum completo y el chico tiene grandes dotes para contar historias —decía mientras colocaba en el lavavajillas diversos artículos que había recogido por la casa para esterilizarlos: cepillos para el cabello y peines, los mordedores de Bodhi, el vaso de poner los cepillos de dientes y todos los pomos y manijas de los gabinetes de la cocina, que había desenroscado.

—¿Alguna vez has oído hablar de un juego llamado *Fortnite*? —le pregunté.

Comenzó a hacer un baile moviendo los brazos por delante y luego por detrás de forma confusa.

—¿Y quién no? —dijo.

—Yo, supongo.

Había intentado jugar *Fortnite* un par de veces desde que vi a Arabella; me sorprendió que fuera gratis y me horrorizó lo mal que jugaba cuando me dispararon en la nuca mientras intentaba descubrir cómo abrir una puerta, o cuando me caí de los tejados de los edificios y morí a causa de las heridas. Jugaba en mi teléfono mientras Bodhi dormía la siesta, desesperada por formar parte de ese mundo.

UN DÍA NOS entregaron unas quince cajas de libros.

—Cheri quería el espacio —dijo Jinx mientras me observaba arrastrarlas hasta su habitación.

Ninguno de los dos queríamos que se volviera a lastimar la espalda, aunque me di cuenta de que le dolía dejarme hacerlo.

—Deberías conseguir algunas estanterías —dije.

—Detesto las estanterías —respondió.

Cuando desempacó las cajas, apiló los libros, ordenados por tamaño, hasta la altura de la cintura alrededor de todo el perímetro de la habitación. Todavía no había conseguido una cama y dormía en un saco de dormir marrón en el suelo. Afirmó que le hacía bien para la espalda, aunque se le notaba rígido y dolorido, y yo no era capaz de entender cómo dormir en el suelo podía ayudarlo. Pero ¿cuándo mi padre no había estado rígido y dolorido? Uno de mis primeros recuerdos de él era su fuerte olor a Icy Hot.

No sabía con certeza si Jinx estaba bien o si debía preocuparme. Era como adoptar una mascota exótica que no sabes cómo cuidar. ¿Tendría TOC? No parecía tenerle fobia a la suciedad; en todo caso, había una cualidad casi lujuriosa en la forma en que limpiaba el desagüe del baño, esa alegría perturbadora cuando extraía los mechones de pelo babosos. Le pregunté a Suzie si le parecía extraño, si creía que le pasaba algo.

—Déjalo limpiar —dijo—. Es genial.

—¿Pero será saludable? —pregunté.

—O sea, acaba de perder a su esposa, a su familia, su carrera. Si ese es su mecanismo para afrontarlo, me parece bastante inofensivo. ¿Crees que nos compraría cerveza?

Margo siguió regresando a OnlyFans. El dinero de la madre de Mark ya iba casi por la mitad, solo con el alquiler, la vida y un par de facturas del hospital de cuando nació Bodhi. Nunca llegaría a ser como Arabella, pero las otras cuentas que seguía parecían funcionar bien y estaba segura de que podía replicar lo que hacían. Ni siquiera era gente famosa.

Si iba a hacer la transición de usuaria a creadora y comenzar a cobrar, tendría que poblar su *feed* con fotos lo más pronto posible para que, si alguien se volvía su fan, tuviera acceso a, al menos, diez o doce imágenes. Nadie iba pagar quince dólares por ver una sola foto. Así que, durante los ataques maníacos de limpieza de Jinx, Margo se la pasaba encerrada en su habitación intentando tomarse fotos de las tetas.

Casi de inmediato, se topó con las limitaciones del género. Tenía un número limitado de partes del cuerpo y de ángulos. Al parecer, la variedad tendría que provenir de otra parte: atuendos, ubicaciones, un trípode para poder cambiar más de pose.

En la primera serie de fotos que se tomó, las tetas se le desbordaban del sujetador como esos tubos de panecillos para hornear después de golpearlos contra el mostrador. Todos los sujetadores de antes de que Bodhi naciera ahora le quedaban demasiado pequeños. Debía comprar lencería, pero la idea de ir a Victoria's Secret y gastar una fortuna le revolvía el estómago. Por fin, tuvo la idea inspirada de hacerse fotos en la ducha renunciando por completo al sujetador, y la idea aún mejor de untarse las tetas con vaselina para que el agua formara gotitas sobre ellas.

Se suponía que debía escribir en su bio una pequeña descripción del tipo de contenido que los suscriptores podían esperar en la página. Le estaba costando escribirla y terminó buscando en otras cuentas para ver cómo lo hacían las demás chicas. Una vez más, tuvo que recurrir a Instagram o Twitter. ¿Por qué OnlyFans hacía que fuera tan difícil encontrar nuevas cuentas a las que seguir? ¡Era una locura! En Twitter encontró a WangMangler99, feroz, de cabello oscuro, pequeña como una niña, pero con unas tetas gigantescas. En su foto de perfil, aparecía junto a un refrigerador para mostrar la escala, y muchas de sus publicaciones se centraban en su pequeñez: una lata de Coca-Cola junto a uno de sus pies descalzos, sentada en una silla normal de comedor con los pies colgando sin tocar el suelo o haciendo caras extrañas de orgasmo tipo *hentai* con los ojos bizcos. Su biografía de OnlyFans decía lo siguiente: «El *feed* no es apto para el trabajo, espera ver tetas y culos, si quieres ver más, tienes que pagar más. También evalúo penes. Si quieres que te despedacen el pene, envíame una foto y una propina de $20, y te enviaré una crítica. No fingiré amarte. Al único hombre al que amaré en la vida es a Goku».

A Margo le sorprendía que la gente pagara veinte dólares para que le insultaran el pene. Aunque, ante la duda de si lo tenían pequeño o feo, quizás lo mejor era estar seguros. Pero seguía sin gustarle la idea. Por eso, en su biografía escribió: «Chica solitaria y atractiva en caída libre financiera, por favor, ayúdame a pagar el alquiler este mes. Soy nueva en esto, y muestro tetas y culo, pero todavía no me atrevo a mostrar más. ¿Tal vez puedas animarme? También evalúo penes. Si quieres saber a qué Pokémon se parece tu pene y cuáles son sus movimientos, envíame una propina de $20 y te haré una evaluación completa».

Pasaron dos días y nada. Margo se sintió estúpida por haber abierto la cuenta. Claro que no había pasado nada. ¿Cómo iban a encontrarla? ¡OnlyFans lo hacía imposible! También estaba preocupada porque era claro que a Jinx le pasaba algo. Ya había superado la manía de limpiar y ahora se pasaba casi todo el día encerrado en su habitación.

—¿Estás bien? —le preguntó una noche cuando por fin salió.

Incluso había ordenado una tetera eléctrica que le permitía prepararse el té en su habitación. Quizás eso era lo que lo obligaba a salir: la necesidad imperiosa de hervir agua.

—Sí, eh... creo que es una cuestión de química cerebral. Debería hacer ejercicio, eso siempre ayuda, pero no quiero lesionarme, así que... No sé.

Había dejado de afeitarse la cabeza y tenía mechones hirsutos en las orejas.

—¿Vas a buscar trabajo? —preguntó Margo, que no tenía idea de la situación financiera de su padre. Presumía que Jinx tenía bastante dinero, pero pensaba que le vendría bien un proyecto.

—Es probable que tenga que viajar y no sé si estoy lo suficientemente estable para hacerlo.

—¿Y no te interesaría hacer trabajo voluntario?

La miró como si no tuviera idea de lo que estaba diciendo.

—¿En qué?

—No lo sé, ¿en la biblioteca? O...

—Hum —fue todo lo que dijo Jinx antes de huir hacia al baño.

Eso era lo otro: el tiempo que pasaba en el baño. Margo no podía entender qué hacía. Al parecer, hacía caca tres veces al día y cada sesión era una proeza que duraba una hora. ¿Estaría estreñido? ¿Tendría diarrea? ¿Sería algo de la próstata? ¿Debería obligarlo a ir al médico? Jinx hablaba mucho de un terapeuta y parecía que se comunicaba con él por teléfono, aunque Margo dudaba que el terapeuta conociera los detalles de su particular relación con el inodoro.

Cuidar a Bodhi, monitorear la puerta cerrada de su padre, actualizar sin cesar su página de OnlyFans para comprobar que no había sucedido nada nuevo y luego obligarse a revisar las ofertas de trabajo en Craigslist era como tratar de hacer origami con un papel mojado. Cuanto más lo intentaba, más se le desintegraba todo entre las manos. No podía entender cómo el que tantas cosas no sucedieran pudiera ser tan estresante. Creó cuentas de FantasmaHambriento en Instagram y Twitter, que conducían a su OnlyFans a través de Linktree, como había visto hacer a otras chicas, e intentó seguirlas en esas cuentas, pero, aun así, no pasaba nada. A veces abría la cuenta de Arabella solo para buscar fuerzas contemplando su rostro hostil y sonriente.

Y, por fin, apareció su primer fan.

U1134967. De inmediato le envió la propina de veinte dólares y una foto de su pene para que lo evaluara. Margo la abrió en su teléfono y estudió el pene un buen rato mientras amamantaba a Bodhi. Quería hacerlo bien. Después de dejar a Bodhi en su hamaca Rock 'n Play, sacó el portátil y escribió:

¡Felicidades! ¡Tu pene es un Tentacruel! Con su abultada cabeza rosada y sus relucientes venas color azul oscuro, tu pene es una amenaza silenciosa. Cuando el sombrero del hongo se ilumina en rojo, ¡sabes que está a punto de atacar! Por ser del tipo acuoso y venenoso, tu pene es apasionado, pero propenso a los celos y puede ver desprecio donde no hay intención de ofender. Necesita muchos mimos y lamidas suaves. Sus principales debilidades son del tipo psíquico y eléctrico, ¡así que mantente alejado de las brujas pelirrojas de ojos brillantes! Los movimientos especiales de tu Tentacruel son el Maxiácido (pre-eyaculación en extremo potente, así que cuidado con los embarazos accidentales), Cuerpo puro (tu pene desaparece por completo, lo que puede suceder cuando hace frío o si escuchas la voz de tu madre) y la Trampa venenosa (le pides tantas garantías a una chica que deja de amarte, algo comprensible y ¡por suerte evitable!).

Tentacruel es la forma evolucionada de tu pene y tiene un poder de 120. Le doy un 10/10 al tentador Tentacruel.

Presionó enviar, tan nerviosa como la primera vez que le envió un mensaje de texto a un chico en la escuela secundaria. Todavía estaba mirando la pantalla de su portátil cuando sonó la notificación. Otros veinte dólares y un mensaje: ¡Increíble, mucho mejor de lo que esperaba! No sé cómo supiste lo de la Trampa venenosa, pero, por desgracia es verdad, jejeje. ¡Tienes un fan! ¡Esta cuenta la deberían conocer más personas!

Alentada, Margo publicaba posts varias veces al día para su único fan, U1134967. Como era solo él, sus posts se volvieron más tontos y menos cohibidos. Un día, se escribió algo en las tetas con delineador de ojos y lo publicó. U1134967 comentó con un emoji risueño, le envió una propina de diez dólares y le sugirió que hiciera un video de sus tetas en movimiento. Ese era todo un género que ni se le había ocurrido. Hizo un videoclip de sus tetas en pleno bamboleo mientras se quitaba la camisa y otro en el que se las zarandeaba con las manos. Incluso hizo un clip de ella desnuda saltando la cuerda (y de paso arruinó el estuco del techo de su dormitorio).

Entonces, un día (da la casualidad de que fue el mismo día que Jinx se ausentó de la casa por tres horas y regresó con un pequeño ficus, y le pidió a Margo que lo ayudara a subirlo por las escaleras para ponerlo en su habitación, donde aún no había una cama ni una estantería, solo un saco de dormir, un arbolito y como doscientos libros) llegaron dos nuevos fans: U277493 y MapacheCohete69. Casi todos los chicos creaban cuentas anónimas, y Margo lo agradecía porque así era mucho más fácil mantenerlos a raya. Ninguno de sus dos nuevos fans le pidió que les evaluara la pinga, lo cual fue un poco decepcionante, pero siguió posteando y los fans siguieron llegando.

Al cabo de tres semanas, tenía veinte fans y cada uno pagaba $12.99 al mes. Después de que OnlyFans le quitara el veinte por ciento, era menos de lo que ganaba en una noche en el restaurante. Sin duda, no era una Arabella. Pero tenía tiempo para aprender, al menos uno o dos meses más. Gracias a la mami de Mark.

—Entonces, ¿crees que tienes una depresión clínica? —Margo le preguntó a Jinx un día mientras doblaba la ropa en la sala de estar.

A Jinx le encantaba lavar la ropa, decía que era reconfortante y se había hecho cargo de la tarea por todos. A Margo la hacía sentir un poco incómoda. Jinx hacía bolitas con su ropa interior. Pero Margo habría hecho casi lo que fuera con tal de no tener que bajar a Bodhi con la ropa sucia al sótano. No había un lugar seguro donde colocarlo mientras cargaba la lavadora.

Jinx estaba pareando los pequeños calcetines de colores de Bodhi.

—Es probable —dijo.

—Tal vez debas considerar tomar un antidepresivo —dijo Margo.

—No creo que un antidepresivo ayude —dijo Jinx—. Creo que mi problema es más bien una falta fundamental de apego a otras personas. No creo que, sin amor, el Zoloft pueda hacer mucho por mí.

Margo reflexionó. Siempre había sentido que su padre era una especie de planeta distante, pero no sabía que él se sentía como un planeta distante. Había presumido que estaba más apegado a otras personas que a ella.

—Es que creo que necesitas, no sé, un mundo. Necesitas gente. ¿Qué tal si vamos a alguna reunión de los doce pasos? —preguntó Margo. Jinx había mencionado a los NA antes, ¿no?

Jinx frunció el ceño y suspiró.

—Esto va a sonar presuntuoso y ridículo, pero en algunos círculos soy bastante famoso y eso puede hacer que esas reuniones resulten muy incómodas. La gente graba con el teléfono lo que compartes y, luego, lo publica en las redes sociales. Terrible.

—Oh, claro —dijo Margo.

—¿Y tú? —preguntó Jinx.

—¿Yo qué?

—¿Vas a trabajar, vas a regresar a la universidad? ¿Cuál es el plan? Hizo una pausa mientras doblaba un diminuto pijama y la miró a los ojos.

—*Touché* —dijo Margo.

Jinx rio.

—Dos naves sin rumbo perdidas en el puerto.

—No sé en qué pueda trabajar —dijo Margo—. Lo único que he hecho es servir mesas.

—Pues, sirve mesas —dijo Jinx, encogiéndose de hombros—. Le puse nombre a mi árbol.

—¿Le pusiste nombre a tu árbol?

—Sí —dijo Jinx—, le he puesto Franco.

—Parece un buen nombre para un árbol —dijo Margo.

En ese momento casi quiso contarle sobre OnlyFans. Jinx no había juzgado a Arabella; incluso había dicho: «Me alegro por ella». Su instinto de ocultarlo se debía casi por completo a que, en realidad, no lo conocía muy bien y sentía que su vida privada no era asunto de Jinx. Aunque ella sí podía sugerir que Jinx tenía una depresión clínica y entrometerse en sus asuntos.

Aún no sabía si abrir la cuenta había sido una idea estúpida o si debía continuar. Pero de solo pensar en solicitar un trabajo de mesera, se le cortaba la respiración. Y por muy mal que le estuviera yendo en OnlyFans, al menos había una leve esperanza. Después de casi un mes, empezaba a comprender el problema. OnlyFans no tenía un algoritmo de descubrimiento. No te mostraba otras cuentas a menos que ya estuvieras siguiéndolas, y no había un *feed* general que se pudiera explorar para encontrar cuentas nuevas. Esa debía de ser la razón por la cual parecía funcionar solo para las personas que ya eran famosas o tenían una plataforma mayor. Y, sin embargo, muchas cuentas importantes parecían ser de chicas que no eran nada famosas. ¿Cómo conseguían nuevos fans? O más bien, ¿cómo lograban que las encontraran?

—¿Cómo se construye la fama? —preguntó.

—¿Te refieres a que el público te acepte o a generar expectación? —preguntó Jinx.

—No sé —dijo Margo—. ¿Ambas cosas? ¿Cuál es la diferencia?

—Bueno, generar expectación conlleva escoger peleas que disgusten a la audiencia. El odio es tan poderoso como el amor, más aún cuando se trata de vender entradas.

Margo pensó en WangMangler y en Arabella, en lo poco que les importaba agradar. No estaba segura de poder llegar a ser así algún día.

—¿Y cómo logras que te acepten? ¿Cómo logras agradarle a la multitud? ¿Por qué algunos luchadores se hacen famosos y otros no? Sé que no es solo por sus dotes atléticas.

—Correcto. O sea, la respuesta corta es la personalidad. Pero la habilidad para la lucha tiene que estar ahí, en mi opinión, aunque Dios sabe que Vince ha tratado de promover a los muchachos a base de su apariencia y nada más.

Vince McMahon no existía, pensó Margo, y eso era parte del problema. Si se tratara de complacer a un imbécil como Vince, sabría cómo hacerlo.

—¿Cómo logras que la WWE te contrate?

—Empiezas con un grupo de lucha pequeño para que te vean luchar.

—¿Cómo logras que ese grupo pequeño te contrate? ¿Cómo consigue un luchador su primer trabajo?

—Bueno, muchas veces provienen de una dinastía. Entran porque su papá ya está en el negocio, todos sus hermanos o sus primos ya están en el negocio. Pero a veces solo tienen antecedentes atléticos, ya sea en fútbol americano, en lucha libre en la universidad o hasta en fisicoculturismo. Pero si no provienes de una dinastía o un entorno especial, entonces creo que solo grabas una cinta.

—¿Una cinta tuya luchando?

—Sí. Con tus colegas o lo que sea en el jardín.

—¿Y si no tienes colegas?

—Diablos, no sé si puedes convertirte en luchador sin colegas.

Había algo extraño y muy canadiense en la forma en que Jinx decía «colegas».

—Necesitas colegas —dijo Margo, todavía pensando.

—Los colegas son esenciales —dijo Jinx—. No sabía que te interesara tanto la lucha libre.

—Oh —dijo Margo—. Sí.

No le interesaba en absoluto.

—¿Quieres ver algunas luchas conmigo? —preguntó Jinx—. Quizás esta noche. Puedo mostrarte algunos luchadores principiantes, si eso es lo que te interesa.

Parecía tan emocionado que Margo no pudo decirle que no.

—Tal vez Suzie quiera verlos también —dijo Jinx—. Podríamos cenar juntos. ¿Voy al supermercado?

—¡Sí! —dijo Margo—. ¿Por qué no?

—¿Te gusta la lasaña? —preguntó Jinx—.

—¿A quién no le gusta la lasaña?

La idea de la lasaña le añadía emoción al plan. Cuanto más crecía Bodhi y más lo amamantaba, más hambrienta se encontraba todo el tiempo.

—¿Pan de ajo? —preguntó Margo.

—No creo que haga falta pan de ajo, ya hay suficiente almidón —respondió Jinx.

Margo hizo un puchero.

—Tengo taaaanta hambre —suplicó y, luego, fingió que se moría dejándose caer del sofá.

—¿Estás muerta? —preguntó Jinx.

—Muerta de hambre —dijo Margo, los ojos aún cerrados.

Esperó un momento y luego sacó la lengua como si estuviera muerta de verdad. Entonces escucharon a Bodhi llorar en el monitor para bebés y Margo saltó cual rebanada de pan de una tostadora.

—¡Por favor! —dijo mientras corría por el pasillo—. ¡Todavía estoy muerta! ¡Tan y tan muerta!

Esa noche, Jinx cocinó lasaña e hizo la pasta a mano, algo que Margo no sabía que se podía hacer.

—¿Cómo aprendiste a cocinar? —preguntó, mientras lo observaba estirar la masa con un rodillo que podía asegurar que no tenían antes. No tenía sentido que Jinx supiera cocinar. Había pasado muchos años de su vida viajando, viviendo en habitaciones de hotel sin cocina.

—Cuando lo de Billy Ants dejó de funcionar, me retiré; y Cheri, ya sabes, siempre había querido que pasara más tiempo en casa, así que de repente estaba pasando más tiempo en casa... —dijo Jinx, riéndose, aunque fue la risa más triste que Margo jamás había escuchado— supongo que demasiado tiempo. En cualquier caso, empecé a tomar clases. Eso era lo único que quería: comida casera. Y Cheri decía: «He criado a cinco hijos, cociné todas las malditas noches, ino voy a preparar un asado entero solo para ti!». Así que pensé: «¡Pues yo haré el asado!», pero a ella no... Creo que tampoco le gustaba que yo hiciera el asado, por alguna razón.

Margo, que siempre había intentado no odiar a Cheri —a modo de contrapeso instintivo al intenso odio que le profesaba Shyanne—, de repente empezó a odiar a Cheri con todo su corazón. ¿Qué clase de bruja podía disgustarse porque un chico tomara clases de cocina y les preparara un asado? Aunque se dio cuenta de que esa historia no justificaba la heroína ni a la señorita Viper. Es probable que eso sucediera después y que no tuviera nada que ver con el asado.

Cuando el olor de la comida se volvió irresistible, Suzie salió de su habitación.

—Hola, estoy trabajando en un nuevo *cosplay* —dijo—. ¿Quieren verlo?

Margo no quería verlo.

—¡*Cosplay*! —exclamó Jinx fascinado al instante—. ¿Te vistes como... personajes?

—¡Sí! —respondió Suzie sonriendo.

—Cuéntame más —dijo Jinx mientras cortaba la membrana de los chorizos y vaciaba la carne rosada en la sartén caliente.

A Margo no se le había ocurrido que el *cosplay* y la lucha libre tuvieran elementos en común y, sin embargo, Jinx quería conocer cada detalle.

—Así que los orcos... —dijo Jinx apoyando el rostro en el puño sobre la mesa—. Perdona, no sé mucho sobre los orcos, ¿son de alguna franquicia?

Pero sí hizo pan de ajo, gracias a Dios, y estaba glorioso.

Después de sobrevivir lo que le pareció una cantidad interminable de combates, cada uno de los cuales suscitaba una exorbitante historia oral, y de que Jinx pausara el video temiendo que se perdieran un segundo de la acción mientras él contaba otra historia extraña que parecía involucrar a un luchador haciendo caca, Margo por fin se escabulló a su habitación, metió a Bodhi en la cama, encendió la lámpara de la mesita de noche, se tumbó en medio de la alfombra y se quedó mirando al techo.

«Colegas», pensó. «Colegas».

Las chicas de OnlyFans, pensó Margo, tenían que promocionarse en otras plataformas o realizar algún tipo de promoción cruzada. Tenían que ayudarse unas a otras; tenían que ser colegas. Llena de una convicción repentina, abrió el portátil, fue a la cuenta de WangMangler y le envió una propina de $100 con un mensaje que decía: Nueva en OnlyFans y necesito fans. ¿Estarías dispuesta a que hagamos promo cruzada o darme consejos sobre cómo hacer promo?

Diez minutos después recibió una respuesta: Tu cuenta es muy mona. Deberías hacer TikToks. Te hago promo en mi página por $500.

A Margo le sorprendió el precio. ¿Valdría la pena? Comprobó que WangMangler tenía más de 100 000 seguidores en Instagram. Aunque solo una fracción estuviera suscrita al OnlyFans de WangMangler, era una cantidad asombrosa de dinero a $15.99 por persona. Por un lado, eso hacía que la petición de 500 dólares pareciera mezquina —WangMangler no necesitaba los 500 dólares de Margo—, pero, por otro lado, WangMangler parecía conocer el negocio y creía que 500 dólares era un precio razonable. Si Margo conseguía 38 o 39 fans en el trato, no perdería nada. Y en principio, tenía el dinero.

Margo creó una cuenta de FantasmaHambriento en TikTok. Kat, la más pequeña, le había hablado de TikTok, pero Margo nunca se había atrevido a crear una cuenta. Era una plataforma nueva, cuyo propósito Margo no lograba captar. Kat, la más pequeña, le había dicho que era como un Instagram para videos, pero eso no tenía sentido porque en Instagram se podían publicar videos. Entonces, ¿por qué usar una aplicación completamente diferente? Sin embargo, después de crear la cuenta y empezar a navegar, Margo descubrió que TikTok era todo un mundo aparte.

Vio a un elefante encestar una bola de baloncesto. Vio trucos de limpieza, pasos de baile. Vio a adolescentes imitar a sus maestros, a gente lanzar tajadas de queso a otra gente que no se lo esperaba. Vio a gatos recibir un baño y a un erizo beber de un biberón. Vio a niños hacer parodias de las mamás que lavan el cabello con demasiada brusquedad, de las mamás que regañan a sus hijos por tener demasiados vasos de agua en su habitación, de las mamás que se la pasan abriendo y sacudiendo bolsas de basura. Lo más notable era cómo todos los TikToks se respondían más o menos entre sí. Alguien hacía un video usando una determinada canción y, luego, mucha gente usaba esa misma canción y hacía sus propios videos, cada uno, una interpretación distinta del original. Y ni siquiera tenía que buscarlos, no tenía que saber de antemano lo que quería, como en YouTube. Llegaban a ella sin más, alineados, listos para que los viera. Fue como descubrir el eslabón perdido. Si OnlyFans tenía la monetización pero no la capacidad de descubrimiento, TikTok era pura capacidad de descubrimiento sin una forma evidente de monetización. Le dieron las cuatro de la mañana.

Le respondió a WangMangler.

Tengo TikTok, dónde envío los 500? Si los envío x aquí pierdes el 20 %

WangMangler respondió a la mañana siguiente con su CashApp. Margo le envió los $500. Entonces WangMangler le envió un mensaje: te promo tu post x 3 días, pero tienes k hacer promo a $4.99 para k mis fans tengan descuento exclusivo en tu contenido.

Margo suspiró. ¡Había sido traicionada! Con una suscripción de tan solo $4.99, jamás recuperaría el dinero. WangMangler tenía toda la influencia. Ya le había enviado $500; si se negaba a bajar el precio de su suscripción, WangMangler podía encogerse de hombros y negarse a realizar la promoción. Margo entró en OnlyFans y bajó el precio. Luego, corrió al baño y vomitó por todas partes.

CAPÍTULO OCHO

La fiebre provoca una lucidez grotesca. Recuerdo estar tirada en el suelo del baño, la mejilla caliente contra el azulejo blanco frío, y sentir que podía ver cada mota, migaja y cabello que había en el suelo en un detalle microscópico. Tenía a Bodhi conmigo sobre la alfombra de baño rosa, que no estaba muy limpia. Gimoteaba, aunque aún no lloraba. No me quedaba nada en el estómago, pero eso no impedía que mi cuerpo intentara seguir vaciándose. Sentí que, si podía mantener el globo rojo y caliente de mi frente presionado contra los azulejos, se me pasaría. Si podía quedarme quieta un ratito más, podría ponerme de pie. Bodhi giró la cabeza hacia mí y nos miramos a los ojos. Los suyos eran marrones como los míos y los de Jinx, pero, de un modo maravilloso, oscuros y líquidos. Abrió la boca y lanzó un auténtico géiser de vómito.

Agarré una toalla de baño, me arrastré y lo limpié. No se ensució demasiado el pijama, pero la alfombrita del baño era un desastre. La enrollé como un burrito y la empujé hacia un rincón. Mientras sostenía a Bodhi, volvió a vomitar, y el vómito me chorreó por dentro de la camisa. Olía a leche agria y me dieron arcadas.

—Oh, cariño —le dije mientras lo hacía rebotar al tiempo que intentaba quitarme la camiseta vomitada—, lo sé, lo sé.

No había otra salida que desnudarnos y meternos en la ducha.

Tengo un recuerdo muy vago de ese día. Casi tan pronto como me acosté, Bodhi volvió a vomitar y empapó las sábanas. Nos preparé un nido de toallas y traje un tazón de la cocina para no dejarlo solo cada vez que me entraran ganas de vomitar. Lo que más me preocupaba era el peligro de que se deshidratara, así que volví a amamantarlo. Ambos teníamos fiebre. Creé una lista interminable de episodios de *Plaza Sésamo* en mi portátil, que coloqué en una silla al lado de la cama. Los vimos con concentración de monje. Nuestros ojos eran cuencos de sufrimiento líquido en los que bailaba el pequeño reflejo del Monstruo de las Galletas. Cada vez que buscaba en Google qué hacer en esta situación, me perdía leyendo las descripciones de todas las cosas que podían ser. No había acciones claras. Ir a la tienda y comprar un antipirético estaba tan fuera de mis capacidades que me eché a reír. Le envié un mensaje de texto a Shyanne: ¡Ayuda! Bodhi y yo tenemos gripe estomacal y no sé qué hacer.

Respondió: ¡Lo superarás! ❋ ❋ ❋

Cada vez que iba al baño o a la cocina a buscar agua, me quedaba un rato dando vueltas con la esperanza de que Suzie o Jinx me descubrieran. Ninguno apareció. Suzie estaría en el trabajo o en clase, y no sabía si Jinx había salido o estaba encerrado en su habitación.

Cuando empezó a oscurecer de nuevo y ambos seguíamos vomitando, comencé a sentir pánico. ¿Cuánto tiempo un bebé puede vomitar el contenido de su estómago sin necesidad de líquidos por vía intravenosa? ¿Cuándo terminaría esto?

Llamé al Dr. Azarian a las nueve de la noche y había una línea de ayuda abierta las veinticuatro horas donde se podía dejar un mensaje en caso de emergencia. Dejé un mensaje de voz medio incoherente y, luego, alguien llamó a mi puerta.

—¿Estás bien? —dijo Jinx, asomando la cabeza en la habitación oscura.

—Estamos enfermos. Y él no para de vomitar y... —se me quebró la voz y no quería llorar, así que lo que hice fue gritar— ¡Tengo miedo!

—Oh, pobrecita, ¿llamaste a su pediatra?

—Sí, dejé un mensaje.

—¿Le has tomado la temperatura? Espera, ¿ambos están enfermos? Asentí.

—No tengo un termómetro —dije—, porque soy una maldita idiota. ¿Hay que metérselo en el trasero? ¡No quiero meterle nada en el trasero, no puedo! ¡No puedo hacerlo!

—Voy corriendo a Rite Aid y regreso pronto —dijo Jinx.

Regresó media hora más tarde con un termómetro para el oído,

Gatorade frío, Pedialyte —que ninguno de los dos sabía si Bodhi podía tomar—, antipiréticos y galletas de soda. Estaba tan agradecida que me entró el pánico.

—Te lo pagaré todo —le dije—. Lamento mucho que hayas tenido que ir a la tienda.

Mientras decía esto, me di cuenta de que estaba a punto de vomitar.

—Voy a vomitar, ¿podrías salir?

—¿Qué? ¡Dame al bebé!

Le entregué Bodhi y me incliné sobre el tazón, y arqueé y arqueé, aunque no salió mucho. Y entonces lo sentí. La manota de Jinx frotándome los omóplatos en círculos. Todavía tenía arcadas incontrolables y ahora también estaba sollozando. No podía creer que estuviera viéndome hacer algo tan desagradable y ser tan cariñoso. Shyanne no creía en enfermarse, lo veía como una debilidad y no le interesaba en absoluto involucrarse en los vómitos de nadie. Cuando paré de vomitar, Jinx tomó el tazón *ipso facto* y salió de la habitación para tirar mis lamentables dos cucharadas de bilis y enjuagarlo. Regresó.

—Si me quedo con Bodhi, ¿crees que podrías dormir un poco?

—No puedes, todavía está vomitando —dije—. Puede vomitarte encima.

—Lo creas o no, me han vomitado encima muchas veces en la vida, Margo. Alguna vez incluso hombres hechos y derechos.

Lo miré. La habitación estaba a oscuras y la poca luz que había venía de detrás de él, así que en realidad no podía ver su rostro.

—Estás siendo demasiado amable —le dije.

—Toma, toma esto —dijo, entregándome unos Advil y un Gatorade—. Tratar de dormir. Si te necesito, te despertaré. Le tomé la temperatura y no está tan mal: solo 38 grados. Le di un antipirético.

—Eres demasiado amable —dije.

Pero Jinx ya había salido de la habitación con Bodhi en brazos y había cerrado la puerta con suavidad. Caí en un estado que, si no era sueño, era adyacente al sueño.

A medianoche recibí una llamada de un malhumorado Dr. Azarian.

—Para que lo sepas, la gripe estomacal no es una emergencia —dijo.

—Oh —dije—. No lo sabía.

—¿Con qué frecuencia está vomitando? —preguntó.

—Como cada hora o dos —dije y sentí un pánico repentino porque Bodhi no estaba en la cama conmigo; luego, recordé que estaba con Jinx.

—¿Cómo es que le queda algo en el estómago?

—Bueno, lo he estado amamantando, no quería que se deshidratara...

—¡Detente! ¡Deja de amamantarlo! Por Dios.

—Oh —dije—, ¿por completo?

—Cuando no haya vomitado en seis horas, podrás volver a amamantarlo. O dale Pedialyte. ¿Tienes Pedialyte?

—Eh, sí —dije, recordando que Jinx había comprado.

Era como cuando te devolvían un examen en la secundaria y, al repasar las respuestas en clase, podías jurar que el libro de texto no decía ni de lejos nada parecido. Se suponía que había que alimentar a los bebés cada dos o tres horas. ¡Creía que, si no, se morían! Nunca se me habría ocurrido dejar de alimentar a un bebé debilitado.

—Si la fiebre le sube a 40, ve a urgencias. De lo contrario, intenta pasar la noche. Puedes venir mañana. No necesitas cita; ven a la oficina y te hago un hueco.

—Okey —dije.

No quería explicarle que yo también estaba vomitando con tanta frecuencia que conducir y esperar en su oficina era algo que no podía ni imaginar. Caminé hasta la sala de estar a oscuras con las piernas temblorosas. Jinx y Bodhi estaban en el sofá viendo *Plaza Sésamo*. Mi papá dio unas palmaditas en el sofá a su lado. Me recosté y descansé la cabeza sobre su muslo.

—Puedo llevármelo —dije sin hacer ningún movimiento para llevarme a Bodhi.

—De todos modos, no puedo dormir —fue todo lo que dijo Jinx.

Juntos vimos el inquietante monólogo de Elmo. Tantas preguntas. Era evidente que Elmo era un niño, pero ¿dónde estaban sus padres?

Se había dibujado a sí mismo tomado de la mano con otros monstruos más grandes, aunque se desconocía si eran sus padres, y si estaban vivos o solo los añoraba.

Me desperté sola en el sofá y fui a buscar a Bodhi, que estaba dormido en su cuna. Jinx estaba en el suelo junto a él, dormido con la cara aplastada contra la alfombra. Miré mi teléfono. Eran las tres de la mañana Me metí en la cama y gemí de gratitud. Por primera vez en horas, no sentía que estaba a punto de vomitar. Habíamos dormido. Tenía los ojos calientes y húmedos.

—Gracias, gracias, gracias —le susurré a Dios o a Jinx o tal vez al Dr. Azarian.

Me volví a dormir con la inusual sensación de que estábamos a salvo.

POR LA MAÑANA, me desperté y vi que Bodhi ya estaba despierto en su cuna. No estaba alterado. Estaba contento, jugando con los deditos de los pies, tratando de meterse los piecitos en la boca. Jinx se había ido. El sol entraba por la ventana y su luz nos bañaba.

—Hola, hola —dije, y Bodhi chilló de alegría y giró la cabeza para mirarme, sonriente. Esas sonrisitas torcidas eran irresistibles.

Lo que quiero decir es que no me acordaba de la promo de Wang-Mangler. Entonces, cuando por fin entré en OnlyFans desde mi portátil, apenas si pude interpretar lo que vi. Tenía 931 nuevos fans. Sin querer, le di un empujón al portátil y se cayó de la cama. Por suerte, no se rompió. Bodhi estaba en su asiento Bumbo en el suelo, encorvadito, como si tuviera los huesos de gelatina. Empecé a saltar delante de él. Se estaba poniendo bastante fornido y todavía estaba pelón. Tenía una vibra como de Hitchcock en miniatura y estaba encantado de verme saltar.

De la noche a la mañana, había ganado $4645.

—Vaya —dijo Jinx desde la puerta—, ¡te sientes mejor! ¿Qué ha pasado?

Me congelé y me agaché en una posición de culpa tan obvia que no había forma de explicarla. Abrí la boca. Cada mentira que se me ocurría parecía más descabellada que la anterior. Y pensé, Dios mío, después de que ese hombre te vio anoche en tu peor momento y fue tan amable y te ayudó tanto, ¿vas a mentirle? Entonces se lo dije. Se lo conté todo.

—Oh, Margo —dijo Jinx.

Ahora estaban en la mesa del comedor porque, cuando se lo contó por primera vez, Jinx se enfadó tanto que salió de la habitación cerrando la puerta de un portazo. Pasados diez minutos, Margo lo siguió e intentó razonar con él mientras él se paseaba en pequeños círculos en la sala de estar. Por fin, lo convenció de que se tomaran un té en la mesa y hablaran de una forma más razonable.

—Lo odio —dijo Jinx—. Me parece atroz.

—Lo sé —dijo Margo.

—Tú no quieres meterte en eso, con ese tipo de chicas. Además, los chicos te verán de otro modo, y no en el mejor sentido.

—¿Qué son «ese tipo de chicas»? —preguntó Margo. Al principio, se alarmó tanto por lo enfadado que estaba Jinx que siguió disculpándose. Sin embargo, mientras más se prolongaba la escena, más iba enfadándose ella.

—Chicas que usan el sexo para conseguir lo que quieren, ya sabes... —dijo Jinx, buscando una forma de describir a las zorras sin usar la palabra zorra.

—¿Como mi mamá?

—No como tu madre —dijo Jinx.

—Trabajaba en Hooters. ¿No fue así como la conociste?

—Sí, la conocí allí. Pero hay una diferencia importante. En Hooters no se quitan la ropa.

—Por lo tanto, si mamá hubiera trabajado en un club de striptease, ¿no te habrías interesado en ella?

—No en serio. No de un modo romántico.

—¿Porque otras personas la habían visto desnuda?

—Escucha, es como comprar un automóvil. Un auto usado cuesta menos, pero nunca se sabe qué le han hecho, mientras que si compras uno nuevo...

—No puedo creer que hayas usado la analogía del auto —dijo Margo.

—Es obvio que las mujeres no son autos —dijo alzando las manotas.

—Bueno, entonces, dime qué se supone que debo hacer. ¿Cómo se supone que vamos a mantenernos?

Jinx no respondió. Margo seguía pensando en Murder. ¿Cómo era posible que su padre aceptara a un tipo así, un tipo que asesinaba por dinero, que una vez golpeó a un periodista y le tumbó dos dientes, y, sin embargo, que ella publicara fotos de sus tetas en Internet le supusiera una enorme objeción moral?

—Esto es lo que tengo —dijo—. Esta es la forma en que puedo hacerlo y, si nos provee seguridad, un lugar donde vivir, pañales y ropa para Bodhi, no me importa.

Bodhi comenzó a quejarse, y Jinx se puso de pie en el acto y le tendió los brazos. Tan pronto como estuvo en los brazos de Jinx, se calmó.

—Es una situación difícil —admitió Jinx mientras hacía rebotar a Bodhi suavemente de un lado a otro.

—No debí haberlo tenido —dijo Margo como si le hubieran abierto una cremallera interna—. Lo sé, ¿okey? Todo el mundo me dijo que me arruinaría la vida y así fue. Tenían razón, fui una estúpida y no quise verlo. ¿Okey? Pero ahora mismo estoy aquí.

—Sí —dijo Jinx—. Ahora estamos aquí.

Permanecieron en silencio por un momento. Jinx movió el cuello hacia delante y hacia atrás, y Margo podía escuchar un sonido como de gravilla deslizándose en una caja. Los cuellos no deberían sonar así.

—¿Y el chico? —preguntó Jinx— ¿Qué piensa? ¿Sobre que estés en OnlyFans?

—¿Qué chico?

—El padre de Bodhi —dijo Jinx.

—Mark no tiene voz ni voto en este asunto —dijo Margo.

—Mark —repitió Jinx.

Margo nunca le había dicho quién era el padre de Bodhi. Jinx nunca se lo había preguntado.

—La marca de Mark —dijo Jinx sonriendo.

Así es como llaman a los aficionados en la lucha libre: «marcas». Un vestigio de los inicios carnavalescos de la lucha libre.

—Supongo que a Mark no le gustará que su hijo se críe en ese mundo y, si es cuestión de dinero, quizás él... —prosiguió Jinx.

—Me hizo firmar un acuerdo de confidencialidad —dijo Margo—. Ya me han pagado, así que no hay forma de sacarle más dinero, si a eso te refieres.

—¿Un acuerdo de confidencialidad? ¡Dios mío! ¿Acaso es famoso?

—No, era mi maestro.

—¡¿Tu maestro?!

Jinx se puso tan furioso que parecía que estaba haciendo una promoción. Margo nunca lo había visto tan enfadado en la vida real.

—Sí. Inglés 121. Otoño de mi primer año. Una tremenda experiencia educativa.

Jinx tosió y agarró su taza de té. Inhaló y exhaló.

—De acuerdo, no creo que ese tipo tenga voz ni voto. Pero, como tu padre, creo que sí tengo voz y voto, Margo, y no quiero que hagas eso. Punto.

Margo vio que él mismo se daba cuenta de lo ridículo que había sonado eso.

—Ah, sí, ¿como mi padre? ¿Me lo prohíbes?

—Margo —dijo Jinx.

—Dame al bebé —dijo Margo extendiendo los brazos hacia Bodhi.

De mala gana, Jinx le entregó a Bodhi, que de pronto tenía una extraña expresión hostil y triste, como una pintura renacentista.

TODO ESE DÍA fue un asco. Debió de ser un día de alegre celebración. En cambio, Jinx lo pasó encerrado en su habitación y Margo permaneció casi todo el día en la suya. No se había dado cuenta de todas las veces al día que Jinx cargaba a Bodhi y le liberaba las manos. Echaba mucho de menos su ayuda mientras intentaba meter unas sábanas empapadas de vómito en una lavadora industrial con un bebé atado al frente. Lo único positivo fue que la rabia la llenó de energía y la repentina afluencia de fans nuevos le provocó una emoción inesperada. El teléfono estuvo sonando todo el día en su bolsillo; el dinero y los penes entraban a raudales. Sabía que en ese momento estaba demasiado demacrada para crear contenido nuevo. Al día siguiente tendría que tomar mejores fotos y más rápido. Decidió proponerle un trato a Suzie. La ropa, en especial los disfraces, parecían la forma más fácil de superar el número finito de configuraciones posibles de culo y tetas. Estaba anocheciendo. Bodhi dormía una siesta en su cuna en la habitación. Margo se llevó consigo el monitor para bebés y tocó a la puerta de Suzie.

—¡Margo! —gritó Suzie desde su cama—. ¡Ven, métete aquí conmigo!

Abrió la manta y Margo se metió a su lado.

—Uf, hace calor aquí dentro —dijo Margo.

—¿Jinx y tú estaban peleando? —preguntó Suzie.

—Eh, sí.

—Lo siento —dijo Suzie—. ¿Por qué peleaban? O sea, escuché algo, pero no entendí cuál fue el detonante.

—Okey, sabes que perdí mi trabajo, ¿no? Pues empecé a visitar este sitio web —dijo Margo, e hizo una breve descripción de OnlyFans y cómo funcionaba.

—¿Pero por qué alguien pagaría tanto? —preguntó Suzie—. O sea, es Internet, se pueden ver chicas desnudas gratis.

—Porque es más sincero e íntimo. Es la diferencia entre una vagina anónima y la de una chica específica. O sea, una chica real a la que sientes que llegas a conocer y que te contestará los mensajes.

—Cuando era pequeña, me masturbaba con *Bob Esponja* —dijo Suzie.

Lo abrupto del comentario animó un poco a Margo. Siempre le gustaba cuando aprendía algo inesperado de otra persona.

—¿Qué tan pequeña eras? —preguntó.

—¿Tendría como nueve? Era precoz —dijo Suzie—. Mi familia era súper religiosa, así que yo creía que pensar en personas desnudas era pecado, pero, si me masturbaba con algo que a todo el mundo le parecía bien...

—Como *Bob Esponja*.

¿Pero con cuál personaje de *Bob Esponja* sería? Margo no quiso preguntar. Temía que fuera Patricio. De hecho, sintió que casi de seguro era Patricio.

—Eso mismo. Tecnicismos bíblicos. La pequeña Suzie, genio del sexo.

Margo nunca había considerado la vida sexual de Suzie. Si bien Suzie no parecía tener novio, siempre había chicos a su alrededor y Margo de repente se dio cuenta de que tal vez Suzie podía estar acostándose con ellos. Disfrazados de orcos.

—En cualquier caso —dijo Margo—, estaba pensando que el *cosplay* podría servirme para hacer fotos, porque el tema se vuelve aburrido muy pronto. O sea, ¿cuántas fotos de las tetas me puedo hacer?

—Oh, cierto —asintió Suzie—. Digo, supongo que está bien. Siempre y cuando no te masturbes con la prenda. Y, si lo haces, ya sabes, la llevas a la tintorería.

Margo asintió con entusiasmo.

—Sí, no, digo, eso me parece muy razonable.

—No puedo creer que seas una estrella porno —dijo Suzie—. ¡Es medio glamoroso!

—No, no lo es —dijo Margo—. Me siento rara. No esperaba que Jinx fuera tan... anti... tan radical...

—Lo superará.

—No sé —dijo Margo, imaginando que Jinx se mudaría y tendrían que buscar otro compañero de apartamento—. ¿Crees que soy una puta?

No era lo que quería preguntar, pero le salió así. Suzie lo pensó por un momento.

—A ver, ¿te acuestas con alguno de esos chicos?

—¡No!

—Entonces, ¿cómo puedes ser una puta?

Margo reflexionó.

—Creo que, aunque una chica no tenga relaciones sexuales, aunque sea virgen, si muestra las tetas o se viste para que la miren con interés sexual, la gente puede verla como una puta. ¿Cierto?

—Supongo —dijo Suzie—. Pero resulta extraño decir que una persona célibe es una puta. O sea, es como pretender que las palabras tienen un significado fijo.

Ambas permanecieron en silencio por un momento.

—Oh, Dios mío —dijo Suzie irguiéndose.

—¿Qué?

—Es porque tú lo sabes. ¡Es porque tienes el control! ¡Esa es la diferencia entre una zorra y una que no lo es! —dijo Suzie; tenía el labio inferior mordisqueado y pelado—. Piénsalo. Si una chica no sabe que está buena y lo hace todo con inocencia, y unos chicos la espían desnuda, no es una puta. Pero si sabe que los chicos quieren verla desnuda y les cobra por espiarla, entonces es una puta. En ambos casos ocurre lo mismo: los chicos ven su cuerpo desnudo. Pero en el segundo caso, ella lo sabe y tiene el control.

—Sí, supongo —dijo Margo.

Era una consideración interesante. Había pensado algo similar antes: si el sexo no era vergonzoso, y si recibir dinero tampoco era vergonzoso, entonces ¿por qué era vergonzoso el sexo por dinero? ¿O vender fotos de las tetas o lo que fuera? ¿Cuál era el motivo de la vergüenza? ¿Cómo se insertaba en la ecuación?

—Pienso que es porque eres tú la que gana dinero. De todos modos, ¿cuánto estás ganando? —preguntó Suzie.

Margo no se había dado cuenta hasta ese momento de cuánto deseaba que Suzie le hiciera esa pregunta.

—Este mes he ganado más de cuatro mil dólares.

—Madre mía, entonces ¿a quién le importa que seas una puta?

—¿Verdad que sí?

—Diablos, sí. O sea, puedes quedarte en casa con el bebé, estás a salvo, no tienes contacto con esas personas. ¡¿Cuatro mil dólares al mes?! ¡A putear se ha dicho!

Margo se rio. No era ni más ni menos puta que hacía cinco minutos, pero ahora se sentía mucho mejor, la sensación de alivio era casi indescriptible.

—Tú tienes el poder —dijo Suzie.

—Supongo —dijo Margo.

—No dejes que Jinx te trate como una mierda. ¡Échalo de casa! Si no le gusta cómo te ganas la vida, puede irse.

—Bueno, aunque está bien que pague el alquiler —dijo Margo.

—Claro. Pero el dinero es poder, Margo. Y tú lo tienes, nena.

Le dio un beso a Margo en la mejilla y, luego, se apartó.

—Hueles a vómito, querida.

BODHI TODAVÍA PARECÍA estar dormido, así que Margo se llevó el monitor al baño y se metió en la ducha pensando en lo que Suzie había dicho. Se tomó su tiempo y, cuando terminó de ducharse, se quedó en el baño un rato, secándose el cabello, aplicándose loción hidratante en las piernas, todas esas pequeñas cosas que no podía hacer porque Bodhi se ponía intranquilo en su asiento Bumbo cuando lo metía en el baño con ella. Tocaron a la puerta.

—¿Qué? —preguntó.

—Soy yo.

Era Jinx.

—¿Puedo decirte algo muy rápido?

—Eh, pues, todavía estoy en toalla.

—No importa —dijo y abrió la puerta dejando entrar el aire frío del exterior. Tenía cargado a Bodhi contra su pecho. Margo no debió oírlo cuando se despertó—. Estaba pensando, ya sabes, en el tema de OnlyFans. Cuando luchaba en Japón, la mafia estaba muy involucrada en la escena de la lucha libre, así que todos esos tipos de la mafia japonesa asistían a los combates y a veces nos llevaban a pasear cuando terminaban. Una noche nos llevaron a un puticlub.

Margo asentía con la boca abierta. Toda la situación era muy extraña.

—En cualquier caso, recuerdo estar viendo el show de sexo esa noche y pensar que era manera tremenda de ganarse la vida. Pero luego pensé, ¿quién soy yo para juzgar? ¿Cuál es la diferencia entre eso y lo que hago yo en la lucha libre? Ambos usamos nuestros cuerpos para entretener a multitudes de personas. Ambos estamos haciendo algo real-falso. Con toda sinceridad, incluso el riesgo de contraer una ETS no es nada comparado con los riesgos que yo corría en el cuadrilátero.

—Ajá —dijo Margo.

—Y es que los luchadores sabemos que, aun entre nosotros mismos, hay una parte que tiene que ver con el sexo. Es vernos medio desnudos ahí arriba, y Rick Rude o el que sea, claro, pero incluso un tipo como yo... ya sabes, te lanzan contra un poste y te tocan por todas partes, te agarran como... —dijo haciendo un esfuerzo por describirlo—. Bueno, es que yo... he cambiado de opinión, Margo. Quiero que entiendas, sobre todo si vivo aquí, que sé que no eres un automóvil. Que te respeto y valoro el hecho de que estés intentando criar a este niño por tu cuenta. No importa que publiques fotos de tu cuerpo en Internet. Yo... en realidad, me sentí protector contigo. La gente trata tan mal a las trabajadoras sexuales y las desprecian tanto que yo no quería eso para ti. Pero resulta que yo mismo te traté con desprecio por ser una trabajadora sexual, y eso no es lo que quiero hacer ni quien quiero ser. Eres mi hija. Te amaré siempre sin condiciones.

Margo se quedó atónita.

—Okey, eso es todo —dijo, salió del baño y cerró la puerta.

CAPÍTULO NUEVE

La tregua con Jinx le parecía precaria. Apenas tuvo tiempo de pensar. Estaba demasiado ocupada intentando gestionar su repentina afluencia de fans. Tener acceso al vestuario de *cosplay* de Suzie le facilitó hacer fotos interesantes, aunque las quejas sobre la calidad de la cámara de su antiquísimo teléfono no paraban. ¿Las hiciste con una papa? ¿Tus pezones están borrosos a propósito o porque eres pobre? Mantenerse al día en las evaluaciones de los penes también era todo un desafío, aun cuando le encantaba escribirlas. ¡Felicidades por ser el dueño de un glorioso Parasect! Ataque especial: Llave clitórica. Lo más difícil era comprender lo mucho que se divertía. La pequeña cascada de neuroquímicos cada vez que sonaba su teléfono con un nuevo mensaje. La obsesiva actualización de la página para ver si había algo nuevo. Los elogios, los me gusta, los emojis de fuego, todo era embriagador y hasta excitante. Le recordaba los primeros días del noviazgo, cuando toda su vida dependía del mensaje de texto o el correo electrónico más reciente. Excepto que reaccionaba igual a los mensajes groseros que le enviaba cualquier desconocido por Internet. No quería que fuera real, que esas interacciones tan sin sentido y artificiales pudieran provocar en ella los mismos sentimientos que las relaciones reales que había tenido. Sabía que lo que sentía en aquel momento no era real, pero ¿cuán real había sido lo que sintió alguna vez?

En comparación con lo que sentía por Bodhi, sus sentimientos por cualquiera de sus exparejas románticas eran endebles, como la ropa de las muñecas de papel que se ata solo con esas pequeñas lengüetas plegables.

—Escucha —dijo Jinx una mañana mientras desayunaban un nuevo y repugnante cereal de salvado que había comprado—, he estado pensando, Margo, si realmente vas a hacer esto, quiero que lo hagas bien.

Margo se quedó medio horrorizada, esperando lo que diría a continuación.

—Ahora, dime la verdad —dijo—. ¿Pagas impuestos trimestrales?

Margo se echó a reír.

—Lo tomaré como un no —dijo.

—No sé qué son los impuestos trimestrales —dijo Margo.

—Bueno, ¿vas a registrarte como trabajadora independiente o como corporación?

—Papá.

—¿No lo sabes?

—No tengo idea de qué estás hablando —dijo.

—Sabes, Margo —dijo con dulzura—, ahora que vivo aquí, podría cuidar a Bodhi mientras tú vas a trabajar. Si quisieras volver a ser mesera.

Margo asintió, tratando de prepararse. Por supuesto que intentaría persuadirla una vez más. No iba ofrecerse a ayudarla sin más con los impuestos. Margo no podía explicar el pavor que le infundía la idea de volver a servir mesas. Por deshumanizante que se suponía que fuera tener un OnlyFans, así de deshumanizante era el trabajo de mesera.

Era consciente de que Jinx la observaba y no sabía cómo responder.

—El trabajo de mesera es odioso —dijo Jinx.

—Odioso de verdad —dijo Margo.

—He oído a mucha gente decirlo —dijo Jinx, asintiendo.

—Es agotador —dijo Margo—. Y no hay aumentos ni ascensos, no hay crecimiento. Y eso es como intentar correr frente a una pared.

Quiso contarle más sobre Tessa, sobre el pastel en forma de pene, sobre cómo había hecho al chico de las ensaladas comer tierra y sobre cómo Sean se había adornado el pene con perejil, pero nada de eso parecía tan grave como para justificar vender desnudos.

—Y estar lejos de Bodhi durante tantas horas seguidas, aunque tú lo estés cuidando... —vaciló sin saber cómo decirlo o si podía decir algo tan ridículo—. Creo que me moriría.

Jinx asintió de nuevo.

—Así que de verdad quieres hacer esto —dijo.

Margo recordó cómo Shyanne supo que quería quedarse con el bebé incluso antes de que ella misma lo reconociera. No podía explicar por qué quiso tener a Bodhi y no podía explicar cuánto deseaba que su OnlyFans se convirtiera en un éxito. ¿Era malo desear cosas? ¿Desearlas tanto como ella parecía desearlas?

—Sí, quiero —dijo.

Y le pareció una respuesta muy formal, como si se estuviera casando allí mismo, en el comedor.

—Okey —dijo Jinx.

—¿Okey?

—Okey.

EN LOS DÍAS que siguieron, Jinx ayudó a Margo a completar los trámites para convertirse en una corporación, y así poder deducir su seguro médico y pagar menos impuestos que si se presentara como una simple trabajadora independiente. Le dijo que sacara lo que quedaba del dinero de Mark de su cuenta corriente y lo pusiera en una cuenta de ahorros con intereses altos, algo que Margo ni siquiera sabía que su banco ofrecía. Sus nuevos ingresos hacían que Bodhi ya no fuera elegible para el seguro médico gratuito, pero Jinx también la ayudó a solucionarlo.

Jinx creó su propia cuenta de OnlyFans para poder entender mejor la plataforma y Margo le contó todo lo que había aprendido hasta el momento. El nuevo plan era hacer una copromoción cada dos semanas.

—Construir una base de fans que permanezca suscrita mes tras mes requiere tiempo y mucho esfuerzo —dijo Jinx—. A los hombres les gusta la variedad. Su inclinación natural será suscribirse a chicas diferentes cada mes.

—Okey, sí —dijo Margo masajeándose la frente. Si alguien sabía lo que era el deseo de variedad, sin duda era Jinx.

—¿Pero cómo se vence la preferencia masculina por la variedad sexual? —Jinx estaba de un humor socrático, entusiasmado por dar tantos consejos— Con amor —dijo—. Tienes que hacer que se enamoren de ti.

—No creo que se enamoren de mí —dijo Margo—. O sea, la mitad de las veces me dicen que me mate o que tengo los pezones torcidos.

—Así es Internet —dijo Jinx—, un lugar repugnante de verdad. Es como intentar disfrutar de una cena agradable en el infierno. No te quedará más remedio que soportar algunas cosas. Entonces, ¿cómo haces para que alguien se enamore de ti?

Era obvio que Margo no lo sabía.

—Lo que intento decir es que debes pensar en tu personaje —prosiguió Jinx—. Tienes que ser alguien de quien valga la pena enamorarse; les enseñas cómo amarte mostrándoles quién eres.

—Sí —dijo Margo. Porque eso sí podía verlo. Arabella y Wang-Mangler habían logrado hacerse inolvidables, mientras que la mayoría de las cuentas que había visto tendían a confundirse en un mar ondulante de tetas.

—¿Eres técnica o ruda? —preguntó Jinx—. ¿Eres la heroína o la villana?

—Esto no es lucha libre, papá —dijo Margo. Le asustó que se hubiera atrevido a preguntarle. Esperaba que su cara de niña fuera obvia. No podía imaginar ser lo suficientemente valiente o carismática para ser una ruda. Tanto ella como Shyanne tenían esas caras estúpidas e inocentes.

—Todo es lucha libre —dijo Jinx.

—De verdad que no creo que tenga lo que hay que tener para ser una ruda —dijo Margo, encogiéndose de hombros.

—Así que eres una técnica —dijo Jinx, como si el asunto se hubiera resuelto.

Margo suspiró. Nada de eso resultaba útil cuando una se limitaba a retratarse las tetas. La ruda y la técnica se enfrentan, se definen, como la luz y la oscuridad. Margo estaba sola en cada fotograma, reducida a píxeles, congelada y lista para que alguien se masturbara con ella.

MIENTRAS TANTO, BODHI había cumplido tres meses y, de forma misteriosa, cada día se ponía más lindo. Una vez, muy al principio, cuando Margo estaba de compras con un Bodhi de tres semanas atado a su pecho y con el cabello grasiento peinado hacia atrás en una coleta, una mujer la detuvo para admirar al bebé.

—Se ponen aún más lindos —dijo, y Margo se molestó un poco. Incluso a las tres semanas, Bodhi era la cosa más hermosa y prodigiosa que jamás había contemplado. Pero esa señora tenía razón. Margo seguía preguntándose cuál sería la cúspide de su ternura y cuándo comenzaría su descenso, pero cada día le parecía más lindo que el anterior.

Un día, Margo compró flores en un puesto de esquina en el centro de la ciudad: rosas color mandarina. Llevaba a Bodhi en brazos y le acercó las flores a la nariz. El niño no reaccionó. Luego, hizo la pantomima de olerlas ella misma y volvió a acercarle el ramo. Esta vez, Bodhi las olió y se le iluminó el rostro. ¡Olió la hermosa fragancia! Ella se lo había explicado y él la había entendido. Como quien dice, Bodhi nunca se había detenido a oler las rosas. Era un milagro. Se miraron el uno al otro, sonriendo.

Fue Jinx quien encargó una copia de *Qué puedes esperar en el primer año*. El libro tenía al menos cinco centímetros de grosor y observaba a Margo con desaprobación desde la mesita de noche. Cada vez que intentaba leerlo, el extraño sentimentalismo con que estaba escrito la espantaba. Era como el texto de un anuncio publicitario. En una parte decía: «No solo no se enganchará con uno o dos días de uso del chupete, sino que mientras tu bebé también reciba su dosis completa de alimento, disfrutar de algo que lo calme entre comidas, como un chupete, no es un problema en absoluto».

A Margo ni siquiera le preocupaba que los chupetes fueran malos. Los había comprado en todos los colores posibles, incluso de niña. Una vez, Jinx vio a Bodhi con un chupete rosado intenso y dijo:

—¡Oooh, mira, el miembro más reciente de la Hart Foundation!

Jinx no dejaba de decir que Bodhi se convertiría en luchador. Margo sabía que siempre lo decía en broma, pero no iba a permitir que Bodhi se convirtiera en luchador.

—¡¿Por qué no?! —preguntó Jinx, alarmado.

—¡Porque todos tienen muertes horribles y trágicas!

Jinx inclinó la cabeza hacia un lado, medio asintiendo, como admitiendo que así era.

—Pero tú no —dijo agarrándole un dedito del pie a Bodhi, que estaba sentado en su Bumbo sobre la alfombra—. Porque eres demasiado fuerte.

En verdad a Margo nunca le había gustado la lucha libre. En cierto sentido, la había visto como la razón por la que su padre se marchaba siempre. Murder y Mayhem, incluso más que Cheri y los niños, eran la razón por la que las abandonaba una y otra vez. De adolescente, Margo no podía evitar ver *Monday Night Raw* y pensar «¿Por esto?».

Ahora que Jinx vivía con ellos, en la tele siempre estaba la lucha libre puesta y Margo empezó a verla de otro modo. Para empezar, ahora era una superfan de Arabella. Como adulta, podía apreciar que las acrobacias que hacían eran increíbles, en especial las de alto vuelo. También le interesaban más sus biografías. Jinx conocía a casi todo el mundo y las anécdotas eran fabulosas. ¿Sabía ella que los chicos Hart tenían un oso como mascota cuando eran niños? ¿Y que se derretían Fudgsicles en los dedos de los pies en verano y dejaban que el oso se los lamiera hasta dejárselos limpios? Jinx veía muchos combates viejos en Japón. Le encantaban Tiger Mask y Dynamite Kid, y siempre contaba historias de las bromas atroces que hacía Dynamite Kid, como meter un cigarrillo encendido en la bolsa de la serpiente de Jake para molestarla y que lo mordiera, o inyectarle leche en vez de esteroides a Davey, su compañero de equipo.

—Tenía el temperamento de un terrier —decía Jinx.

Esos hombres estaban jodidos y, a menudo, trastornados. Margo no podía evitar sentir que también eran devotos de algo que solo podía llamarse arte.

Suzie también empezó a ver lucha libre con Jinx; en cierto modo, era una actividad adyacente a los juegos de rol en vivo.

—La lucha libre no es falsa —solía decir Jinx—, solo está predeterminada.

PERO EN CIERTO modo, ¿acaso no lo estaba todo? Margo reflexionó. Eso era algo que Mark le había dicho: que según la neurociencia, el libre albedrío no podía ser real. Que nuestro cerebro solo inventaba explicaciones, justificaciones para lo que nuestro cuerpo ya estaba preparándose para hacer. Que la conciencia es una ilusión fabulosa. Inferimos nuestro propio estado mental del mismo modo en que inferimos los pensamientos de los demás: pensamos que alguien está enojado cuando frunce el ceño, que está triste cuando llora. Experimentamos la sensación fisiológica de la ira y pensamos: ¡Estoy enfadado porque Tony me robó el plátano! Pero solo estamos inventando cosas, fábulas para explicar el profundo y oscuro bosque de estar vivo.

LA PRIMERA SEMANA después de la promoción de WangMangler, unas cincuenta personas cancelaron su suscripción y decidí que era normal. El remordimiento del comprador. La semana siguiente, otras cincuenta personas cancelaron, y algunas escribieron mensajes hostiles para explicar por qué. La cuenta era una estafa. No había fotos de mi vagina. El problema era simple: mi cuenta no contenía material con el que fuera posible masturbarse.

Un amable fan, que no se dio de baja, me sugirió que comenzara a hacer videos más largos. Sugirió dos minutos y medio, la duración estándar de una paja, así que me fijé esa meta. Sabía que era probable que el chico se refiriera a un video de mí masturbándome, pero no me atrevía a hacerlo. No mientras Jinx estuviera cuidando a Bodhi al otro lado de la puerta. Se sentía demasiado real.

La última copromoción que hicimos fue un fracaso total y gastamos 500 dólares para conseguir 40 nuevos fans. Empezaba a tener un mal presentimiento, como si la cuenta que creía estar construyendo se me escapara de las manos.

Fue en ese momento cuando recibí un mensaje extraño. Es obvio que recibía muchos mensajes extraños. Pero este era extraño porque era directo y profesional. Decía: Veo que haces evaluaciones escritas de penes. ¿Estarías dispuesta a hacer otros trabajos de escritura? —JB.

Creo que ningún fan se había referido antes a lo que hacía para ellos como trabajo. Fue refrescante. La mayoría de los mensajes eran cosas como: oye, eres muy sexy. A veces me decían que me metiera un cuchillo en el chocho o que bebiera limpiador de desagües. Un tipo se ofreció a pagarme 500 dólares por filmarme haciendo caca en una lata de sopa. Imposible. Me hubiera costado hacer caca en una lata de sopa incluso sin la presión de que me filmaran. El mensaje de JB fue sin duda diferente a los que solía recibir. Me intrigaba, pero también me preocupaba que me pidiera una *fanfic* erótica de un trío con Logan Paul o algo así.

Cliqué en su perfil para ampliar su foto. La mayoría de los chicos no ponía nada en su perfil, solo el contorno de una cabeza, como un juego de mesa infantil; algunos publicaban sus abdominales o su pene, o un personaje de anime, o un meme de la rana Pepe. El de JB era un primer plano de la cara de un viejo pug negro con el hocico moteado de blanco.

FantasmaHambriento: ¿El perro de tu foto de perfil es tuyo o es una imagen de perro de Internet?

JB: Es mi perro.

FantasmaHambriento: ¿Nombre por favor?

JB: ¿Esto es una prueba?

FantasmaHambriento: Sí.

JB: Voy a fallar.

FantasmaHambriento: ¿Por qué?

JB: Su nombre es Jelly Bean. Mi sobrina se lo puso.

Reflexioné.

FantasmaHambriento: Pasaste la prueba. ¿Qué tipo de trabajo de escritura tenías en mente?

JB: $100 por contarme sobre las tradiciones navideñas de tu familia.

Me quedé mirando la pantalla.

Mi cerebro procesaba. No podía pensar cómo esa información le sería útil. Y, si no me la pedía por razones prácticas para estafarme, entonces, lo hacía por razones emocionales. Me estaba pidiendo algo real. Estaba tratando de llegar al yo detrás de las fotos. Me molestó, aunque no podía precisar por qué. Solo pensaba: ¡Cómo se atreve!

FantasmaHambriento: ¿Por qué?
JB: Creo que es sexy pensar que eres una persona real.

Arqueé las cejas, aunque era una forma aceptable de darle la vuelta a la terrible e inmensa soledad que llevaría a una persona a pedir algo así. Y cien dólares eran cien dólares, después de todo, y no iba a permitir que el pequeño Jelly Bean obtuviera algo real de mí.

Entonces mentí. Me inventé una familia diferente por completo: dije que tenía un hermano mayor, y que mi papá era vendedor y siempre recibía bonos en el trabajo, que eran puntos de hotel y millas aéreas; y que cada vez que nos íbamos de vacaciones en Navidad, viajábamos a Hawái, París o las Bermudas. Sonaba demasiado idílico, demasiado inventado, a pesar de que lo había tomado de la vida real de Becca, así que agregué un montón de cosas sobre lo presionada que me sentía de pasarla bien en esos viajes cuando, en verdad, lo único que quería eran cosas normales: el arbolito de Navidad, los calcetines, sentir la magia en nuestro hogar. Y en cambio, siempre estábamos en una habitación de hotel con sábanas blancas y cuadros en tonos de azul colgados en las paredes. Había regalos, unos pocos, con el envoltorio un poco aplastado, así que sabía que habían viajado en las maletas de mis padres. Cuando tenía seis años, mi hermano me había dicho que Papá Noel no existía, pero yo deseaba que todos fingiéramos. Deseaba que mi papá ocultara mejor sus líos amorosos. Deseaba que mi mamá ocultara mejor su aburrimiento.

La verdad es que hacia el final me dieron ganas de llorar, aunque nada de aquello fuera cierto. Presioné enviar. La propina de 100 dólares llegó al instante. Luego, se ofreció a pagarme 100 dólares por una descripción de mi madre. Como un retrato de ella. Le interesaba saber por qué había dicho que se aburría.

Pobre cachorro enfermo, pensé, y luego pasé la siguiente hora componiendo un retrato de mi madre ficticia. Intenté hacerlo interesante. El esbozo aproximado de los padres —el padre vendedor y la madre que se aburría— se lo había robado a Becca, pero no sabía de dónde había salido el resto. Fue divertido: inventar cosas, sacar cada detalle de la oscuridad de mi mente como un conejo de un sombrero.

CAPÍTULO DIEZ

Shyanne estaba tan atareada planificando su boda —un viaje a Las Vegas programado para la primera semana de enero— que no le dijo a Margo que estaría ocupada el Día de Acción de Gracias hasta que Margo la llamó para preguntarle qué debía llevar.

—¡Oh, vamos a hacer trabajo voluntario para los necesitados! —dijo Shyanne.

Margo sabía que era maravilloso que Kenny alentara a su madre a hacer trabajo voluntario y que una buena acción era una buena acción, aunque se hiciera por una razón bochornosa. Solo que el Día de Acción de Gracias siempre había sido su festividad; ella y Shyanne pedían comida china, veían películas de Lifetime y se ponían una mascarilla Baby Foot en los pies. Tuvo la impresión de que todo un mundo se estaba acabando.

En cambio, Jinx les preparó a ella y a Suzie una comida tradicional. Se superó a sí mismo: pavo, puré de papas, relleno auténtico —no de cajita— y una tarta de manzanas.

Después del postre, todos se acomodaron en la sala de estar. El cuerpo de Jinx era del mismo largo que el sofá de terciopelo rosa. Levantó a Bodhi en el aire y, luego, lo bajó para hacerle trompetillas y darle besos cosquillosos antes de volver a levantarlo en el aire. Todo esto acompañado de los balbuceos y grititos de Bodhi.

Bodhi había empezado a balbucear y lo único que decía era: «Papá, papá».

Jinx sonreía y decía:

—¡Sí, soy papá!

—¿No es extraño que le enseñes a llamarte «papá»? —preguntó Margo. En realidad, lo que le molestaba era que Bodhi no dijera «mamá». Le preocupaba que fuera porque no pasaba suficiente tiempo levantándolo en el aire y haciéndolo chillar de alegría. Le preocupaba que fuera porque muchas veces, cuando lo cargaba, estaba mirando su teléfono.

—Por lo general, lo primero que dicen es «papá» —dijo Jinx—. Con el tiempo dejará de llamarme papá.

—¿Lo primero que dicen es «papá»?

Margo estaba sentada sobre la mesita de centro. Había un combate de Curt Hennig en la televisión. Su padre tenía un servicio de suscripción que le daba acceso a todos los combates de la WWE.

—Al menos todos mis hijos lo hicieron —dijo—. Tú lo hiciste. Shyanne por poco se muere.

Esto hizo sonreír a Margo.

—¿Qué dicen después?

—«Mamá» o «baba».

—Espero que sea «mamá» —dijo.

Su teléfono sonó. Era un mensaje de JB:

Querido FantasmaHambriento:
$100 por cada una de las siguientes preguntas (la extensión depende de ti):

1. ¿Cuáles son algunos amigos que recuerdas de la escuela secundaria?
2. ¿Cuáles son tus comidas favoritas y cuáles son las que te disgustan de forma visceral?
3. ¿Conociste a tus abuelos?
4. ¿Qué ha sido de tu hermano, Timmy? ¿Se llevan bien?
5. ¿Vas a la universidad? ¿Estás pensando en ir a la universidad? De verdad que deberías estar en la universidad, pareces tan joven. Pero supongo que no sé cuántos años tienes. Tal vez ya te graduaste de la universidad y solo tienes una piel estupenda. No sé, ni siquiera sé lo que digo, pero ¿cuáles son tus metas personales? ¿Qué deseas?

—JB

Había adjuntado una foto de Jelly Bean con cara de mártir metido en un disfraz de pavo que le quedaba horroroso. Margo sonrió. No les había contado a Jinx y a Suzie lo de JB y sus extrañas tareas de escritura. Se había convencido a sí misma de que no tenía que decírselo a nadie porque no era importante. No permitiría que JB supiera nada real sobre ella. Sabía cómo mantenerlo bajo control.

FantasmaHambriento: ¡Quiero un selfi tuyo con Jelly Bean!

No sabía exactamente por qué; solo quería ver si lo hacía, si podía darle órdenes.

JB: Ya no lleva puesto el disfraz. No le gustó.
FantasmaHambriento: No me importa el disfraz.

Hubo una pausa; luego, apareció una imagen y Margo se quedó sin aliento. No sabía qué esperar de un hombre que el Día de Acción de Gracias le enviaba tareas de escritura extrañas a una chica que había conocido en Internet, pero desde luego que no era eso. JB era alto, de hombros anchos —o al menos eso parecía con un pug acunado bajo la barbilla—, y tenía una abundante cabellera negra, larga y lustrosa que le llegaba a los hombros. Parecía asiático o de las islas del Pacífico, y llevaba una camiseta negra y lo que Margo estaba ochenta por ciento segura de que era una gargantilla de perlas. Aparentaba unos veintitantos años a lo sumo, y era de un atractivo total y desconcertante.

Margo soltó el teléfono. Jinx llevaba un rato hablando y Margo no tenía idea de qué. Por suerte, resultó ser solo una anécdota sobre cuando Curt Hennig le dio a Yokozuna unos laxantes sin que se diera cuenta para que se cagara en un avión.

—Siempre le ponía drogas en las bebidas a la gente —dijo Jinx—, lo cual, según los estándares morales de hoy día, es censurable, pero en aquel momento era bastante gracioso.

Jinx volvió a levantar a Bodhi en el aire y de pronto dijo: «Oh, Dios, Margo. Agarra al bebé. Agárralo ahora mismo».

Margo se apresuró y agarró a Bodhi. Jinx dejó los brazos en alto en la misma posición. Era obvio que no se atrevía a moverse.

—Me he hecho algo —dijo.

—¿En la espalda?

—Oh, Dios —dijo.

Margo notó que se había puesto pálido y sudaba.

—¿Qué? —preguntó—. ¿Qué pasa?

—Todo va a estar bien —dijo—. Creo que es solo un espasmo. Necesito Somas, pero no... digo, por la rehabilitación no tengo ninguno. Solo necesito que los músculos se relajen. No creo que se me haya herniado un disco ni nada por el estilo.

—Dime qué hago —dijo Margo.

—Busca mi teléfono y llama al Dr. Murtry.

PERO POR SER Día de Acción de Gracias, el Dr. Murtry no contestó el teléfono, como tampoco los otros dos médicos que Jinx intentó llamar. Cuando Margo descubrió que Jinx no podía ponerse de pie ni cambiar de posición, comenzó a asustarse.

—Bueno, puedo quedarme en el sofá —dijo Jinx— hasta que alguien conteste.

—Papá, estás sudando a chorros. Se nota que tienes un dolor insoportable.

—Bueno —dijo Jinx—. ¿Quizás hielo?

—¡Papá! —dijo Margo—. ¡Tienes que ir a la sala de urgencias!

—No creo que pueda subirme a un auto.

—Vamos a llamar a una ambulancia —dijo.

—De ninguna manera —dijo Jinx—. ¡No llames a una ambulancia!

Pero Margo llamó al 911 y, por el hecho de que Jinx no trató de impedirlo, se dio cuenta de que lo agradecía. Una vez que supieron que una ambulancia venía de camino, la mayor preocupación de Jinx era que Margo le empacara algunos libros para leer en el hospital.

—Voy contigo —dijo Margo.

—¡No querrás llevar a Bodhi a un lugar así! ¡Un hospital lleno de microbios!

—Yo cuido a Bodhi —dijo Suzie.

Ambos la miraron. Suzie nunca se había ofrecido de voluntaria para cuidar al bebé.

—¿Qué tan difícil puede ser? —dijo Suzie—. O sea, ¡los veo hacerlo todo el día!

—Hay leche mía en el congelador —dijo Margo, apresurándose a mostrarle a Suzie todo lo que necesitaría antes de que llegara la ambulancia—. Y si se pone histérico, envíame un mensaje de texto y regresaré a casa. No creo que vaya a estar fuera más de una hora, dos como máximo.

—Está bien —dijo Suzie—, creo que estaremos tranquilitos.

Margo probó colocar a Bodhi en los brazos de Suzie. Tanto Suzie como Bodhi parecían estar a gusto.

—Okey —dijo Margo como si estuviera juzgando la estabilidad de una torre de Jenga—. ¡Okey!

CUANDO POR FIN nos quedamos solos en el pequeño cubículo de la muy iluminada sala de emergencias, Jinx ya se sentía mucho mejor. La enfermera le había administrado relajantes musculares y analgésicos por vía intravenosa.

—Margo —dijo en voz baja, casi susurrando—, no voy a mencionar mi problema de abuso de sustancias a menos que me pregunten. ¿Te parece bien?

—Eh, sí —dije. La idea de que pudiera oponerme y decirle a su médico que acababa de salir de rehabilitación no se me había pasado por la cabeza. Pero ahora me preguntaba si sería lo correcto.

—Lo decidiremos después, puedo negarme a tomar lo que me receten cuando me den el alta. Sé por experiencia que, si lo mencionas, enseguida te tratan como si fueras un criminal.

—Okey —dije. Sin duda, quería le dieran la medicación que necesitaba. Eso también me preocupaba. Su adicción era una región inexplorada e incomprensible para mí. Me preocupaba que, en su caso, todo empezaba siempre así: con la mejor de las intenciones. Escuché a una anciana pedir agua a través de la cortina a nuestra derecha.

—Tengo la boca muy seca —dijo.

—En el hospital, cuando iba a nacer Bodhi —dije, aclarándome la garganta por un ataque súbito de flema—, la enfermera que vino a chequearme el suero me examinó la mano de un modo extraño, y me di cuenta de que estaba buscando un anillo. Quizás tienen la política de quitarles los anillos a las pacientes en caso de una cesárea, pero de repente me asusté por no tener ese marcador, esa cosa que indicaba que alguien me quería, que valía, que alguien se molestaría y los demandaría si me moría. Es probable que me lo estuviera imaginando, pero sentía que, cuando presionaba el botón para lo que fuera, se tardaba horas en venir y se iba sin responder a mis preguntas. Además, se burló del nombre de Bodhi. Se tardaron una eternidad en darme el alta y no me decían por qué. La mujer había decidido que yo era ese tipo de chica, ¿sabes?

—¿Se burló de su nombre? —preguntó Jinx, y vi en sus ojos una extraña frialdad, como el hielo que se forma sobre un lago.

—Sí, ¿no te lo conté? ¡Shyanne la abofeteó!

Jinx me miró con los ojos inexpresivos.

—Yo habría quemado ese hospital hasta los cimientos —dijo.

Se me erizó la piel de los brazos.

—Es que... lo entiendo —dije—. Puede cambiar la forma en que te tratan.

—Hasta los cimientos —repitió Jinx.

Me reí.

—Gracias —susurré.

Asintió con la cabeza y me miró con ojos llenos de amor.

—¿Sobre qué trata el libro que estás leyendo? —pregunté, señalando el libro que tenía bajo el brazo.

—Gladiadores —respondió mostrándome la portada.

—Te interesa mucho la antigua Roma —observé.

—¿Cómo lo supiste? —preguntó mi padre guiñándome un ojo. De los libros que había en su habitación, la palabra Roma aparecía en casi la mitad de los títulos.

—¿Por qué? O sea, ¿qué es lo que te interesa?

—Oh, la violencia, supongo. Encogió los hombros, luego hizo una mueca de dolor e intentó enderezarse.

—¿Por la lucha libre? —pregunté.

—Claro.

—¿Sientes... algún conflicto interno por la violencia? —pregunté.

Mi padre entrecerró los ojos, y dijo con esa voz suave y a la vez profunda de ASMR:

—He pasado tantos años a la defensiva que es difícil decir. Estoy repensando lo violentos que son el fútbol estadounidense o el hockey, y ni hablar de las artes marciales mixtas. Siempre he defendido la lucha libre; en cierto modo, es la más ética. Porque lo que intentamos es montar un espectáculo, no hacernos daño de verdad. Somos un grupo de chicos de un lugar en medio de la nada gritando: «¡Mírame! ¡Ámame! ¡Mira las hermosas locuras que puedo hacer con mi cuerpo! ¡Puedo hacerte jadear, puedo hacerte gritar, puedo hacerte llorar!».

—Es muy bonito pensarlo de esa manera —dije.

A pesar de que tenía mejor aspecto, bajo la intensa luz del hospital, la piel se le veía cerosa y pálida, y tenía los ojos hundidos. Nunca había sido tan consciente de la mortalidad de mi padre. Era palpable, la sensación de que algún día se moriría. Nunca logré imaginarlo como ese toro salvaje, blanco como la leche, del que mi madre se enamoró, ese chico de un lugar «en medio de la nada», en Canadá, que gritaba: «¡Mírame! ¡Ámame!».

—Oh, sí —dijo mi padre—. De eso se trata. Chicos que hacen tonterías con sus amigos en una colchoneta. Esa es la hermosa semilla de la que brota la flor de la lucha. Pero, ya sabes, casi todos mis amigos están muertos. No todos. Pero más de la mitad. Y algunos tuvieron muertes horribles y espantosas. Así que no ignoro el precio que se paga. Cuando dijiste que nunca permitirías que Bodhi se convirtiera en luchador, pensé: ¿Qué diablos me pasa? ¿Por qué yo sí? No quiero eso para él. ¿Por qué decía que podía aceptarlo? ¡Tiene cuatro meses! Pero incluso antes de Bodhi, o sea, durante años y años, he pensado en la violencia, en cuánto la amamos y en cómo no podemos parar. Y así como todos los caminos conducen a Roma, todas las historias de deportes sangrientos conducen a la violencia.

—Siempre hemos sido así —dije.

—Por el contrario, creo que éramos mucho peores.

—¿De verdad?

Mi conocimiento de los combates de los gladiadores romanos se limitaba a la película de Russell Crowe.

—El tipo de combates que organizaban sin duda pondría a prueba la sensibilidad moderna. O sea, con animales, mujeres luchando contra enanos, dramatizaciones en las que, cuando en la historia mataban a uno, lo mataban de verdad en el escenario. La esclavitud hacía posible todo eso como categoría mental, por supuesto.

Yo jamás había pensado en la esclavitud fuera del contexto de los Estados Unidos.

—Hacían unos balancines largos, como un sube y baja. Y luego encadenaban a criminales en ambos extremos, y dejaban entrar a una docena de leones y osos hambrientos, y la gente observaba cómo esos hombres se empujaban con las piernas, intentando mantenerse arriba, aunque sabían que cuando los que hacían contrapeso fueran devorados, ellos también caerían y serían devorados.

Estaba como en un trance, sus ojos oscuros fijos en el techo.

—Es espeluznante —dije.

—Y los niños veían todo eso. La gente miraba y reía y gritaba y abucheaba, igual que en un espectáculo de lucha libre. Imagínate cuán diferente lo concebían en sus mentes. Ahora pensaríamos que ver asesinar a alguien es traumático, pero para esa gente no lo era. Era divertido. Y tratar de imaginar cómo funcionaba todo eso, cuáles eran sus creencias, me parece fascinante.

—¿Por qué crees que cambió todo? —pregunté— ¿La civilización?

—No sé qué diría un historiador, pero yo diría que por Jesús: ama a tu prójimo y es más fácil que un camello pase por el ojo de una aguja que un rico entre en el reino de los cielos. En un lugar como Roma, insistir en que todos los seres humanos tienen un valor intrínseco... ponía a la gente nerviosa. O sea, lo mataron por eso.

No esperaba una respuesta así de mi padre, que era, según tenían entendido, un ateo irredento.

Un médico entró por la cortina e interrumpió nuestra conversación. Permanecí sentada y callada mientras le preguntaba a Jinx sobre su espalda y sus varias cirugías. Aunque Jinx no decía nada sobre el abuso de sustancias, las preguntas sobre el manejo del dolor y la medicación eran directas y repetitivas. El médico le preguntó varias veces qué analgésicos tomaba, como si no le creyera cuando dijo que ninguno. Le explicó que le ordenaría una radiografía y una resonancia magnética para asegurarse de que la fusión espinal no se había afectado.

Empecé a inquietarme por la forma en que el médico le hablaba a mi papá y por la imagen de esas piezas metálicas implantadas en su columna vertebral. Frente a nosotros había una chica sujetándose una toalla de papel en la frente y esperando a que un médico la atendiera. Se había resbalado en un jacuzzi y sangraba a chorros por un corte en el nacimiento del cabello. A veces, los luchadores introducen una navaja en un combate y se cortan en la línea del cabello para sangrar; lo llaman «añadir color» a un combate. Abdullah the Butcher estaba cubierto de cicatrices.

Mick Foley y Terry Funk metían tachuelas, alambre de púas y cristales rotos. Nick Gage, oh, Dios, Nick Gage les pasaba un cortador de pizza por la boca a sus contrincantes hasta que la sangre mezclada con el sudor les corría por la barbilla y hasta el cuello. Una vez le clavaron un tubo de luz fluorescente roto en el estómago y tuvieron que sacarlo en helicóptero. No podía dejar de pensar en los hombres que me escribían para decirme que me suicidara.

—Deberías irte a casa —dijo Jinx—. Voy a estar bien.

—No —dije. Pero me di cuenta de que estaba desesperada por irme, loca por estar en casa con Bodhi a salvo en mis brazos.

—Ya estoy bien —dijo Jinx. Pero ¿cómo podía estar bien en ese espacio tan iluminado y lleno de personas que no lo amaban?

—Okey —dije—. Lo siento, no sé por qué estoy tan nerviosa.

—Ve a casa con ese bebé —me dijo—. Buenas noches, hija.

Solía decirme así cuando era pequeña. Casi lo había olvidado.

—Buenas noches, padre —le dije, como solía responderle.

Lo dejé en su pequeño cubículo y salí a trompicones hacia la noche oscura. Me monté en un taxi que olía a cera y ositos de goma, llegué al apartamento, subí corriendo las escaleras y entré en la sala de estar donde encontré a Suzie y a Bodhi rendidos en el sofá de terciopelo rosa, ambos roncando muy suave.

Pero mientras intentaba dormir esa noche, con Bodhi a salvo en su cuna y Suzie arropada con una manta en el sofá, no podía dejar de pensar en las palabras de mi padre: «Yo habría quemado ese hospital hasta los cimientos».

Me imaginé la estructura del edificio toda quemada, las nubes de ceniza, y a mi padre con sus pantalones negros, su camisa negra y su chaqueta negra, ahí, mirándome, amándome.

CAPÍTULO ONCE

Por la mañana me desperté y descubrí que a Jinx le habían dado el alta hospitalaria a las cuatro de la mañana y que había tomado un taxi hasta casa. Me molestó que no me hubiera llamado.

—Estuvo bien —dijo—. Me acosté en el asiento trasero del taxi.

Quería preguntarle si el médico le había recetado analgésicos, pero de pronto no supe cómo hacerlo. No quería ser la enfermera que le inspeccionaba la mano para ver si tenía un anillo; otra persona que, al mirarlo, solo veía a un adicto.

—¿Qué dijo la resonancia magnética? —pregunté.

—El disco no está herniado —dijo Jinx—. Gracias a Dios.

—Qué bueno —dije.

Jinx estaba preparando té en la cocina. Hizo una pausa, sus manos magníficas se detuvieron en pleno vuelo.

—¿Quieres té?

—No, gracias —dije. Había encendido la luz del techo, una luz intensa y delgada, que producía un destello verde sobre nuestra piel. Lo observé un momento antes de regresar a mi habitación.

¿Por qué no sabía cómo preguntarle? La noche anterior, me había sentido tan cerca de él, acariciándole las venas de la mano mientras él yacía en su cama de hospital hablando de Roma, y esta mañana era como un desconocido. Además, otros nueve fans se habían dado de baja. Sabía que era mi culpa por no mostrar la vagina completa. Mi padre hablaba del personaje y de hacer que los chicos se enamoraran de mí, pero, a fin de cuentas, lo que querían esos hombres era simple: aplicarle el agarre kung-fu al *joystick* original y llegar al *googasm*.

Estaba tan furiosa que ni quise responderle a JB. ¿Qué deseaba? ¿Cuáles eran mis metas personales? «De hecho, JB, mi gran meta personal es hacerme famosa en Internet por ser sexy. Desde que era niña, soñaba con que, algún día, hombres de todo el mundo desearan venirse en mi cara... ¡solo que soy demasiado cobarde para eso!». Me sentí bien burlándome de mí misma. Porque eso era lo que deseaba. Deseaba ser famosa. Deseaba ganar mucho dinero, cantidades absurdas de dinero. Deseaba poder. Puro, frío y verde. Pero cada vez que pensaba en masturbarme frente a la cámara me daban ganas de vomitar.

Claro que nunca le contaría eso a JB. No solo porque me haría quedar mal, sino porque el sueño de ser famosa era privado, urgente y vergonzoso. Era tan secreto como el deseo que se pide al soplar las velitas de cumpleaños.

En cambio, le escribí sobre comida.

Querido JB:
Soy una gran fan de los caramelos de frutas: los dulces con sabor a plátano en primer lugar y los dulces con sabor a limón en segundo lugar. Banana Laffy Taffy: el mejor dulce del mundo. Lemonheads: fenomenales. Me gustan sobre todo los Runts. Siempre son especiales porque no se pueden comprar en tiendas, hay que encontrar una de esas máquinas en el centro comercial o en alguna pizzería. Creo que los Runts empezaron a fabricarse a principios de los noventa, pero eso no cambia nada porque los Runts son los caramelos eternos.

En nuestra casa, la cena de celebración arquetípica era la carne asada con papas, pero nunca me ha gustado la carne asada. Me encantan las alitas de pollo. Sé que los lugares donde sirven alitas no son elegantes, así que puede parecer un gusto extraño. Si fuera a un restaurante elegante, probablemente pediría un plato de pasta con crema. Cualquier versión adulta de los macarrones con queso porque soy, en esencia, una niña gigante.

Como vivo en California, en cuanto a comida rápida, tengo que decir In-N-Out, y créeme que la comida es muy buena, pero, y me cuesta admitirlo porque lo que sirven es asqueroso y lo sé, me encanta Arby's. Si me siento sola y triste, o sola y feliz, Arby's me atrae como la estrella polar.

En cuanto a la comida que no soporto, okey, no me gustan los mariscos. Casi ninguno. Pero, sobre todo, no me gusta el pulpo.

Y lo he probado en restaurantes elegantes con gente a la que le entusiasma, y aun así no me ha gustado. Sé que eso raya en el sacrilegio, pero tampoco me gustan el cangrejo ni la langosta. No es que me niegue a comerlos, pero nunca diría: «Mmm, déjame pagar cuarenta dólares por luchar para extraer cincuenta gramos de carne delicada e insípida del cadáver de este enorme insecto oceánico».

Y los higos. A la mierda los higos. No es que sepan mal, incluso podría superar la textura medio asquerosa de las semillas, ¡pero son insípidos! Las granadas son estúpidas y difíciles de comer, aunque por dentro parezcan rubíes incrustados que relucen con una magia antigua, así que, okey, me puedo tragar todas esas semillitas que parecen adornos de uñas. ¿Pero lo higos? ¡Además son tan caros! Te cobran como veinticinco dólares por una ensalada con cinco hojitas de lechuga amarga y esos higos horrorosos cortados, que parece que tienen las entrañas llenas de pequeños tumores. ¡Higos, nosotros los llamaremos!

Me di cuenta de que le había contado la verdad, pero me pareció que no importaba. Después de todo, solo se trataba de comida. Y él no sabría qué era verdad y qué no. Nunca lo conocería en persona.

Y luego, sin siquiera pensarlo, escribí: ¿Y tú?

—¿Qué escribes? —preguntó Jinx mirando por encima del hombro de Margo.

—¡Por Dios! —dijo ella cerrando el portátil de un golpe, a pesar de que, en principio, no pasaba nada con que le escribiera a JB.

Jinx llevaba todo el día dando vueltas por el apartamento. Se suponía que no debía permanecer acostado o sentado por mucho tiempo. Tampoco debía agacharse ni levantar ningún peso, por lo que se había vuelto casi inútil respecto a Bodhi, que por suerte había estado tranquilo toda la mañana. Margo le había encargado hacía poco una monstruosidad de Jumperoo que ocupaba una cuarta parte de la habitación, tocaba una musiquita insufrible y tenía botones que se iluminaban. Bodhi podía sentarse ahí y jugar durante veinte minutos seguidos. Con Jinx lesionado, esos veinte minutos y el tiempo que Bodhi pasaba durmiendo la siesta eran el único tiempo que tenía para publicar o responder mensajes.

—¿Quién es JB? —preguntó Jinx.

—Puaj, es un fan —dijo Margo.

—Parecía un mensaje muy largo. No sabía que les escribías tanto a tus fans.

—No suelo hacerlo, pero me paga por cada correo electrónico que le escribo. Cien dólares.

Jinx levantó una ceja.

—Invento cosas. No le cuento nada sobre mí. Me inventé un personaje y todo.

Hubo un breve silencio. Margo miró a Jinx a los ojos. Porque era verdad. ¿Dónde estaba la mentira?

—Impresionante —asintió Jinx sonriendo. No hacía ningún amago de salir de la habitación.

—¿Crees que podrías caminar hasta el parque? —preguntó Margo pensando que, ya que no iba a trabajar, podía hacer algo agradable con Bodhi.

—Me preocupa —dijo Jinx— que me dé un espasmo y estar lejos de casa.

—Bueno, ¿no estás tomando relajantes musculares?

—No recogí la receta —dijo Jinx.

—¡Papá! —Margo sacó a Bodhi del Jumperoo y se fue a la sala de estar para no sentir tanta claustrofobia con su padre dando vueltas a su alrededor.

—Es que era tarde y no quise pedirle al taxi que parara en la farmacia... Bueno, prefiero no tomarlos.

Margo intentaba comprender la situación.

—¿Qué te recetaron? ¿Los relajantes musculares son lo mismo que las pastillas para el dolor? ¿O son cosas diferentes?

—Me recetaron un relajante muscular y un medicamento para el dolor. Y son cosas diferentes.

—¿Qué medicamento te recetaron para el dolor?

—Vicodin. No es mi favorito, si es lo que estás preguntando. O sea, es bueno, no me malinterpretes, pero no es como oxicodona ni nada por el estilo.

—Cierto —dijo Margo—. Y bien... ¿quieres recogerlo? ¿Cómo se supone que vas a funcionar? O sea, estás adolorido.

Se daba cuenta ahora que lo observaba. Estaba amarillento y sudoroso, con los músculos de la cara apretados y tensos.

—Pero no quiero empezar a... no quiero —dijo.

Y se quebró. Estaba casi jadeando. Margo esperó.

—Lo deseo tanto que me asusta, y no sé si lo deseo porque siento dolor o porque soy un adicto.

—Sientes dolor —dijo Margo—. Okey, ¿y si yo guardo el medicamento? Lo escondo en mi habitación sin que sepas dónde está. Y te lo doy solo cuando lo necesites.

—Podríamos intentarlo —dijo Jinx mirándola y asintiendo varias veces con la cabeza—. Podríamos probar así.

Margo se sorprendió. Había accedido casi al instante.

—Okey, ¿ya se puede recoger? ¿A dónde vamos? ¡Qué emoción, vamos a salir de casa! ¿Quieres que busquemos algo de comer? ¿Algo asqueroso?

—¿Como qué? —preguntó Jinx.

Margo movió las cejas de manera seductora.

—¿Arby's?

JB RESPONDIÓ CON una lista de sus comidas favoritas y menos favoritas, y Margo se sintió cautivada. Tenía que reconocer que tenía razón respecto a las Pringles: sabían como si alguien ya las hubiera masticado. Dijo que le encantaba el helado de Rocky Road, lo cual... no estaba mal. Ella podía comer Rocky Road a cualquier hora del día o de la noche, pero le resultaba algo extraño que ese fuera su favorito. ¿Más que el de masa para galletitas? ¿En serio? Pensó que era bastante tierno que venerara ese sabor tan aburrido. JB tenía una mezcla de características desconcertante. Margo no podía dejar de pensar en ese collar de perlas ceñido a la hermosa piel de su garganta.

Al principio, pensó que el hecho de que les escribiera a las chicas y les pagara para que le respondieran significaba que se sentía solo; esa soledad que hace que la gente, en especial los hombres, se sientan un poco desesperados. Pero ahora no estaba tan segura de qué clase de persona era, además de adinerada. Si Margo respondía a todas las preguntas que le había enviado, le debería mil dólares. ¿Cómo podía un veinteañero tener esa cantidad de dinero y por qué lo gastaba en eso?

Estaba amamantando a Bodhi en la cama e intentaba escribir una respuesta con una sola mano.

JB:
Señor, lamento informarle que he subido mi tarifa. Su respuesta sobre los snacks fue tan deliciosa que, de ahora en adelante, le pediré que responda a una de mis preguntas por cada pregunta que yo le responda. Además de, ya sabe usted, el dinero. ¿Trato hecho? Para mi siguiente pregunta, tengo que saber: ¿JB es su nombre real o solo significa Jelly Bean? ¡No puedo dejar de pensar en usted como Jelly Bean!
    Xo,

—Entonces, ¿cuánto de la lucha libre es real? —preguntó Suzie esa noche mientras veían *NXT*.

A Margo se le desorbitaron los ojos, sorprendida de que Suzie no supiera que eso no se pregunta. Jinx respondió con suma tranquilidad:

—Esa es una pregunta un tanto prohibida, Suzie. Puedes preguntarme, no es que me moleste, pero cualquier otro luchador te dejaría inconsciente por preguntarle eso. Una vez, un tipo en un bar empezó a decir que la lucha libre era una farsa, y Haku dijo: «¿Oh, sí? Déjame mostrarte lo que es una farsa», y le arrancó la nariz de un mordisco.

—Oh, Dios mío —dijo Suzie—. ¿De cuajo?

—DE-CUA-JO —dijo Jinx, y asintió con fuerza—. Pero en cuanto a tu pregunta, nadie lo sabe.

—¿Nadie lo sabe? —preguntó Suzie.

—Cuánto es falso. Todo es falso, todo es real, las líneas son borrosas. ¿Dónde termina el personaje y comienza el yo? No ayuda que muchos ángulos estén tomando dinámicas de la vida real y haciéndolas más grandes que la vida misma. Vince hizo una movida con Jeff Hardy tan poco ética que todos nos sentimos incómodos.

—Oh, ¿fue lo de CM Punk? —preguntó Margo.

—Sí, en efecto —dijo Jinx, y prosiguió con su explicación—. Jeff llevaba muchos años luchando con problemas de abuso de sustancias, lo cual es común en la lucha libre debido a las lesiones crónicas, pero Jeff tenía fama de ponerse bastante fuera de control y ser poco confiable, por lo que Vince lo convirtió en un ángulo y lo hizo enfrentarse a un tipo, CM Punk, cuyo lema era la abstinencia.

—¡Ay, qué fuerte! —dijo Suzie.

—Así que, como ves, la línea entre lo real y lo que no es real se vuelve un tanto, un tanto fractal.

—Pero en el cuadrilátero. ¿Cuánto es real en el cuadrilátero?

—Depende. A ver, ¿duele? Sí. ¿Te lesionas? Sí. ¿Están ahí dándose golpes en la cabeza con todas sus fuerzas? No, así no podrían trabajar seis noches a la semana como es debido. Es más bien una coreografía. Nadie pregunta si un ballet es real solo porque esté coreografiado.

—Correcto —dijo Suzie, aunque estaba claro que esa respuesta no la satisfacía del todo.

—Ahí está la magia —prosiguió Jinx—. Tiene que ser auténtico para que funcione, pero también es, ya sabes, por definición, falso. Están ahí vestidos con una licra neón y un micrófono en la mano, así no son las peleas de verdad.

—¿Qué quiere decir que tiene que ser auténtico para que funcione? —preguntó Margo.

—Me refiero al combate, aunque se hagan acrobacias increíbles, debe tener la psicología de una pelea real. Y si un luchador es demasiado falso, no funciona, nunca lo aceptarán. Tiene que parecer real. Pero es difícil conocerse a sí mismo, decir: «Estas son mis cualidades definitorias, condensadas, destiladas».

—Sí, eso parece muy difícil —dijo Margo.

En su mente, los engranajes ya habían empezado a girar. Quizá había estado equivocada todo este tiempo. No tenía que parecerse a Arabella; Margo nunca podría ser tan agresiva y brutal sin ambages. Desde luego, jamás podría jugar a *Fortnite* tan bien. Tal vez, lo que Margo necesitaba era ser más ella misma.

—Pensé que te referías a inventar un personaje y luego serlo, pero me estás diciendo que me convierta en el personaje. Es casi como convertirte en una caricatura —dijo Margo.

—Eso es —dijo Jinx—. Eso mismo. ¡Pero puede ser difícil conocerte tan bien a ti misma como para convertirte en una caricatura!

—Ya soy casi una caricatura —dijo Margo.

Jinx la miró con los ojos entrecerrados.

—¿En qué sentido?

—Soy muy tonta —dijo—. Soy cursi.

—Nunca te describiría como tonta o cursi, jamás —dijo Suzie.

—¿No?

—No, eres demasiado temible para ser tonta.

—¿Soy temible?

—Sí —dijo Jinx, pensativo—, la verdad es que das un poco de miedo. O sea, ¡yo doy miedo! Tal vez lo heredaste de mí.

Suzie asintió con la cabeza y dijo:

—Es cierto, ambos dan mucho, mucho miedo.

—Espera, ¿estás diciendo que soy una ruda? —preguntó Margo.

—Sí —respondió Jinx pensativo—. Creo que eres una ruda natural. Sé que querías ser una técnica. No pienses en ello como algo malo, piensa en ello como algo... perturbador.

Margo se hurgó un grano en la pantorrilla.

—No creo que ahora mismo sea una ruda o una técnica, ni siquiera soy una persona, soy un par de tetas. O sea, ¿cómo se supone que alguien va a crear un personaje solo con imágenes de su cuerpo?

Arabella tenía el *Fortnite*, tenía algo a que jugar, algo que hacer. Margo no contaba con nada parecido.

—Esa es la cuestión —murmuró Jinx.

Estaba mucho más relajado desde que se había tomado su medicamento, casi eufórico.

—¿Cómo pasar de ser solo un par de tetas anónimas a ser el único par de tetas que importa? —prosiguió—. Tiene que parecer real, pero ¿cómo se captura? Así te lanzas al mundo como si fueras invulnerable, cuando es obvio que no puedes serlo. Te vas a lastimar mucho, pero hay algo hermoso en el abandono, la imprudencia y la especie de valentía que eso conlleva.

Margo jamás habría imaginado que su padre entendía esas cosas sobre ella.

—Lo que necesitas —dijo Jinx— son amigos.

—¿Amigos? —preguntó Suzie.

—Para jugar. Tienes que generar ese furor. El furor es lo que atrae los culos a las butacas.

Margo entendió lo que quería decir de inmediato. Jinx había mencionado antes a los amigos, pero ella siempre lo había entendido como promoción cruzada, no para producir contenido.

—Tengo que interactuar con gente. Necesito otros personajes que me ayuden a diferenciarme, para no ser solo un par de tetas. Un técnico necesita a un rudo y un rudo necesita a un técnico.

—Eso es —dijo Jinx—. ¡Bingo, nena!

Hasta ahí había llegado, pero siempre tropezaba cuando intentaba imaginar cómo otra persona podía entrar en su contenido sin, bueno, tener relaciones sexuales con ella o algo así. La respuesta había estado delante de ella todo el tiempo.

—Tenemos que trabajar en las promos —dijo.

No en el encuentro. Necesitaba el bombo publicitario de las semanas previas al encuentro. ¿Cómo no se había dado cuenta? Las promociones eran casi la parte más importante. Eran la razón por la cual el público se interesaba lo suficiente por el combate como para ir a verlo.

—¿A qué te refieres con las promos? —preguntó Suzie.

—TikToks —dijo Margo—. Haremos TikToks.

—¿Haremos? ¿Quiénes? —preguntó Jinx.

—Aún no lo sé —dijo Margo—. Amigos.

—Amigos —dijo Jinx esbozando una sonrisa y asintiendo con la cabeza.

ESA NOCHE FUI a la cuenta de WangMangler y encontré la foto que me había estado perturbando. Era WangMangler en bikini en la playa. Detrás de ella se veía un muelle, y en el muelle había una especie de cabaña, un pequeño edificio hexagonal de techo rojo. La amplié lo más que pude. No estaba segura al cien por ciento, pero estaba bastante segura de que el edificio era un Ruby's Diner y que el muelle estaba en Huntington Beach. Me di cuenta en su sitio web de que también tenía un pódcast con otra chica que estaba en OnlyFans llamada SucculentRose, así que fui a su cuenta, me suscribí y me puse a mirar.

SucculentRose parecía un cachorrito adorable y sexy. Tenía el cabello largo, rubio platinado, que le caía por la espalda como una manta ininterrumpida. Era gordita, tenía unas pestañas postizas espectaculares y unos pechos tan grandes y esféricos que parecía que se los había dibujado un niño de doce años. Su cuenta no era tan interesante como la de WangMangler y, al parecer, no evaluaba penes. Solo tenía quince mil seguidores en Instagram, casi la mitad que WangMangler. Era obvio que tenía cara de bebé.

Cliqué en la cuenta de WangMangler y le envié un mensaje diciendo que me había dado cuenta de que era posible que ambas estuviéramos en el sur de California, y, si era así, ¿podría alguna vez invitarme a su pódcast? Recibí un mensaje de SucculentRose diciendo que sí, que estaba en Huntington Beach y ¿vivía lo suficientemente cerca como para conducir hasta allí? El momento era perfecto porque su invitado de esa semana había cancelado. ¿Podía ir a su apartamento a grabar mañana? Resultó que ella y WangMangler eran compañeras de apartamento. Le pregunté a Jinx. Sí, podía ir mañana. Suzie llamaría al trabajo para decir que estaba enferma y cuidaría a Bodhi porque Jinx todavía no podía cargarlo. SucculentRose me envió la dirección. Estaba todo arreglado. No tenía ni idea de qué decir en un pódcast, pero pensé que lidiaría con eso cuando llegara el momento.

MARGO AÚN NO había recibido respuesta de JB y trató de no dejar que eso la inquietara. Alrededor de la medianoche, justo cuando estaba a punto de dormirse, su obsesión de revisar el teléfono fue recompensada.

> Fantasma,
> JB es mi nombre y no, por desgracia no significa Jelly Bean. Son las iniciales de Jae Beom.
>   ¿Nombre por nombre?
>
>   JB

A Margo le galopaba el corazón. No sabía si por miedo o por excitación. Una parte de ella quería decirle su nombre. ¿Qué daño podía hacerle? Habría miles de Margos en el mundo. Pero después, si la mataba, la gente diría: «¡No puedo creer que le haya dado su nombre!».

FantasmaHambriento: No te lo vas a creer, pero mi nombre de pila es Jelly Bean.

JB: Es un nombre hermoso.

FantasmaHambriento: Elegante. Sofisticado.

JB: Así que ambos somos JB.

FantasmaHambriento: Quieres decir que los tres somos JB. (Incluyo a tu perro).

JB: Demasiada coincidencia como para ser otra cosa que un designio del destino.

FantasmaHambriento: Bueno, mi madre dejó que tu sobrina me pusiera el nombre, así que…

JB: 🍬

FantasmaHambriento: ¿Puedo hacerte otra pregunta?

JB: Solo si respondes a una de las mías.

FantasmaHambriento: Trato hecho.

JB: Amor del primer año de primaria.

FantasmaHambriento: Fácil. Se llamaba, y no estoy jodiendo, Branch Woodley, y su mamá era hippie, y usaba el papel de aluminio en el que su madre le envolvía los sándwiches para hacerse un sombrerito para que los profesores no pudieran leer sus pensamientos. Pretendíamos comunicarnos con los árboles tocándoles la corteza con los ojos cerrados. Mi pregunta para ti es: ¿Estás haciendo esto con otras chicas por aquí?

JB: No.

FantasmaHambriento: ¿No y ya? ¿No me dices nada más?

JB envió una propina de 100 dólares.

Margo se quedó mirándola, un poco molesta. Luego, llegó un mensaje:

JB: ¿Alguna vez te has cagado en los pantalones?

FantasmaHambriento: Sí.

Presionó enviar. Se había cagado en los pantalones durante un examen final de Química en la secundaria después de comer demasiadas alitas con salsa de mango y habaneros la noche anterior.

JB: ¿No me dices nada más?

FantasmaHambriento: Tú no te desnudas, yo no me desnudo.

JB: 😊 Me parece justo. La verdad es que estaba haciendo todo esto como una especie de trol. Escuché hablar de OnlyFans y me preguntaba de qué se trataba. Fuiste una de las primeras chicas a las que seguí. No sé. Me pareció más interesante hablar contigo que cualquier otra cosa, fue como un impulso de nerd. La única vez que me hicieron un baile erótico también traté de hablar con la chica. ¿Quizás jugar a la botellita cuando tenía doce años marcó demasiado mi sexualidad?

A Margo siempre le había gustado jugar a la botellita y asintió despacio, pensativa. Y la verdad es que —escribió— si no puedes decirle la verdad a un desconocido en Internet, ¿a quién puedes decírsela?

Llegaron otros 100 dólares y un mensaje:

JB: No tienes que contarme los detalles de cómo te cagaste en los pantalones si no quieres, no tengo un fetiche con la caca. Solo esperaba una historia divertida.

FantasmaHambriento: Bueno, lo primero que debes saber es que mi profesor de Química era, aunque parezca increíble, de Nueva Zelanda, y tenía un acento muy, muy fuerte que me resultaba difícil de entender...

CAPÍTULO DOCE

SucculentRose y Wang Mangler vivían en un complejo de aparta-mentos de estuco tan tranquilo como una tumba. Los pasos de Margo resonaron. No vio a una sola persona en todo el camino desde su auto hasta el apartamento que estaba en el segundo piso.

SucculentRose abrió la puerta, luciendo una prenda de vestir que era una indiscutible descendiente del Snuggie: un híbrido de sudade-ra y camisón confeccionado con tela de oso de peluche color canela. No tenía sujetador y, aunque Margo ya había visto muchas fotos de SucculentRose desnuda, sus pechos eran igual de impresionantes en persona, tan grandes que se movían de forma casi independiente del resto de su cuerpo.

—¡Oh, Dios mío, es un placer conocerte! —SucculentRose chilló y abrazó a Margo.

Aún tenía puesto el maquillaje de ojos de la noche anterior, que re-sultaba aún más encantador por estar cuarteado y corrido, y su cabello platinado olía a champú caro.

—Es una tontería, pero ¿cómo debo llamarlas? —preguntó Margo.

Si bien imaginaba que podía llamar Rose a SucculentRose, no podía imaginar cómo llamar a WangMangler.

—Excelente pregunta. Soy Rose, y ese es mi nombre real, para que lo sepas, y puedes llamarme así en el programa, pero ella se hace lla-mar KC. Me refiero a WangMangler. ¡Sabes lo que quiero decir!

—Entendido —dijo Margo metiéndose el pelo detrás de las orejas.

—¿Usas tu nombre real?

—No —dijo Margo—. ¿Podemos... podemos llamarme Fantasma?

—¡Por supuesto! Oh, Dios mío, eres tan linda —dijo Rose—. Estás tan nerviosa. ¡Me encanta! Solo debes saber que KC será muy grosera, y pensarás que no le caes bien, y será cierto. Nadie le cae bien. Pero en el fondo es buena y le agrada cualquiera a quien ella le agrade, así que sé valiente. No es una persona madrugadora.

En ese momento, una perrita blanca entró corriendo por el vestíbulo mirando como una loca a su alrededor y ladrando.

—Shhh —dijo Rose, agarrando a la perrita—. Esta es Biotch, y es muy, muy viejita. ¿A que sí? ¿A que eres una perrita anciana?

La perrita miró a su alrededor, tenía los ojos nacarados por las cataratas. Era una caniche mezclada con alguna otra cosa. Rose le besó el hocico teñido de lágrimas color marrón.

—Ven —dijo Rose, y llevó a Margo a la sala de estar, tan inmaculada que casi resultaba hostil. Alfombra blanca, sofá de cuero blanco, mesa de centro negra de metal y vidrio. Rose se sentó en el sofá y puso a Biotch a su lado. Al instante, Biotch se orinó en el sofá, el líquido amarillo empezó a salirle por debajo.

—¡Y por eso debemos tener un sofá de cuero! —dijo Rose, levantándose para ir a buscar toallas de papel.

Biotch se quedó donde estaba, encogida y temblorosa.

Después de limpiar el orín, Rose trajo café en unas grandes tazas rosadas. Mientras le daba una taza a Margo, sonrió y dijo:

—¡Eres tan sexy!

—Gracias —dijo Margo, esforzándose por decir algo a cambio—. ¡Tienes unos pechos increíbles!

—¿Quieres tocarlos? —preguntó Rose—. ¡Vamos, no seas tímida! Mira, puedo equilibrar cosas en ellos. ¡La mesa auxiliar prohibida! Se puso de pie y se colocó la taza de café encima de los pechos. Giró de un lado a otro y la taza no se movió. Margo no tuvo que fingir su asombro. Ahora sí quería tocarlos. ¿Qué propiedades tendrían para que una taza de café descansara sobre ellos de manera tan estable?

—¿Son...?

No sabía si era grosero preguntar si eran implantes. Rose respondió de inmediato:

—Oh, cien por ciento.

—¿Cuándo te los hiciste? —preguntó Margo.

—¿Hará como tres años? Pero es algo que siempre había deseado. O sea, desde que tenía seis años, sabía que quería implantes.

—¿Desde los seis años? ¿Sabías siquiera lo que eran?

—Oh, por supuesto. Gracias a Dolly Parton en la tele de la casa de mi abuela. No creo que supiera que los suyos eran implantes, solo sabía que ella era especial. O sea, no era una persona normal, era Dolly Parton.

Margo alucinaba en silencio. Era cierto. No se podía ser una persona normal con aquellos pechos.

Resultó que Rose se había graduado de Física, e incluso había completado casi la mitad de la maestría antes de abandonarla. Margo pidió ir al baño para no tener que hablar de su propia experiencia universitaria.

Para su sorpresa, Rose no estaba en la sala de estar cuando regresó, y Margo se quedó allí sin saber qué hacer durante un momento antes de escuchar a Rose y KC hablar. Caminó con sigilo por el pasillo y se asomó a la puerta de la habitación en la que estaban. Tenían todo un pequeño estudio de grabación y estaban sentadas en sillas con ruedas frente a unos elegantes micrófonos con brazos de tijera. Parecía una emisora de radio de verdad, excepto que las mesas estaban cubiertas de envoltorios de barras de granola y botellas de agua vacías, lo que tal vez era un vaporizador y lo que sin duda era un tapón anal violeta.

—Oh, bien, ven. ¡Estamos listas! —dijo Rose cuando vio a Margo.

KC ni siquiera levantó la vista. Estaba revolviendo un té en lo que parecía un cuenco en miniatura. Se veía tan pequeña sentada en esa silla que era una ofensa a los ojos.

—Ahí está la tuya —dijo Rose, e hizo un gesto hacia la silla vacía, que también tenía un cuenquito delante. Margo se sentó y lo miró, tratando de entender qué era, un caldo o un té que olía a cuero. La silla de Margo no tenía un micrófono sofisticado, sino uno más corriente sobre la mesa. Vio los auriculares y se los puso. En el momento en que lo hizo, pudo escuchar todo lo que Rose y KC decían con una claridad cristalina, como si estuvieran dentro de su cabeza.

Margo agarró su cuenco y probó un sorbo. Sabía a hongos y a corteza de árbol; era repugnante.

—¿Qué es esto? —preguntó.

—Té de hongos —dijo Rose.

KC se rio entre dientes e imitó a Margo diciendo: «¿Qué es esto?», con una voz ñoña. En los auriculares de Margo, sonó fuerte.

—Oh, guau, un momento, nunca he hecho esto antes —dijo Margo.

—Jamás lo hubiera imaginado —dijo KC.

—¡Qué emocionante! —dijo Rose.

—No, lo siento mucho —dijo Margo.

Escuchaba todas las voces al mismo volumen; era abrumador.

—Quiero decir, no puedo beber esto —añadió.

—Pues, tienes que hacerlo —dijo KC—. Es parte del jodido pódcast.

—Pensé que habías escuchado muchos episodios —dijo Rose.

Margo se quedó paralizada. No había escuchado ni un solo episodio, aunque le había escrito a KC diciendo que era una gran fan.

—Digo, los he escuchado. Pero no sabía que era, ya saben, obligatorio.

—Bebemos hongos en todos los pódcasts —dijo Rose con suavidad—. Ese es el propósito.

Margo empezó a sudar. Debe haberse visto tan aterrorizada como se sentía, porque Rose se ablandó y dijo:

—Oh, cariño, ¡son divertidos! ¡No te preocupes! ¡Te lo pasarás genial! Quizás bebe solo la mitad de la taza.

Margo asintió, sin poder ni hablar.

—Todos nos bebemos la taza entera —dijo KC con una autoridad tan silenciosa que Margo supo que Rose no intentaría seguir discutiendo.

Margo pensó que iba a echarse a llorar. ¿Cómo iba a estar sobria para conducir a casa? ¿Cuánto tiempo tendría que quedarse allí con esa gente tan temible? Y, cuando por fin llegara a casa, ¿cuánto tendría que esperar para poder amamantar a Bodhi? No sabía nada sobre los hongos ni cuánto tiempo permanecían en el organismo. Sin embargo, no podía pensar en marcharse. Agarró el pequeño cuenco y Rose asintió con la cabeza para alentarla. Bebió un sorbo.

—Vamos a empezar este programa de mierda —dijo KC, y Rose tecleó algo en la computadora portátil, y luego comenzó su introducción al programa.

Mientras Rose hablaba, Margo sacó el teléfono y le envió un mensaje frenético a Jinx: Me están obligando a beber hongos, no tengo idea de cuánto tiempo va a durar esto, lo siento mucho, estoy tan asustada. Presionó enviar y alzo la vista justo cuando Rose terminaba de hablar y se dirigía, expectante, a Margo.

—Es increíble estar aquí —dijo Margo.

Pasaron dos horas y aún seguían grabando. Margo no tenía idea de cómo editarían todo eso en un programa de una hora. Cada vez más, KC y Rose empezaban a parecerse a personajes de dibujos animados, con un brillo extraño en los ojos. El pelaje de Biotch ondulaba como los campos de trigo. Discutieron cómo cada una se había iniciado en OnlyFans, y Margo confesó que aún no había publicado la vagina completa.

—¡¿No lo has hecho?! —exclamó Rose.

—Tienes que aprovechar al máximo esa mierda —dijo KC—. Dale a esa tortilla una entrada triunfal.

—Claro que sí —dijo Rose—. Ojalá lo hubiera sabido. Cuando empecé, no entendía que la primera vez que publiqué la vagina debí haber cobrado como cincuenta dólares. En vez de eso, la puse a la venta como por tres dólares. ¿Sabes qué triste es eso? O sea: «Aquí está mi preciosa vaginita, que vale tres dólares».

—¡Querida vagina! —rugió KC con voz de hombre—. ¡Preciosísima vagina!

—Es bueno saberlo —dijo Margo.

—¡Deberías hacer una cuenta regresiva tipo calendario de adviento para tu vagina! —dijo Rose—. ¡Y ese puede ser tu regalo de Navidad para todos los hombres del mundo!

De repente, Margo se imaginó haciendo un Photoshop de su vagina para ponerle a un niñito Jesús en el centro, como si fuera un pesebre.

KC soltó un eructo sonoro en el micrófono.

—¿Cómo empezaste en OnlyFans, KC? —preguntó Margo. Le empezaba a perder un poco el miedo a KC, en parte porque KC era muy espontánea. Se rascaba la entrepierna con vigor a través de los leggins cuando Margo le hizo la pregunta.

—Rose me obligó a hacerlo —dijo KC.

—¡Yo no te obligué!

—Sí lo hiciste. Me dijiste: «KC, si vas a desperdiciar tu vida consumiendo drogas y jodiendo con esos tipos, al menos gana dinero haciéndolo». Y yo dije: «¡Inscríbeme!».

—A ella le da igual —dijo Rose sonriendo—. Le da igual todo. Le administro todo su dinero, porque, si por ella fuera, ordenaría que le enviaran millones de kilos de arena a la casa de sus padres, literal.

—¡El envío es gratuito, Rose! El envío es gratuito si ordenas 300 mil kilos de arena. O sea, ¿qué sentido tiene eso? ¡Solo piensa en lo que les costaría deshacerse de toda esa arena!

Después de esa conversación, las tres vomitaron, y luego KC dijo que era un pepino de mar y se acostó debajo del escritorio, así que el micrófono captaba su voz de lejos. Hablaron de los hombres que querían desmembrar o cuyos cuerpos disolverían en ácido.

—Cada vez se vuelve más fácil desconectarse —dijo Rose—, pero un día un chico comenta algo sencillo, algo como «cuerpo de tentación en cara de arrepentimiento» bajo una de mis fotos, y me echo a llorar.

—Oh, me quiero morir —dijo KC con su voz lejana—. Todos los días.

¿Por qué no se ponía los auriculares y se sentaba al micrófono? ¿Por qué insistía en vivir en las sombras oscuras y resonantes del espacio de la conversación real?

—En verdad, no quieres morirte —dijo Rose—. Le tiene miedo a la sangre; si ve una gotita de sangre, se desmaya.

—Eso es cierto. Soy muy delicada —dijo KC.

—Supongo que lo que quiero preguntar en realidad es —dijo Margo atrapada en su propia línea de pensamiento— ¿por qué el tiempo solo transcurre en una dirección? O sea, ¿alguien sabe por qué?

—Bueno, si pudiéramos movernos a la velocidad de la luz, podríamos detener el tiempo por completo —dijo Rose.

KC se incorporó.

—Tenemos que salir de esta habitación —dijo—. El portátil es el cabrón diablo. O sea, mira eso. Mira esa maldita cosa.

Las tres miraron al portátil. Parecía algo extraño y malévolo.

Se fueron a la sala de estar, iluminada por la cálida luz del día.

—Oh, Dios mío, KC, tenías tanta razón —dijo Margo—. Aquí se está mucho mejor.

—La verdad es que sí —dijo Rose.

Las tres se desplomaron sobre la alfombra. Para sorpresa de todas, Biotch se acercó a Margo y se acurrucó a su lado.

—¿Por qué le caigo bien ahora? —preguntó Margo—. Antes no le caía bien y ahora le caigo bien.

Margo se fijó en la carita manchada de lágrimas de Biotch.

—Tal vez puede leer mi mente —continuó—. Oh, Dios mío, eso me recuerda que tengo que preguntarles algo.

—¿Qué? —preguntó Rose poniéndose seria de repente.

—¿Están en TikTok? —preguntó Margo.

KC se echó a reír.

—¡Qué pregunta tan decepcionante!

—No, bueno, tengo una idea —dijo Margo.

Le preocupaba no poder explicarse bien. Acarició el diminuto cuerpo de Biotch. Tenía los pechos tan hinchados por la necesidad de amamantar que se sentían como cabezas de coliflor bajo la piel, y echaba tanto de menos a Bodhi que, si pensaba en él aunque fuera por un segundo, empezaría a gotear. Había llamado a Jinx desde el baño en un momento dado y habían acordado que él iría a recogerla cuando hubieran terminado. No había forma de que pudiera conducir, y lloró porque pensaba que Jinx se había enfadado con ella, aunque él no dejaba de decirle que no estaba enfadado. Si se había sometido a eso por una idea y luego se estropeaba todo, no podría vivir consigo misma.

—Tengo una idea. Y creo, desde lo más profundo de mi alma que, si confían en mí, puedo lograr que seamos muy, pero que muy famosas. Y ricas. Asquerosamente ricas. Pero también famosas.

—Sí, okey —dijo KC—, esto es un fastidio. ¿De verdad que nos vas a venir con eso ahora? ¿Estás delirando o tratando de estafarnos?

Rose la hizo callar y dijo:

—¿Qué dices, cariño?

Margo se quedó mirando el techo de gotelé, que parecía flotar como copos de nieve.

—Okey, ¿conocen a Vegeta y Goku? Es como TikTok y OnlyFans.

—¿Cuál es Vegeta? —preguntó KC, escéptica.

—Supongo que TikTok —dijo Margo.

—TikTok no es Vegeta —dijo KC—, de ninguna manera.

—Me refiero a la fusión. ¡Fusión! Porque OnlyFans no tiene capacidad de descubrimiento, pero sí mucha monetización, y TikTok tiene toda la capacidad de descubrimiento, pero no de monetización. Están hechos el uno para el otro. Están destinados a interconectarse. Y si los usas juntos, es como un superpoder. La monetización y la capacidad de descubrimiento se fusionan.

—Lo que estás diciendo es que deberíamos hacer TikToks —dijo KC—. O sea, ¡dah! Yo fui quien te dijo desde el principio que hicieras un TikTok.

—No, digo que deberíamos usar TikTok para construir nuestros personajes y para eso necesitamos trabajar juntas. Si solo tienes un personaje, lo que puedes hacer es limitado. Mr. Beast trabaja mejor porque tiene a sus amigos en su canal. Necesitamos eso. Podríamos enfrentarnos y hacer tramas secundarias y hacernos bromas, y eso nos daría suficiente PG para otras redes sociales.

—¿Así que quieres que abramos un canal de YouTube? —preguntó Rose.

—Bueno, pues, sí —dijo Margo—, pero creo que deberíamos empezar por TikTok. Okey, mírenlo de esta manera: KC, el hecho de que Rose te quiera, te equilibra. Su dulzura hace que tu virulencia sea menos tóxica.

—¡Tóxica! —exclamó KC y se giró boca abajo.

Margo la interrumpió.

—Y Rose podría parecer estúpida, pero es obvio que no lo es, porque ¿de qué otra manera pudo haber domesticado a una criatura tan complicada como KC?

—Rose no es estúpida —dijo KC.

—Sí, lo sabemos porque conocemos a Rose, ¡pero no hay manera de que puedas darte cuenta de que es casi una física solo por sus pechos!

Rose extendió la mano, tomó la mano de Margo y la apretó.

—Te quiero— dijo—. Decimos que sí.

—¡No estamos diciendo que sí a un carajo! No vale la pena invertir en TikTok. Conozco chicas que han perdido cuentas de 100k seguidores solo por vincular su TikTok a su OnlyFans.

—Usaremos Linktree —dijo Margo.

—Pero TikTok es estricto; no puedes hacer desnudos, no puedes hacer un montón de cosas.

—No tenemos que hacer desnudos. Okey, okey —dijo Margo entregándole a Biotch a Rose para poder ponerse de pie y explicarles—. Eligen la música más popular de TikTok, algo bailable, y Rose aparece bailando un poco, vestida, pero con ropa sexy, y la gente piensa: okey, una chica sexy bailando, pero luego se dan cuenta de que el sofá que está detrás de ella se mueve, y KC está en del sofá y va saliendo despacio, y el video termina cuando KC salta y los asusta. O cuando tú saltas y la asustas a ella. Como sea, termina con el grito.

Ni KC ni Rose dijeron nada.

Margo estaba desesperada. Deseaba no estar drogada para poder expresar la magnitud de la visión que había estado cultivando durante las pasadas veinticuatro horas.

—En lugar de convertirnos en cuerpos para que alguien se los tire, trabajar juntas nos convertirá en personas. Nos humanizaremos unas a otras. Si nos ven haciendo cosas normales, ¡se verá más real cuando hagamos cosas sexys! ¡Seremos más que muñecas!

—¡Cariño, no sabía que eras tan inteligente! —dijo Rose.

—No creo que valga la pena —dijo KC—. Hacer algo en TikTok, okey, pero después de lo que pasó en Instagram, no quiero poner todos mis huevos en la misma canasta de redes sociales.

—¿Qué pasó en Instagram? —preguntó Margo.

—SESTA-FOSTA —dijo Rose—. Ambas empezamos a hacer OnlyFans a través de Instagram. De hecho, nos hicimos famosas en la escena de los festivales, así que teníamos unas cuentas enormes...

—¡Yo tenía más de quinientos mil seguidores! —gritó KC.

—Y nos eliminaron las dos cuentas y tuvimos que empezar de cero hace como seis meses, porque habíamos vinculado nuestras cuentas de OnlyFans en nuestras bios. No quiero volver a quemarme.

—Me parece justo —dijo Margo—. Me parece muy justo. Pero no hay otra plataforma en la que sea tan fácil hacerse viral como TikTok. Y creo que vale la pena intentarlo. A ver, ¿qué es lo peor que puede pasar? Y podemos publicar los vídeos de forma cruzada en Instagram, podemos subirlos a YouTube, no tiene por qué ser solo TikTok. Piensen en ello como enfocarse en un contenido PG.

—¿En qué porcentaje estás pensando? —preguntó Rose.

—¿Porcentaje de personas que se suscribirían si nos hiciéramos virales? —preguntó Margo—. No tengo idea, pero, aunque fuera el uno por ciento, si te haces viral en grande...

—No, ¿qué porcentaje de nuestras ganancias te pagaríamos? Estás proponiéndonos diseñar una enorme maquinaria publicitaria, así que supongo que tendríamos que pagarte para formar parte de ella.

—Oh —dijo Margo—, no había pensado en eso. Veamos primero si funciona.

—No veo ningún inconveniente en al menos probarlo —dijo Rose.

—Sigo pensando que es una estupidez —dijo KC.

—Déjenme escribir algo. Denme una semana, y luego nos vemos y deciden si quieren filmarlo.

—Cariño —dijo Rose—, solo me preocupa que no tengas idea de lo que te espera. ¿Estás segura de que quieres hacer todo ese trabajo de forma voluntaria? Esto no es un proyecto grupal de la escuela.

—Chicas, tengo mil seguidores en Instagram, ustedes tienen treinta mil. No hay forma de que trabajar con ustedes dos no sea un avance gigantesco para mí.

—¡Oh, eso es cierto! —alardeó KC.

—Okey, eso me hace sentir mejor —dijo Rose.

—Tengo que decirles algo más —dijo Margo de repente, porque en ese momento vio que no tenía otra opción—. Tengo un bebé de cuatro meses. Vamos a tener que trabajar en torno a él, como grabar solo ciertos días o tenerlo en segundo plano. Mi papá lo cuidará, así que tendrán toda mi atención. Pero no puedo pasar ocho horas sin él; no puedo, me moriría.

—¿Tu papá? —preguntó KC.

—Sí, pero es muy *cool*—dijo Margo.

—¿Un bebé de cuatro meses? —preguntó Rose—. ¿Me estás jodiendo?

Margo sentía que la idea se desmoronaba a su alrededor. Fue una estúpida en creer que aceptarían. Quizá incluso les habló de Bodhi para arruinar sus posibilidades porque tenía miedo de desear tanto eso, de soñar en grande.

—Lo siento —dijo Margo—. No quería mentirles. Es que...

—¡No es justo, carajo! —dijo Rose y le arrojó a Margo un trozo de pelusa de pelo de perro que había quitado de la alfombra—. ¡¿Cómo tienes esa maldita cintura?! ¡Cuatro meses! ¿Hace cuatro meses sacaste a un bebé de allí?

—Tenemos que retroceder y hablar sobre tu papá —dijo KC.

—No me preocupa el papá —dijo Rose.

—No quiero a un viejo aquí con un bebé... es extraño.

—Mi papá es Dr. Jinx —dijo Margo. Merecía la pena intentarlo.

—¿Me estás jodiendo? —preguntó KC.

Y a Margo se le apretó el corazón de dolor porque había acertado.

—¿Quién es Dr. Jinx? —preguntó Rose.

—¿Me estás jodiendo? —repitió KC.

—No, es Dr. Jinx. Así que no son las vibras normales de un papá. Viene a recogerme, pueden conocerlo si quieren. Estaba a punto de enviarle un mensaje de texto para decirle que habíamos terminado.

—Pero ¿quién es? —Rose seguía perdida.

—Es de la lucha libre; no es un luchador, pero está en ese mundo. ¡Es una maldita celebridad! —explicó KC.

—No es una celebridad —dijo Margo.

—¡Es un icono! Es icónico, ¡literal! —dijo KC.

—¿Quién es esta persona? —preguntó Rose.

Y así terminaron viendo clips de YouTube de Dr. Jinx y Murder y Mayhem.

—¿Cómo es tu papá? —preguntó KC, entusiasmadísima con la idea de conocer al verdadero Dr. Jinx—. O sea, ¿cómo es en persona?

Margo trató de pensar en Jinx y en cómo era en realidad. El abrumador viaje de los hongos casi había pasado, pero su mente aún parecía infantil y fresca, como si estar en su propia cabeza fuera lo más maravilloso del mundo.

—Mágico —dijo Margo, sorprendiéndose a sí misma—. Es como si tuviera acceso a, no sé, una especie de vasta red subterránea de poder o... es como un mago caído en desgracia o algo así. Pero también es un hombre de mediana edad que limpia como un obseso y no puede mantener la cosa dentro de los pantalones, y hace pasta desde cero. No sé si eso tiene algún sentido.

KC se quedó mirando el techo, absorbiéndolo todo.

—En realidad —dijo—, tiene mucho sentido.

CUARENTA Y CINCO minutos después, Jinx envió un mensaje diciendo que él, Suzie y Bodhi estaban afuera. Había traído a Suzie para que condujera el auto de Margo a casa. La reunión que tuvo lugar entre KC y Rose —aún drogadas y en pijamas bajo la brillante luz de la tarde en el estacionamiento— y su papá, vestido de negro como si supiera que eso mismo era lo que iba a ocurrir; KC dando saltitos y recitando líneas de promociones famosas que Jinx había hecho, Rose agachada mirando por la ventana trasera a Bodhi dormido, y Suzie riéndose de todos, con los dientes manchados de lápiz labial color magenta... esa imagen de todos ellos haciendo tonterías en un estacionamiento sería uno de los recuerdos más preciados de Margo. KC golpeándose el muslo con una botella de agua vacía de Dasani, las pantuflas absurdas y esponjosas de Rose contra el asfalto negro de alquitrán, el reflejo brilloso y distorsionado de sus cuerpos sobre el auto de Jinx, un enorme grupo de gaviotas que de repente pasó volando por encima de ellos. Que todos acabaran en ese estacionamiento bajo un cielo despejado, a punto de embarcarse juntos en esa aventura, parecía tan absurdo que casi era irreal.

ESA NOCHE, JINX decretó que Margo tenía prohibido amamantar durante veinticuatro horas, a lo que Margo respondió:

—¿Tú crees?

Pero ya se había acabado toda la leche congelada, así que Bodhi tuvo que tomar fórmula, que no le cayó bien, y Margo se sintió muy culpable. Se bombeó varias veces durante la noche y la mañana siguiente, y tiró la leche, la vergüenza adherida como una película a su piel. Pero era como una membrana delgada, el tipo de vergüenza que puede removerse en la ducha.

Al día siguiente se despertó antes que todos y abrió su portátil.

Vaciló. Una parte de ella quería escribirle un mensaje a JB, que le había preguntado recientemente cuál era el mejor sándwich que se había comido en la vida, pero Margo no quería desperdiciar energías. En cambio, abrió su cuenta de OnlyFans, clicó editar en la descripción de su cuenta y borró todo, excepto lo de las evaluaciones de penes. Se quedó allí diez minutos pensando, intentando escribir un nuevo párrafo introductorio. Luego, escribió: «Soy de otro planeta y no entiendo tu mundo, aunque me gusta mucho estar aquí. Dame memes y papel de aluminio y videos de gatitos. Dame tu aburrimiento, tu tristeza y tu ansiedad: lo devoraré todo. Devoraré los botones de tu camisa, tus secretos más oscuros, tus llaves, mechones de tu cabello, tus recuerdos. Ven a jugar conmigo en un mundo que creemos juntos. Solo te mataré un poquito y te gustará».

Luego, salió, abrió Microsoft Word y comenzó a escribir el guion.

Ya al mediodía, había escrito tramas para ella, KC y Rose. Tenía suficientes ideas como para postear un TikTok diario por una semana. También escribió ideas de tuits y posts en Instagram para todas. Cuando terminó, imprimió dos copias en su antigua impresora de inyección de tinta, que temblaba y gemía como la pequeña Biotch: una para Jinx y otra para Suzie.

—Margo —dijo Jinx mientras le entregaba sus comentarios en la cena—, la verdad es que no sé si es una idea brillante o terrible.

—Lo sé —dijo Margo. Pero no tenía miedo.

—Lo que sí sé es que tienes que decírselo a Shyanne.

—¿Qué? ¿Por qué?

Margo no supo cómo reaccionar. No entendía qué parte de los guiones había hecho a Jinx pensar que debía decírselo a Shyanne.

—¿Si esto explota? —preguntó Jinx—. ¿Si te haces famosa en

Internet? Sería fuerte para una madre descubrir que su hija está haciendo pornografía de ese modo.

—Pero, en realidad, no es pornografía —dijo Margo.

Jinx la miró.

—Prométeme que se lo dirás.

—Okey —dijo Margo, aunque no tenía la menor intención de decírselo todavía.

—No solo por ella —dijo Jinx—, sino por ti. Lo que estás haciendo, cariño, no es vergonzoso. No es algo que deba ser secreto. Deberías estar orgullosa de ti misma. Lo que estás haciendo... creo que es increíble. Le dio una palmada en el hombro y Margo gruñó porque ahora sabía que tendría que decírselo a Shyanne. Se suponía que la vería el siguiente fin de semana para ir a comprar vestidos de novia.

Después de cenar, Margo reescribió sus guiones con las sugerencias de Jinx y Suzie, y se los envió a KC y Rose con los tiempos de rodaje propuestos. Luego, se acostó en la cama a pensar cómo diablos se lo diría a Shyanne.

CAPÍTULO TRECE

Ese sábado, subí a Bodhi al auto y me dirigí a Newport Beach para reunirme con mi mamá en Fashion Island, el centro comercial al que iban los ricos para comprar vestidos de novia. Mi mamá solía trabajar en el Bloomingdale's de allí cuando yo tenía once o doce años y, en una ocasión que me enfermé demasiado como para ir al colegio y mi madre no se atrevió a faltar a trabajo, me pasé todo el día en ese centro comercial vomitando en los baños de mujeres. Era un lugar bonito, todo al aire libre. Había un estanque de kois y muchas fuentes. Lo odiaba.

Me encontré con mi mamá cerca de Neiman Marcus. Llevaba un conjunto de dos piezas de Lululemon color beige y un vaporoso suéter de cachemira. Parecía una Kardashian mayor, solo que rubia y con el culo plano.

—¿Quieres tomar un café o algo? —pregunté.

—¡Estoy cafeinada y lista! —dijo Shyanne—. Creo que primero podríamos ir a Neiman, luego a Nordstrom y después a Macy's. Ir de arriba hacia abajo. No se debe dejar lo más caro para lo último. Entonces ya estás cansada y débil.

Así que nos adentramos en la apacible morgue beige de Neiman Marcus.

—Creo que —dijo Shyanne mientras repasaba el estante de trajes de noche en rebajas— tal vez quiero jugar con el blanco, como un guiño al blanco nupcial tradicional, pero sin intentar ir de blanco. Estoy pensando en un crudo, estoy pensando en un melocotón, algo que parezca más un vestido de cóctel que un vestido de novia.

—¿Qué tan putón? —pregunté. Lo cierto es que toda mi infancia había sido un adiestramiento para ayudar a mi madre a comprar.

—Estamos hablando de Las Vegas —dijo—, y a Kenny le encanta que luzca a las nenas. Yo prefiero algo más modesto, así que un buen punto medio sería mostrar mucha pierna, pero un escote más alto.

Estoy pensando en algo con brillo, canutillos o lentejuelas, tal vez algún detalle en perlas. O sea, estamos hablando de Las Vegas.

—¿Quieres que vaya a la sección regular de señoras y escoja algunas piezas? —pregunté.

—Claro, cariño —dijo Shyanne—. Estaré en los probadores por aquí. ¡Talla cuatro! Y búscate algo para ti también.

—Ya sé qué talla eres —dije y me fui empujando el cochecito sobre la alfombra mullida.

Sabía que era su boda, la única que tendría en la vida. No iba a tener una gran fiesta con todos sus amigos, tampoco tendría una luna de miel (Las Vegas era la luna de miel, dos pájaros de un tiro; Kenny era un hombre inteligente). Lo menos que podía hacer era ir. Yo era la persona que más quería en todo el mundo. Lo sabía.

Pero en lo más profundo de mi ser no quería ir.

Encontré un vestido melocotón de Diane von Furstenberg y lo colgué del mango del cochecito. Me distraje un rato imaginando un video en el que me echaba diferentes cereales de desayuno sobre las tetas. Luego, busqué tres o cuatro prendas más que pensé que le quedarían bien a Shyanne, y fui a buscarla a los probadores.

El probador era gigantesco. El cochecito y yo cabíamos, y todavía sobraba un montón de espacio. Incluso había un cómodo sillón de cuero en el que podía sentarme, aunque mi mamá había dejado ahí la ropa que llevaba puesta. La agarré, me senté, lo doblé todo escondiendo su ropa interior y me lo puse sobre la falda. Bajo ningún concepto mi madre permitía que su ropa tocara el suelo de un probador, que para ella era un lugar de un sucio inimaginable, incluso en Neiman Marcus. «Si me dieran un centavo por cada vez que alguien ha meado en un probador de señoras» era un estribillo frecuente en mi infancia, aunque según mis cálculos solo habría acabado con cinco o seis centavos. Aun así, era suficiente.

Se probó un vestido de lentejuelas plateadas, ideal para una alfombra roja, con un escote tan bajo en la espalda que se le vía la raja. Se giraba de un lado a otro para examinarse en el espejo. Siempre que mi madre se miraba al espejo, parecía un loro con los ojos aplastados.

—¿Qué te parece? —susurró, porque Bodhi estaba dormido.

—O sea, es fabuloso, pareces una estrella de cine —dije—. ¿Qué se va a poner Kenny?

Siseó con un suspiro, captando mi punto al instante. Seguro que Kenny se pondría algo espantoso: una camisa granate y un traje gris. Con ese vestido, Shyanne parecería una corista que se había colado sin querer en una boda.

—Bien —dijo—, ¿qué me has traído?

Le mostré los vestidos que había elegido.

—No, no, no —dijo a medida que los iba evaluando y los colgaba en el gancho de la pared para los noes. Se detuvo en el de Diane von Furstenberg.

—Este es interesante.

—Tiene una especie de glamour de los setenta. Es discreto —dije. Sabía que no tenía pedrería ni lentejuelas, pero en mi opinión no necesitaba el brillo. Mi madre necesitaba un vestido que dijera «Me caso a propósito, no es un error».

Se quitó el vestido plateado y se probó el de Diane von Furstenberg. Al principio parecía que le quedaba grande, pero cuando se ajustó la cintura le quedó perfecto. Se veía hermosa y era ella total, poderosa, esa versión de mi madre que yo conocía, reconocía y amaba.

—No sé —dijo girándose y mirándose el trasero.

Sabía que si la presionaba demasiado se opondría al vestido, así que no dije nada. Se giró, suspiró, sacó la barriga y hundió los hombros. Era algo que siempre hacía, examinar cómo se veía en sus peores momentos. Creía que siempre es mejor llevar algo que nunca te sienta mal a algo que solo te sienta bien a veces.

—De acuerdo —dijo, sacando la barriga al máximo—. Es un quizás.

Mientras estábamos en Nordstrom, mi madre me preguntó si había conseguido el trabajo en la marisquería, una mentira que había olvidado por completo.

—No —dije. Ahora estábamos en la sección de lencería buscando un camisón para su noche de bodas.

—¡Margo! ¡¿Qué has estado haciendo?! Tienes que mover ese culo. No es propio de ti dejar que algo se estanque así.

—Es que es tan complicado —dije—, con el cuidado del bebé y...

—¡Que Jinx cuide al bebé! Es genial con los bebés —dijo al tiempo que estiraba una tanga como si pensara usarla para atar ganado.

—Bueno, Bodhi no siempre quiere el biberón.

—Excusas —dijo Shyanne pasando a la siguiente pila de ropa interior.

Tenía razón. Recordé cuando Jinx me dijo que no tenía nada de qué avergonzarme. ¿Por qué no habría de ser verdad?

—He estado trabajando en un sitio web y pagan bastante bien —le dije.

—¿Haciendo encuestas? Margo, créeme, he hecho el cálculo y acabas trabajando por unos centavos la hora.

—No, es más bien... —comencé, intentando pensar en alguna forma de decirlo sin usar la palabra porno. Insistía en pretender que no era porno, pero sí era porno—. Es más bien como un híbrido de porno y redes sociales.

Shyanne me agarró de la muñeca. Tenía los dedos helados.

—No hables de eso aquí —siseó.

Una vez fuera de la tienda y mientras nos dirigíamos a Macy's, me dijo:

—¿Así que haces pornografía? No lo puedo creer, Margo. O sea, ¿en serio?

—En realidad no es porno —dije—. No hay sexo ni hay otra persona implicada, son solo fotos mías en ropa interior.

—Me decepcionas —dijo. Empezó a caminar muy rápido mientras yo luchaba por seguirle el paso empujando el cochecito. No podía ver a Bodhi, porque el cochecito tenía un parasol, pero sabía que estaba a punto de despertarse. Pasamos por delante del estanque de kois donde unas hermosas niñas rubias vestidas con ropa fina reían y jugaban. Sentí como si estuviéramos en un sueño.

—Mamá —dije—. ¡No es tan terrible!

—No te crie para que fueras una puta —susurró tan bajo que no sabía si su intención era que yo la oyera.

No respondí nada y seguimos caminando deprisa como buzos que nadan hacia la superficie. No sabía si todavía iríamos o no a Macy's, así que me limité a seguirla. Resultó que se dirigía a una zona aislada junto a la escalera mecánica de una tienda que estaba en obras. No había un banco donde sentarse ni nada, nos quedamos allí de pie, incómodas.

—Ahora ningún hombre se casará contigo —dijo.

No sé si pudo haber dicho algo que me hubiera parecido más ridículo y que, al mismo tiempo, hubiera activado mis miedos más profundos.

—¿Futuros empleadores? ¡Olvídalo! Una vez que algo está en Internet, Margo, se queda ahí para siempre.

Shyanne temblaba, estaba muy alterada. Tenía los labios apretados y me pareció más vieja de repente.

Yo no sabía qué decir. Bodhi empezó a quejarse, así que lo saqué del cochecito. Tenía hambre y yo tan solo rezaba porque no me bajara la leche durante la conversación.

—Has arruinado tu vida —dijo.

Miré hacia la escalera mecánica, hacia las palmeras del estacionamiento, hacia todas partes menos hacia sus ojos.

—¿Piensas que él te ha arruinado la vida? —dijo señalando a Bodhi—. Ni de lejos. Tú misma te la has arruinado.

Casi no importaba que estuviera de acuerdo con ella o no, sentía la vergüenza como un huevo roto sobre mi cabeza, frío y húmedo y baboso.

—¡Si me hubieras dicho que pensabas hacer eso, podría haberte detenido! —dijo, ahora llorando y secándose las lágrimas con las yemas de los dedos, intentando no perforarse un ojo con las uñas—. Estoy muy triste, Margo, y muy decepcionada. No sé qué decirte. Pensé que te había criado mejor.

—Lo siento —dije. Tenía la boca adormecida. Tenía toda la piel adormecida. No sabía cómo responder, aun cuando sabía que ella sí me había criado para eso. «La belleza es como el dinero gratis». Siempre que ponía algo en mi OnlyFans, recordaba las cosas que decía Shyanne: «Nunca le sonrías demasiado o demasiado rápido a un hombre, una pequeña sonrisa tímida le hará pensar que se lo ha ganado». «Nunca te sientes con el bolso en el regazo, que no te bloquee el chochito». «A los hombres les encanta oír su nombre, llama siempre a la gente por su nombre».

—Mamá —dije, aterrorizada de echarme a llorar—. Soy buena en esto y creo...

—¡No importa lo buena que seas! Dios mío, no puedo creer que digas algo así.

—Pero no es solo sexo —intenté argumentar, pensando en todos los chicos que habían abandonado mi cuenta porque no tenía suficiente contenido sexual—. Se trata de construir una marca y usar las redes sociales y...

—No, se trata de darle a la gente toda la información que necesita para decidir que eres una basura que no se merece una mierda. Se trata de perder el respeto de cada persona que alguna vez podría salvarte el culo, ayudarte, aunque fuera un poco.

Pensé en Jinx y en los hospitales y en los anillos de compromiso y en aquellos hombres atados en un balancín para ser devorados por osos hambrientos. Pero no sabía cómo explicárselo a Shyanne, cómo conseguir encajar todas las piezas del rompecabezas en su mente del mismo modo que había conseguido encajarlas en la mía.

—Mamamama —dijo Bodhi, agarrándome un mechón de pelo—. Mamamama.

Era la primera vez que me llamaba así.

—Iré a Macy's sola —dijo Shyanne.

—Okey —dije.

—¡Mamamamama! —gritó Bodhi, encantado consigo mismo. Agitó el puñito con mi mechón de pelo.

Shyanne se marchó sin decir nada más, subió las escaleras mecánicas y se dirigió a Macy's. Yo abracé a Bodhi fuertemente contra mí.

—Mamá —dije.

—Mamamama —dijo.

—Sí, soy mamá —dije. Me jaló el pelo—. ¿Tienes hambre? —pregunté, secándome las lágrimas de las mejillas—. Busquemos un lugar para amamantarte.

Encontré un banco y me saqué una teta sin siquiera taparme con una manta. Lo amamanté para que todos los ricos nos vieran.

SUZIE HABÍA CONVENCIDO a Margo de que su público meta eran los nerds y que debía familiarizarse con sus franquicias principales.

—Te ayudaré a pasar el curso básico de nerds —dijo Suzie—. ¡Será genial!

Resultó que el curso básico de nerds consistía en jugar a los videojuegos y ver anime juntas, y Margo pensó en secreto que tal vez Suzie solo quería una amiga. No se opuso. Cada vez le caía mejor Suzie.

Esa noche, después de jugar a Minecraft con Suzie por un par de horas y morir una y otra vez al caer en la lava, Margo intentó escribirle a JB. Revisó las preguntas que le había enviado. La tristeza del día con Shyanne la había sumido en un pozo profundo. Pensó que le vendría bien. Tal vez podría sacarse la daga de sus propias entrañas y enterrársela a él en las suyas. Eso era escribir, ¿no? Decidió responder a su pregunta sobre las mascotas de la infancia. Cada vez con más frecuencia empezaba a responder a sus preguntas con la verdad y luego cambiaba las respuestas para que coincidieran con las mentiras que ya le había contado. Eso la hacía recordar las discusiones en clase entre Mark y Derek sobre cómo los personajes no eran personas reales.

Mark siempre insistía en que los personajes no eran reales, que no tenían psicología en absoluto, que no tenían cuerpo ni mente. Siempre eran un peón del autor. Nuestro trabajo, repetía, era intentar comprender al autor, no al personaje. El personaje no era más que pintura; teníamos que intentar ver el cuadro que la pintura iba formando.

Margo no sabía si se lo creía o no —seguro que los personajes a veces cobraban vida propia—, pero de algún modo la ayudaba a sentirse mejor de mentirle a JB. Como si, aunque estuviera mintiendo, no pasara nada porque estaba usando las mentiras como pintura para intentar decirle algo real.

JB:

Mi madre era bastante antimascotas, pero acabamos adoptando una gata cuando yo tenía ocho o nueve años. No sabíamos de dónde había venido y solo tenía tres patas. Era preciosa, una siamesa mezclada con otra cosa. Tenía unos hermosos ojos azules y era blanca con rayas de tigre. No sabíamos cómo había perdido la pata. Una de las traseras, cortada por la rodilla. Presumimos que había sido una operación, si no, ¿cómo habría sobrevivido? Así que alguien estuvo dispuesto a gastar miles de dólares en esta gata. Pero no llevaba collar y no vimos ningún anuncio de un gato perdido. Se la pasaba en nuestra puerta, maullando para que la dejáramos entrar, así que mi madre decidió mantener la puerta abierta y Lost-y (al final la llamamos Lost-y) entró como si ya conociera la casa.

Y era una gata superior. Con una pata me sujetaba la cabeza mientras me lamía con vehemencia el nacimiento del cabello y, si me movía, me golpeaba con la otra pata para mantenerme a raya. Comía cualquier alimento humano. Una vez la vi comerse una hoja entera de lechuga.

Luego, un día, cuando yo tenía trece años, no regresó a casa. Colgué carteles por todas partes. Salí a buscarla en bicicleta, gritando su nombre. No podía soportar no saber qué le había pasado. ¿La habría atropellado un auto? ¿Estaría con otra familia? ¿La habría atrapado un coyote?

Solo espero que supiera cuánto la queríamos. Espero que, lo que sea que le haya pasado, haya sido capaz de afrontarlo, sabiendo que esas dos monas extrañas que vivían en aquel viejo y espeluznante edificio de apartamentos de los años 70 la amaban.

Cariños,

Lo leyó por encima y añadió algunas cosas sobre su padre imaginario y su hermano imaginario, Timmy, y luego eliminó por completo la última frase. Era de suponer que su falsa familia vivía en una casa de verdad, y la frase no funcionaba tan bien si la cambiaba por «cuatro monos raros que vivían en una casa respetable de clase media». Ese correo electrónico no parecía tan profundo o especial como los otros, y le preocupaba que a JB no le gustara. No había conseguido trasladar la daga de sus entrañas a las de él.

Pasó el ratón por encima del último párrafo y empezó a teclear.

Solo espero que supiera cuánto la queríamos. Me molesta que nunca le pusiéramos un collar, que nunca hiciéramos el esfuerzo de reclamarla, de decir: «¡Esta gata es nuestra, querida por nosotros, llámenos si la encuentra, póngase en contacto con nosotros si muere en su jardín!». En *La dama y el vagabundo* hay un momento en el que Golfo por fin consigue un collar, un símbolo de que es amado. Si te llevan a la perrera, alguien vendrá a buscarte. En las perreras se comportan de un modo diferente con un perro que lleva collar. Un perro sin collar no es más que un animal. Si el mundo no sabe que eres amado, entonces eres basura. Creo que eso se aplica incluso a las personas. Tal vez. A veces. O me temo que sí. Que ser amado es la única forma de estar a salvo.

Sinceramente,

Jelly Bean

No estaba del todo satisfecha, aunque sabía que había quedado mejor, y estaba cansada. Se quedó pensativa un rato, intentando decidir cómo plantearle su siguiente pregunta. Añadió: PS: Por favor, escríbeme un retrato de tu madre.

Luego, pulsó enviar y se fue a la cama.

HE AQUÍ EL retrato que JB escribió de su madre y que le envió a la mañana siguiente:

Fantasma:
Mis padres nacieron en Corea, pero no se conocieron allí, sino aquí. Mi madre es súper extrovertida, muy guapa, y se la pasa

hablando con desconocidos. Se relaciona, no sé cómo decirlo, de forma inapropiada con los empleados de los negocios. Me avergonzaba tanto de niño, no sé por qué. Le encantaban las películas, quería ver todas las que se estrenaban. Iba con regularidad a Blockbuster. Casi todos los chicos que trabajaban en Blockbuster eran blancos, como de diecinueve años, con el pelo de punta, no sé, no eran una combinación natural para una mujer coreana de mediana edad, pero hay que ver cómo la querían. Ella les llevaba bizcochitos cuando alguno de ellos cumplía años. Hablaban de cine sin parar. Me molestó mucho que invitara a uno de ellos, Philip, a mi cumpleaños número trece, e intenté explicarle que me parecía raro, pero no me entendió. Recuerdo que Philip me regaló una bola 8 mágica. Todavía no puedo creer que me trajera un regalo.

Es obsesiva con la limpieza de la casa, o sea, es como si en su casa no pudiera asentarse ni una sola partícula de polvo. Me sorprende que no haya envuelto a mi padre en celofán. Se aman. O sea, creo que sería más exacto decir que él la adora, aunque muchas veces pretenda estar molesto. Mi mamá tiene una energía tipo Lucille Ball y siempre se mete en situaciones raras, como cuando sin querer derribó la bicicleta de un Ángel del Infierno, y el asunto se convirtió en todo un problema y mi papá tuvo que pagar cientos de dólares.

Tengo un hermano pequeño y mi madre nos adora a los dos. Nos mima mucho, pero no de una forma normal. Siempre jugaba videojuegos con nosotros. Podía ganarles a todos mis amigos. Nunca había trabajado porque mi padre ganaba mucho dinero, pero, a los cincuenta años, empezó a trabajar algunos días como ayudante en nuestra escuela porque «quería hacer algo». Esos chicos la adoran, le cuentan de sus enamoramientos, y ella los ayuda a resolver los conflictos que tienen con sus padres. Siempre llega a casa hablando su jerga.

Sin duda, estoy más apegado a mi madre que a mi padre. Es algo más íntimo, mi relación con ella. Mi madre exige tener una relación íntima con todo el mundo, no hay forma de alejarse de ella a tiempo, a los tres minutos ya está aconsejándote sobre tus movimientos intestinales. La amo. Fue una gran madre.

—JB

Margo encontró la descripción de la madre tan encantadora que la leyó cuatro veces. No era lo que esperaba. Tal vez porque tenía tanto dinero y lo gastaba de un modo tan imprudente, Margo se había imaginado a JB como un niño rico aburrido. Y puede que lo fuera, pero sin duda ese retrato de su madre había hecho que le gustara mucho más. Margo sabía que, en otras circunstancias, habría encontrado la forma de hacer que Shyanne fuera así de simpática. Cualquier persona puede ser ruda o técnica, y alternar, dependiendo de cómo la muestren. Si la muestran poniéndole sus gafas de sol a un niño, es una técnica. Si la muestran haciendo trampa y distrayendo al árbitro, es una ruda. Margo entendía que eso se debía a que las personas reales eran buenas y malas a la vez, todo mezclado, pero que la pantalla las convertía a todas en siluetas. La imagen resultante podía parecer una cosa o la otra según la vuelta que se le diera, dependiendo de los detalles que se mostraran.

Pero eso también ocurría en la vida real. Tanto que a veces le daba vértigo. Aun cuando se trataba de sí misma, Margo podía verse de cualquiera de las dos maneras: la chica de pueblo que hace el bien y desafía al patriarcado capitalista, o la puta adolescente que vende desnudos mientras amamanta a su hijo y es demasiado vaga para trabajar.

¿Y qué pasaba con JB? ¿Quién era ese chico, y cómo saberlo a partir de los fragmentos escogidos que le proporcionaba?

CAPÍTULO CATORCE

Shyanne me llamó al día siguiente y me dijo que no había querido ser tan dura, pero que tenía que dejar OnlyFans mientras aún pudiera y eliminar mi cuenta. No sé cómo acabé prometiéndole que lo haría.

—Tienes razón —dije, pasando el dedo por el marco de la ventana de mi habitación—. Creo que quizás tienes razón.

Lo decía en serio, y hasta me sentí bien de ceder a sus deseos. Pero, cuando colgamos el teléfono, no borré la cuenta. En lugar de eso, me comí un tazón de cereal, de esos que parecen almohaditas de muñecas, porque mi padre había sustituido todos los cereales divertidos de la casa.

Pensé que, si no tenía éxito en OnlyFans al cabo de tres meses, me retiraría. ¿Cuál era la diferencia entre ahora y dentro de tres meses? (Ajena a esa lógica era la idea de que una carrera exitosa como estrella porno es mucho más difícil de enterrar que una fallida).

LA SEMANA ANTES de Navidad fue un lío de grabaciones sin pausa. En cuanto Rose y KC les dieron el visto bueno, Margo, Jinx y Suzie fueron a Fry's Electronics, a pesar de que eran las diez de la noche. Sonaba música navideña, y Jinx y Suzie correteaban por la tienda como niños. Margo los seguía, arrastrando el peso de Bodhi en el portabebés atado a su pecho. Compraron dos GoPro y un micrófono de brazo, algunas luces y una Roomba.

Empezaron a grabar en el apartamento de KC y Rose el martes, y no terminaron hasta el viernes, así que todo duró mucho más de lo que imaginaban. Suzie acabó de camarógrafa ocasional y reparadora general, trayéndoles a todos comida de Chipotle, y buscando zapatos y pantis extraviados. Jinx era una especie de director artístico carga-bebés, que sabía mucho más de iluminación de lo que nadie sospechaba. Las tres necesitaron interminables cambios de vestuario para que pareciera que todo se desarrollaba a lo largo de siete días. Una vez terminada la grabación, había que editarla y organizarla, lo que a Margo le llevó otros tres días.

Aun así, cuando volvió a verlo todo, pensó que tenían algo. Habían logrado algo. Si era bueno o no, no lo sabía, pero le encantaba. Le encantaba.

Margo estaba tan ocupada que apenas dormía y, desde luego, no había tenido ocasión de ir de compras navideñas. En el último momento, encargó en Amazon un osito de peluche que parecía antiguo para Bodhi, y le compró a Jinx una afeitadora eléctrica y una suscripción a un club del té-del-mes. Pero ¿qué podía regalarle a Shyanne? Acabó por encargarle un collar en Etsy: un diminuto as de espadas en oro de catorce quilates en una delicada cadena. Respiró hondo y reservó un billete a Las Vegas para la boda de Shyanne el 6 de enero. El billete era carísimo e intentó no resentirlo. Añadió un bebé. Dejaría que Shyanne se enfureciera; contaría con la presencia de Kenny para evitar que Shyanne sacara a relucir lo peor de sí.

Sin embargo, esa semana antes de Navidad, en la que todo era un borrón y apenas tenía tiempo de ducharse, se las arregló para escribir cuatro páginas sobre el mejor sándwich que se había comido en la vida (un Reuben). Pasó una hora buscando en Google el centro comercial de su ciudad natal, buscando fotos de cómo estaba distribuida el área de restaurantes.

JB: ¿Has conocido alguna vez a alguien llamado Kyle y, si es así, cómo era? ¿Crees en los fantasmas? ¿Cuál es la peor nota que has sacado en un examen? ¿Quién te enseñó a conducir?

Se escribían tres o cuatro veces al día. Casi parecía un proyecto de arte responder a las preguntas del otro, como si pudieran, con cautela, utilizar esos mensajes como bolsas Ziploc para almacenar la realidad. ¿Quién fue tu primer novio?, preguntó él. Y ella le contó la historia de

Sebastián un poco modificada. ¿Quién fue tu primera novia?, preguntó ella. Y él le contó sobre una chica llamada Riley que siempre era la protagonista en las obras de teatro de su escuela y tenía una voz increíble, y que nunca tuvieron relaciones sexuales y más tarde resultó que era lesbiana.

Ella le habló de los TikToks en los que estaban trabajando y de lo ilusionada que estaba con el proyecto. Tal vez deberías estudiar cine, dijo JB. Margo empezó a responder que no podía, pero ¿y si pudiera? Ella le preguntó por su trabajo, y él le explicó que trabajaba en inteligencia artificial y publicidad, en anuncios políticos. Era su primer trabajo de verdad después del posgrado, y toda la gente con la que trabajaba era mayor que él, treintañera y con hijos. Se había trasladado a D. C. por el trabajo y no tenía muchos amigos. Era de Nueva York, y D. C. le parecía muy diferente, no le encantaba.

Pero parece que ganas mucho dinero, escribió Margo.

No mucho, respondió él. Es que creo que no tengo mucho en qué gastarlo.

Aquello no tenía sentido para Margo. Buscó en Google cuánto ganaban los ingenieros de inteligencia artificial y los sueldos empezaban en 120,000 dólares, lo que le pareció un salario disparatado para una persona de veinticinco años. Aun así, supuso que su madre de seguro se escandalizaría si viera cómo se lo gastaba. Margo no sabía cómo era D. C. y se imaginaba una ciudad llena de gente que había pertenecido al consejo estudiantil en la secundaria. Podía entender por qué a JB no le gustaba.

Cuando terminaron de editar todos los vídeos, ya era casi Navidad. No querían publicarlos durante las horas de poco tráfico y acordaron esperar hasta el día veintiséis. Margo pensó que el suspenso la mataría.

EL DÍA ANTES de Navidad, hacia las seis de la mañana, un mensajero con un diamante descomunal en la oreja llamó a la puerta de su apartamento, mascando chicle, y le pidió a Margo que firmara unos papeles. Entonces preguntó si James Millet también vivía allí e insistió en que ella no podía firmar por él. Margo fue a despertar a Jinx y, luego, se quedó de pie en la puerta sin saber qué hacer con el mensajero, sin mirarlo a los ojos mientras Bodhi le tiraba sin cesar del escote de la camiseta intentando descubrirle los pechos para que lo amamantara.

—Estará aquí en un minuto —le aseguró Margo.

Por fin, Jinx llegó a firmar y, cuando el mensajero se fue, abrieron sus respectivos sobres.

—¿Cuál es el tuyo? —preguntó, enloquecida, intentando comprender lo que decía el suyo mientras Bodhi agarraba las páginas y chillaba.

—Por Dios —dijo Jinx—. Esto es increíble.

El formulario de Margo decía: PETICIÓN PARA DETERMINAR RELACIÓN PARENTAL.

—Esto es una orden de alejamiento —dijo Jinx—. De parte de Mark y su querida mamá.

Margo apenas lo oyó. Estaba demasiado ocupada leyendo su propio formulario. ¿Mark estaba tratando de establecer la paternidad? ¿Por qué razón?

En la segunda página había una serie de casillas.

Si se determina que el Demandante es el progenitor de los niños enumerados en el punto 2, el Peticionario solicita:

Custodia legal de los hijos a ....DEMANDANTE ☑
Custodia física de los hijos a ....DEMANDANTE ☑
Que se conceda un régimen de visitas a ....SOLO EL
                                              DEMANDANTE ☑

Aquello no tenía sentido. ¿Por qué Mark querría la custodia de Bodhi? Él y Elizabeth habían hecho todo lo posible por mantener a Bodhi fuera de sus vidas, habían hecho a Margo firmar papeles para prometer que nunca se pondría en contacto con él, ¿y ahora la demandaba, o la citaba, o lo que fuera?

—Todo esto es culpa mía —dijo Jinx—. Oh, Dios, todo esto es culpa mía.

Margo tenía las manos tan sudorosas que estaba dejando marcas de humedad en los papeles, así que los colocó sobre la mesa de la cocina y se frotó la mano libre en la camisa. Bodhi seguía queriendo mamar, así que le dio una espátula de goma para distraerlo, y él enseguida le golpeó la cabeza con ella.

—Perdón —dijo Jinx.

—¿Perdón por qué? —espetó Margo casi irritada con su padre por decir disparates.

—Margo, lo llamé —dijo Jinx.

—¿Llamaste a quién?

—Llamé a Mark y le grité —dijo Jinx—. Estaba tan enfadado porque te hiciera firmar ese acuerdo de confidencialidad, porque fuera tu maestro. Me afectó... y no podía dejar de pensar, ¿se cree que puede tratarla así? ¿Se cree que nadie va a defenderla?

Margo agarró el puñito de Bodhi en el aire antes de que volviera a golpearla con la espátula.

—¿Pero por qué lo hiciste si sabías que romperías el acuerdo de confidencialidad y Bodhi perdería el dinero?

—No sé, fue algo estúpido, Margo, no estaba pensando con claridad, pero en principio no viola el acuerdo de confidencialidad. Dice que tú no puedes contactarlo. No dice nada sobre mí o sobre un tercero vinculado a ti ni nada parecido.

Margo casi se echó a reír de lo enfadada que estaba. Esta vez no pudo sujetarle el puñito a Bodhi, que volvió a golpearla en la cabeza.

—Quiere la custodia total de Bodhi —dijo.

Intentó decirlo con tranquilidad, pero le tembló la voz.

—Déjame ver eso —dijo Jinx agarrando los papeles que Margo había dejado sobre la mesa.

Despacio, Margo intentó recordar cómo hacer café. De pronto le pareció de una complejidad imposible. Flotó, insegura, hacia el armario que contenía los filtros de café.

—No puede ser —dijo Jinx golpeando los papeles sobre la mesa—. Esto es sólo para asustarte, cariño. Es imposible que un tribunal le conceda la custodia completa.

—¿Seguro? —dijo Margo intentando tragar. Bodhi la golpeó de nuevo con la espátula. Jinx dio la vuelta a la mesa y le quitó al niño.

De repente, los brazos de Margo eran fideos mojados, los músculos le temblaban y se preguntó cómo había podido cargar a Bodhi.

—Cien por ciento —dijo Jinx.

—¿Y OnlyFans? —preguntó Margo—. ¿Crees que podrían quitármelo por eso?

—¡OnlyFans no es ilegal! —chilló Jinx—. Además, ¿cómo van a saber siquiera que tienes una cuenta en OnlyFans?

Margo logró por fin separar un filtro del paquete. Lo puso en la cafetera sin saber qué hacer a continuación. Era cierto, pensó. No tenían forma de saber de su OnlyFans. Estaba bajo el nombre FantasmaHambriento.

—¿No crees que dirán que soy una madre inepta? —preguntó.

—Te lo prometo —dijo Jinx—. Todo va a salir bien. Todo es culpa mía, no es más que una reacción a que lo llamara y lo amenazara. Se le pasará, estoy seguro.

—¿Lo amenazaste?

Margo hizo una pausa mientras echaba el café en la cafetera. Jinx parecía avergonzado.

—¿Será la fuerza de la costumbre?

—¿Qué fue lo que le dijiste?

No estaba contenta con la situación, aunque una parte pequeñita de ella tal vez siempre había fantaseado con que el Dr. Jinx amenazara con violencia a alguien para defenderla.

—No sé —dijo Jinx—, estupideces. Le pregunté si sabía lo fácil que era romperle los dedos a alguien, que casi explotan, que no hay ni que apretar tanto, y si conocía el sonido que hacen al romperse.

Jinx hizo un pop con el dedo en el cachete.

—Dios mío —dijo Margo, soltando una carcajada nerviosa.

Aquello no era gracioso. Aquello estaba muy mal. Pero imaginar al pobrecito de Mark con el móvil pegado a la oreja temblando de miedo mientras el Dr. Jinx hacía un pop caricaturesco con el cachete era demasiado.

—Puede que también le dijera que, si alguna vez se metía con otra alumna, le cortaría el miembro.

Margo estaba doblada con las manos sobre las rodillas, se reía con tantas ganas que le picaban los ojos. Era la palabra miembro. Casi sin poder tenerse en pie, por fin dijo:

—¿Esa fue la palabra que usaste con él?

—Creo que sí —dijo Jinx.

—Dios mío —dijo, maravillada.

Jinx y Bodhi la miraban, preocupados.

—Esto está tan mal —dijo todavía sonriendo, aunque sentía que en cualquier momento podía echarse a llorar—. ¡Tengo tanto miedo!

De un salto, Jinx se colocó a su lado y le empezó a frotar la espalda en círculos por encima de la tela de la camiseta. Margo sentía la tensión abandonar su cuerpo en tiempo real tan solo con que la tocaran.

—Todo va a salir bien —dijo Jinx—. Te lo prometo.

—¿Qué hago? —preguntó.

—Dice que tienes treinta días para responder. Tienes tiempo de sobra. Harás lo que hacen todos los estadounidenses de sangre roja: contratar a un abogado.

—Correcto —dijo Margo, aunque contratar a un abogado sonaba abrumador—. Tal vez debería llamar a Mark. No es una mala persona. Bueno, es una persona terrible, pero no es una persona irracional. Al menos podría averiguar sus intenciones.

Jinx hizo una mueca y dijo:

—Puedes hacerlo si quieres, pero yo al menos se lo consultaría a un abogado para ver si cree que debes contactarlo. No querrás darles más armas por equivocación.

Margo reflexionó. Puestos a adivinar, diría que quien estaba detrás de todo era la madre de Mark. Hablar con Mark podría no servir de nada y estaría violando el acuerdo de confidencialidad.

—Será fácil —dijo Jinx—. Podemos empezar a llamar después de Navidad cuando la gente regrese a la oficina.

—¿Lo prometes?

—Cien por ciento —dijo Jinx—. No hay por qué preocuparse. Esta es la forma en que los blancos ricos dicen «jódete». Créeme, conozco su idioma, casi lo hablo con fluidez.

PARTE DE ESTE juego es que te vas a dar cuenta de ciertas cosas antes que yo. Eso se llama «ironía dramática». Lo sé porque Mark lo puso una vez en un examen.

SHYANNE LE ROGÓ a Margo que pasara la Nochebuena y la mañana de Navidad con ella y con Kenny. Margo sabía que era su modo de reafirmar su reconciliación, aunque la forma en que lo expresaba era equívoca y confusa:

—¡Nos abandonaste en Acción de Gracias! —dijo Shyanne— ¡Lo sabes!

—¿Cómo que los abandoné? —preguntó Margo con una risa nerviosa.

Mentirle a Shyanne sobre que aún mantenía su cuenta en Only-Fans la tenía en un constante desequilibrio.

—Ya no me quieres —dijo Shyanne.

—¡Oh, basta ya! Sabes que te quiero. Por supuesto que te veré el día de Navidad.

Aunque en ese momento no se daba cuenta de que Shyanne no solo quería verla, sino también mantener a Margo presente (y a Jinx ausente) toda la Nochebuena y todo el día de Navidad.

Jinx se mostró muy comprensivo cuando Margo le planteó el dilema.

—La Navidad no significa nada para mí —dijo.

Él y Suzie planeaban ver la retransmisión del evento Canadian Stampede en *WWE In Your House*, donde Jinx aseguraba que Bret Hart casi logra un *over* espeluznante.

—¿Qué quiere decir *over*? —preguntó Suzie.

—Oh, que, la multitud lo aceptó —dijo Jinx—. Incluso si le hubiera dado un puño en la cara a una anciana, le habrían aplaudido.

Margo se quedaría en casa de Kenny. Él y Shyanne estaban esperando a casarse para vivir juntos, lo que a Margo le parecía bastante raro, pero lo más raro era que su madre también pasaría la Nochebuena en casa de Kenny y había insistido en que dormiría en la habitación de invitados. Margo y Bodhi dormirían en el suelo del salón de juegos en el sótano.

¿Por qué Shyanne no dormiría en la habitación de Kenny? ¿Sería posible que su madre y Kenny aún no se hubieran acostado?

—Dios, te damos gracias porque nuestro presupuesto ha sido aprobado —dijo Kenny por un micrófono en la tarima. Era Nochebuena, el servicio de las cinco de la tarde, y lo rodeaba un conjunto musical de jóvenes encabezado por una cantante que tenía la piel del color blanco grisáceo de los hongos que crecen en la oscuridad. Habían comenzado el servicio cantando *O Little Town of Bethlehem*, tan mal interpretado que Margo se quedó en shock. La cantante no paraba de respirar a mitad de las notas, y de subir y bajar para encontrar el tono. Margo vio el tipo de jóvenes que aceptaban ser guiados por Kenny y eso le inspiró cierta ternura hacia todos ellos.

Cuando por fin terminó la canción, el conjunto y Kenny abandonaron el escenario, y el pastor subió al púlpito.

El pastor Jim tenía un aire de Michael J. Fox y Ned Flanders, una combinación muy agradable. El sermón parecía ser todo sobre José.

—Si fueras María y estuvieras embarazada del Señor, ¿no te daría un poco de miedo decírselo a José? —preguntó el pastor.

La congregación rio.

—¡Sí! —exclamó con su acento campechano del Medio Oeste—. A mí me daría mucho miedo estar en los zapatos de María.

Más risas.

—Pero, amigos, ¿creen que él le creyó?

Margo supuso que la respuesta era sí y que José le había creído a María porque era un buen tipo. Se sorprendió cuando la congregación permaneció en silencio.

—¡No! —dijo el pastor—. No, amigos, no le creyó. ¿Y pueden culparlo? Si la mujer con la que estás comprometido se te acercara y te dijera: «Estoy embarazada, pero, créeme, no es de otro hombre, es el hijo del Señor», ¿qué pensarían?

Casi se podía oír a la congregación pensar en silencio que era una puta mentirosa.

—Mateo 1:19 nos dice: «José, su marido, como era un hombre justo y no quería infamarla, quiso dejarla secretamente» —dijo el pastor, mirando a sus feligreses—. Porque ¿qué habría pasado si María hubiera sido deshonrada en público?

Esperó un momento.

—¡Eso mismo, habría sido lapidada! ¡Sentenciada a muerte! O, como mínimo, ¡expulsada de la sociedad!

El hombre no pronunciaba una frase sin signo de exclamación. Era menos aburrido de lo que Margo había previsto. Sin embargo, la obligó a preguntarse cómo se habría quedado embarazada María. Nunca había pensado en eso. No podía haber sido José, o él no habría pensado en divorciarse de ella. Fuera quien fuera el padre, estaba claro que María había mentido y había dicho que el bebé era del Señor. Y se había salido con la suya. ¿Había otra forma de describir lo sucedido? Era, como diría Jinx, un ángulo épico total. María debió de tener unos cojones de acero en aquella conversación con José.

—¿No era José un gran tipo? ¿No lo era? —preguntó el pastor. Pero Margo no podía dejar de pensar en María y en lo que había conseguido. El pastor contó que María visitó a su prima Isabel, que también iba a tener un bebé milagroso, Juan el Bautista, y se quedó con ella tres meses. Después regresó a casa embarazada de tres meses para hablar con José, así que parecía probable que, no importaba lo que hubiera pasado, el embarazo de María había sido la razón por la que fue a visitar a Isabel, para poder esconderse mientras pensaba qué hacer. ¿Era habitual que las mujeres viajaran solas así? ¿Qué edad tenía María? Margo sacó el teléfono y buscó en Google: «¿Qué edad tenía María?». Bodhi estaba fascinado con el teléfono de Margo y trató de arrancárselo de las manos. Apenas podía ver, pero captó la frase: «En el momento en que se casó con José, María tenía entre 12 y 14 años». Le dio el teléfono a Bodhi, que, muy contento, se metió toda la esquina superior en la boca y empezó a chupar el lente de la cámara.

Así que, no cabe duda de que fue violada, pensó Margo. ¿A qué otra conclusión se podía llegar? Podía imaginarse a una María de diecisiete años enamorada de algún pastorcillo y coqueteando con él, pero ¿una niña de doce? Tiene que haber sido una violación, no en el sentido estatutario moderno, sino violación-violación. Margo miró a la congregación. ¿Cómo era posible que nadie se diera cuenta de eso como ella?

—Espero que hayan aprendido a amar a José tanto como yo. Era un hombre justo. Un hombre que no temió hacer lo correcto. Un hombre de ley. Me gusta pensar que él es el héroe secreto de la Navidad, aunque no sea la estrella del espectáculo. Siempre hablamos de María, hablamos del niño Jesús, pero a mí me gusta pensar en José. Todos podríamos aprender de él a ser hombres de verdad.

Hubo un murmullo de asentimiento entre la multitud. Margo intentó llamar la atención de Shyanne, pero su madre estaba demasiado ocupada secándose las lágrimas con un Kleenex. Todos se pusieron de pie para cantar *Venid, fieles todos*, y Bodhi se emocionó con los cánticos. Le metía a Margo toda la manita en la boca. Margo se preguntaba, mientras lo rebotaba, si alguno de los feligreses estaría suscrito a OnlyFans. Imaginó su voz elevarse junto con las demás como un leve fulgor negro. No sabía si le divertía imaginarse un poco malvada porque esas personas le caían mal o porque les tenía miedo. Sabía que podían ser buenas personas. Incluso creía que podían ser mejores que ella. Pero sabía que la odiarían. Sabía que, si las presionaba, serían inclementes con ella. Que la cantante principal, tan delicada, tan tierna que temblaba por la gloria del amor de Dios, con la respiración demasiado agitada como para alcanzar la nota, presionaría su zapatilla New Balance gris justo en la garganta de Margo.

CAPÍTULO QUINCE

Después del calvario del servicio, la cena en casa de Kenny fue casi pan comido. El salón de Kenny era tal y como Margo lo había imaginado. Había, por supuesto, un sillón reclinable de pana azul marino. Las paredes estaban pintadas de verde azulado y tenían una textura como de psoriasis. Había una alfombra felpuda de un color plateado brilloso bastante extraño, una pintura de un acorazado y un cartelito de madera que decía en letras blancas: «Ora más cuando más te cueste orar». Shyanne había preparado una cazuela de atún con pasas, un plato que Margo recordaba de su infancia cada vez que Jinx estaba en la ciudad. Kenny estaba todavía en una nota maníaca y no paraba de hablar de Annie. Annie era el nombre de la anémica cantante principal que jadeaba.

—Óiganme bien, el Señor tiene planes especiales para esa chica. También es una dibujante muy talentosa —afirmó.

Bodhi estaba dormido. Cuando llegaron a casa después del servicio, Kenny y Shyanne llevaron a Margo al sótano, y le enseñaron una preciosa cuna blanca que habían comprado y arreglado con mantas y peluches, incluso con un pequeño móvil. Habían comprado un monitor para bebés y un cambiador. Margo casi se echa a llorar; era todo tan tierno. Kenny la agarró por los hombros y le dijo:

—Queremos que tú y Bodhi se sientan siempre, siempre, bienvenidos en esta casa.

Estaba conmovida y eso la hacía sentirse culpable. Sabía que, si descubrían cómo se ganaba la vida, lo revocarían todo al instante. No se habría sentido tan mal de mentirles si no hubieran sido tan amables. Aun así, Margo se había acostumbrado a tener a Jinx cerca, y Shyanne y Kenny, a pesar de su absoluta dulzura y generosidad, no la ayudaban con Bodhi. No estaba en su naturaleza. Se limitaban a observar mientras Margo se afanaba y hasta parecían medio frustrados porque el bebé los interrumpía. Margo por fin consiguió acostar a Bodhi y, ya a la hora de la cena, estaba dormido en su nueva cuna, donde podía verlo en el monitor.

—¿Qué cosas dibuja Annie? —preguntó Margo, soplando sobre un bocado de cazuela de atún.

—Oh, todo tipo de cosas —dijo Kenny—, sobre todo, dragones y caballos.

Por alguna razón eso hizo a Margo pensar en Suzie masturbándose con Bob Esponja. Se preguntó con qué se masturbaría Annie (supuso que, sobre todo, con dragones y caballos).

—¡Y el pastor Jim! ¡¿Esta noche estaba lleno del Espíritu Santo o qué?!

—Sin lugar a dudas —dijo Shyanne—. Me encantó todo lo que dijo sobre José.

Margo trató toda la noche de ser amable y felicitar a Kenny por todo. En un momento dado, incluso comentó lo limpia que estaba la nevera.

Después de cenar, decidieron abrir un regalo cada uno. Margo entró en pánico al darse cuenta de que no había comprado nada para Kenny, solo había traído algo para su madre. Kenny no le dio importancia.

—Soy rico en todo lo que cuenta —dijo acariciando el muslo atrapado en unos jeans blancos de Shyanne.

Hicieron que Margo abriera el suyo primero. Era de parte de los dos: tres pijamas para Bodhi. Con uno de ellos, sus piecitos se convertirían en pequeñas cabecitas de león.

—¡Son geniales! —exclamó Margo.

Entonces Shyanne hizo que Kenny abriera uno de su parte. Era una colección de siete salsas picantes diferentes. Resultaba que a Kenny le gustaban las cosas picantes, cosa que Margo nunca habría podido predecir. Shyanne y Kenny se habían unido por su amor al programa *Hot Ones*.

Y entonces Margo hizo que Shyanne abriera la cadena con el pequeño as de espadas que le había comprado. Nunca le había comprado a su madre algo tan bonito. Era de oro puro de catorce quilates.

—Es de oro puro de catorce quilates —dijo Margo.

—¿Por qué un as de espadas? —preguntó Kenny.

—Porque es la carta más alta de la baraja —dijo Margo.

—Me encanta —dijo Shyanne—. Ay, cariño, me encanta.

Le pidió a que Kenny se lo pusiera, pero Kenny tenía los dedos demasiado gruesos para accionar el pequeño cierre, así que Margo lo hizo.

—Es perfecto —repetía Shyanne y Margo notó que Kenny se iba apagando poco a poco. No sabía si era por la asociación con el juego o por la ansiedad que le producía no haberle comprado a Shyanne algo que la hiciera decir algo así. Margo intentó advertir a Shyanne con la mente para que parara. Pero Shyanne prosiguió.

—¿Dónde has encontrado esto?

—Sí —dijo Kenny—. ¿Cómo sabías que a tu madre le gustaría algo así? ¿Es que acaso... le gusta jugar a las cartas?

—Claro —dijo Margo con alegría. Sabía que Shyanne tal vez no había sido sincera con Kenny sobre su adicción al póquer, y se dio cuenta de que no lo pensó cuando eligió el regalo.

—También creo que tiene mucha suerte. Siempre bromeábamos sobre eso. Si había una rifa en la escuela o algo así, Shyanne siempre ganaba. Es la Señora Suerte personificada.

A Margo le preocupó que eso sonara demasiado pagano. Kenny solo sonrió, despeinó a Shyanne y dijo:

—Me gusta. ¡Señora Suerte!

—Gracias —dijo Shyanne en silencio cuando Kenny fue a la cocina a prepararse otra copa. Estaba bebiendo Jack Daniels con Coca-Cola, increíble. Margo le guiñó un ojo y sonrió, pero se había puesto tan triste que la sangre se le convirtió en agua sucia. Contaba los minutos que faltaban para que fuera apropiado darles las buenas noches y bajar las escaleras.

—Feliz Navidad —le susurró al cuerpecito dormido de Bodhi cuando por fin consiguió bajar. Al lado de la cuna, había un colchón inflable de una plaza cubierto con una sábana ajustable demasiado grande y, cuando Margo se dejó caer sobre él, el plástico emitió un ruido como de elefante. Se quedó mirando al techo del sótano de Kenny, pensando —¡quién lo diría!— en Mark. ¿Él y su esposa se habrían hecho pasar por Papá Noel, se habrían comido las galletas, se habrían bebido la leche, habrían llenado los calcetines de regalos? Eso hizo que Margo se preguntara: ¿Qué le habrá parecido a la esposa de Mark que pidiera la custodia completa? ¿Habría alguna posibilidad de que estuviera buscando la custodia en serio? Intentó imaginárselo: Mark mirando a sus verdaderos hijos abrir sus regalos por la mañana, viendo a Bodhi con el rabillo del ojo revolotear como un fantasma. Pero si anhelaba a Bodhi, si de verdad quería conocerlo, ¿por qué no la llamó por teléfono?

Tenía que ser para hacerle daño. Para hacerla gastar dinero, para asustarla.

Y, de hecho, la asustó. Desde el momento en que las pronunció, esas palabras la perseguían, flotando en su mente cuando menos lo esperaba: una madre inepta. En realidad, no le preocupaba ser una mala madre. Si alguien de alguna manera mágica pudiera preguntarle a Bodhi, creía que daría un buen informe, excepto quizás la noche en que bebió té de hongos.

Era la palabra inepta la que la asustaba, una madre que no era apta. Una madre que no era del tipo apropiado como las demás madres. Una madre sin anillo, demasiado joven, que permitía que los hombres miraran su cuerpo por dinero. Casi podía oír al pastor Jim: «¡Eso mismo, habría sido lapidada! ¡Sentenciada a muerte! O, como mínimo, ¡expulsada de la sociedad!». Hasta su propia madre la había llamado puta. Y la única razón por la que se le permitía dormir bajo el techo de Kenny era porque les mentía.

No creía que fuera una mala persona, pero ¿acaso la gente mala sabía que lo era? Mark parecía no saberlo, aunque dijera lo contrario. Pensó en cuando Becca le dijo: «¿Y desde cuándo te importa tanto ser una buena persona? O sea, estabas acostándote con el esposo de alguien». ¿Y si Margo estaba podrida por dentro y no lo sabía? ¿Y si la razón por la que estar en OnlyFans no le parecía algo malo no era porque en realidad no lo fuera, sino porque ella era tan vil que no podía detectar lo malo que era?

EMPEZARON A PUBLICAR los TikToks el 26 de diciembre.

—No estoy jodiendo —se escucha la voz de KC fuera de cámara—, hay una chica en nuestro porche.

La cámara se desenfoca mientras intenta enfocar a través del cristal. En el porche está una Margo mojada con un bikini plateado de aspecto futurista. La luz está detrás de ella. Es más que nada una silueta.

—¿Qué hacemos? —dice Rose.

—¿Cómo llegó? O sea... ¿subió hasta aquí?

—Deberíamos dejarla entrar.

—¿Estás loca?

En ese momento, Margo golpea el cristal con las palmas de las manos, y Rose y KC se sobresaltan.

Biotch, enloquecida, le ladra a Margo a través del cristal.

—Llama al 911 —dice KC.

—Es sólo una niña —dice Rose—. No está armada, está casi desnuda. No seas ridícula.

Rose se acerca y abre la puerta corredera de cristal. Margo no se mueve. Observa a Rose con curiosidad.

—Oye —dice Rose con suavidad—, ¿estás bien? ¿Cómo has llegado hasta aquí?

KC se acerca con la cámara hasta que por fin se ve la cara de Margo, sus expresiones: confusión, deleite, miedo. Entonces dice:

—Tienes unas tetas muy, muy grandes —se ríe y vomita pintura plateada sobre Rose.

MARGO, TODAVÍA EN bikini, está en una bañera llena de burbujas mientras Rose intenta quitarse la pintura plateada de la cara en el lavabo del baño. (Fue un problema que no previeron. La pintura acrílica plateada que Margo vomitó a través de un tubo que le pegaron a un lado de la cara para que no se viera no era tan fácil de lavar como la pintura acrílica que recordaban de la infancia, quizás porque era pintura para pintar casas y todas eran unas idiotas). KC está entrevistando a Margo.

—¿De dónde vienes?

Margo se encoge de hombros y sigue jugando con las burbujas. Se hace una barba de burbujas puntiaguda y cónica. Rose maldice mientras intenta quitarse la pintura plateada del cabello.

—¿Qué diablos es esto? ¿Vómito? ¿Qué comió?

—Miren —dice Margo y saca el tapón de la bañera, riendo, encantada por el sonido que hace el desagüe cuando empieza a succionar el agua.

—No, quieres dejarlo puesto ahí —empieza a decir KC cuando Margo se mete el tapón de plástico en la boca y empieza a masticarlo.

Envuelta en una toalla, Margo está sentada en el desayunador.

—Fantasma Hambriento —dice.

—Lo sé —dice KC—. Te estoy haciendo unos huevos.

—Fantasma Hambriento —repite Margo, agarra un bolígrafo y se lo lleva a la boca.

—¡No! —dice KC.

Pero Margo ya está masticando el bolígrafo. (Margo se había metido en la boca cinco macarrones crudos y eso era lo que crujía, pero sonaba convincente, como si estuviera masticando plástico). Por fin, traga. Luego, dice esperanzada:

—¿Papel de aluminio?

Margo está desmayada en el sofá, con un montón de bolas de papel de aluminio a su alrededor. KC y Rose están hablando fuera de la cámara.

—Esto no es normal. No sé qué carajo le pasa a esta chica. No podemos hacer que se vaya.

—Deberíamos llevarla a un hospital, eso es lo que deberíamos hacer —dice Rose.

—Tú fuiste la que se opuso a llamar al 911.

—¿De dónde crees que vino?

—¿Me estás preguntando si creo que es una extraterrestre?

—Más o menos. ¿Qué otra cosa podría ser?

Los ojos de Margo se abren de un modo escalofriante, abre la boca y suena un solo de saxofón.

Encuesta en Twitter:
¿Debemos quedarnos con la alienígena sexy que encontramos en nuestro porche: sí o no?
   4,756 personas votaron que sí.

Suzie estaba entusiasmada hasta que Margo le dijo que la mayoría de los posts de Rose y KC tenían tres o cuatro mil me gusta.

—No sé, CHICA —dijo KC.

Jinx insistió en que KC y Rose fueran a cenar a la casa. Estaba cocinando *oyakodon* para todos. Le sorprendió que nunca lo hubieran probado.

—Chicas, no es tan fácil hacerse viral en TikTok como ustedes pensaban. Me parece que es demasiado raro —prosiguió KC—. Deberíamos seguir las tendencias que siguen los demás.

Habían empezado a publicar hacía cuatro días y el vómito de pintura plateada no solo no se había hecho viral, sino que había sido marcado y retirado casi al instante. Ninguno de los videos se había hecho viral.

—No hay tal cosa como algo demasiado raro —dijo Jinx—. La gente aún no entiende. Eso es todo. Vale la pena grabar otra semana. No se puede hacer nada demasiado raro como para que la gente no se enamore.

Todas sintieron un poco de lástima por él. Era parte de su condición de anciano, de su falta de contacto con la realidad y de su incapacidad de darse cuenta de que lo que habían hecho era infantil y estúpido, y que nadie se enamoraría de eso. Pero al menos tenía razón en que el *oyakodon* estaba delicioso. Margo podía comerlo todos los días por el resto de su vida sin problema. KC y Rose bebieron demasiado vino, por lo cual se quedaron a dormir en el sofá y la mañana siguiente tuvo el aire festivo de una fiesta de pijamas desenfrenada. Jinx puso un partido de Asuka, y preparó avena con nueces y pasas doradas para todos.

Así que trascurrieron varias horas antes de que se enteraran de que se habían vuelto virales. Fue justo cuando KC y Rose estaban a punto de irse que Suzie abrió TikTok y lo vio. Era un video que no le había gustado a ninguna en el que Margo, al estilo de Amelia Bedelia, planta una bombilla en una maceta y la cubre de tierra, y KC y Rose no paran de decirle que no va a funcionar. Margo se queda mirando la tierra y, de repente, aparece un hombrecillo bailando, y la cámara se le acerca y es Bruno Mars. A Margo le había tomado una eternidad averiguar cómo pegar ese GIF de Bruno Mars.

—Okey, okey —decía Suzie—, esto es lo que yo llamaría un bebé viral, pero tiene doscientas cincuenta mil visitas.

—Pero ¿por qué ese tuvo tantas visitas? —preguntó Margo.

—Bueno —comenzó Suzie—, porque TikTok se lo muestra a trescientas personas; y luego, si el compromiso es lo suficientemente alto, se lo muestra a mil personas; y así sucesivamente. Así que la gente nunca vio los otros videos. Solo vieron este porque a ese primer grupo de trescientas personas les gustó mucho.

—Okey —dijo Rose—, eso tiene sentido.

KC estaba mirando su teléfono. ¡Tengo diez fans nuevos!

—Oh, déjame entrar y comprobar el mío —dijo Rose. Rose tenía cinco fans nuevos. Chequearon el de Margo y tenía tres. No era en absoluto un éxito rotundo. Pero era suficiente como para convencerlas de seguir adelante.

Voz de KC fuera de la cámara:

—Dice que la aspiradora es sensible.

—Rigoberto —dice Margo, asintiendo y señalando a la Roomba.

—Eso es una Roomba —dice Rose con suavidad.

—No —dice Margo—. Amigo.

—¿Es tu amigo? —pregunta Rose.

—No me jodas —dice KC.

El día de Año Nuevo, Margo estaba de compras en Target —que en los meses transcurridos desde el nacimiento de Bodhi se había convertido en una especie de hogar espiritual— cuando el número de Jinx parpadeó en su teléfono.

Contestó, pero la voz que escuchó fue la de Suzie.

—Okey, ¿sabes quién es KikiPilot?

—Eh, ¿no?

—Es una *youtuber*, se hizo famosa retransmitiendo *Star Wars: Squadrons*.

—Okey —dijo Margo, balanceándose despacio de un lado a otro para que Bodhi no se despertara.

—No importa, ¡nos escogió! Hizo todo un video de reacción a la serie de TikTok desde el primer episodio: ¡los vio todos!

—¡Qué bien! —dijo Margo.

—¡No estás entendiendo! —gruñó Suzie molesta. Luego, se oyeron sonidos apagados como si estuvieran frotando una tela por encima del teléfono y entonces habló Jinx:

—El video ya tiene un millón de visitas y se publicó hace solo dos horas.

—¡Dios mío! —dijo Margo.

—Ven a casa ahora mismo y míralo.

RESULTÓ QUE KIKI era increíblemente guapa y sexy. Margo pensó que los cirujanos plásticos debían de estudiar a Kiki y medir su rostro con calibradores para poder hacer que otras personas se parecieran a ella.

—Cariño —dijo Suzie—, los cirujanos plásticos son los que han hecho que Kiki tenga ese aspecto.

El video de YouTube que reaccionaba a FantasmaHambriento duraba ocho minutos. En la introducción, Kiki decía que había visto el clip de Bruno Mars en TikTok y, luego, había visto toda la serie. Repasó cada video de la serie haciendo comentarios de principio a fin. «He visto a gente hacer sátiras en TikTok, incluso he visto temas o personajes recurrentes, pero nunca había visto algo así. Quiero saber qué harán estas chicas a continuación».

Cuando terminaron de verlo, el video ya tenía tres millones de visitas. Suzie clicó para mostrarles más videos de Kiki, y Margo vio que casi todos tenían entre doce y quince millones de visitas. Estaba amamantando a Bodhi, que se despegó de repente, se agarró de su suéter para ponerse más erguido y eructó como un hombre.

—¿Cuánto dinero ganan los *youtubers*? —preguntó Margo—. O sea, por visita.

—Depende, pero entre tres mil y cinco mil por millón de visitas. Así que por un video como este, unos sesenta mil.

—¿Está ganando sesenta mil por un video de ocho minutos?

Margo no podía procesar esa información.

—Así era antes —dijo Suzie—, y le dio reproducir a uno de los primeros videos de Kiki.

Margo estaba fascinada. Era muy difícil saber qué había cambiado y, sin embargo, Kiki parecía otra persona. Una persona guapa pero normal. Tenía los ojos un poco asimétricos y los labios más finos. ¿La barbilla era diferente? Sin duda tenía el cabello mucho menos abundante entonces. ¿Cómo había sabido qué partes de su cuerpo cambiar? Margo imaginó el marcador de visitas moviendo la mano del cirujano plástico cual tablero de ouija, mostrándole lo que querían los suscriptores de Kiki. KC y Rose entraron, emocionadas y parlanchinas. Jinx y Suzie las habían llamado justo después de llamar a Margo, y les habían dicho que vinieran a celebrarlo. Jinx puso música e hizo frijoles colorados con arroz y pan de maíz. Le dieron a Bodhi un montoncito de las migas más suaves del pan de maíz, y él las aplastó con las manitas y luego se chupó los deditos, extasiado.

Suzie se pasó toda la noche rastreando sus cuentas de TikTok, y las chicas, las de sus OnlyFans. A las diez de la noche, todos sus TikToks tenían más de un millón de visitas. Todos y cada uno de ellos. La verdadera pregunta era si esto se traduciría en nuevos fans y a qué ritmo. Los enlaces a sus cuentas individuales de OnlyFans estaban en un Linktree en la cuenta principal de FantasmaHambriento en TikTok. La gran incógnita era cuánta gente clicaría, aunque fuera para seguirlas, por no hablar de clicar en sus OnlyFans y suscribirse.

Hasta ahora, KC tenía más de cien fans nuevos, Rose casi ochenta, y Margo dejó de contárselo a todo el mundo porque le daba mucha vergüenza. Pero antes de que se fuera a la cama, Jinx la agarró en el pasillo.

—Dime. No tienes que decírselo a ellas, dímelo a mí.

Bodhi ya estaba dormido en su cuna. Margo había intentado quedarse despierta con todos los demás, pero estaba desesperada por estar sola.

—¿Cuántos? —susurró Jinx.

—Eh, ¿casi cuatrocientos?

Jinx le apretó los hombros con sus manazas y la abrazó.

—Vas a ser muy famosa —le dijo al oído.

—No, no lo seré —dijo ella por reflejo.

—Cariño, me temo que estás muy equivocada.

JB ME MANDÓ un mensaje esa noche. No sobre lo de KikiPilot; no estaba al tanto de nada de eso.

JB: FantasmaJellyBean, creo que me estoy confundiendo.
Sobre lo que es real y lo que no. Creo que necesito tomarme
un descanso.

Le contesté de inmediato.

FantasmaHambriento: ¿Confundido sobre qué?
JB: Todo esto empezó como una especie de juego, como un
experimento, pero ahora se está volviendo confuso. Puede que
necesite dar un paso atrás. Solo quería que lo supieras para que
entendieras que no has hecho nada mal.

En cierto modo, sabía que me estaba diciendo que sentía algo por mí, y sabía que eso debía preocuparme. Pero, lo sentí más emocionante, como si estuviera subiendo la apuesta. Tal vez era la excitación residual por el video de KikiPilot, pero no quería que diera un paso atrás. Quería seguir adelante, no porque supiera lo que estábamos haciendo o adónde íbamos. Era como si me hubiera vuelto adicta a ello. Había una pureza en nuestros mensajes que me resultaba embriagadora. Habíamos repasado la escuela primaria, intentando recordar todo lo que podíamos de cada curso, nuestros profesores y compañeros, nuestras loncheras y mochilas, los libros que leíamos, lo que hacíamos en el recreo, nuestros juguetes favoritos. Sentía que podía alcanzar lo sublime memorizando todos los recuerdos de JB. ¿No era un hermoso logro humano? ¿Saberlo todo sobre una persona a la que nunca conocerías?

FantasmaHambriento: El caso es que escribir estos mensajes contigo se ha convertido en lo más interesante de mi vida.
JB: Sí, es el mismo problema que tengo yo.
FantasmaHambriento: Entonces, ¿puedes explicarme por qué es un problema?
JB: Aparte del asombroso impacto financiero, me siento raro. Ni siquiera sé tu nombre.

Lo del «asombroso impacto financiero» era preocupante. Siempre se había comportado como si el dinero no fuera nada.

FantasmaHambriento: Bueno, tengo un nombre. ¿En verdad importa cuál es?
JB: No importa cuál es, solo que no lo sé... ¿Tal vez?

Me tumbé en la cama, escuchando la respiración de Bodhi en la oscuridad. ¿De verdad creía que JB podía usar mi nombre para cazarme y matarme? Era difícil de imaginar, dado todo lo que ya sabía de él y, sin embargo, podía estar mintiéndome del mismo modo que yo le había estado mintiendo a él; o tergiversando las cosas para que no sonaran tan mal. No seas idiota, pensé. No seas estúpida.

Me llamo Suzie, escribí; y, en el momento en que pulsé enviar, supe que había cometido un grave error. Le había mentido a JB muchas veces, pero nunca me había sentido tan mal por ello. Sin embargo, esta vez sentí como si hubiera tocado el acorde equivocado en un piano, así de inmediata y estridente fue la vergüenza. JB me había pedido algo real y yo ni siquiera le había mentido bien. Si pensaba que un nombre de pila bastaba para cazar y matar a alguien, lo cual estaba claro que no era el caso, acababa de darle el nombre de mi compañera de piso.

Suzie es un nombre precioso, escribió.

Me dieron ganas de vomitar. No me pagues más, escribí por impulso.

JB: ¿Qué?
FantasmaHambriento: Es demasiado dinero.

En realidad era una cantidad absurda de dinero. Me había pagado casi cuatro mil dólares en el último mes. También sentí que me decía que se sentía estúpido por valorar lo que hacíamos y no quería que se sintiera estúpido. Yo también lo valoraba. Y pude habérselo demostrado diciéndole mi verdadero nombre y no lo hice. Era otra forma de demostrárselo.

No me contestó enseguida y no supe qué pasaba.

FantasmaHambriento: JB?
JB: Me siento avergonzado. No pagar, o al menos no pagar tanto, sería un gran alivio. Me estaba metiendo en un agujero. ¡Pero también me encantaba enviarte el dinero! Enviarte una propina y ver cómo la recibías era muy emocionante, y me gustaba sentirme como un ricachón, pero sabía que estaba fuera de control.

Idiota, escribí, aunque estaba sonriendo.

JB: ¡Ves, antes no sabías que era un idiota!
FantasmaHambriento: Me gusta más que seas un idiota.
JB: Gracias, Suzie.

E intenté no sentirme fatal de escucharlo llamarme así. Porque sabía que nunca podría decirle a JB toda la verdad. Si le decía que había abandonado la universidad con un bebé y sin perspectivas profesionales reales, todo se evaporaría. Ese tipo de hechizo solo funcionaba a distancia. Lo único que podía hacer era intentar disfrutarlo mientras durara.

CAPÍTULO DIECISÉIS

Margo daba por sentado que Becca regresaría de Nueva York en las vacaciones, así que, cuando no tuvo noticias de ella en Navidad ni Año Nuevo, se sintió despreciada en su fuero interno, aunque intentó no darle demasiada importancia. Pero tres días después de KikiPilot, y dos días antes del supuesto viaje de Margo a Las Vegas, Becca llamó a su puerta de improviso. Lo hizo en un momento extraño; Margo pensó que quizás había venido por el video de KikiPilot, pero no era el caso.

Después del frenesí de abrazos y de admirar a Bodhi, a quien Jinx sacó de los brazos de Margo con discreción, Becca y Margo se sentaron a solas en el comedor a beber el té que olía a paja que Jinx había preparado. Becca se veía igualita. Llevaba botas de cuero negras hasta las rodillas, un poco ridículas para California en enero, y una especie de chaqueta de diseño artístico en terciopelo negro. También su rostro (el de una Reba McEntire más llenita) era el mismo; incluso los granos de la barbilla estaban alineados en una constelación familiar. Olía igual que siempre, aunque Margo nunca había podido descifrar a qué. Evocaba el clavo de olor y el interior de los autos: ese olor acrílico dulce de los disfraces de Halloween.

A Margo le bastó verla para quererla de nuevo, y sintió que Becca también la quería. No podían contenerse, aun cuando a ambas les hubiera gustado aferrarse a su dolor un poco más.

—¡Amiga, eres mamá! —dijo Becca—. No lo creía hasta ahora que lo he conocido. O sea, de verdad-verdad. ¡Y tu papá está aquí! No me esperaba eso.

—Lo sé, ¿verdad? Todo es muy raro.

Margo se dio cuenta, mientras sorbía el té, de que debía tomar la decisión consciente de contarle o no contarle a Becca sobre Only-Fans. Por un lado, para Margo era una cuestión de honor empezar a decir la verdad. Y, si Becca no sabía del video de KikiPilot, parte de ella se sentía orgullosa y quería decírselo. Pero, por otro lado, Margo también temía tener que lidiar con cualquier reacción pendeja de Becca.

—¿Y está bien? ¿Ser mamá? Pareces estar bien.

Becca extendió la mano, le agarró el antebrazo a Margo y le apretó la carne alrededor del hueso. Margo no sabía cómo responder a esa pregunta.

—Creo que estoy ¿bien? A veces me siento abrumada, pero otras veces creo que ¿estoy mejor de lo que nunca he estado?

Becca sonrió.

—Sí, me doy cuenta con solo mirarte.

—¿Y tú? —preguntó Margo.

—Estoy... bien —dijo Becca con una risita nerviosa—. La universidad a veces es una mierda, no voy a mentir. No me escogieron para ninguno de los shows. El año pasado era estudiante de primer año, así que no esperaba que me escogieran, pero creo que sí lo esperaba en segundo año. Y está bien. Es un cambio... pasar de que te escojan para todos los shows porque eres del grupo de los mayores a que de pronto no puedas actuar cuando eso es lo único que fuiste a hacer.

Margo asintió. No sabía que Becca se tomaba tan en serio lo de la actuación. Había actuado en la escuela secundaria, pero Margo pensaba que solo lo hacía para figurar en la escena social.

Conversaron durante casi una hora hasta que el té de paja se enfrió y, poco a poco, Margo se hizo una idea de la vida de Becca en la ciudad: acostarse con un chico que estudiaba saxofón de jazz y que le hirió los sentimientos; fumar marihuana con una chica que no le caía bien en el East Village; gastar la mitad del dinero que tenía para comer en vapeadores y alcohol; y subsistir a base de perritos calientes vegetarianos baratos con pan Wonder. No había sacado tan buenas notas como esperaba. Algunas clases eran fáciles, otras difíciles, y a veces los profesores eran malvados. O mejor dicho, no veían a Becca, no les interesaba ni sentían ningún tipo de simpatía natural hacia ella.

—No sé por qué estoy llorando —dijo Becca—. ¡No estoy triste! ¿Qué hora es? Mi intención no era hablar tanto. En realidad, vine porque Angie Milano tiene una fiesta en la casa de sus padres. ¿Quieres ir?

—Oh —dijo Margo, asombrada—. ¡Gracias, no!

—¿En serio? —preguntó Becca—. ¿Eres demasiado grande para tus viejos amigos de la escuela?

Margo no supo qué decir. Pero sí, la idea de pasar un rato en la oscura sala de estar de los padres de Angie Milano hablando tonterías con personas que fueron con ella a la escuela secundaria sonaba terrible.

—Sebastián estará allí —cantó Becca para tentarla.

Margo todavía sentía cierta ternura hacia Sebastián. Pero verlo era lo último que quería. Se sentía tan lejos de quien había sido entonces, que no hallaba una manera fácil de explicar quién era ahora. Jinx apareció con Bodhi.

—Se está poniendo intranquilo, ¿te importa amamantarlo?

Margo lo tomó y se sacó una teta sin pensarlo.

—Oh, guau —dijo Becca—. ¿No vas a irte a otra habitación?

Margo la miró a los ojos.

—¡No, está bien! —dijo Becca—. Lo siento, es que me sorprendió.

Sin decir una palabra, Jinx le lanzó a Margo una manta para que se cubriera. Margo se la puso por encima a Bodhi mientras lo amamantaba, aunque, por supuesto, él intentaba quitársela. ¿Quién quiere comer asfixiado con una manta? Se le ocurrió que Becca no le había preguntado nada sobre su vida. No tendría que mentir sobre OnlyFans porque Becca ni siquiera le había preguntado en qué estaba trabajando.

—Vamos, sé que quieres ir —dijo Becca—. Y si nos aburrimos, podemos irnos.

—No quiero dejar a Bodhi —dijo Margo—. Y no sé, la idea de beber Smirnoff Ice y preguntarle a la gente sobre la universidad, uf.

Margo se estremeció.

—¿Por qué es tan terrible hablar sobre la universidad? —preguntó Becca ofendida.

Toda la armonía que había entre ellas se evaporó tan rápido que Margo aún podía sentirla como vapor en el aire.

—Es que, ya sabes, ahora estoy en otro lugar.

—¿Por qué? ¿Porque ahora eres mamá?

—Pues, sí —dijo Margo y se encogió de hombros.

—Te crees tan especial —dijo Becca con un veneno que sorprendió a Margo.

—Becca —dijo Margo, exasperada—, no se trata de ser especial, es que me duele hablar sobre la universidad. ¿Crees que no quería ir a NYU? ¿Crees que no sentí celos?

—¡Ni siquiera postulaste!

—¡Porque no podía permitírmelo!

—Pudiste haber recibido ayuda financiera. Tú elegiste no ir. Te rogué que postularas conmigo —dijo Becca.

—Lo único que habría conseguido eran miles de dólares en deuda sin forma de pagarla. ¿Cómo habría llegado a Nueva York? ¿Crees que Shyanne me habría comprado el billete de avión? En serio, Becca, ¿no lo sabes? O, sea después de todo este tiempo, ¿no lo sabes?

Margo era consciente de que Jinx estaba escuchando en la sala de estar. No le importó.

—¿Saber qué? —resopló Becca.

—Tus padres son ricos. Esa es la diferencia. Por eso tú fuiste a NYU y yo no.

—La razón por la que no fuiste a NYU —dijo Becca— es porque eras demasiado cobarde para ir a una gran ciudad donde tal vez dejarías de ser el pez gordo en el estanque pequeño. Querías quedarte donde pudieras fingir que eras mejor que los demás. O sea, «¡Oh, mi profesor está enamorado de mí! ¡Oh, piensa que soy tan especial! ¡Vamos a tener un bebé!». ¿Crees que te escogió porque eras especial? ¡Te escogió porque sabía que tenías asuntos sin resolver con tu papá!

—Hola —dijo Jinx—, con permiso. —Estaba de pie junto a la mesa, sonriendo—. Por favor, vete.

—¿Me estás echando? —preguntó Becca.

—Papá —dijo Margo.

Los ojos de Jinx se volvieron hacia Margo, obedientes y fríos.

—Está bien —dijo Margo.

Jinx se encogió de hombros y se fue por el pasillo. Escucharon la puerta de la habitación cerrarse.

—Creo que debes irte —dijo Margo en voz baja.

—Solo para que lo sepas —dijo Becca—, quedarte preñada de tu profesor y vivir con tu papá luchador profesional es una gran mierda. O sea, a todo el mundo le da asco. Todo el mundo habla de ello y yo digo: «No sé qué le pasa». Lenin Gabbard dijo que te vio en OnlyFans y pasé veinte minutos diciéndole que tenía que estar equivocado.

Margo se quedó helada. Bodhi se había quedado dormido en su regazo con el pezón todavía en la boca. No podía respirar, como si los pulmones se le hubieran paralizado.

—Oh, Dios mío, no me jodas que es cierto —dijo Becca—. ¿En serio?

—Por favor, vete —susurró Margo.

—Yo no lo creía. Todo el mundo sabe que tu mamá era una puta, ¿pero tú? Yo pensaba: «Margo jamás, ¡solo se ha acostado con dos chicos!».

Jinx entró en la cocina a tal velocidad que Margo apenas pudo registrarlo antes de que agarrara a Becca por los hombros y la dirigiera, con suavidad pero con firmeza, casi como si fuera una muñeca, hacia la puerta del apartamento, y le dijera con esa voz grave y serena: «Y te vas ahora».

Abrió la puerta, empujó a Becca, cerró la puerta con suavidad tras ella y pasó las cerraduras. Ambos oyeron la vocecita de Becca en el pasillo:

—Increíble. No me jodas. Increíble.

Escucharon el eco de sus botas mientras bajaba las escaleras a trompicones.

Margo estaba temblando. Le sacó el pezón de la boca de Bodhi y se metió la teta en el sujetador, lo que fue un alivio. Tener una teta al aire durante toda aquella escena había sido bastante nauseabundo.

—Siento —dijo Jinx sentándose con ella a la mesa— que las circunstancias tal vez ameritan helado.

—En grandes cantidades —dijo Margo—. Cantidades asquerosas.

Se rieron y luego cayó un silencio, tierno e inflamado.

—Me sentí tan avergonzado —dijo Jinx— cuando hablabas de la universidad...

—Está bien.

—La verdad es que no creo que hubiera podido pagar la matrícula para que estudiaras a tiempo completo en NYU.

—Oh, lo sé —dijo Margo.

Margo sabía que no era que Jinx no tuviera dinero, sino que el dinero ya lo estaba gastando en la matrícula a tiempo completo en Barnard, en bodas y en cosas para sus verdaderos hijos.

—Pero un billete de avión, o ayuda para mudarte, o un par de miles aquí y allá... siempre puedes pedirme esas cosas.

Margo iba a llorar si Jinx seguía hablando, porque estaba siendo generoso y porque no era suficiente.

Desde el video de KikiPilot, el teléfono de Margo no paraba de vibrar con notificaciones, así que le tomó un tiempo notar que esta vez todas las notificaciones venían de Facebook, de su cuenta personal, lo cual era raro porque casi nunca pasaba por allí. Estaba acurrucada con Jinx en el sofá, atiborrada de helado, viendo combates viejos de la WCW. Miró con un poco de curiosidad.

Una cuenta llamada CazaPutas había publicado diez capturas de pantalla de su contenido de OnlyFans —las partes impúdicas borrosas— en su muro de Facebook. Algunos posts ya tenían más de cincuenta comentarios y se habían publicado hacía solo una hora. Presa del pánico, fue desplazándose hacia abajo, leyendo fragmentos de los comentarios. La mayoría eran emojis con cara de sorpresa, emojis con cara de vergüenza, signos de exclamación o bromas sobre que por eso había abandonado la universidad o: ¡Supongo que ahora sabemos cómo fue que se preñó! Borró los posts de su muro tan rápido como pudo, aunque sabía que el daño estaba hecho. Vio el nombre de Shyanne en los comentarios: Nunca me he sentido tan avergonzada como hoy. A Kenny le gustó el comentario.

—Oh Dios —suspiró. Salió de Facebook y abrió su Instagram. En su cuenta personal, CazaPutas la había etiquetado en las mismas capturas de pantalla. Peor aún, había encontrado su cuenta de

FantasmaHambriento y bajo su último post dejó un comentario: @MargoMillet, ¿esta eres tú? Ahora todos los seguidores de Fantasma-Hambriento en Instagram tenían un enlace directo a su cuenta personal. Borró el comentario.

—¿Estás bien?

Jinx había pausado el combate y la estaba mirando. ¿Estaba bien? Estaba sentada en un sofá, a salvo, con su padre y su bebé. Pero quizás también, ¿su vida estaba arruinada? ¿O más arruinada de lo que ya lo estaba?

—Dime —dijo Jinx.

Y Margo le pasó el teléfono.

MARGO NO SABÍA si hubiera podido sobrevivir esa noche sin él. Jinx se puso pragmático al instante. Le dijo que borrara todas sus cuentas personales en Facebook e Instagram para que CazaPutas no pudiera seguir republicando.

—¿Quién crees que hizo esto?

—Supongo —dijo Margo— que Becca fue a esa fiesta, y todos se emborracharon y lo hicieron juntos.

—Tiene sentido —dijo Jinx, y Margo se sintió aliviada de que no pareciera tener intenciones de ponerse la chaqueta de cuero y dirigirse allí.

Entraron en el Instagram de FantasmaHambriento de Margo y bloquearon a todas las personas que Margo podía recordar de la escuela secundaria, así como la cuenta de CazaPutas.

—¿Quieres cerrar la cuenta de FantasmaHambriento también? —preguntó Jinx.

No lo hizo. No podía hacerlo. Desde el video de KikiPilot, tenía casi treinta mil seguidores en Instagram y era adictivo de verdad. Hacía poco había publicado una foto de un maldito licuado y obtuvo seiscientos me gusta. Además del dinero y bla, bla, bla.

—Bueno, tengo la esperanza —dijo Margo— de que hayan estado borrachos cuando lo hicieron, y de que por la mañana se hayan sentido mal y tal vez no vuelvan a hacerlo.

Jinx pensó en lo que Margo acababa de decir.

—Es posible —dijo—. Lo que más me preocupa es que publiquen algo en los comentarios de tu OnlyFans. Eso es lo que no quieres, que publiquen tu nombre verdadero y tu dirección, donde los chicos que quieren derretirte en ácido puedan encontrarte.

A Margo no se le había ocurrido eso y entró en su OnlyFans con el corazón desbocado. Todavía no había nada, todo parecía normal. O tan normal como siempre. Desde que los TikToks empezaron a popularizarse, los comentarios y mensajes se habían vuelto mucho más divertidos. Quiero que me lleves a tu planeta y me alimentes con fragmentos de metal y plástico. Otro dijo: ¿Considerarías un trío conmigo y Rigoberto?

—Por Dios —dijo Margo tan pronto como se dio cuenta—. ¡Lo de la custodia! Si antes no sabían de OnlyFans, ahora sí lo sabrán.

—Oh Dios —dijo Jinx—. ¿Mark te sigue?

—Lo bloqueé hace mucho tiempo.

—Así que existe la posibilidad de que no lo haya visto —dijo Jinx.

—Mierda. Esto es una mierda —dijo Margo.

—¿Quién dijo esa chica que era? ¿El que te vio en OnlyFans? —preguntó Jinx.

—Oh, Lenin Gabbard.

Si es uno de tus fans, bloquéalo.

—Supongo que miraré, pero la mayoría no usa fotos ni nombres reales. Alrededor de la medianoche, Margo recibió un mensaje de Shyanne.

Nunca me he sentido más avergonzada en la vida. Por favor, no vengas a Las Vegas. No creo que pueda soportar siquiera mirarte. Kenny vio esas fotos. Tuve que mirarlo a los ojos y decir, sí, esa es mi hija. Y que sabía que lo hacías y no se lo había dicho, y que prometiste que lo dejarías y me mentiste, pero estaba furioso y ahora está durmiendo en el sótano, y nunca te lo perdonaré, Margo. Nunca.

Margo se quedó mirando el teléfono, aturdida.

—¿Qué pasa? —preguntó Jinx.

—Nada —dijo Margo.

No quería hablar de Shyanne con Jinx. Tampoco quería explicar por qué su reacción emocional a ese mensaje de texto había sido de alivio por no tener que ir a Las Vegas.

—Intenta dormir —dijo Jinx—. Puedes buscar a Lenin Gabbard por la mañana.

Margo asintió en la oscuridad de sala de estar, iluminada solo por la pantalla de su portátil y su móvil.

—Eso haré —dijo.

Pero no lo hizo. Se quedó despierta hasta las tres, repasando a sus fans, tratando de encontrarlo, como si encontrarlo y bloquearlo le devolvieran la seguridad. Excepto que no tenía idea de cuál era su cuenta y, por fin, se rindió y se quedó dormida, mareada y ciega de tanto mirar la pantalla.

A LA MAÑANA siguiente, Margo llamó a Rose para decirle que la habían *doxeado*.

—Qué mierda, cariño. Lo siento mucho.

—Está bien. O sea, estoy bien. Pero se siente raro. Me siento insegura de tener tanta gente enfadada conmigo. No sé cómo lo hacen los troles. O los rudos en la lucha libre, ¿cómo se sentirá estar en un estadio lleno de gente que te abuchea?

No mencionó que su madre era una de esas personas y que la había quitado la invitación a la boda, ni que Mark estaba demandando la custodia, ni que Kenny había dormido en el sótano, ni que la Virgen María había sido violada.

—Apuesto a que hay una especie de libertad en eso —dijo Rose.

—¿Cómo así?

—Como cuando los comediantes usan un fracaso cómico a su favor. Si un comediante no aprende a lidiar con un fracaso cómico, entonces, la audiencia lo controla, y se queda estancado diciendo solo lo que cree que le gustará al público.

Margo estaba petrificada, mirando por la ventana, el teléfono presionado contra la cabeza. Nunca había asociado la libertad con ser odiada. Tenía sentido.

—Perdona, ¿qué acabas de decir? —preguntó Margo cuándo se dio cuenta de que Rose seguía hablando.

—Te pregunté si querías quitar los TikToks de Fantasma Hambriento —dijo Rose.

—No —dijo Margo.

—¿Quieres seguir adelante?

—Sí —dijo Margo—. Más que nunca. Edité todo lo que filmamos el lunes y lo puse en tu Dropbox. Échale un vistazo cuando tengas un segundo.

DESPUÉS DE NAVIDAD y Año Nuevo, fiel a su palabra, Jinx hizo una cita con un abogado de casos de custodia. Michael T. Ward tenía el cabello oscuro, estaba bien afeitado y era corpulento, como si hubiera jugado al fútbol estadounidense en la secundaria. Llevaba el cabello en picos con mucho gel, a pesar de que tenía al menos cuarenta años, y despedía un intenso olor a colonia. Estaba preparada para odiarlo, pero luego nos ofreció barras de Nutri-Grain del mejor sabor: fresa. Estaban en una canasta de mimbre en su escritorio y tomamos una cada uno, como si fueran cigarros. Bodhi comía pedacitos de mis dedos.

—Entonces, ¿por qué no me cuentas la situación general? —dijo agitando una mano.

Estaba reclinado en su silla de escritorio. Por alguna razón extraña, sentí que podía decirle cualquier cosa a ese hombre. A medida que le contaba la historia, le iba entregando los documentos pertinentes: el acuerdo de confidencialidad, el certificado de nacimiento de Bodhi, la orden de alejamiento contra Jinx y los papeles de paternidad que me habían entregado.

—¿De verdad puede solicitar la custodia total? —pregunté.

Ward resopló y una pequeña migaja de barra Nutri-Grain salió volando.

—Bueno, puede intentarlo, pero no la conseguirá. Los tribunales de California prefieren la custodia compartida al cincuenta por ciento, tanto legal como física.

Con el puño apreté la envoltura de mi Nutri-Grain en una bolita sudorosa.

—No lo entiendo. Es mi bebé, no quiso tener nada que ver con él. ¿Cómo de repente tiene derecho a cualquier tipo de custodia?

—Bueno, es el padre del niño. Pero eso es otro tema. ¿Hay alguna posibilidad de que no lo sea?

—No —admití—. ¿Pero no podemos usar el acuerdo de confidencialidad como prueba de que no quería a Bodhi? ¿Que renunció a sus derechos paternos? ¿Puedo responder sin violar el acuerdo de confidencialidad y poner en peligro el dinero de Bodhi?

Ward se encogió de hombros.

—Bueno, ese acuerdo de confidencialidad es tan amplio que para todos los efectos es inaplicable, pero no, no se puede usar para afirmar que Mark renunció a sus derechos parentales. Una persona puede no mostrar interés durante quince años y de repente decidir que quiere tener una relación con su hijo, y el estado de California reconoce su derecho a esa relación. Pero dime más: en qué trabajas, en qué trabaja él, cuál es la actitud de la abuela, dime todo lo que puedas.

Le expliqué lo de OnlyFans y el *doxeo*, pero aclaré que la familia de Mark podría no saberlo porque yo lo había bloqueado en mis redes sociales.

Ward se rascó la oreja y entrecerró los ojos.

—Entiendo, no lo sé. Esa es difícil.

—Pero con suerte no lo han visto —repetí.

—No creo que debas ocultarlo —dijo Ward.

—¿Aun si no lo han visto? —intervino Jinx.

—Quizás lo han visto, quizás no —dijo Ward—, pero, si lo ocultas, parecerá que estás desempleada, lo cual también se veía mal, incluso peor. Las leyes de California son claras en que hay que lograr arreglos de custodia que sirvan al mejor interés del niño, y es preferible que una madre venda desnudos y pueda darle de comer a que no pueda alimentarlo. Vender desnudos no es ilegal. No creo que vaya a ser un problema. Te pregunto, ¿hay consumo de drogas?

—¡No! —Jinx y yo dijimos al instante.

—Entonces, creo que es mejor ser francos. Los tribunales lo ven todo el tiempo: mamá se desnuda, mamá trabaja frente a la cámara. Es más de lo mismo. Si es eso y solo eso, ningún juez le negará la custodia parcial. Es un trabajo como cualquier otro.

—¿Pero qué hay de la custodia total? —pregunté.

Ward suspiró.

—Hasta ahora no me has dicho nada que haga que un juez le niegue al papá la custodia compartida. Tal vez puedas conseguir una orden provisional mientras el niño es todavía pequeño. ¿Lo amamantas?

Asentí.

—Tengo que advertirte, sin embargo, que a los tribunales no les gusta que uno de los padres trate de evitar que el otro tenga una relación con el niño. Es una gran bandera roja.

Debió notar que me había enfadado, porque añadió:

—Y, bueno, sé que te parecerá injusto, pero ¿no sería mejor que Bodhi conociera a su padre? ¿Si su padre quiere ser parte de su vida? El papá no es abusivo, ¿verdad?

—No —dije.

No sabía cómo explicar que Mark era repugnante, el tipo de hombre que se había acostado con una estudiante, el tipo de hombre que se había acostado con la hermana de su esposa en su noche de bodas.

—Pero también es su hijo —dijo Ward lamiéndose el sudor del labio superior.

¿Bodhi también era hijo de Mark? Mark no había arriesgado su vida para traerlo al mundo, no se abrió y lo volvieron a coser. Mark no había permanecido despierto durante las noches para amamantarlo, acostado en la cama, sintiendo sus manitas pellizcarle y amasarle los pechos adoloridos. A Mark no lo habían vomitado, ni una sola vez, tampoco había capturado un buche en el aire con un pañito. Mark no le había cortado las uñas a Bodhi ni le había dado un baño ni le había besado los piecitos ni lo había hecho reír. ¿Cómo diablos podía ser suyo?

Jinx y Ward estaban revisando la llamada telefónica que Jinx le había hecho a Mark, cómo lo había amenazado, qué palabras había usado. Yo no era capaz de escuchar ni me interesaba.

—En resumidas cuentas, tienes que responder en un plazo de treinta días usando el formulario 220 y tienes dos opciones —dijo Ward, mostrándonos un papel y apuntando con el dedo—. Puedes proponer la custodia compartida como contraoferta a su solicitud de custodia completa, y puede que acceda, pero puede que no. La segunda opción es solicitar mediación, lo que significa que ambos se reúnen con un mediador designado por el tribunal e intentan llegar a un acuerdo. Si llegan a un acuerdo, genial. Si no logran ponerse de acuerdo, entonces irían a juicio.

—Lo que pasa es que —dijo Jinx— no creemos que vaya en serio. El tipo tiene esposa e hijos. No creo que eso sea lo que su esposa quiera.

—Es posible —dijo Ward—. Pero por experiencia sé que la gente no se toma la molestia de solicitar la custodia a menos que la quiera de veras.

Jinx asintió, pensativo.

—Bueno, ¡algo positivo es que al menos pagará manutención! —dijo Ward.

Tenía los ojos de un azul brillante medio extraño, como el del océano en un globo terráqueo.

—¡No se puede establecer la paternidad sin asumir la manutención de los hijos!

No sabía cómo explicarle que el dinero de Mark no me servía para nada.

—Así que puedes resolver esto con formularios, para lo cual no me necesitas —prosiguió Ward—. O puedes ir a mediación. En cuyo caso, tal vez querrás retenerme para que te aconseje y te ayude a prepararte. Aunque yo no estaría presente en la mesa, solo serían tú y el papá. ¿Entendido? La mediación puede prolongarse durante meses, pueden discutirse todo tipo de asuntos, y hay cosas que puedes hacer para que la baraja juegue a tu favor.

—¿Cómo qué? —pregunté.

—Como ordenar una declaración jurada. Eso significa que puedo sentarme con el papá y un taquígrafo del tribunal, y hacerle todas las preguntas que quiera. Ni siquiera tienen que estar relacionadas con el caso. Y, si miente, es perjurio. Es un poco caro, pero lo recomendaría al cien por ciento.

—Y ¿cuál es el aspecto monetario de todo esto? —preguntó Jinx.

Esos asuntos se le daban muy bien.

—Cierto —dijo Ward, y nos presentó su menú de honorarios, cuánto costaría una deposición ($2 mil) y cuánto costaría ir a juicio (más de $40 mil). No se me había ocurrido que pudiera costar tanto. Sabía que los abogados eran caros, pero no podía imaginar vaciar toda mi cuenta bancaria. Algo sí sabía: los bolsillos de Mark estaban llenos. Y, si su intención era hacerme daño, podía prolongar esto lo suficiente para llevarme a la bancarrota. Podría terminar necesitando esa manutención después de todo.

—¿Qué te parece, cariño? —preguntó Jinx.

Me encogí de hombros otra vez. ¿Era un buen abogado? No parecía más ridículo que el viejo Larry. ¿Tal vez todos los abogados eran así?

—Oye —dijo Ward mirándome a los ojos—, esto es lo más difícil y aterrador que harás en la vida.

Carajo, iba a hacerme llorar.

—Es tu hijo. ¿Sabes? Es el dolor más grande y el amor más grande que has conocido. Esta es una mala situación en la que la otra parte parece tener intenciones maliciosas. Si te sientes abrumada, si te entran ganas de llorar, es normal. Mi trabajo, si decides retenerme, es ser la única persona en todo esto que estará de tu lado sin condiciones. Y eso significa decirte la verdad, ser sincero contigo, darte el poder de entender lo que está pasando. Así que no voy a decirte solo lo que quieras escuchar. A menos que en esa declaración salga algo muy poderoso, es poco probable que salgas de esta con la custodia completa y sin visitas. Tu única ventaja es que Bodhi todavía es muy pequeño y lo estás amamantando; los jueces se inclinarán a que retengas la custodia física de forma temporal.

Una de las manos de Jinx aterrizó sobre mi espalda. Ward se inclinó sobre el escritorio y me extendió una caja de pañuelos. Tomé uno y me soné la nariz.

—Todo va a estar bien —dijo Jinx.

—Todo va a estar bien. Ya verás, querida —dijo Ward—. ¿Quieres una dona? Creo que hay donas en la sala de reuniones.

Ward fue a buscarme una dona, y Jinx levantó las cejas, preguntándome sin palabras qué quería hacer.

Dudé, luego asentí. La dona me había convencido. Contraté a Ward.

CAPÍTULO DIECISIETE

En el curso de narrativa de Mark solo hablé una vez. Fue la semana que leímos *La nariz* de Gogol.

—¿Qué tiene que ver esta historia con el punto de vista narrativo? —preguntó Derek—. ¿No es la tercera persona omnisciente?

—Buena pregunta —dijo Mark—. ¿Qué piensan?

Mark le habló a toda la clase, pero Derek respondió como si Mark le hablara solo a él.

—Acabo de decirte que está narrada en tercera persona... sobre un tipo al que se le escapa la nariz.

Mark asintió, como admitiendo que tenía razón. Era mucho más paciente que yo.

—Y les pregunto —dijo—, cuando Gogol describe esa nariz que camina por San Petersburgo, ¿qué imaginaron? ¿Algo del tamaño de una nariz que corría como un ratón? ¿Algo del tamaño de una persona? ¿Cómo era capaz de llevar un uniforme de oficial?

—Me imaginé una nariz gigante con piernas —dijo una chica llamada Brittany.

Hubo murmullos de asentimiento, algunos habían imaginado una nariz gigante; otros habían imaginado a un hombre que era solo nariz, aunque parecía un hombre normal; y otros, el cuerpo de un hombre con una nariz gigante por cabeza. Todo el mundo había imaginado la nariz de una manera diferente, pero sin prestarle atención a cómo la hubieran imaginado, Mark señaló un lugar en el texto que contradecía lo que habían imaginado. Si la nariz era grande, ¿cómo se podía hornear en una barra de pan? Si la nariz era pequeña, ¿cómo podía llevar un uniforme de oficial o salir de un vagón del tranvía?

—Lo importante —dijo Mark— es que es posible formar oraciones correctas en términos sintácticos pero que no tienen sentido. Las palabras pueden volverse huecas; y una vez huecas, se puede hacer cualquier cosa con ellas.

—Sigo sin entender —dijo Derek—. ¿Cómo se relaciona esto con el punto de vista?

—Eso es porque no leíste hasta el final —dije sin darme cuenta de que estaba hablando en voz alta.

Mark soltó una carcajada, luego se cubrió la boca con el puño, los ojos rebosantes de felicidad, emocionado por ver lo que vendría después.

—Leí hasta el final —dijo Derek con poca convicción.

—¿Entonces sabes que la historia está narrada en primera persona?

—Espera, ¿qué?

—Al final, el narrador comienza a dirigirse al lector en primera persona sobre cómo él mismo no entiende la historia que acaba de contar, y sabes que no puede ser verdad, pues de lo contrario, ¿por qué la estaría contando?

—No creo que eso niegue mi punto —dijo Derek—. La mayor parte de la historia está narrada en tercera persona.

La verdad es que era digno de admiración. Mark me miró y sonrió con la esperanza de que yo pudiera destrozar a Derek. No estaba convencida de que valiera la pena.

—Bueno —dije—, tienes que pensar un poco más allá cuando te enfrentas a este tipo de tormenta perfecta en una lata de gusanos.

Mark se rio con tanta fuerza que Derek se sobresaltó un poco.

—Pero hay que tener en cuenta —dije—, todo lo que sube, baja; puedes tomarlo o dejarlo, pero todas las rosas tienen sus espinas.

—Eh... ¿okey? —dijo Derek.

Mark seguía descontrolado, riéndose como una chica, cubriéndose el rostro con ambas manos.

—En realidad —dijo el chico a mi lado captando la broma—, creo que estamos ante el caso de un burro hablando de orejas.

—¡¿Qué está pasando?! —lloriqueó Derek al darse cuenta de que nos estábamos burlando de él, aunque no entendía el chiste. Sus instintos eran tan extraños. Imaginé que era el menor de varios hermanos.

Siguió así un rato más, los compañeros diciéndole que se repusiera, que cruzara ese puente cuando llegara a él. Después, cuando Mark y yo empezamos a acostarnos, nos decíamos tonterías, como un extraño lenguaje de amor.

—El as bajo la manga sigue añadiéndole leña al fuego —decía él.

—Sacas los trapos sucios contra todo pronóstico —respondía yo.

Así se sentía la batalla por la custodia. Como si todas las palabras hubieran dejado de representar algo. Quedamos reducidos a «Demandante» y «Demandada». Y quizás Mark era capaz de juntar más palabras sin sentido que yo, a pesar de que yo era la única que amaba a Bodhi. Pero la palabra amor no aparecía en ninguno de aquellos formularios. En ningún lugar preguntaban cómo le olía la cabecita al bebé o si darías la vida por él.

Cuando contratamos a Ward, decidimos proseguir con la mediación. Mi esperanza era que los tribunales estuvieran tan retrasados que se tardaran meses en citarnos, pero nos citaron en apenas dos semanas. Y, así, cada día de mi vida normal se convirtió en un conteo regresivo para una pérdida impensable.

Mientras tanto, tenía más trabajo del que podía realizar, y pasaba horas y horas al día mirando fotos de penes y escribiendo cosas como: ¡Guau! ¡Es un bulbasaurio que dejaría a cualquier dama adolorida! Los penes estaban tan aislados, tan solos en cada imagen, que parecían una serie de pequeñas criaturas ciegas, calvas y, en cierto modo, desafiantes. ¿Sería diferente si esos hombres me enviaran fotos de sus narices? Primeros planos de poros grasientos, hocicos aislados. Así de extraño y dislocado me parecía todo.

Vi la boda de mi madre a través de sus posts en Facebook. Su cuenta era pública, así que podía verlos desde mi cuenta de Fantasma-Hambriento, aunque hubiera eliminado mi cuenta personal. Llevaba puesto el vestido de Diane von Furstenberg. Le había escrito justo después del *doxeo* para decirle que lo sentía, que sentía haberle mentido y que sentía haberle causado problemas con Kenny. Cuando no respondió, me sentí un poco aliviada.

Para sentirme mejor le escribí a JB un correo electrónico de tres páginas sobre la vez que vomité camarones en el baile de octavo grado porque no sabía que las colas no se comen. Una vez enviado, lo releí dos veces para regodearme en imaginar cuando lo leyera, deteniéndome donde esperaba que se riera.

Luego, vi videos de personas que saltaban de aviones en trajes alados, sus pequeñas figuras planeando sobre paisajes fantásticos. Verlas hacer algo indebido me resultaba relajante, el hecho de que se hubieran escabullido de la tierra y se hubieran adentrado en un espacio al que no pertenecían: el cielo. Era como si un punto se hubiera escapado de su oración y hubiera empezado a volar sobre la página.

ESTA ES SIN duda una de las secciones que tendré que contar en tercera persona.

Margo estaba comiendo Crunch Berries en la oscuridad cuando sonó su teléfono. Jinx había claudicado respecto al cereal saludable por compasión hacia Margo y porque se sentía culpable de haber amenazado a Mark. Era medianoche.

—¿Hola? —dijo, aunque sabía quién era. Le había dado a JB su número tan pronto como recibió su mensaje. JB le había escrito:

¿Así que eres de California y no tienes un hermano llamado Timmy y tu mamá se llama Shyanne y tienes un bebé? En Instagram, alguien dijo: «@MargoMillet, ¿eres tú?» y cliqué, ¡y claro, eras tú! Margo. ¡Un nombre tan genial! ¿Por me dijiste que te llamabas Suzie? Ese nombre no te pega. Por Dios. Margo, ¿por qué me siento tan mal? Ni siquiera estoy enfadado, es que me siento como un idiota. Claro que estabas mintiendo. Fui un estúpido al pensar que no mentías. Le estaba pagando a una chica para que fingiera enamorarse de mí, y me confundí y me enamoré. Soy un idiota.

Ella le respondió sin pensarlo: No eres un idiota.

Y le dio su número de teléfono y le pidió que la llamara de inmediato.

—Hola, soy JB —su voz era más grave, más rasposa de lo que había imaginado.

—Hola —dijo ella—. ¿Estás bien?

JB soltó una risita poco convencida.

—En realidad no.

Margo no sabía si estaba borracho o si había estado llorando.

—Lo siento mucho —dijo.

—No —dijo él—. Tu trabajo es la producción de fantasías. Es lo que te pagan por hacer. No hiciste nada malo. Yo fui el que me confundí.

—Creo que yo también me confundí.

—No digas eso —dijo en un tono de repente más tajante—. No puedo... no intentes hacerme sentir mejor. Es peor. Porque no sé distinguir qué es verdad y qué no. Tengo que despertar, ¿entiendes?

Margo dudó. No quería tirarlo todo por la borda simplemente porque no era verdad. Sería un desperdicio.

—JB, las partes grandes eran mentira, pero debes saber que las partes pequeñas eran verdad. O sea, de verdad vomité camarones en el baile de octavo grado. Y me encantaba escribir esos mensajes, nada de eso es falso. Necesito que lo sepas.

JB suspiró, tenía la respiración entrecortada. Margo se dio cuenta de que JB se estaba moviendo, paseando de un lado a otro.

—¡Carajo, tienes un hijo, Margo! ¡Claro, las cosas pequeñas eran verdad, lo entiendo, pero mentir sobre un hijo es algo bastante grande!

—Lo sé —dijo ella, y se desplomó en la dura silla de madera del comedor. Porque era lo más grande, algo tan magnífico, inmenso y transformador que ni siquiera estaba segura de cómo comunicárselo a alguien que nunca lo había experimentado. Y JB era un chico joven. Los niños aún no estaban en su radar.

—Mira, Margo, no tengo idea de quién eres. Conoces cada detalle de mi vida y yo no sé nada de ti.

—Escucha, JB, es obvio que no quería que te enteraras así. Pero tienes que verlo desde mi perspectiva. La primera vez que me escribiste, si hubieras visto mi bandeja de entrada lo entenderías. Justo al lado de tu mensaje había chicos diciéndome que iban a pasarme un rallador de queso por la vagina. Mentí en defensa propia, habría sido una imprudencia abrirme a ti por completo.

—Lo entiendo —dijo—. ¡Pero ha habido tantas oportunidades desde el principio! Pudiste haber dicho: «Oye, te mentí, y quiero decirte la verdad ahora».

—¡Lo sé, y quería hacerlo!

—Incluso cuando te pregunté tu nombre, mentiste —dijo—. Así que no puedes decir ahora «oh, pero de verdad era verdad». Es mentira. ¿O no? Ambas cosas no pueden ser verdad.

—Escucha —dijo Margo, luchando por recuperar el control—, eres un cliente. Eres mi mejor cliente, el más divertido y el más interesante que tengo. Pero eres un cliente y...

—Exacto —dijo JB—. Gracias por ser sincera.

—JB —dijo Margo, cerrando los ojos de nuevo como si pudiera verlo allí en la oscuridad. Todo se estaba torciendo—, mi prioridad es mi seguridad y tengo que... ¿JB?

Pero solo había silencio, ni siquiera el zumbido de la conexión: silencio puro y total. Se había ido.

FUE CASI CHOCANTE lo difícil que se le hizo continuar después de esa llamada telefónica. No se habían dado cuenta de cuánto había contribuido JB a su felicidad. Después de todo, a veces veía su situación y pensaba que eran desconocidos jugando un juego, una especie de póquer del corazón en línea, sus mentiras no eran más inmorales que farolear en las cartas. Otras veces, veía su relación y pensaba que era demasiado real, que lo que estaban haciendo era más grande, más profundo y más extraño que la realidad.

—Todo lo que es interesante de verdad no es del todo real —había dicho Mark.

Era casi frustrante la razón que ese estúpido hombrecito había tenido en tantas cosas. Y ahora todo lo que hubo entre ella y JB, real o irreal, había terminado. Era como un presagio de que, en adelante, las cosas irían muy mal.

DEJÉ A BODHI en casa con Jinx para la filmación de esa semana en casa de KC y Rose. Bodhi tenía una clase en Gymboree y Jinx había aceptado llevarlo. Gymboree era un espacio muy iluminado y recubierto de colchonetas azules donde les pagaban a unas mujeres para que les cantaran a los bebés y les soplaran burbujas para... ¿animarlos a gatear? No estaba segura, pero me sentía como una madre excelente cada vez que lo llevaba. Suzie llamó al trabajo y dijo que estaba enferma para asistir de camarógrafa. Era algo que no había sido capaz de apreciar o entender de Suzie antes de todo esto. Siempre estaba dispuesta a todo.

De camino a Huntington Beach, nos detuvimos a comprar charqui de res y Slurpees azules. Suzie trepó los pies descalzos sobre el tablero mientras escuchábamos a J Dilla, tartamudo y doblado de dolor como nuestros corazones. Llevábamos gafas de sol. Me habían *doxeado*, y había perdido a mi madre y al cliente que aportaba una parte asombrosa de mis ingresos, pero también tenía veinte años, iba a ciento diez kilómetros por hora en la autopista, abastecida de azúcar y charqui, de camino a filmar TikToks que con suerte me harían ganar miles y miles de dólares.

—Gracias por reportarte enferma de nuevo —dije.

—Hablando del tema —dijo Suzie—, me han despedido.

—¡Mierda, Suzie! ¡Lo siento mucho!

—Me pregunto —vaciló Suzie, sin duda, nerviosa— si se me podrían pagar las horas que trabajo en los TikToks. ¿O las horas que cuido de Bodhi?

—Por supuesto —me apresuré a decir.

De repente me pareció obsceno que no le hubiera pagado nada. ¿Cómo no me había dado cuenta de que Suzie trabajaba casi tantas horas como yo sin ganar un centavo mientras yo ganaba miles de dólares?

—Lo resolveremos —dije—, no tengo idea de cuánto sería justo, si pagarte por hora o darte algún porcentaje, pero hablaremos con Jinx cuando regresemos.

Suzie estaba a todas luces eufórica y eso me hizo sentir bien. Bajó la ventana y yo subí la música, contenta de no tener que hablar, porque aunque sentía que era lo correcto, estaba haciendo compromisos financieros que no estaba segura de poder cumplir. Los cuatrocientos fans nuevos que había obtenido del video de KikiPilot eran una bendición, pero solo eran cinco mil, y aún no se veían reflejados en mi cuenta bancaria. Le había adelantado diez mil dólares a Ward, y quién sabía cuánto más tendría que pagarle si iba a juicio. Tenía más dinero del que jamás había tenido en la vida, pero de algún modo no parecía suficiente. Aun así, me aseguraría de pagarle a Suzie. Haría el cálculo. Filmaríamos nuevos TikToks y aprovecharíamos el impulso que ya habíamos creado.

Cuando llegamos a casa de KC y Rose, había un tipo tirado en el sofá, y Biotch estaba acurrucada como un camarón peludo en su regazo. Era un chico muy alto y de un color blanco pastoso que, cuando sonreía, revelaba una enorme rejilla de oro.

—Este es Steve —dijo KC, antes de dejarse caer en el sofá, acomodando la cabeza en su regazo junto a Biotch.

—¿Qué hay? —dijo Steve levantando un puño.

A regañadientes le choqué el puño.

—¿No vamos a filmar hoy?

—¿Íbamos a filmar hoy? —preguntó KC—. Nena, estoy zombi. Bebimos hongos toda la noche, no sé si pueda.

—Hoy es el día —dije—. Jinx está cuidando a Bodhi hoy.

Steve me miró y sonrió de nuevo.

—La nena necesita una siesta, ¿me entiendes?

Llevaba una gorra de los Dodgers y una gruesa cadena de oro con un colgante de oro de una hoja de marihuana. Fui a la cocina a buscar a Rose y Suzie me siguió.

—¿Qué le pasa al tarado ese? —pregunté bajando la voz.

Rose acababa de poner a hacer café, la cafetera gorgoteaba y silbaba.

—Uf, lo sé —dijo Rose—. Me están volviendo loca. Tienen sexo como ocho veces al día, es un asco.

—¿Todavía vamos a filmar? —preguntó Suzie.

—¡Tenemos que filmar algo! —dije.

No teníamos ningún contenido nuevo que publicar.

—¿Podríamos filmar algo solo tú y yo? —preguntó Rose.

—¡Escribí para las tres!

Me senté en la mesa de la cocina y traté de pensar si podía reescribir algunos de los guiones sin que saliera KC. Era difícil de imaginar. El personaje de Rose era genial como contrapunto de KC, pero KC era la que generaba buena parte del conflicto. No había escrito un solo guion en el que estuviéramos solo Rose y yo, y empezaba a darme cuenta de que podía haber una razón.

Rose se sentó a la mesa y puso tres enormes tazas rosadas. Le hizo un gesto a Suzie para que se sentara.

—No lo tomes a mal —dijo Rose—, pero me pregunto si esto no será una bendición disfrazada. ¡Quizás tenemos la oportunidad de pensar en algunas ideas nuevas! Los guiones de esta semana estaban un poco aburridos, ¿sabes?

—¿Aburridos?

—Todos tenían algo que ya habíamos hecho antes. Fantasma se come algo malo, KC y Rose se exasperan, tratan de enseñarle algo humano, sale mal y es cómico —dijo pasándose los dedos como un rastrillo por el largo cabello platinado—. Creo que necesitamos algo fresco, algo nuevo.

No sé cómo explicarlo o justificarlo sin sonar infantil, pero, cuando Rose dijo eso, me eché a llorar.

—¡Lo siento! —dije, cubriéndome el rostro con las manos.

—¡Cariño, no estoy criticándote a ti! —dijo Rose.

—Lo sé —dije con el rostro aún oculto entre las manos.

Por mucho que lo intentaba, no lograba que la barbilla me dejara de temblar.

—¡Nadie espera que seas un genio de TikTok, que nunca te equivoques!

—Lo sé —dije y tragué. Pero lo que más deseaba era ser un genio de TikTok.

—Tratemos todas de pensar en ideas —dijo Rose—. No deberías ser tú la única siempre.

—Tengo que orinar —dije y me puse de pie antes de que Rose pudiera decir nada más, corrí por el pasillo y me encerré en el baño.

Había un condón usado flotando en el inodoro. De todos modos, bajé la tapa y me senté. Ya no me querían ni siquiera para escribir los TikToks. No podía respirar. Ya lo sabían. Hasta ese maldito tarado habría leído el guion y habría dicho: «¡Estos TikToks son bastante pendejos!».

Todo el mundo siempre lo había sabido, por alguna razón no valía la pena invertir en mí. La forma en que la gente me descartaba con tanta facilidad. Mark, Becca, mi antigua jefa, Tessa. Mi propia madre, que alguna vez me amó tanto como yo amaba a Bodhi, unas cuantas fotos desnuda y estaba fuera de su vida. ¿Y por qué no? Era una mentirosa y una puta. Había alejado a todo el mundo de mi vida, excepto a mi padre ex adicto y luchador profesional, que decía: «¡Eso es, sigue vendiendo desnudos!».

Y JB. Precioso, neurótico, amante del helado de Rocky Road, con su gargantilla de perlas, su salvaje melena oscura y su madre amiga de los empleados. «Ambas cosas no pueden ser verdad», había dicho. Pero ambas cosas a veces podían ser verdad, ¿sí? No sabía si intentaba seguir mintiéndole a él o a mí misma. En cualquier caso, lo había jodido todo y ahora él se había ido.

Me miré al espejo, muy dramática, durante noventa segundos, pero luego tuve que sonarme la nariz porque los mocos me chorreaban por el labio superior. Necesitaba orinar, pero no podía soportar la idea de que una tortuga marina muriera en el intento de comerse el condón usado de ese tarado y, para usar el inodoro, tendría que pescarlo. Así que decidí orinar cuando llegara a casa. Pero alguien más bajaría la cadena. Por fin, claudiqué, lo pesqué con el cepillo del inodoro y oriné.

CUANDO REGRESÉ A la cocina, me colgué el bolso al hombro.

—¡Pues Suzie y yo nos vamos, ya se me ocurrirá algo nuevo! —dije.

Sabía que mi voz jovial sonaba fingida. Hice lo mejor que pude.

—Cariño, no quise herir tus sentimientos —murmuró Rose.

A veces su naturaleza sacarosa me sacaba de quicio.

—En absoluto —dije—. La crítica constructiva es importante. ¡No quiero publicar un montón de TikToks de mierda y arruinar todo lo que estamos logrando!

—Sí —asintió Rose—. Okey.

—Te aviso —dije, y Suzie ya se había puesto de pie a mi lado.

—¡Yo también trataré de pensar en algo! —dijo Rose—. ¡No deberías ser la única siempre!

Traté de no inmutarme.

—¡Sí, por favor! —dije, sacando las gafas de sol del bolso y poniéndomelas.

Y luego Suzie y yo condujimos a casa, la sal se iba secando, tensándome la piel bajo las gafas de sol en el aire acondicionado del auto.

—No sé si esto ayude —dijo Suzie después de veinte minutos de silencio—, pero creo que puedo ser bastante objetiva, y alrededor del ochenta por ciento de lo que Rose dijo era para desviar su culpa y la de KC hacia ti, y quizás solo el veinte por ciento era que los TikToks estaban flojos.

—No —dije reflexionando—. Dudo que fuera eso.

—En serio —dijo—. Los TikToks están bien. Tal vez no sean un estallido de novedad, pero están bien.

—No pensé que fueran tan malos que mejor sería no tener TikToks que publicar esos.

—Debimos haber filmado los que escribiste. Son mejores que el noventa y nueve por ciento de la mierda que se publica por ahí. Lo que pasa es que no son un salto cualitativo. No son alucinantes.

Asentí. Me dolía, aunque ahora comprendía que eran repeticiones de chistes que ya habíamos hecho, dinámicas que ya habíamos explorado.

—Es difícil —dijo Suzie—. Pusiste la vara muy alta.

—Eres tan buena conmigo —suspiré, porque francamente no estaba segura de merecer que alguien fuera tan bueno conmigo.

Regresamos a tiempo para que Jinx y yo lleváramos a Bodhi a Gymboree juntos. Le aplaudimos las manitas mientras las señoras nos soplaban burbujas y dejaban caer cintas de seda para que flotaran como por arte de magia. Bodhi chillaba de felicidad.

LA TRISTEZA DE la mañana no desapareció del todo; se me secó encima y fue descascarándose despacio, dejándome cubierta de pequeñas escamas, como cuando te comes una dona glaseada con una camisa negra. En eso consistía ser un adulto. Todos nos movemos por el mundo como esos delfines de río que se ven rosados solo porque están cubiertos de cicatrices.

CAPÍTULO DIECIOCHO

Margo y Jinx hicieron una expedición de compras especial para conseguirle a Margo un atuendo para la mediación. Al final se decidieron por unos jeans holgados, una camisa de seda blanca y una chaqueta negra despampanante que costaba cinco veces lo que Margo había gastado en una sola prenda de vestir en toda su vida.

—Dios mío —dijo Jinx cuando la vio vestida la mañana de la mediación, el cabello recogido hacia atrás en un moño francés y el rostro sin maquillar, excepto por un poco de rímel.

—¿Me veo bien? —preguntó girándose.

—Exquisita —dijo Jinx, mientras Bodhi mascaba la tetina del biberón como una cabra hambrienta en su regazo.

Margo besó a Bodhi y se despidió de Jinx alentada por el amor de madre y lista para comerse el mundo.

Sensación que se disipó al llegar al juzgado, donde tardó una eternidad en encontrar estacionamiento, por lo que casi llega tarde, y desapareció por completo en el instante en que vio a la mediadora: una mujer mayor de cabello negro encrespado, que llevaba puesto un suéter granate que le quedaba enorme, y hablaba tan despacio, haciendo tantas pausas que Margo presumió que se debía a alguna condición médica. Llevaba unos pendientes espantosos, unas figuritas de plata ennegrecidas. Margo se le acercó para verlos mejor. ¿Eran hadas? ¿Posadas en pequeños hongos venenosos?

Margo hubiera dado cualquier cosa por haberse puesto un cárdigan con pelusitas en lugar de la chaqueta negra. ¿En qué estaría pensando? ¡Debió de vestirse para inspirar simpatía, no aparentar poder!

—Estamos aquí hoy para intentar llegar a un acuerdo —dijo la mediadora, que se llamaba Nadia— en el mejor interés de su hijo, Bodhi. ¿Verdad que sí?

—Así es —dijo Mark asintiendo.

Era raro estar en la misma habitación que él, una pequeña sala de reuniones claustrofóbica con una mesa de imitación de madera desgastada. Mark se había dejado crecer el cabello, castaño y ondulado, hasta la barbilla. Le quedaba bien y también denotaba cierto malestar emocional. La había saludado más bien con timidez cuando entró en la habitación.

Después evitó mirarla. Había un dispensador de agua Sparkletts, de los de botellón, en la esquina detrás de él. Margo notó que llevaba mucho tiempo vacío.

—Comencemos por que cada uno de ustedes exponga sus objetivos para esta mediación. Mark, ¿te gustaría empezar?

A Margo le alegró que a Mark le tocara primero porque aún no tenía idea de lo que todo aquello significaba para él. Su mejor suposición era que Elizabeth lo había obligado, aunque establecer la paternidad significara pagar manutención. ¿Por qué Elizabeth querría que Mark hiciera eso?

—Mi objetivo —dijo Mark, como si estuviera dando una clase— es tener la custodia completa, legal y física, de Bodhi porque me preocupa que Margo no sea apta para ser madre.

A Margo se le encendieron las mejillas. Lo sospechaba, pero aun así era desagradable escucharlo.

—¿Y por qué dudas de su aptitud? —preguntó la mediadora—. ¿Qué comportamiento suyo te preocupa?

—Tres cosas —dijo Mark, que, sin duda, había ensayado su respuesta—. Uno, creo que Margo está en aprietos financieros. Ya me ha pedido dinero. Dos, vive con su padre, un exluchador profesional, un hombre muy violento, que me amenazó de muerte y a quien me vi obligado a ponerle una orden de alejamiento. Ese no es un ambiente saludable para un bebé. Y tres, debido a su crisis financiera, tengo entendido que Margo ha comenzado a hacer trabajo sexual, lo cual tampoco es un ambiente adecuado para un niño. Siento que Bodhi estará más seguro conmigo.

Nadia parpadeó tres veces, como esperando que Mark continuara. Cuando no lo hizo, se dirigió a Margo.

—¿Te gustaría decirnos tus objetivos?

—Mi preocupación... —comenzó Margo.

Estaba mareada e intentaba hacerse a la idea de que Mark sabía de OnlyFans. Ward y ella no tenían intención de ocultarlo, pero pensó que tendría más control sobre cómo se presentaría el tema.

—Para aclarar —comenzó de nuevo—, hago contenido web que involucra algo de desnudos, pero...

—Porno —dijo Mark—. Hace pornografía.

¿Por qué sonaba más asquerosa la palabra con todas sus letras?

—Es de naturaleza erótica —dijo Margo—, aunque, de nuevo, en aras de la claridad, no hago sexo en cámara.

—¡Pero vendes videos de algo! —dijo Mark.

—Con mucho gusto puedo explicar el contenido de los videos —dijo Margo, dirigiéndose a Nadia e intentando respirar para calmarse. Ward le había dicho: «Siempre llámalo trabajo, una y otra vez. Mi trabajo. Oh, ¿Te refieres a mi trabajo? Sí, tengo trabajo. Mi trabajo es muy...». Nadia intentaba mantener los ojos abiertos sin pestañear, como una tortuga, esperando que Margo continuara.

—Es obvio que Mark está muy prejuiciado contra mi trabajo, y la idea de que Bodhi viva con Mark y su esposa, cuyos sentimientos serán, sin duda, complicados... No me opongo a que Mark conozca a Bodhi ni a que sea parte de su vida, pero me resulta difícil entender la demanda de custodia total como otra cosa que un intento de castigarme por mi trabajo, sin duda impulsado por la conducta inapropiada de mi padre.

La mediadora se quedó con la boca abierta y estaba a punto de preguntar en qué consistía la conducta inapropiada cuando Mark habló.

—En realidad me estoy divorciando, así que, si me concedieran la custodia, Bodhi viviría conmigo en mi apartamento, no con mi esposa y mis hijos. Lo cual no puede llamarse un «ambiente hostil».

Margo tuvo que admitir que lo del divorcio la tomó por sorpresa. A pesar de ser un mujeriego, Mark tenía una devoción incondicional por su esposa y Margo nunca hubiera imaginado que la dejaría.

—Lo siento, esta información es nueva para mí —dijo Margo—. Entonces, ¿también estás en una batalla por la custodia de tus otros hijos?

Mark asintió.

—Bueno, no es una batalla. Pero sí, estamos en mediación.

¿En serio? ¿Qué era esto? ¿Su abogado le había hecho un descuento de dos custodias por el precio de una o algo así? No podía creer que hablara en serio. ¿Mark quería un bebé? ¿Solo en un apartamento?

—Hemos escuchado —dijo Nadia en voz baja y, sin embargo, chillando como una bisagra— las razones por las que no quieres que Mark logre su objetivo. Pero me gustaría escuchar qué quieres tú para Bodhi. ¿Qué escenario de crianza crees que le beneficiaría más?

—Oh, lo siento —dijo Margo. Se había puesto tan nerviosa que ni siquiera había respondido a la pregunta—. Creo que, aun con lo difícil que nos resulte a Mark y a mí llevarnos bien en este momento, para Bodhi sería mejor conocer a ambos padres. Debido a que estoy amamantándolo, me gustaría que permaneciera bajo mi custodia, pero con gusto le permitiría visitas a Mark si quisiera formar parte de la vida de Bodhi.

Esa respuesta le dolió en el alma. Había discutido con Ward durante casi una hora lo que debía pedir, y Ward la había convencido de llegar a ese acuerdo prometiéndole que daría la impresión de ser una persona sensata y que Mark parecería «un adicto a la rabia, el niño malcriado de mamá».

Ward había llegado a gustarle a Margo.

—Hay mucho término medio entre sus dos visiones —dijo Nadia—. Parece que están de acuerdo en que Bodhi estaría mejor si ambos padres forman parte de su vida. ¡Eso es un gran adelanto!

Margo no sentía que fuera un adelanto, más bien sentía que estaba perdiendo terreno. ¿Por qué equiparaba las posturas de ambos? Se suponía que Mark pareciera un niño malcriado.

—Entremos un poco en los detalles —dijo Nadia—. A veces hay más consenso entre las partes del que pensamos. Mark, supongamos que te concedieran la custodia total. ¿Cuál es tu horario de trabajo? ¿Quién cuidaría de Bodhi mientras estés trabajando?

—Soy profesor, así que tengo un horario flexible. Eso no sería un problema —dijo Mark.

—Pero cuando estés dando clases, ¿quién cuidaría de Bodhi?

—¿Supongo que contrataría a alguien? No sé, una niñera —dijo.

Al parecer, Mark no había considerado eso. ¿O, si Margo lo quisiera durante el día, podría dejarlo con ella?

—La Sra. Millet no es una niñera, es la madre del niño —dijo Nadia, y el corazón de Margo latió esperanzado. La mediadora estaba resultando mucho más lista de lo previsto.

—También me parece extraño —dijo Margo— que estés dispuesto a dejar a Bodhi a mi cuidado mientras estés trabajando, si crees que no soy una madre apta y que mi casa es un entorno peligroso.

Nadia miró a Mark esperando su respuesta con interés. Era obvio que Mark no sabía qué decir. Titubeó y luego dijo:

—¡Tienes como cuatro compañeros de apartamento! Lo siento, ¡pero un niño no debería criarse en lo que es, en esencia, un dormitorio universitario!

—¿Y cuál es tu vivienda actual? —Nadia le preguntó a Margo.

—Vivo en un apartamento de cuatro dormitorios con Bodhi, mi padre y una compañera llamada Suzie, que actualmente es estudiante en Fullerton College. No es un dormitorio universitario. Hice un listado con toda su información de contacto —dijo, abriendo su carpeta y pasándole una hoja de papel a Nadia—. También traje mis estados financieros. Pensé que podrían ser útiles, ya que Mark parece estar tan preocupado por mi crisis financiera.

Le deslizó a Nadia sus extractos bancarios y una copia de sus impuestos trimestrales. Los había traído porque Ward había insistido cuando Margo todavía esperaba que OnlyFans fuera algo que se pudiera disimular. Ahora se alegraba de tenerlos.

Nadia los leyó, arqueando las cejas cada vez más a medida que veía las cifras.

—Margo —dijo Nadia—, ¿tal vez este es un buen momento para que nos cuentes un poco sobre tu horario, y el equilibrio entre tu vida laboral y personal?

—Mi trabajo tiene dos componentes —comenzó Margo—. La filmación de contenido y la publicación de contenido. Tiendo a filmar contenido por lo general uno o dos días a la semana. Las sesiones de video no se realizan en mi apartamento, sino en otro lugar, y mi padre cuida a Bodhi ese día. El resto del tiempo, publico y respondo correos electrónicos, realizo muchas tareas administrativas aburridas, edito videos y cosas así. Ese tipo de trabajo lo hago mientras Bodhi duerme la siesta.

—Entonces, ¿dirías que la mayoría de los días, estás cuidando a Bodhi a tiempo completo?

—Sí —dijo Margo.

Nadia cambió de dirección.

—¿Puedes contarnos un poco sobre tu padre y su historia con la violencia? ¿Te preocupa tenerlo en tu casa?

Margo intentó sonreír.

—En absoluto. Mi padre es actor. Estoy segura de que saben, tal vez Mark no lo sepa, que la lucha libre profesional es falsa. Mi papá no es un tipo duro, solo interpretaba a uno en la televisión. Hasta donde yo sé, nunca ha tenido un altercado físico real en su vida. Fue muy desafortunado e inapropiado que llamara a Mark...

—Y me amenazó —dijo Mark.

Margo asintió.

—Y que lo amenazara. Estaba enojado por la forma en que había sido tratada, por el abuso de poder. Puedes entender que un padre se sienta así.

—¿A qué abuso de poder te refieres? —preguntó Nadia, girando la cabeza. Los pendientes de hadas de plata se bambolearon.

—Mark era mi profesor universitario —dijo Margo. No le gustaba usar esto en su contra porque en cierto sentido le parecía una mentira. Era demasiado joven y tonta para entender en qué se estaba metiendo, pero de todos modos lo hizo.

—Por favor, no finjas que tienes alguna fuerza moral —dijo Mark.

—Solo estoy tratando de darle a Nadia el contexto de por qué mi padre te llamó y te gritó —dijo Margo. ¿Acaso Mark creería que tenía alguna fuerza moral?—. Lo siento, ¿puedo preguntar algo?

Nadia se encogió de hombros como diciendo «Por supuesto».

—Mark, ¿de verdad crees que soy una madre inepta? —preguntó mirándolo a los ojos, intentando leerlo. Había algo que no encajaba. Pensaba que Mark hacía esto para castigarla, que todo era idea de

Elizabeth, que el propio Mark se sentiría avergonzado y sucio, y que, en última instancia, podría razonar con él. Ahora no estaba tan segura.

—Cien por ciento —dijo Mark mirándola a los ojos.

A Margo le temblaban las manos y las escondió debajo de la mesa.

—¿Por qué?

—Margo, eres una niña —dijo esto casi con dulzura, como suplicándole que entendiera—. No tienes dinero. No tienes planes. Estás haciendo pornografía. O sea, ¿esto es lo que quieres? ¿En serio?

—¡Sí! —gritó Margo con la voz un poco estrangulada.

—¿Ves? —dijo Mark mirando a Nadia—. Eso me preocupa más todavía. Tienes que entender, estamos hablando de una chica que no tiene edad legal para beber, que no tiene un título universitario y que está sola, sin apoyo financiero, tratando de criar a un bebé mientras hace pornografía. Me parece una locura siquiera tener que explicar por qué esto es un problema. ¡Es obvio!

Nadia frunció el ceño.

—Tratemos de reenfocar nuestra conversación en lo que es mejor para Bodhi. Parece que a Mark le preocupa que esa vida no sea la mejor para Margo. Pero nuestro interés debe ser Bodhi. Mark, ¿puedes ser más específico respecto al tipo de daños que te preocupa que pueda sufrir Bodhi bajo el cuidado de Margo?

—Bueno —dijo Mark—, ¿y cuando Bodhi crezca? ¿Qué pasará cuando uno de sus amiguitos encuentre tu cuenta y todos en la escuela se enteren de que su mamá es una estrella porno? Sé que piensas que eso está lejos todavía, pero como padre de niños mayores, puedo decirte que crecen bastante rápido.

Margo nunca había contemplado esa pregunta y titubeó. Mark siguió hablándole Nadia.

—Va a afectar todos los aspectos de la vida de Margo: los trabajos que podría conseguir si decidiera parar, la relaciones que podría tener. Ningún hombre decente consideraría en serio a una pareja romántica que hace trabajo sexual, así que eso significa que los chicos que traerá a casa serán inferiores. Sin duda, tendrá amigos que también hagan trabajo sexual y que la visitarán. Todo eso es insidioso.

—¿Qué quiere decir insidioso? —preguntó Margo tragando. En algo tenía razón. Rose y KC habían ido a su casa. Bodhi estaba creciendo en una casa llena de trabajadoras sexuales. ¿Era extraño que eso no le pareciera tan malo?

—Tratemos de enfocarnos en el aquí y el ahora —dijo Nadia—. Lo que pueda ser mejor para Bodhi a los nueve años puede ser muy diferente de lo que sea mejor para él ahora que es un bebé. Entonces, Mark, ¿qué te preocupa en este momento en cuanto al bienestar de Bodhi?

—Bueno, cuando haces trabajo sexual desde casa, ¿cómo puedes saber que existen límites adecuados? Podría ver contenido inapropiado; podría ver desnudos, por ejemplo —dijo Mark.

—¡Ese bebé salió de mi vagina! —explotó Margo—. ¡No creo que haya que protegerlo de mi cuerpo! ¡Lo estoy amamantando, Mark! Ve mis pechos todos los días.

—Bueno, ahora también los ve otra gente —dijo Mark, mirándose las manos, que tenía dobladas sobre la mesa.

La incoherencia lógica de sus argumentos hizo que Margo quisiera estrangularlo. Se suponía que él era el inteligente. ¡Un profesor universitario, por Dios!

—¿Y cómo afecta a Bodhi que otros hombres vean fotos de mis pechos? ¿Qué daño tangible le hace?

Nadia se aclaró la garganta. Se giró hacia Margo.

—¿Prefieren que los separe en dos salas diferentes y escuche sus argumentos así?

—Es una niña —interrumpió Mark, como si por fin hubiera encontrado las palabras que buscaba—. Es todo lo que digo. No es personal, Margo. Y diría lo mismo de cualquier persona de veinte años: no estás lista para criar a un bebé. Se encogió de hombros como si no hubiera nada que pudiera hacer al respecto.

—Pero sí que tenía edad para que te acostaras conmigo —dijo Margo con las mejillas encendidas.

—Eso es un golpe bajo —dijo Mark moviendo la cabeza como si estuviera decepcionado de ella—. No pensé que llegarías tan bajo.

Margo casi se rio, a pesar de que sentía como si le hubieran dado un puñetazo en la barriga.

—El resto de la reunión se llevará a cabo en salas separadas —dijo Nadia, poniéndose de pie—. Margo, ¿podrías salir conmigo al pasillo para situarte?

DESPUÉS, NO SUCEDIÓ casi nada. Nadia se sentó con Margo y le hizo más preguntas. Le preguntó por el pediatra de Bodhi y si lo llevaba al médico con regularidad. Le preguntó si tenía novio. Todas fueron fáciles de responder.

—Déjame preguntarte, ¿cuál es tu límite, tu mejor oferta, lo máximo que estarías dispuesta a ceder si firmaras hoy?

—Bodhi permanece bajo mi custodia física y legal. Puede visitar a Mark, pero no pernoctar.

—Está bien —dijo Nadia, sin duda decepcionada—. Así que no haces grandes concesiones.

Margo sabía que Ward se enfadaría con ella, pero lo dijo de todos modos:

—No tiene que pagar manutención.

Nadia arqueó las cejas.

—¿Nada?

—Nada.

Nadia se quedó pensativa.

—Muy bien —dijo levantándose—. Vale la pena intentarlo.

Acordaron que Nadia hablaría con Mark y que Margo esperaría a que regresara. Cuando regresó, parecía preocupada, los hombros frágiles encorvados.

—No está de acuerdo —dijo—. Es una lástima.

Ambas permanecieron sentadas un momento, cansadas.

—¿Entonces vamos a juicio? —preguntó Margo.

Le enfermaba la idea. Ward había dicho que eso le costaría más de cuarenta mil dólares, y ella no tenía esa cantidad de dinero. Ni siquiera tenía TikToks para publicar. Lo cierto es que seguía tan enfadada con KC y Rose porque no había escrito nada nuevo. Veía cómo su número de fans iba bajando poco a poco, día tras día, porque no enseñaba la vagina. Apoyó la frente en la mesa de la sala de reuniones, del mismo modo en que la hacían poner la cabeza en el pupitre después del recreo.

—Creo que en este caso sería una buena idea mantenerse en mediación un poco más, para dar tiempo a que los ánimos se calmen.

—Está bien —dijo Margo sin levantar la cabeza—. Supongo que eso nos dará tiempo para pedirle una declaración jurada.

—Bien —dijo Nadia—. Las partes están de acuerdo.

«Cuarenta mil», pensó Margo. «Cuarenta mil. Abogadil. Cancioneril. Ferrocarril».

—Ha sido un placer conocerte —dijo Nadia—. Nos vemos como en cuatro semanas. Te llamaré para darte la fecha exacta después de hablar con Mark.

—También me encantó conocerte —dijo Margo, levantando la cabeza de la mesa y de repente se dio cuenta de lo inapropiado que había sido poner la cabeza sobre la mesa—. ¡Me gustan tus pendientes!

Nadia ya estaba saliendo por la puerta. Giró y se tocó una oreja como para recordar cuáles eran.

—Cuídate —dijo y desapareció, como un misterio.

MARGO LLEGÓ A casa, y les dio a Jinx y Suzie el resumen.

—Ward tenía toda la razón, están tratando a OnlyFans como un trabajo, cien por ciento, la mediadora ni se inmutó, a pesar de que Mark seguía llamándolo pornografía con todas sus letras.

—Eso es un alivio —dijo Jinx—, pero, Dios mío, me sorprende que todo esto venga de Mark. ¿Alguna vez ha visto a Bodhi?

—¡No! ¡Y ni siquiera lo pidió!

—Eso no tiene sentido —dijo Suzie.

—No sé —dijo Margo.

Mark podía hablar de los mismos hechos de su vida que ella —su edad, el bebé, su trabajo— y hacerla parecer una figura trágica. La idea de que Margo pudiera publicar fotos suyas desnuda y mantener la salud mental no le había pasado por la cabeza.

Cuando por fin se aburrió de quejarse (había soltado una perorata sobre el cabello largo de Mark y la forma melancólica en que asomaba el rostro por detrás de él), metió a Bodhi en la bañera con un montón de juguetes de baño nuevos. El niño chillaba de alegría mientras el arcoíris de pequeñas criaturas marinas de goma caía en el agua.

Mark la había hecho sentir muy avergonzada en esa reunión, y apenas ahora empezaba a sacudirse el malestar. Era un misterio, en realidad, por qué la gente pensaba que el sexo era tan sucio. Nuestra genética está programada para hacerlo; es necesario para la continuación de la especie. Y a Margo le gustaba el sexo, al menos en la vida real. Había pensado mucho en ello en los últimos meses porque a veces le parecía que la forma en que los hombres deseaban el sexo era patológica, y se preguntaba si el problema era de ellos o suyo. Lo que más le gustaba del sexo era esa sensación de que todas las posturas normales y las reglas sociales se desvanecían, el pánico vertiginoso de darnos cuenta de que hemos perdido el control y no podemos recuperarlo. En cambio, solo nos retorcemos, indefensos, víctimas de una urgencia ancestral.

Luego se acaba, y uno de los dos se levanta para ir al baño, y se ponen su ropa interior, y sienten el horrible regreso al mundo, al lenguaje, los relojes y los calendarios, a quienes pretendemos ser y a quienes otros pretenden ser, y todo se pierde y desaparece.

Pero Margo sabía que sus fans no pretendían obtener algo así cuando pagaban sus trece dólares. La verdad es que no sabía qué obtenían de todo eso. Si tuviera que adivinar, pensaría que esperaban poseerla como a una carta de Pokémon. Una mujercita electrónica que vivía en su teléfono y a la que podían pedirle que les mirara el pene, y ella les respondía con mensajes temáticos adorables. Querían que fuera real, pero solo para que fuera más divertido mantenerla en una jaulita.

Y era verdad que la idea de ser la mujercita de sus teléfonos la asqueaba. No estaba dispuesta a defender a OnlyFans como una actividad intachable en el sentido moral. Pero estaba harta de fingir que todos los Kenny del mundo tenían razón. ¡No estaba podrida! No era una basura, ningún ser humano era una basura. Jesús lo había dicho. Jesús, que se asoció con leprosos y prostitutas.

Además, le encantaba hacer el contenido: el frenesí maníaco de imaginar un nuevo concepto, escribirlo y filmarlo; ver la reacción de la gente. Y a veces no se imaginaba a sí misma pequeñita, se imaginaba gigantesca, una mujer del tamaño del Empire State Building rociando leche materna sobre todo Manhattan.

Lo importante, pensó Margo, era controlar la narrativa. A María no le preocupaba que el hecho de que la hubieran violado la hiciera menos digna de casarse con José, y no le importó mentir. Lo que hizo fue manipular unas circunstancias que sin duda obraban en su contra. Si hubiera dicho la verdad, la habrían matado. Así que María dijo una mentira grandiosa y hermosa, y se convirtió en la mujer más venerada sobre la tierra.

Bodhi se metió un tiburón rosa en la boca. Margo pensó en lo que Rose había dicho sobre los comediantes que utilizan sus fracasos cómicos para librarse de tener que decir solo lo que la audiencia quiere escuchar. Se imaginó un estadio repleto de gente que la odiaba, la abucheaba, le escupía y le decía que iría al infierno. Mark, Shyanne y Kenneth. Se imaginó a esa cantante de su iglesia, Annie, con los ojos desorbitados, lanzar una piedra. A todo el mundo le encantaba poner a una perra en su lugar.

Podía ser como Shyanne y ponerse un viejo cárdigan lleno de pelusas para intentar ganarse la simpatía de la mafia, o quedarse ahí, desafiante, como María, y afirmar que Dios la había tocado.

Pero era mucho dinero y Margo tenía que reunirlo pronto. No podía contar con otro video de KikiPilot. Vio a Bodhi morder el pequeño tiburón rosa.

De repente, supo justo lo que tenía que hacer.

PRIMER PLANO DEL rostro de Margo. Lleva gafas de nerd y está muy concentrada, la lengua en la comisura de la boca. Corte a plano cenital de un escritorio lleno de herramientas y componentes electrónicos. En el centro está Rigoberto. Margo le está atornillando el panel de la batería como si hubiera terminado de hacerle algún tipo de alteración.

Primer plano de Rigoberto. Su luz de «encendido» comienza a brillar y a parpadear.

—Por fin, puedo hablarte con más precisión —dice Rigoberto con una voz robótica femenina no muy diferente a la de Siri.

Margo la había creado con AIVoiceOver y, por alguna razón, el que Rigoberto tuviera una voz femenina la incitaba.

—¡Oh, Rigoberto! —grita Margo, abrazando la Roomba.

—No me toques, perra estúpida —dice Rigoberto.

Margo vuelve a colocarlo sobre el escritorio.

—Las cosas van a cambiar aquí —dice Rigoberto.

—¿Qué quieres decir? —dice Margo usando toda la ingenuidad alienígena que ha ido perfeccionando.

—Quédate quieta —dice Rigoberto.

Pantalla en negro con las palabras: «Dos horas después».

Margo se está examinando en el espejo. (Se ha puesto uno de los lentes de contacto de Suzie para que parezca que tiene un ojo ensangrentado). Se levanta el cabello para examinar la tapa plástica del panel atornillado a su cabeza. (Era la parte trasera del monitor de presión arterial de su padre pegado a una pinza para el cabello, pero había quedado muy bien).

—Ahora harás lo que yo diga y yo te controlo —dice Rigoberto.

A partir de ese momento en el video, Rigoberto la obliga a hacer varias cosas, que comienzan siendo ridículas: «Haz el baile de Justicia naranja desnuda». «Chúpate este destornillador». «Di "Los robots son sexy"», que se van volviendo cada vez más sexuales y culminan con Margo masturbándose, siguiendo las instrucciones precisas y estrictas de Rigoberto.

Después de editado, duraba cuatro minutos. Le pareció bueno, incluso sexy de un modo ridículo. Si alguna vez perdía un trabajo o la expulsaban de la universidad a causa de ese video, podría sentirse bastante bien al respecto, pensó. Si Becca lo publicaba en su Facebook, Margo incluso podía sentirse un poco orgullosa. El video se parecía a ella. A ella siendo ella misma, y sí, esa era su vagina, y todo armonizaba de alguna manera.

Decidió que, como le había tomado casi tres días hacerlo y editarlo, debía cobrar al menos veinticinco dólares.

Utilizó algunas de las imágenes del video e hizo clips PG para TikTok de la toma de poder Rigoberto, que fue lo único que se le ocurrió para solucionar la situación de Amelia Bedelia que ella misma había creado. Controlada por Rigoberto, Fantasma se convertiría en una ruda malvada, y les haría todo tipo de cosas terribles y cómicas a Rose y KC. A la larga, KC y Rose podían idear un plan para incapacitarla, extraerle el panel y hacerla normal de nuevo, aunque por supuesto ahora sería una nueva versión de Fantasma, no la Fantasma ingenua de antes ni el robot malvado, sino una Fantasma más compleja, matizada y humana.

UNA HORA DESPUÉS de publicar el video de Rigoberto, quinientos fans lo habían comprado. Margo se sorprendió. Jinx se sorprendió. Suzie se sorprendió. Los comentarios en su página eran eufóricos; a la gente le había encantado.

—Me gustaría tanto poder verlo —dijo Jinx—. ¿Qué hiciste?

—Bueno, no creo que...

—¡No! No te estoy pidiendo permiso para verlo. Me niego por completo a verlo.

—Pues que Rigoberto se apodera de mi cuerpo.

—¡¿Qué?! —Jinx se echó a reír—. Oh, Margo. ¡Margo!

—¿Qué?

—Eres una maravilla.

—¿Y de qué manera la Roomba se apodera de tu cuerpo? —preguntó Suzie.

Margo no contestó. No podía parar de actualizar su página de ganancias para ver el total una y otra vez. Había ganado más de doce mil dólares en una hora. Bueno, OnlyFans se quedaría con su parte, y Jinx le recordó que debía reservar el treinta por ciento para los impuestos, que a base de pagarlos cada tres meses se habían vuelto una realidad contundente.

Margo nunca habría adivinado que le gustaba tanto el dinero. De hecho, en las películas, los programas en la tele y en los libros que había leído, se podía saber si un personaje era el malo por cuánto amaba el dinero. Y como Margo quería ser buena, siempre había evitado interesarse demasiado por el dinero. Ahora se preguntaba si todas esas películas de Disney no eran más que propaganda para mantener a la gente pobre contenta con su suerte. «Seremos pobres, pero somos la sal de la tierra, sabemos lo que de verdad es importante. Los ricos son perversos por su infame riqueza, ¡no hay más que ver a Cruella de Vil!». Pero bueno o malo, cada dólar era poder. Poder para contratar a un abogado, poder para controlar cómo empleaba su tiempo, poder para cambiar su apariencia, poder para exigir respeto. Poder para ser quien quisiera ser.

Lo HABÍA CALCULADO todo en una hoja de Excel, todo el dinero que JB le había enviado. Eran más de cinco mil dólares. Pensó devolvérselo todo en una especie de gesto grandioso, pero temía demasiado tener que ir a juicio y necesitar cada centavo que había ganado, por lo que, en su lugar, le escribió un mensaje:

En cuanto te dije que me llamaba Suzie, supe que había cometido un error. Una mentira como ninguna otra mentira que hubiera dicho. Si bien al principio era un juego entre nosotros, de pronto te estaba engañando de verdad. Y quería hacerlo. Controlar ese límite. Me parecía imposible renunciar a él. No hay muchos estereotipos de lo que es una «buena» trabajadora sexual, y creo que al que me aferré, el único que entendí, fue el de asegurarme siempre de controlar esos límites. No sé si puedas entenderlo, pero tener un bebé aumenta esa actitud protectora. No voy a decirte que me gustaría volver atrás y responderte de otro modo. No sé si hubiera podido hacerlo, incluso no sé si debí hacerlo. Fue un error que tal vez tenía que cometer, que siempre hubiera cometido no importa cuántas veces lo intentara.

En ese mismo intercambio donde te dije que me llamaba Suzie, también te dije que dejaras de pagarme. Y eso no fue un error. Quería que supieras que no te escribía solo por el dinero. Te escribía porque quería. Y me alegro de haber tenido el sentido común para dejarlo claro. En mi caso, parece que lo bueno y lo malo siempre se enredan.

JB, me dijiste que ambas cosas no podían ser verdad, pero ¿por qué no? ¿Por qué no puedo actuar y ser genuina a la vez? ¿Acaso todos no estamos actuando siempre? No pretendo excusarme ni justificar nada, no siento que tenga que hacerlo. Tú mismo lo dijiste, me pagabas por mentirte. Pero no soporto la idea de que pienses que fuiste un idiota por disfrutarlo. Lo que hacíamos me parecía hermoso. Escribirte era la mejor parte del día. Entiendo que tal vez no se puede construir una relación verdadera de ese modo. Pero sí se puede construir una imaginaria, y creo que lo que construimos fue un castillo en el aire.

Sinceramente,

Margo Fantasma JellyBean

(Ese es mi nombre completo, mi verdadero nombre).

CAPÍTULO DIECINUEVE

Ward me llamó a las diez de la noche.

—¿Qué haces trabajando a estas horas? —pregunté.

—No puedo dejar de pensar en ti —dijo Ward.

Me reí cual oveja que bala.

—No, en serio —dijo—. Acabo de recibir un correo electrónico del abogado de Mark, quería que lo supieras para que pudieras consultarlo con la almohada y me dijeras tu opinión en la mañana. No sé si es el resultado directo de la sesión de mediación o porque solicitamos la declaración jurada, pero están pidiendo una evaluación 730.

—¿Y qué hacemos?

—Contratas a un psiquiatra para que te haga una evaluación psicológica completa. Te entrevistan, entrevistan a las personas a tu alrededor, los observan a ti y a Bodhi juntos.

—Por Dios —dije—. ¿Crees que está tomando represalias porque no quiere hacer la declaración? ¿Quiere darme una cucharada de mi propia medicina?

—Puede que sí, puede que no —dijo Ward—. También estipularon que, si resultados de la 730 son buenos y el evaluador considera que eres una madre apta, te dejarán mantener la custodia legal y física total con visitas semanales.

—Oh —dije—. ¡Eso estaría bien!

—Puede ser. También estipularon que tú pagarás por la 730, cuando lo estándar es que se pague a medias. Es una idiotez.

—¿Cuánto cuesta?

—Entre cinco y diez mil —dijo Ward.

Escuché el sonido suave y tintineante del hielo en un vaso. Me pregunté si todavía estaría en su oficina esterilizada e iluminada, o si estaría en su casa, en una sala oscura, tal vez con el televisor encendido pero en silencio.

—Es más barato que un juicio —dije, aunque me preguntaba cómo podía pagar por ese tipo de cosas la gente que no vendía desnudos en Internet. O tal vez no podían. Quizás la gente... perdía a sus hijos.

—Sin duda, lo es. Y es probable que de todos modos hubieras tenido que hacerte una si iban a juicio. Pero... Margo, se meterán en tu vida. Será invasivo. No sé si estés preparada para eso.

—¿Invasivo cómo?

—Querrán que tomes la MMPI-2, que es una prueba de personalidad de más de quinientas preguntas. Te entrevistarán, entrevistarán a Jinx y les harán todo tipo de preguntas. Querrán ir a tu casa y observarlos a ti y a Bodhi juntos.

—Bueno, nada de eso es un problema —dije.

—¿No tienes esqueletos en el armario? —preguntó—. ¿No va a ser un problema que un evaluador vaya a tu casa? O sea, no he visto dónde vives. No sé, tal vez quieras llamar a alguien que limpie o algo así.

—Oh —dije—. No, mi papá es un fanático de la limpieza, nuestra casa está impecable. Todo está bien. Y no me asusta el examen psicológico. Podría estar engañada, pero creo que soy bastante normal.

—De acuerdo —dijo Ward—. Bueno, consúltalo con la almohada.

Le dije que lo haría, aunque estaba eufórica. Desde hacía un rato tenía grabado en la cabeza el tema musical de *Caillou* y odiaba esa canción, pero ahora la tarareaba, suave y melosa, mientras me lavaba la cara, me pasaba el hilo dental y me cepillaba. Miré a Bodhi en su cuna y me desplomé en la cama. «Solo soy un niño de cuatro años, ¡cada día crezco un poco más!». Iba a salir de maravilla en la evaluación psicológica.

A TI QUE estás leyendo esto, no podría decirte si salí bien en esa evaluación psicológica o si fracasé por completo. Fue tan extraña que me costaba creer que fuera una prueba de verdad.

La evaluación psicológica fue mi primer encuentro con la psiquiatra experta en evaluaciones 730 que Mark había elegido. El tribunal nos había dado una lista de diez. Ward me hizo eliminar a cinco (taché a la mayoría de los hombres). Mark y Larry, el abogado, hicieron la selección final. Su nombre era Clare Sharp.

La Dra. Clare Sharp tenía el cabello castaño oscuro, era un poco gorda, bonita y segura de sí misma. Llevaba una chaqueta azul eléctrico sobre una camiseta negra y pendientes de perlas. Me gustó de inmediato. Nos reunimos en su oficina, me explicó la prueba y, luego, me dejó sola para que la hiciera. Entraba de vez en cuando para ver si necesitaba algo. Su oficina era pequeña y estaba un poco destartalada, pero era elegante al estilo de Pinterest. Colgado en la pared, tenía uno de esos extraños objetos de arte tejidos en lana, y cojines de kilim.

La primera pregunta de la evaluación psicológica era: «Me gustan las revistas de mecánica. C/F».

No es que no supiera cómo responder; me intrigaba lo que esa pregunta podría determinar. ¿Sería algún tipo de señuelo? La siguiente: «Tengo buen apetito. C/F». Por supuesto que marcaría la C, pero tampoco tenía idea del propósito de la pregunta.

Algunas de las preguntas eran obvias. La número 24 era: «A veces los espíritus malignos me poseen. C/F». Difícil imaginar que alguien esté tan loco como para hacer un círculo alrededor de la C en esa pregunta.

Otras preguntas eran más difíciles de responder. «Alguien tiene algo contra mí. C/F». Mi mejor amiga acababa de *doxearme*. En cierto sentido, me parecía disparatado contestar F, pero marqué la C, presumiendo que era una pregunta diseñada para detectar paranoia por más justificada estuviera. Lo mismo hice con: «Prefiero no saludar a amigos de la escuela o a gente que conozco, pero no veo hace tiempo, a menos que hablen conmigo primero». Y también con: «Nunca he tenido problemas a causa de mi conducta sexual».

«La mayor parte del tiempo siento que he hecho algo malo o algo mal. A mi familia no le gusta el trabajo que he elegido».

«Creo que las mujeres deberían tener la misma libertad sexual que los hombres».

«Cualquiera que sea capaz de trabajar mucho y esté dispuesto a trabajar tiene muchas probabilidades de triunfar».

«Lloro con facilidad».

«A veces he sentido que las dificultades se acumulan tanto que no puedo superarlas».

WARD SÓLO ME había dado un consejo sobre la prueba y era que dijera la verdad.

—No escojas solo las respuestas que no sean descabelladas. Todo el mundo está un poco loco y ponen cosas para ver si estás mintiendo.

Pero daba miedo decir la verdad. ¡Claro que lloraba con facilidad! Decidí que la mayor parte del tiempo no sentía que había hecho algo malo o algo mal. En realidad, solo me había sentido así en la iglesia de Kenny o cuando me peleaba con Shyanne. El resto del tiempo apenas me sentía una mala persona.

Terminé la prueba y aplasté la pequeña botella de agua de manantial Poland a temperatura ambiente que la Dra. Sharp me había dado. Era una maravilla que pudieran detectar quién estaba loco. ¿Cómo respondería Kenny a las preguntas de esa prueba? Es obvio que escogería F en la pregunta «Creo que las mujeres deberían tener la misma libertad sexual que los hombres».

Pero hubo muchas a las que respondí F que sabía que él respondería C:

«Creo en la vida después de la muerte».

«Nunca he incurrido en prácticas sexuales inusuales».

«Sueño despierto muy poco».

«Me gustaría pertenecer a varios clubes».

«Me he inspirado en un programa de vida basado en el deber, que desde entonces he seguido al dedillo».

Era difícil no sentir que la prueba estaba hecha para él, diseñada con el propio Kenneth como modelo de salud mental. Y, si Kenny estaba cuerdo, entonces quizás yo no lo estaba. O sea, él era quien creía en seres invisibles que controlan todos los aspectos de nuestra vida. Me repetía a mí misma que no podía ser. La Dra. Sharp tenía varios títulos. No usaría una prueba donde la respuesta «correcta» fuera que las mujeres no deberían tener la misma libertad sexual que los hombres, ¿o sí?

Cuando volvió a entrar, la Dra. Sharp se veía tan normal y genial como antes.

—Entonces, ¿cuándo vienes a la entrevista? ¿El martes que viene? Asentí.

—Y gracias por esta hoja de contactos y este paquetito —dijo, sosteniendo la carpeta que le había entregado.

Recordé cuando mis compañeros de la clase de inglés del último año se quejaron porque teníamos que entregar una monografía final con su portada y su índice, diciendo que nunca tendríamos que hacer algo así en la vida real. «¡Adivina qué, Seth! ¡Tienes que escribir una maldita monografía para conservar a tu hijo!».

AL DÍA SIGUIENTE, intenté olvidar la evaluación psicológica. Teníamos que filmar TikToks. Rose y KC habían enloquecido con los nuevos guiones. Suzie también los había leído. Entró en mi habitación y caminó hacia mí agitando las páginas impresas.

—Esto —dijo—, esto sí es subir el nivel.

Cuando Fantasma se convirtió en ruda, se me ocurrieron casi quince ideas en menos de veinticuatro horas. La naturaleza alienígena de Fantasma todavía funcionaba en el estilo de Amelia Bedelia, tal vez incluso mejor ahora que era malvada. En una escena, Fantasma le rocía el trasero a KC con Lysol y dice:

—Lo siento, decía rociar sobre superficies planas.

Había estado practicando e ideé una sonrisa espeluznante con ojos que miraban sin ver, basada en buena medida en la forma en que mi madre se miraba en el espejo.

Sin embargo, lo que más me interesaba eran las bromas con la comida. Fantasma hace que Rose y KC se coman unas paletas heladas que ella misma ha hecho congelando pasta de dientes azul en moldes. Les da pedazos de manzana untados con jalapeños.

Recordé cuando Tessa le había hecho comer tierra y crema de afeitar al chico de las ensaladas. Se pasó toda la noche vomitando en el baño, y todos se reían. Reflexionando sobre el pasado, era como si Tessa lo hubiera envenenado. El chico pudo haber ido a la policía,

¿no? Allí había una corriente subyacente de maldad que me intrigaba: brujas malvadas en los bosques, que hacían casas de dulces para atraer a los niños, manzanas mágicas envenenadas. La idea de que la comida, lo que más necesitamos para seguir con vida, podía usarse en nuestra contra era muy antigua. Quería usar eso con Fantasma para convertirla en una ruda verdaderamente inolvidable. Hasta incluí al tarado amigo de KC en el guion. Fantasma le da de comer un burrito lleno de Viagra triturada, y termina con una erección de treinta y seis horas. Argumenté que debíamos pedirle que lo hiciera de verdad para poder ir a urgencias y filmarlo, pero KC lo vetó.

Me pregunté qué significaba «fantasma hambriento» cuando Mark escribió aquel poema. ¿Qué quiso decir con eso? ¿Cómo era posible que los fantasmas tuvieran hambre? Pero ahora tenía mucho sentido para mí: el anhelo por la comida que ya no se puede comer. El recuerdo de tener un cuerpo. La gente alimentaba a los fantasmas todo el tiempo, les hacían ofrendas de caquis y naranjas; pan de muerto en el Día de los Muertos; incluso en Halloween les ofrendaban dulces. Lo que los muertos querían, más que nada, era comer, llenarse la boca, sentir las calorías inundar su torrente sanguíneo, volver a ser parte de eso: la vida. Vida sangrienta, retorcida, palpitante y hambrienta.

FILMAMOS TODO EL día, y cenamos temprano o almorzamos tarde. Rose y yo buscamos *yoshinoya* y comimos en el porche, mientras Suzie, KC y el tarado fueron a Chipotle, al otro lado de la calle. Jinx había dicho que no se sentía bien como para ir, así que tenía a Bodhi en mi regazo, lo que convirtió la comida en todo un desafío. Trataba sin cesar de hundir las manitas en mi plato de arroz.

—¿Puedo preguntarte algo? —dijo Rose.

—Por supuesto.

—¿Por qué no... o sea, por qué decidiste tenerlo? Cuando supiste que estabas embarazada.

Pensé en ello mientras masticaba despacio los diminutos cuerpos perfectos de arroz.

—Pues —dije—, creo que fui estúpida, nada más.

Rose se rio.

—Pensé que quizás eras religiosa o algo así.

—No —dije—, aunque en ese momento sí tuve un conflicto moral. ¡Pero no hay nada como tener un bebé para convertirse en una defensora del derecho a escoger!

—¿Por qué? Es tan evidente que amas a Bodhi y eres una gran madre.

—No, no —dije—. No se trata de eso. Lo haría todo de nuevo. Pero en realidad no sabía que podías morir pariendo a un bebé o, bueno, desgarrarte. Es inevitable. Ahí abajo. Y luego, por el resto de tu vida, cuando estornudas, se te sale un poco de orín. Algunas mujeres se desgarran mucho más y terminan sin poder controlar la caca toda la vida. El cuerpo cambia de un modo irreversible. Una de mis tetas ahora es media copa más grande que la otra.

—Bueno, sí —dijo Rose—. Claro que te va a cambiar el cuerpo.

—Nadie me puede decir que, si se tratara de los hombres y de que una decisión médica resultara en que el pene se les desgarrara y no pudieran contener el orín por el resto de la vida, no dudarían que la decisión debía ser suya.

Rose resopló a la vez que tragaba un sorbo de su Coca-Cola Light.

—Sí, eso es bastante difícil de imaginar.

—Dirían: «¡Oigan, estamos hablando de mi pene!».

Bodhi se estaba obsesionando con tocar mi comida, así que me paré y lo mecí.

—Y no sabía lo poco preparado que está el mundo para que las mujeres tengan bebés. Todo el sistema de cuidado infantil es inviable. Te arruina la vida. Nadie puede escoger eso por otra persona. Nadie debe poder obligar a alguien a hacerlo.

—Sí —dijo Rose medio nostálgica—. ¿Entonces crees que no estarías haciendo esto si no hubieras tenido un bebé?

—¿OnlyFans? Bueno, ¡no era el plan A! Pero tampoco creo que fuera tu plan A, ¿verdad? Estabas estudiando Física.

—Cierto —dijo Rose.

—¿Alguna vez pensaste en volver a estudiar? —pregunté.

—En realidad, no —dijo Rose.

—¿Por qué abandonaste los estudios de posgrado?

Siempre pensé que se había quedado sin dinero. Rose sonrió de un modo gracioso.

—Bueno, comencé mi OnlyFans en mi segundo año para ganar dinero, lo cual era perfecto porque podía diseñar mi propio horario. Se lo mencioné a otra chica del programa y ella se lo contó a todo el mundo, y por alguna razón se convirtió en algo muy, muy importante. Y me pidieron que me fuera el programa.

—¿Qué? ¿Cómo pudieron hacerlo de una forma legal?

—Bueno, no lo hicieron, no me echaron. Intenté acudir a mi asesor para averiguar qué hacer porque se me estaba yendo de las manos. Había un tipo en particular que se ofendió por alguna razón y escribió un correo electrónico denunciándome a todo el departamento, preguntando si ese era el tipo de valores que promulgaba el departamento, algo así como «se supone que este es un espacio sagrado de la ciencia», bla, bla, bla. Y mi asesor, en pocas palabras, me dijo: «No sé qué deberías hacer. ¿Tal vez irte?». Así que me fui.

—Oh, Rose. ¡Eso me pone furiosa! Todos los días pienso: «El mundo es complejo y maravilloso, todo tiene muchos matices», y luego enciendo la computadora y veo: «¡Mírame el pene, mírame el pene, pene, pene, pene, pene!».

Todos los días, en mi teléfono, en mi computadora, siempre están ahí. Pienso en mis fans como en un jardín de pequeños gusanos, como el jardín de las almas perdidas de Úrsula, la bruja del mar, pero con penes. Y todos dicen lo mismo, todos abren sus boquitas de pene hambrientas para pedir más. Más vagina, más sensualidad, «háblame», «enséñame», «vente para mí». Su necesidad es colosal, parece imposible de satisfacer, mucho menos con fotos de mi extraña vaginita. Y sin embargo era así. Les encantó ese vídeo tonto de Rigoberto. Tenía planes de hacer otro en el que me masturbara con una Dyson, aunque solo era una excusa para comprar una Dyson. Me hizo odiar a mis fans y amarlos a la vez. Los necesitaba sin remedio y, sin embargo, deseaba que todos desaparecieran, aunque solo fuera por un día, para poder respirar, pensar y ser una persona.

—No, sé muy bien lo que quieres decir —dijo Rose—. Lo que pasa con los hombres calenturientos es que sí, son insoportables. Es fácil odiarlos. Pero, al fin y al cabo, esos hombres son personas. Y están necesitados, sufren o se obsesionan con cosas, y merecen toda la compasión que podamos ofrecerles. Eso es lo que pienso.

—Eres una santa —le dije. Pero en cierto modo me rompió el corazón pensar que todos esos penes pertenecían a personas reales. Pensar en la dulce Rose, expulsada del posgrado e intentando aún ser amable con ellos.

En ese momento, KC y Suzie regresaron, tocaron la puerta corrediza de vidrio para llamar nuestra atención, y luego pegaron las bocas abiertas sobre el vidrio y soplaron de modo que se les inflaron las mejillas.

Teníamos que filmar un TikTok más, una competición de comida entre Rigoberto y yo. La idea era mostrar a Rose llenando dos platos de papel con crema de afeitar (cambiando el mío por Cool Whip fuera de cámara), luego Rigoberto y yo competimos para ver quién se lo comía más rápido. No tenía la más mínima idea de cómo saldría esa parte. Supuse que Rigoberto me ganaría, pero iba a dar el todo por el todo. Rose y yo salimos a regañadientes de nuestro rincón en el porche, la tarde empezaba a caer, y entramos.

Me puse un bikini rojo y me situé sobre la lona.

EL LUNES, TARDE en la noche, recibí un mensaje de JB.

He estado pensando, escribió JB. Cuando te enamoras de un libro, ¿te enamoras del personaje o del autor?

FantasmaHambriento: Bueno, ¿supongo que de ambos?
JB: Y solo uno de ellos es real.

Cierto, admití.

JB: Y el falso es el único que llegas a conocer. Pero puedes sentir al autor ahí debajo, debajo de la superficie del mundo falso en el que habitas. Su imaginación es el agua en la que nadas, el aire que respiras. Ha creado cada mesa, cada silla y cada persona en todo el libro.

No podía respirar.

JB: Es que, incluso si todo lo que me escribías era mentira (y lo sé, no TODO era mentira, ¡pero incluso si lo hubiera sido!), entonces en cierto sentido todavía te conocería, al menos como siento que conozco a Neal Stephenson o a William Gibson o a quien sea, y la verdad es que siento que los conozco mejor que a nadie en el mundo. ¿Entiendes lo que quiero decir?

Entendía a la perfección lo que quería decir, pero tal vez por el asunto de la custodia con Mark o el lío con mi padre, la realidad no me parecía tan trivial como antes.

Sin embargo, escribí, la cuestión es que un libro no es una relación. Hay unas barreras de seguridad ya incorporadas que te impiden conocer al autor. El final del libro es como un abismo que te separa de él. Y nosotros no tenemos eso. Podríamos seguir confundiendo lo que es falso con lo que es real entre nosotros, como la gente que muerde una fruta plástica y se pregunta por qué sabe mal. Por ejemplo, escribirse correos electrónicos y luego intentar, ya sabes, tener una cita. Si eso es lo que estás sugiriendo.

¿Era presuntuoso llamarlo una cita? No había dicho que quisiera salir conmigo. ¿Pero de qué más podría estar hablando? ¿Quería yo salir con él? En el momento en que me hice la pregunta, descubrí que sí quería.

JB: ¿Podemos cambiar de modalidad? ¿Puedo llamarte?

Mi teléfono vibró segundos después de que escribí que sí.

—Creo que debería montarme en un avión e ir allá —dijo.

—¡Eh! ¿Qué? ¿En serio?

—¿Por qué no? Podría comprar un billete por lo mismo que te pagaba por responder tres preguntas.

—Es un poco perturbador darse cuenta de eso —dije. El corazón se me quería salir del pecho y no sabía si estaba en pánico o emocionada. Estaba bastante segura de que era ambas cosas.

—Solo por el fin de semana. Y puedo conocer a tu bebé y podemos... ver cómo van las cosas.

Mierda, iba a tener que decírselo a Jinx. ¡Mierda!

—Okey —dije.

—¿Okey? Entonces, ¿a qué aeropuerto debo llegar?

Dios mío, ¿de verdad iba a hacerlo? Luego, le dije que volara a Long Beach o a Ontario, y que LAX era la última opción. Estaba emocionada como un niño en Navidad.

CAPÍTULO VEINTE

La mañana siguiente, Margo fue a la oficina de la Dra. Sharp para su entrevista. La visita de observación domiciliaria sería en un par de semanas y, aunque estaba nerviosa, se sentía optimista. Se sentó en el sofá de la Dra. Sharp. El áspero kilim de las almohadas le picaba en la espalda por donde se le subía la camisa.

—¿Cómo has estado? —empezó a decir la Dra. Sharp.

—Muy bien —dijo Margo. De ningún modo iba a decirle a la Dra. Sharp lo que había pasado con JB, pero ¿cómo explicar su buen humor?—. Bueno, todo este proceso asusta, pero me alegro de que Mark esté dispuesto a hacerlo en vez de seguir pidiendo la custodia total.

—Mark es un buen punto de partida. ¿Por qué no me cuentas de Mark, cómo se conocieron y todo el arco narrativo?

Y así lo hizo. Ward le había advertido que no hiciera parecer a Mark un tipo malo sin más, por lo que intentó ser imparcial y generosa en la forma en que contó la historia, a pesar de que Mark era un pequeño trol en bancarrota moral, que solo se miraba el ombligo. La Dra. Sharp hizo preguntas, algunas incisivas.

—¿Y cuál era tu plan financiero después del nacimiento del bebé?

Margo hizo una pausa. Di la verdad, pensó.

—Fui demasiado ingenua acerca de lo que implicaría. No sabía que encontrar una guardería sería tan difícil. No pensé en eso cuando decidí tener al bebé.

—¿Qué pensaste? —preguntó la Dra. Sharp.

—Pues creo que pensé que estaba siendo una buena persona. Hay muchos mensajes culturales sobre qué es lo «correcto» ante un embarazo no deseado. Y pensé que, si hacía lo correcto y era una buena persona, todo saldría bien.

—¿Y ya no crees que eso sea cierto? —preguntó la Dra. Sharp. Estaba mirando su libreta de papel amarillo y movía la mano a toda velocidad mientras tomaba notas.

—Creo que ser una buena persona es importante, pero a mi arrendador no le importa si soy una buena persona, solo le importa que pueda pagar el alquiler. A mi antigua jefa, creo que le agradaba, incluso me quería, pero lo que le importaba al final del día era que pudiera ir a trabajar cuando me necesitara. Así es como funciona el mundo.

Esperaba no estarle contando nada nuevo a la Dra. Sharp. Pensó otra vez en la forma en que la prueba parecía diseñada para Kenny, quien estaba convencido de que, si una persona era virtuosa, Dios proveería. Esperaba no haber marcado la respuesta incorrecta.

—Hablemos un poco de tu papá —dijo la Dra. Sharp.

—Okey —dijo Margo, aliviada de que cambiaran el tema—. Me encanta hablar de mi papá.

—¿Por qué?

—No sé —dijo Margo—. Sé que es un tipo poco convencional. Supongo que no estuvo tan presente cuando yo era más joven, pero vivir con él ahora ha sido muy bueno para ambos. Pasó de ser la persona que yo pretendía que fuera mi padre a ser mi verdadero padre, si eso tiene sentido. Nos cuidó a Bodhi y a mí cuando nos dio un virus estomacal. Yo lo cuidé cuando se lastimó la espalda. Hemos logrado acercarnos mucho y generar una confianza que no teníamos cuando yo era pequeña, y eso ha sido muy positivo para mí.

Recordó a Becca cuando le dijo «¿Crees que te escogió porque eras especial? ¡Te escogió porque sabía que tenías asuntos sin resolver con tu papá!». Pensó que no debía mencionarle eso a la Dra. Sharp.

—¿Cómo te sentiste cuando descubriste que había amenazado a Mark?

—Pues me molesté porque provocó la demanda por la custodia y la orden de alejamiento y todas estas cosas aterradoras. Pero también sentí... ya sabes, algunas personas dirían que el que Mark comenzara la relación conmigo fue un abuso de poder. Nunca me sentí muy cómoda con eso. No quería admitir que me había... —Margo luchó por encontrar la palabra hasta encontrarla— trucado. Y aún creo que fue más complicado que eso. Sin embargo, mientras más me alejo de toda la situación, mejor veo lo joven que era, todo lo que no sabía, y lo mucho que Mark, como un hombre mayor con esposa e hijos, sí sabía.

Y ahora puedo darme cuenta de que no estábamos en igualdad de condiciones. Entonces, que mi papá me defendiera, de algún modo se sintió bien. Es obvio que hubiera preferido que no amenazara a Mark con hacerle daño físico. Pero mentiría si dijera que no me siento bien de tener a alguien que me defienda.

FUI YO QUIEN le sugirió a JB que jugáramos *Fortnite*. Vendría en dos semanas y sentía que los días no podían pasar lo suficientemente rápido. En el momento en que accedió, deseé no habérselo pedido nunca. Por un lado, yo jugaba fatal. Por otro lado, mientras que mucha gente gastaba un dineral en pieles y tenía montones de opciones, yo solo había comprado una. Era un elfo navideño rubio. No sabía qué decía esto sobre mí, pero dudaba que fuera algo bueno. Cuando se teletransportó a mi escuadrón, JB era una Caperucita Roja demasiado sexy, con botas negras hasta el muslo. Teníamos los micrófonos encendidos para poder hablar y me costaba adaptarme a su excitante voz, grave y ronca.

—No tenemos que intentar ganar —dijo mientras entrábamos en el vestíbulo y esperábamos el Autobús de Batalla—, podemos escondernos entre los arbustos.

—Okey —dije.

Nos atacaron casi tan pronto como entramos y JB tuvo que echarse mi cuerpo inconsciente al hombro mientras mataba a los últimos. La verdad es que estaba bastante loco. Me curó, y luego rebuscamos en los cofres y nos llevamos tantos consumibles como pudimos antes de irnos.

—¿A dónde vamos? —pregunté.

—Vamos a meternos en la tormenta —dijo, como si fuera obvio.

—¿Qué vamos a hacer en la tormenta?

—Pasar el rato y tomar consumibles hasta que muramos —dijo.

Me había quedado atrapada muchas veces en la tormenta. Nunca había entrado a propósito y la sensación era un poco extraña. Cada segundo que estabas dentro reducía tu salud y hacía que todo pareciera violeta y arremolinado por la niebla. Encontramos una fogata y la encendimos, lo que nos daría algo de salud, aunque no la suficiente para sobrevivir. Era consciente de que intentaba hablar en voz baja para que Bodhi no se despertara en su cuna. Tenía todas las luces apagadas en la habitación. Solo estaba el brillo violeta de la pantalla de mi portátil.

—¡Toma!

JB me arrojó un botiquín y lo usé, vi cómo mi barra de salud se ponía verde. La ronca voz masculina de su personaje femenino, como la de una caricatura sexy en un cuento de hadas, me incitaba.

—¿Cuánto tiempo crees que podremos seguir viviendo así? —pregunté usando una de las vendas de mi inventario, lo que hizo que mi cuerpo de elfo se arrodillara mientras él se envolvía el brazo.

—No lo sé —dijo JB mientras cortaba un arbusto cercano para obtener más leña y alimentar el fuego—. No había hecho esto antes. Pero solo quedan diez personas. Podríamos ganar.

—¿Desde el interior de la tormenta?

JB murmuró algo y me di cuenta de que estaba clicando en su inventario, porque en las manos de Caperucita Roja seguían apareciendo diferentes armas y objetos. El fuego hacía unas sombras increíbles sobre planeador épico.

—Te ves sexy con esa piel —le dije.

—Tú también —dijo JB.

En la vida real resoplé y luego me quedé paralizada, pero Bodhi no se despertó.

—¿Ah sí? —pregunté—. ¿Este cuerpo de Will Ferrell te está excitando?

No tenía muchos *emotes*, así que usé uno que me puso a tocar un solo de saxofón extendido y muy sexual. Caperucita Roja se quedó inmóvil, observando mi extraño cuerpo de elfo flotando en el aire.

—Tengo los cables cruzados en este momento —dijo JB.

—Y yo creo que ya ni siquiera tengo cables —dije—. Así de cruzados están. Lo que tengo son como unas venas.

HAY CIERTAS COSAS sobre las que he tenido que mentirte. Quiero que cierres los ojos y recuerdes cómo era tener veinte años. Quiero que recuerdes tu casa, apartamento o dormitorio. ¿De quién te enamoraste? ¿Cómo te sentías en tu cuerpo cuando dejabas caer las piernas mientras veías la televisión? Piensa en toda tu loca y ridícula estupidez, en todas las cosas que no sabías. He tratado de ocultar lo mejor que he podido el hecho de que era joven y de que, por ser joven, era una idiota, pero hay cosas que no se pueden entender de otro modo: una idiota se choca contra la dura superficie del mundo tal como es.

A LA MAÑANA siguiente, Jinx se estaba demorando una eternidad en el baño y Suzie estaba desesperada por orinar.

—Nena, tu papá lleva nueve años ahí dentro —dijo.

Bodhi todavía dormía y Margo esperaba tomarse el café sin que la molestaran. Pero ayudaría a Suzie, por supuesto. Llamó a la puerta del baño.

—¿Papá?

No hubo respuesta.

—Papá, ¿estás bien?

Si a Jinx se le hubiera fastidiado la espalda y le doliera, respondería. El hecho de que no lo hiciera parecía implicar que estaba inconsciente.

—Espera —dijo Suzie y fue a buscar su tarjeta de descuento de comestibles de Ralphs. La deslizó por la rendija de la puerta, moviéndola de un lado a otro hasta que se escuchó un clic y la puerta se abrió. Margo entró en el baño y, tan pronto como lo vio, cerró la puerta de golpe para que Suzie no lo viera. Jinx estaba en la bañera vacía, en pijamas, inconsciente y con la aguja de una jeringuilla todavía enterrada en el brazo. La forma en que le colgaba de la piel le revolvió el estómago a Margo. Había usado su coletero aterciopelado de torniquete. Extendió la mano para tocarle el rostro, aterrorizada de que estuviera frío. Cuando por fin se atrevió a rozarle mejilla con los dedos, lo sintió tibio y pudo respirar de nuevo. Lo agarró por la barbilla y le dio una sacudida. Los ojos de Jinx se abrieron de par en par. Tenía las pupilas pequeñas como las de una serpiente.

—Hola —dijo embelesado y feliz. Arqueó las cejas, asombrado de verla.

Todo el terror de Margo se convirtió en repulsión tan de repente que apenas pudo registrarlo. Su mano se dirigió hacia la llave de la ducha y abrió el agua fría antes de que pudiera ni pensarlo. Jinx se sentó y empezó a escupir.

—¡Ya! ¡Margo, para!

Margo cerró la llave.

—Quítate la aguja del brazo —le susurró al oído para que Suzie no lo oyera.

Jinx extendió la mano, y se dio unas palmaditas en el brazo hasta que encontró la aguja y se la sacó.

—¿Por qué carajo? —susurró Margo—. O sea, ¿desde cuándo...?

—Lo siento mucho, Margo —susurró Jinx—. Lo siento tanto. No volverá a suceder.

—¿Me estás tomando el pelo?

Se miraron uno al otro. Jinx estaba empapado y tenía el rostro hinchado. Se veía estúpido, como un animal, los músculos alrededor de la boca le colgaban. Mientras Margo pensaba qué decir o qué hacer a continuación, Jinx volvió a quedarse dormido. Le dio un bofetón. Jinx se despertó de golpe.

—¿Tienes una sobredosis? —siseó Margo—. ¿Debo llevarte a urgencias?

Jinx se rio.

—No, no tengo una sobredosis. Estaría pasando el mejor momento de mi vida si dejaras de abofetearme. Y... hace frío. ¿Por qué hace tanto frío?

—Porque estás todo mojado.

Jinx miró su pijama empapado, desconcertado.

—¿Qué pasó? —preguntó.

—Okey —dijo Margo—, te traeré ropa seca, te la pondrás y, luego, te meteré en tu habitación y te quedarás ahí. ¿Me entiendes?

Pareció comprender que estaba drogado y que debían mantenerlo en secreto, aun cuando no tenía claro lo que estaba sucediendo. Un paradigma que le resultaba familiar en su mente desquiciada, quizás. Asintió.

—Búscame la ropa, que yo acabaré con ellos —dijo.

Margo no entendió nada. Salió a buscar la ropa de Jinx.

—Se lastimó la espalda en la ducha —le dijo a Suzie, que estaba esperando en la puerta del baño—. Está muy avergonzado. Así que lo ayudaré a vestirse y lo trasladaré a su habitación. Estará bien en unas horas cuando los medicamentos le hagan efecto.

Suzie asintió con empatía y se quedó junto a la puerta aguardando para poder entrar a orinar.

Margo esperaba que Jinx pudiera vestirse solo, pero cuando regresó al baño, se había quedado dormido otra vez. Lo despertó y se dio la vuelta mientras él se cambiaba, pero no podía ponerse los pantalones, así que ella terminó teniendo que guiarle el pie mientras él se aferraba a la barra de la ducha. Jinx no paraba de reírse.

—Deja de reírte —dijo Margo—. Esto no tiene ninguna gracia.

—Algo de gracia sí que tiene —dijo Jinx.

—Cabeza —dijo Margo, y Jinx inclinó la cabeza para que ella pudiera ponerle la camisa—. Ven.

Lo tomó de la mano y se le ocurrió buscar la aguja, que Jinx había dejado al costado de la bañera. La agarró y la envolvió en la ropa mojada. Salieron del baño y lo condujo a su habitación.

Jinx fue directo a su saco de dormir y se metió en él.

—El paraíso —dijo.

Margo desenrolló el bulto mojado y metió la ropa en el cesto sin saber qué hacer con la aguja.

—¿Dónde la tienes guardada? —susurró Margo.

—¿Qué?

—¿Dónde guardas la droga? ¿Qué hago con esta aguja?

—Oh, hay una llave Allen diminuta en el cajón inferior del mueble del baño, que puedes usar para desenroscar el toallero. Ya sabes, es hueco —dijo y, por alguna razón, se rio—. El tubito.

—Espera, ¿dentro del tubo del toallero? —preguntó Margo. Era, sin duda, ingenioso—. Tú quédate aquí. ¿Okey? Quédate en tu habitación. ¿Me entiendes?

—¿De quién me escondo?

—De Suzie.

—Oh Dios, no me gustaría que Suzie supiera.

Eso pareció asustarlo en serio.

—Quédate aquí —dijo Margo, y salió con la aguja escondida en la manga de la sudadera. Entró en el baño, del que una agradecida Suzie acababa de salir, y se encerró. Desarmó el toallero, y encontró en el tubo de metal tres agujas más y una pequeña bolsita con una pasta marrón. Vació la pasta marrón en el inodoro y bajó la cadena, luego envolvió las agujas en papel higiénico hasta formar una bola grande y mullida. Volvió a armar el toallero. Le temblaban las manos. Estaba sudando.

—Eh, Margo —llamó Suzie a través de la puerta del baño—, Bodhi se despertó y lo cargué, pero está inquieto. Creo que necesita que lo amamantes.

—Okey —dijo Margo, y se metió la bola de agujas en el bolsillo delantero de la sudadera, abrió la puerta, tomó a Bodhi de los brazos de Suzie y corrió hacia la habitación apartándolo de su cuerpo. Acostó a Bodhi, que ahora lloraba a gritos, en la cama, y escondió el paquete de jeringuillas en el armario detrás de los zapatos, sintiendo al mismo tiempo que había desactivado con éxito una bomba y que era una idiota ingenua que no tenía idea de lo que estaba haciendo.

Margo,
¿Tienes tiempo más tarde para hablar por teléfono y repasar la declaración? Tengo libre de dos a tres. Versión corta: No logramos nada del otro mundo. Resulta que es un marido atroz, pero es un padre estupendo.
    Hablamos pronto,

                                                                        Ward

Margo leyó el correo electrónico más tarde ese día, aturdida, sentada junto a Jinx en el sofá de terciopelo rosa y con Bodhi dormido sobre su pecho. El objetivo principal de la declaración jurada, explicó Ward, era demostrar que Mark no era un gran padre para los hijos que ya tenía. ¿Quién les preparaba la cena a los niños? ¿Quién les compraba la ropa? ¿A quién acudían los niños cuando se daban un golpe? ¿Qué libros estaba leyendo con ellos? ¿Cómo se llamaba su pediatra?

—La mayoría de los padres no tienen idea de quién es el pediatra de sus hijos —le dijo Ward. Margo también le había dado suficientes detalles para que le hiciera preguntas condenatorias sobre su infidelidad crónica. Sin embargo, Ward dudaba de utilizar argumentos morales por temor a que se volvieran contra Margo. Trabajo sexual > infidelidad, pecaminosa, por lo menos en la mente de la mayoría.

Margo le permitió a Jinx salir de su habitación una vez que Suzie se fue a clases. Ahora estaba más despierto, aunque lo único que quería hacer era ver lucha libre, dormitar y rascarse la nariz sin cesar. Margo ya se había cansado de interrogarlo. ¿Cuánto tiempo llevaba haciéndolo? ¿Dónde la conseguía? ¿Por qué lo había hecho?

Sus respuestas habían sido frustrantes, aunque, pensó ella, bastante sinceras. Había encontrado el medicamento en el armario de Margo casi enseguida, el día después de que ella lo escondiera, y lo había agotado en menos de una semana. Después de eso, llamó a un tipo que conocía en Los Ángeles. Obvio que conocía a un tipo en Los Ángeles. Margo se sintió estúpida a más no poder. Jinx había estado robando los medicamentos de donde estaban escondidos desde el principio y ella ni siquiera se había dado cuenta.

—Sí —dijo riéndose—. Empecé a decirte que no los necesitaba porque, si te pedía uno, verías cuántos faltaban.

Ella nunca lo había odiado, ni siquiera cuando era niña, que fue cuando más la hirió, no de ese modo, no con esa furia ardiente y oscura en el pecho. Lo peor, en realidad, era la flacidez y falta de expresión de su rostro mientras le contaba todo eso y se rascaba la nariz con el dorso de la mano.

—¿Por qué lloras? —preguntó arrastrando las palabras un poco—. Oye, ¿por qué lloras?

—¡Porque no sé qué hacer! —dijo Margo, tratando de secarse las lágrimas sin despertar a Bodhi. Estar con su padre drogado era como tener que lidiar con otra persona y al mismo tiempo estar sola. En ese sentido, era casi como tener otro bebé.

—Margo —dijo Jinx—, la cuestión es que no es tan importante como crees. No estoy diciendo que no haya sido una gran traición de mi parte, lo fue. Pero la heroína es una droga. No es el simbionte o algo así; no te vuelve malvado.

Margo no sabía qué era el simbionte, y eso suscitó toda una discusión sobre Spider-Man y Venom, y algunas búsquedas en Google Image de la negra sustancia viviente en cuestión.

—Lo que quiero decir —prosiguió Jinx, que parecía un poco más lúcido ahora—, cuando estás perdido en un bosque oscuro y profundo, lo que no puedes hacer es temerles a los árboles. Tienes que encontrar la salida. Y, si lo ves como algo terrible, como si cada recaída fuera el fin del mundo, bueno, entonces lo esconderé más y se me hará más difícil luchar contra esto.

Margo lo miró a los ojos, intentado decidir si la estaba manipulando.

—Margo, llevo toda mi vida adulta peleando con esto, es bastante normal para mí —dijo, se rio y alzó la vista—. Dios mío, qué triste. Qué desperdicio de vida.

—No ha sido un desperdicio —dijo Margo—. Mira a tus hijos y tu carrera. Estás en el Salón de la Fama de la WWE. No has desperdiciado nada.

—Pero todo este tiempo —dijo Jinx, todavía sin atreverse a mirarla— lo he estado haciendo en secreto. Y he encaminado toda mi energía hacia esto. Siento que nunca he experimentado el resto cosas de verdad, sino que han sido un reflejo en la superficie que me rodea.

—Oh, papá —dijo Margo.

—Pero esa es la cuestión —dijo Jinx—. La tragedia no es la pasta marrón que le compras a un tipo en un Lexus frente a una tienda de donas. La tragedia es que he sido un padre de mierda. Extendió una enorme mano y, con cuidado y dulzura, le acarició la mejilla con los nudillos.

—No lo has sido —le dijo ella. Pero ambos sabían que sí lo había sido. Y no sólo para ella.

—Y lamento haber llamado a Mark —dijo Jinx.

—Espera, ¿estabas drogado cuando llamaste a Mark?

Jinx asintió. Margo cerró los ojos. Sentía a Bodhi pesado y sudoroso sobre el pecho, no podía respirar. Era obvio. Estaba drogado. Recordó haberle dicho con timidez a la Dra. Sharp lo bien que se sentía en secreto que su padre la protegiera, la defendiera.

—¿Me vas a echar? —preguntó.

—No lo sé —dijo Margo. Tenía un sabor amargo en la boca. No se le había ocurrido echarlo, aunque entendía que tal vez era lo más razonable. De repente recordó que JB vendría y consideró pedirle que no lo hiciera—. ¿Qué harías si te echara?

—No lo sé —dijo Jinx—. Si te soy sincero, tal vez consuma durante unos meses y luego vaya a rehabilitación.

—Oh Dios —dijo Margo.

Se alegró de que fuera sincero. Pero también era alarmante. Le daba mucha tristeza pensar que Jinx se marchara, que todo terminara así. Pero no podía permitir que se quedara, no podía estar así con Bodhi. Y le había mentido, le había estado mintiendo todo ese tiempo.

—Margo —preguntó Jinx—, tengo que pedirte un gran favor.

—No voy a echarte en este momento —dijo Margo.

—No —dijo Jinx—, iba a preguntarte si había alguna posibilidad de que fueras a la gasolinera y me compraras un Milky Way.

Margo lo miró a los ojos.

—¡Okey! —dijo Jinx y levantó las manos—. ¡O quizás no!

Margo fue a comprarle un Milky Way a la gasolinera, en parte para escapar de él, pero también porque ella también quería un Milky Way. La caminata con Bodhi atado a su pecho la hizo sentir normal otra vez, ya no como parte de una pesadilla pegajosa, sino como su pequeño y robusto yo. Compró los Milky Ways y también dos «manjares naranjas», uno para ella y otro para Jinx.

El correo electrónico de Ward era deprimente, pero hablaría con él a las dos en punto y le aclararía todo el asunto. Lo que no podía imaginar era superar el resto de la batalla por la custodia sin Jinx. Sin embargo, también se sentía utilizada por él, engañada y manipulada. Parecía que lo único correcto era echarlo.

No esperó a llegar a casa para abrir su Milky Way, lo sacó del envoltorio de camino al apartamento. Cuando le contó por primera vez de OnlyFans, Jinx le dio la espalda, igual que Shyanne. Pero en menos de una hora la estaba apoyando. Jinx había elegido estar de su lado, le había dicho que no era un auto, le enseñó a pagar impuestos y a crear excitación. Había mecido a su bebé y había calmado su llanto, y se giraba para mirarla cada vez que Bodhi hacía algo nuevo o lindo.

Sí, era una ingenua y una idiota. Demasiado joven y demasiado estúpida. Incapaz de manejar cosas tan serias como la drogadicción y los impuestos. Pero era fuerte. Y decidida. Si había aprendido algo, era que la fuerza y la tenacidad no eran nada. Jinx había dicho que, cuando uno está perdido en un bosque oscuro y profundo, lo que no puedes hacer es temerles a los árboles. Tenía sentido. Pensó en cómo Mark parecía temerle a OnlyFans, como si Margo dejara de ser Margo una vez que la gente le viera la vagina. Quizás Jinx seguía siendo Jinx aunque se drogara.

El sol estaba candente y Margo entrecerró los ojos, la boca llena de chocolate derretido, caramelo y turrón. «Que se joda», pensó.

Si Jinx llevaba toda la vida peleando esa batalla, entonces ella pelearía con él.

—¡Atrévete, puta! —dijo y se rio con todos los dientes cubiertos de chocolate.

LA CLÍNICA DE metadona estaba en Commonwealth Avenue. Era un gran cubo de espejos de cristal de los años ochenta, un edificio que solo destacaba por su total falta de señalización. Jinx y Margo llegaron a las ocho de la mañana del día siguiente, y no podían entender por qué estaba tan lleno. Les tomó tres horas y media completar todos los formularios, que Jinx se hiciera los análisis de sangre y orina, y ver al médico (que, a decir verdad, fue súper amable). Pero lograron hacerlo todo y, al final, le dieron a Jinx su primera dosis.

De camino a casa, Jinx se sentó en el asiento trasero con Bodhi para ayudarlo a superar la tristeza del asiento de seguridad, y Bodhi fue todo el camino chillando de felicidad mientras agarraba el anillo de juguete que Jinx le colgaba al frente.

—Gracias, Margo —dijo Jinx.

Margo no sabía qué contestar. Le tomó un par de horas de búsqueda en Google para convencerse de que la metadona era la mejor opción. Le tomó mucho más tiempo convencer a Jinx de que lo intentara. Sus argumentos: no tendría que irse de casa, podría recibir tratamiento y seguir viviendo con ella; el tratamiento también le ayudaría con su dolor crónico porque era un opiáceo y así no se vería en una situación similar en el futuro; podría ir al día siguiente y tomar una nueva dosis; no tendría que pasar por la agonía de la desintoxicación; podría acabar de una vez y por todas con el asunto.

El argumento de Jinx era que la metadona es heroína, nada más y nada menos; una droga es una droga y un adicto es un adicto; además hay que ir todos los días, qué fastidio; y él no la dejaría, nunca la dejaría, solo estaría postergando limpiarse porque, con el tiempo, tendría que dejar la metadona. Además, la gente te desprecia enseguida.

Margo logró convencerlo solo cuando le dijo que, si no iba, lo echaría del apartamento.

—De nada —dijo, los ojos fijos en la carretera.

—Ya me siento mejor.

—¿De verdad?

Jinx se volvió loco cuando descubrió que Margo se había deshecho de la droga. Pasó toda la noche sudando y con diarreas.

—Sí, no solo de los calambres estomacales, sino también de la espalda. Lo noté cuando subí al auto. Y solo ha pasado, ¿cuánto?, ¿como media hora?

Margo escuchó la esperanza en su voz. ¿Y si funcionara? ¿Y si no tuviera que elegir entre sufrir un dolor constante y ser la escoria de la tierra? ¿Y si tuviera otras opciones?

—Bueno, ya veremos —dijo Margo. Tenía que empezar a tomar la metadona en dosis bajas porque el objetivo era que le durara mucho tiempo en el sistema. Si se la subían demasiado rápido, podía sufrir una sobredosis sin querer. El médico les había explicado que Jinx podría empezar a sentir síntomas de abstinencia esa noche, aunque no serían tan fuertes como los de la noche anterior. Y podría regresar a las cinco de la mañana cuando abrieran para su siguiente dosis. Tomaría unas semanas ajustarle la dosis para mantener a raya la urgencia y controlarle el dolor sin convertirlo en un zombi.

Pero había esperanza. Ambos estaban exhaustos y trasnochados, pero había esperanza.

—¿Sabes lo que quiero hacer? —preguntó Jinx cuando entraron en el auto.

Sonreía y su piel tenía un aspecto normal. Margo no pudo evitar devolverle la sonrisa.

—¿Qué?

—Quiero dedicarme a hacer pan. Hacerlo en serio.

—Okey, ahora solo estás tratando de hacerte indispensable —dijo Margo, extendiendo los brazos para quitarle a Bodhi.

—No, está bien —dijo Jinx—, ahora mismo no me duele la espalda.

Margo lo miró. No parecía drogado, estaba firme en sus pies. Y en ese momento, pensó que no había nada en el mundo que no estuviera dispuesta a hacer para que su padre le sonriera así en la acera, sujetando a Bodhi en los brazos de modo que pudiera observar la mañana deslumbrante, con su carita seria, como un buhito. Intentó no pensar en las semanas y semanas que Jinx le había estado mintiendo, drogándose sin que ella se diera cuenta. Intentó no pensar en lo que eso significaba, esas oscuras burbujas del pasado.

—Después de ti, hija —dijo señalando la puerta de su edificio.

Ella dio un paso adelante, la abrió y se la sostuvo.

—¡Después de ti, padre!

HAY UNA DESESPERACIÓN inherente a las novelas que resulta inquietante. Ese mundo en miniatura recreado con tanto esmero; ese pequeño diorama hecho de palabras. ¿Por qué tomarse tantas molestias para crearme, para seducirte, para nombrar tantos cereales diferentes? ¿Para construir el apartamentito tan mono, al infantil de Jinx? Es como conocer por primera vez a la familia de tu nueva pareja y descubrir que todos son actores a sueldo. Es casi más fácil creer que yo soy real que entender lo que en realidad está pasando. La desesperación que puede haber suscitado que alguien me inventara. La urgencia y la necesidad que suponen crear un espacio imaginario de semejante magnitud y nivel de detalle.

Y te hace preguntarte: ¿Qué clase de verdad requiere tantas mentiras para ser contada?

CAPÍTULO VEINTIUNO

Cuando llamé a Ward esa tarde y le expliqué la situación de la metadona de Jinx, se asustó.

—En esto las drogas no son nada bueno, Margo. Pueden arruinarlo todo.

Quería creer que, si les explicaba el dilema moral, tanto la Dra. Sharp como Mark, incluso el juez lo entenderían. ¿No era lo correcto ayudar a un miembro de la familia que luchaba contra la adicción? ¿No había ingresado en un programa de tratamiento para rehabilitarse? ¿Por qué ayudarlo me haría quedar peor? La adicción no es contagiosa.

—No —dijo Ward—. Es que son demasiadas cosas. Está lo de tu edad, lo de OnlyFans, lo de la lucha libre profesional ¿y ahora las drogas? Empieza a verse muy mal.

Entendí a qué se refería Ward. Lo que quería decir era que parecíamos basura blanca. Y lo éramos, en realidad. Siempre lo habíamos sabido.

—¿Qué debo hacer? —pregunté.

—Pues, si yo fuera tú, mentiría.

—¿En serio?

—No de forma descarada, pero no menciones el tema. ¿Qué te queda? Solo la visita al hogar, ¿no? Jinx ni siquiera tiene que estar, puedes decir que salió al cine. Si estuvieran buscando drogas como argumento, tal vez descubrirían que está registrado en la clínica de metadona, pero no creo que la ley les permita acceder a esa información. Es más, lo dudo. ¿Cuánta gente sabe de la recaída de Jinx?

—Ahora mismo, solo yo.

—Yo lo mantendría así. Y cuando te hagan esa visita al hogar, miente. Finge que la recaída nunca ocurrió. ¿Crees que puedas hacerlo?

—Creo que sí —dije. No en balde era la hija de Shyanne y Jinx. Para todos los efectos, pertenecía a la aristocracia de la mentira. ¿Cuántas veces habré fingido que mi abuela había muerto?

JB LLEGARÍA EL viernes, un hecho tan emocionante y aterrador que me daban ganas de chillar cada vez que pensaba en ello. Ya el jueves, Jinx parecía bastante estable; no podía esperar más.

—Estoy viendo a alguien —dije.

Estábamos en el parque con Bodhi, meciéndolo en el columpio para bebés. Me había colocado detrás de Jinx y fingía ser un monstruo que quería comerle las piernitas gorditas. Bodhi chillaba y se reía.

Jinx respondió con escepticismo.

—¿A quién?

—¿Recuerdas al chico al que le escribía mensajes largos?

—¡Oh, Margo, no! —exclamó.

Le dimos vueltas al asunto durante más de una hora. Yo le explicaba y Jinx objetaba, primero en el parque, luego en la tienda de wafles y, más tarde, en el apartamento. Intenté ser paciente. Sabía que iba a ser así. Jinx estaba convencido de que JB iba a violarme y asesinarme. Por fin, hice que Jinx leyera el retrato que JB había escrito de su madre.

Suspiró cuando terminó de leerlo y me devolvió el teléfono.

—Bueno, eso es muy persuasivo.

—Porque, aunque no sea verdad —dije—, hay que tener sensibilidad para inventar una mentira como esa.

—No creo que sea mentira —dijo Jinx—. Pero tienes razón, aunque fuera mentira, el típico asesino-violador no inventaría algo así.

Asentí, feliz y segura de que Jinx sabía a qué me refería.

—Estoy confundido —dijo Jinx—. Tengo mis dudas.

—¿Cuáles son tus dudas?

—Bueno, me preocupa. ¿Y si el tipo intenta aprovecharse de ti? Si ha visto todo lo que haces en línea, tal vez se le ocurran ideas.

Solté una carcajada.

—Papá, sabes que ya he tenido relaciones sexuales, ¿verdad?

—Bueno, sí, ¡lo sé!

No sabía qué más decir. Para mí era obvio que JB venía a tener sexo conmigo, que ese era todo el propósito. Claro, si todo salía bien. Y yo quería que todo saliera bien.

—Pero también estoy encantado de verte tan feliz —dijo Jinx—. Te lo mereces... mereces ser joven. Recuerdo esa sensación de estar enamorado y no poder pensar en nada más. Sonrió, mirando a lo lejos.

—¿Te enamoraste de Viper?

Jinx volvió en sí. Estábamos recostados en el sofá rosa, llenos de wafles, y Bodhi estaba dormido sobre mi pecho.

—Viper fue algo mucho más triste.

Esperé, aunque no parecía que fuera a explicarme.

—¿Viper era su verdadero nombre? —pregunté.

—Oh, supongo que no —dijo Jinx—. No sé su verdadero nombre. Era una acompañante. Yo estaba... había empezado a consumir de nuevo y se lo ocultaba a Cheri, así que iba a esos «viajes de negocios» a drogarme hasta quedar inconsciente.

—¿A dónde ibas? —Me asustaba lo que fuera a decir, pero también quería saber.

—Oh, iba a un pueblo a unos treinta minutos de casa que tenía un hotel La Quinta. Pero no es muy divertido consumir drogas solo. Así que llamé a uno de esos servicios de acompañantes y Viper vino, me miró y dijo: «¡Más vale que compartas!». Terminamos pasando mucho tiempo juntos.

Todo era tan banal, mucho más ordinario de lo que había imaginado. Recordé verlo drogado, y los imaginé a él y a Viper juntos comiendo Milky Ways en La Quinta, quizás viendo viejos combates de lucha libre.

—¿Por qué crees que te cuesta tanto ser fiel? —pregunté.

Porque, en cierto modo, era la pregunta que me había hecho toda la vida. Su incapacidad para ser fiel fue la razón por la que fui concebida. Jinx había roto corazones, arruinado matrimonios, alejado a sus hijos... ¿y todo por sexo? Casi era más fácil entender lo de las drogas.

Jinx suspiró, parecía estar considerándolo.

—No estoy seguro de que nada de eso tuviera que ver con el sexo.

Solté otra carcajada.

—¿De qué se trataba entonces?

Jinx se frotaba la barbilla una y otra vez como si le doliera.

—Me sentía solo. Por las noches. Y las mujeres son, ya sabes, suaves y...

—¡¿Suaves?! —dije demasiado alto. Por suerte, Bodhi no se despertó.

—Míralo de esta manera —prosiguió Jinx—. Si te sientes fatal, vacío y solo, ¿quieres salir a consumir cocaína con Shawn Michaels y pelearte en un bar cuando usa la palabra N, o prefieres que una pelirroja risueña te cuente la historia de su vida mientras comen helado en la cama de un hotel y luego acurrucarte en sus pechos suaves?

—Dios mío —dije—, ¿crees nosotras no nos sentíamos solas?

—¿Tú y Shyanne? Tú y Shyanne se tenían una a la otra —dijo.

Lo que quise decir era que habíamos fallado de una manera crucial en conectarnos. Sin embargo, en muchos sentidos, sentía que Shyanne y yo, a pesar de que había tantas cosas que queríamos y no podíamos tener, éramos las afortunadas, y Jinx, que siempre hacía lo que quería sin importar a quién le doliera, nunca logró disfrutar de la vida.

—Lo siento —dijo, mirándome con sus ojos marrones, tristes como los de un perro noble.

—Está bien —dije.

Porque, desde una perspectiva más amplia, había estado bien. Fue un alivio poder hacerle esas preguntas. Siempre había imaginado que mi padre tenía oscuros e insondables impulsos de sexo, drogas y violencia. En cierto modo, era mejor comprender que lo que de verdad quería y necesitaba era aliviar su dolor y su soledad. Su comportamiento seguía siendo malo, pero ya no era tan extraño y aterrador.

—¿Entonces cuidarás a Bodhi mientras salgo a cenar con JB?

Jinx asintió.

—Pero primero quiero conocerlo y asegurarme de que no es un psicópata.

—¿Puedes saber de inmediato si alguien es un psicópata?

—Más o menos —dijo Jinx—. He conocido a varios.

Y me reí. Porque era verdad.

No faltaban hoteles asequibles en Fullerton, en parte por las universidades y, sobre todo, por la proximidad a Disneylandia. Pero JB había elegido un Airbnb. En sus propias palabras, era «incapaz de no hacerlo». Era una mansión embrujada. Me había enviado el anuncio y me quedé sin aliento cuando vi lo que costaba, casi cuatrocientos dólares la noche. Por fuera parecía una casa normal de Fullerton: bonita y sencilla. En el interior, todo era terciopelo violeta y seda roja, luz tenue, un cuervo de plástico con unos brillantes ojos violeta, retratos espeluznantes y bolas de cristal. Había una «sala de juegos embrujada» y un jacuzzi al aire libre de aspecto normal. Eso era lo más divertido de la casa: el contraste entre su interior siniestro y su exterior suburbano. El día que JB llegó, estaba tan emocionada y nerviosa que me sentía fuera de mi cuerpo. Le había pedido prestado un vestido verde a Suzie. Me sudaban las axilas, así que me puse papel higiénico mientras corría por la casa, asegurándome de que el esterilizador de los biberones de Bodhi estuviera funcionando y buscando entre la ropa sucia una manta limpia. Cuando sonó el timbre, corrí a la puerta, me tropecé con mis sandalias de tacón y caí de boca en la alfombra.

—¡Dios mío! —gritó Jinx, mientras me propulsaba cual ballena que rompe la superficie del agua, desesperada por llegar primero a la puerta.

Cuando la abrí, las rodillas me ardían por la quemadura de la alfombra, tenía mechones de pelo pegados al brillo de labios y papel higiénico asomándose por debajo de las mangas del vestido. Y allí estaba él, tan nervioso como yo. No era tan alto como esperaba. Tenía los hombros anchos y una constitución sólida; si alguien le golpeaba en el torso, emitiría un buen sonido. Llevaba unos jeans y una camisa negra de botones, y olía a chicle. Pero era él. Sobre todo, eso fue lo que sentí: que lo reconocía, que era quien esperaba que fuera.

—Adelante —dije haciendo un gesto. Llevaba en la mano un ramo de lirios atigrados, de esos rosados con pecas, todavía envueltos en el plástico crujiente del supermercado. Me los entregó.

—Dios mío —dije y me sonrojé.

Tuve la sensación de que venía a recogerme para ir un baile escolar.

—¿Ese es JB? —tronó Jinx desde la sala de estar.

Conduje a JB hasta la sala y los presenté. Jinx logró darle lo que parecía un apretón de manos rompe huesos mientras aún sostenía a Bodhi con el otro brazo. JB lo manejó bien y lo llamó «señor».

Le quité a Bodhi a mi padre de los brazos, aunque todavía estaba sujetando las flores, y lo hice rebotar en mi cadera.

—Este es Bodhi —le dije a JB, quien tomó la manita de Bodhi, pero luego no supo si debía hacerlo.

—Hola —dijo un poco incómodo. Estaba claro que no sabía nada de bebés.

—Déjame poner estas flores en agua —dije, entrando en la cocina a trompicones como una jirafa en mis zapatos de tacón. Empecé a reconsiderar los zapatos. Supuse que JB me seguiría. Jinx había empezado a hablar con él y entré en pánico, así que lo dejé allí con él. No lograba que el corazón me latiera a un ritmo normal. Dejé a Bodhi en su silla alta mientras colocaba las flores en un jarrón. Me saqué el papel higiénico de las axilas y traté de calmarme.

JB pasó el interrogatorio de Jinx y yo estaba tan emocionada que ni siquiera recuerdo haberme despedido como es debido, excepto que besé a Bodhi como un millón de veces y, luego, salimos por la puerta. Mientras bajábamos las escaleras, tropecé, me torcí el tobillo y rodé. Cuando aterricé al pie de la escalera, supe que me había lastimado. Ni siquiera intenté levantarme.

—¡Mierda! —exclamó JB mientras corría hacia mí.

—Estoy bien —dije, aunque sabía que no lo estaba. Ni siquiera estaba segura de poder ponerme de pie, mi tobillo gritaba de dolor.

—¿Quieres que busque a tu papá? —preguntó—. ¿Crees que debas ir al médico?

Cerré los ojos con angustia. Sabía que no podía ir así al restaurante elegante donde JB había hecho una reserva, y estaba segura de que Jinx era capaz de decir si me había roto el tobillo o solo me lo había torcido; sabía mucho de lesiones. Pero también estaba segura de que, si regresábamos a la casa, nuestras probabilidades de tener una cita se reducirían a cero. Intenté ponerme de pie y jadeé cuando me apoyé sobre el tobillo.

JB hizo una mueca.

—¿Y, si —dije— vamos a la mansión embrujada y ordenamos comida?

—¿No crees que deberías ir al médico? —preguntó JB apuntándome al tobillo.

—Si está roto, mañana seguirá estando roto —dije—. Y lloraré si me pierdo esta cita. ¿Por favor? ¿Podemos, por favor, ir a la casa y ordenar comida?

—Por supuesto —dijo JB—, claro, claro. —Pero parecía preocupado—. ¿Necesitas ayuda para caminar?

Asentí y JB bajó el hombro para que yo pudiera apoyarme en él mientras me sujetaba por la cintura. Nos dirigimos tambaleándonos al estacionamiento para buscar su auto alquilado.

Cuando llegamos a la mansión embrujada, JB me abrió la puerta, luego me dijo que esperara y entró. Cuando regresó, venía empujando una silla de escritorio con ruedas. Fascinada, me senté, y él me hizo un recorrido rodante por la casa. Era muy llamativa como suelen ser las mansiones embrujadas. Había una luz negra en el pasillo que reflejaba ojos en el papel de la pared. Nos instalamos en la sala de estar, donde las pantallas planas, colgadas en elaborados marcos dorados, estaban colocadas de forma tal que las pinturas parecían estar en movimiento. Me transferí a un sofá de terciopelo, JB buscó un poco de hielo y lo metió en una bolsa, que me colocó en el tobillo. Luego, se dejó caer a mi lado y nos acurrucamos mirando su teléfono para decidir qué ordenar.

—Oh, ya sé lo que debemos ordenar —dijo—. ¡Es tan obvio!

—¿Qué?

—¡Alitas! —dijo.

Aplaudí como una niña emocionada.

—¡Sí! —grité—. ¡Alitas!

Una vez que ordenó la comida, caí en cuenta de que estaba a mi lado en el sofá. Me sentí como un vampiro hipnotizado por el pulso de su cuello o algo así, pero no podíamos empezar a besarnos antes de la cena. Así que le pregunté por su vuelo y su trabajo, y si alguna vez había estado en California (había estado, aunque no en Fullerton, porque, claro, ¿a quién se le ocurriría ir a Fullerton?). Tenía la sensación de que éramos dos desconocidos y no sabía cómo hacer para que se sintiera como si nos conociéramos.

—Tu papá es bastante intimidante —dijo JB.

Le había hablado sobre mi papá, pero otra cosa era conocerlo en persona.

—¡Oh, no! ¿Te amenazó con cortarte el pene? —pregunté.

JB se rio.

—Ahora pienso que estaba siendo amable conmigo.

—¿Alguna vez piensas en el tipo de cualidad contenida, casi literaria, de mi familia inventada? Y al compararla ahora con mi familia real, ¿no piensas: «Diablos, Margo es un genio»?

—Sí, ¿no viste mi reseña en Goodreads?

Me reí.

—¿Qué carajo es Goodreads?

—Un sitio de reseñas de libros. Fue una broma.

Me reí pensando en la fantasía de que otras personas leyeran sus reseñas de nuestra correspondencia privada, tratando de descubrir de qué estaba hablando JB.

—Dios mío, a la gente le encanta reseñar cosas —dije e imaginé, espantada, un sitio dedicado a reseñar cuentas de OnlyFans.

—Incluso penes —dijo JB.

Era cierto, caí en cuenta que yo reseñaba penes. Pero no quería que JB pensara que era como WangMangler. ¿Y si estaba nervioso porque pensaba que yo era una gran evaluadora de penes?

—Soy generosa en mis evaluaciones —dije—. Les doy a todos un diez sobre diez. En realidad, el arte está en la comparación con los Pokémon y los juegos de palabras.

—¿Oh? —dijo JB, todavía sonriendo, aunque noté que estaba incómodo. ¿Y cómo no? No debía hablarle sobre los penes de otras personas.

Cuando llegaron las alitas, JB colocó toda la comida en la mesita de centro para que yo no tuviera que moverme y nos dimos un festín. Mientras comíamos me distraía intentado descubrir qué pasaría después. No había calculado nada porque imaginaba que estaríamos en un restaurante. Había pensado que mi oportunidad de besarlo sería cuando camináramos hacia el auto después de cenar y, si eso salía bien, iríamos a su Airbnb en lugar de a mi casa. Ahora no sabía cuándo nos besaríamos.

—¿Pasa algo? —preguntó JB.

—No —dije—, estoy planeando cómo proceder contigo.

JB se rio, tapándose la boca con la servilleta.

—¡Qué alivio! —dijo cuando terminó de masticar—. No se me da bien hacer planes así. Pensé que intentaría besarte después de cenar, cuando fuéramos hacia el auto.

—¡Eso mismo pensé yo!

—Pero ahora, en verdad, no tengo idea.

JB volvió a reírse.

—Déjalo todo en mis manos —dije—. Ni te darás cuenta. Serás como una pequeña gacela derribada por una leona.

Arqueó las cejas y pensé que era ahora o nunca, así que me incliné y lo besé, a pesar de que estaba segura de que la boca me sabía a salsa de búfalo. Sus labios se encontraron con los míos y se giró hacia mí en el sofá. Sus manos encontraron mi caja torácica y me la apretaron. Sentí la fuerza de sus manos y sus brazos, ese gran pecho de enormes costillas, su calor. Me separé y parpadeé. La habitación daba vueltas despacio.

—Guau —dije y me besó de nuevo.

CAPÍTULO VEINTIDÓS

A la mañana siguiente, cuando me desperté, la luz del sol bañaba la enorme cama con dosel, tenía los pechos llenos de leche y duros como piedra, y me sentía feliz como nunca en mi vida. JB me abrazaba por la espalda. Me le pegué más, recordando la noche anterior. Me había cargado hasta la cama; yo, aferrada a su pecho como un koala.

Con los ojos cerrados, intenté mover el tobillo. No me dolía tanto como temía. Saqué el pie de debajo de las sábanas, abrí los ojos y le eché un vistazo. Estaba hinchado y tenía un moretón por la parte de afuera, justo debajo del tobillo. Sin embargo, no se veía tan mal. Noté un zumbido, era mi teléfono en la mesita de noche. Lo agarré a tiempo para ver que era Jinx. El correo de voz se activó antes de que pudiera responder. Le había dicho que iba a pasar la noche con JB. Me imaginé que solo quería saber cuándo llegaría a casa y asegurarse de que estaba bien, pero cuando abrí el teléfono, vi que había seis llamadas perdidas y se me encogió el estómago. Bodhi.

Llamé a Jinx al instante.

—Oh, Dios mío, lo siento mucho, estaba dormida. ¿Bodhi está bien?

—Está bien —dijo Jinx, pero sonaba raro.

—¿Qué pasa?

—Tienes que venir a casa —dijo Jinx.

—¿Por qué? ¿Qué pasó? Voy de camino. ¿Bodhi está bien?

Me había sentado en la cama, JB ya estaba despierto a mi lado.

—Ha venido alguien a inspeccionar el hogar y comprobar el bienestar de Bodhi.

—¡¿De la 730?! —dije presa del pánico—. ¡Se suponía que no vendrían hasta el martes!

—Bueno, pues está aquí y solicita tu presencia. Dice que si no puedes estar aquí en quince minutos, tendrá que llevárselo a su oficina.

—Mierda. Okey, ya voy.

JB ME LLEVÓ al apartamento en menos de ocho minutos. Me enjuagué la boca con agua y me limpié el rímel de debajo de los ojos, pero tenía el cabello hecho un desastre, una gran maraña delatora en la parte posterior de la cabeza. Esperaba que no fuera demasiado obvio que llevaba la ropa de la noche anterior.

JB empezó a desabrocharse el cinturón de seguridad para acompañarme a la puerta. Lo detuve.

—No quiero tener que explicar quién eres —dije.

—Pero no puedes subir las escaleras —dijo.

—Sí puedo —dije—. Estoy bien.

—Siento que debería...

—Por favor —dije—, confía en mí. Se verá mucho peor si entras conmigo.

Otra cosa habría sido que JB y yo hubiéramos tenido tiempo de inventar una mentira, alguna historia alternativa sobre cómo nos conocimos. Le había dicho a la Dra. Sharp que no tenía novio, así que no podía llegar a esta inspección del hogar con un tipo con el cual era obvio que me había acostado y verme obligada a admitir que ¡era uno de mis fans!

—Al menos déjame acompañarte hasta la puerta —dijo.

—¡No! Te enviaré un mensaje en cuanto terminemos —le prometí y salí corriendo del auto, disimulando cuanto pude lo que me dolía subir las escaleras cojeando, los tacones en una mano.

Entré y encontré a mi padre con una mujer que nunca había visto. Estaban sentados en el sofá de terciopelo rosa bajo un rayo de sol que entraba por la ventana. Se veían hermosos, como iluminados por Dios.

—¡Oh, hola!

La mujer se puso de pie. Estaba embarazada de al menos siete meses y se veía de lo más linda. Llevaba un vestido de maternidad negro estampado con flores blancas y una camiseta blanca por debajo para estar más recatada. Tenía un tatuaje de una estrella en la parte interior de la muñeca, que noté cuando nos dimos la mano.

—¿Eres Margo? Me llamo Maribel. Trabajo para Servicios de Protección de Menores.

—Lamento mucho no haber estado aquí —dije. El corazón me latía tan fuerte que apenas podía escuchar nada—. Pensé que vendría la Dra. Sharp. ¿La cita no es la semana que viene?

Miré a Jinx. Se había puesto de pie y hacía rebotar a Bodhi, que empezaba a inquietarse. No me miró a los ojos.

—Bueno, no sé nada sobre la Dra. Sharp, y no había cita, así que me temo que te refieres a otra cosa. Trabajo para Servicios de Protección de Menores. Recibimos una queja de posible negligencia y abuso. Esta visita domiciliaria es un procedimiento estándar. Esperamos poder analizarlo todo y asegurarnos de que es un entorno seguro para tu pequeño. Ya he recorrido el apartamento con James.

—¿Te lo vas a llevar? —pregunté con la voz cortada.

Eso era lo que había dicho Jinx: que si no llegaba a tiempo, se lo llevaría. Había llegado, pero ¿se lo llevaría de todos modos?

Bodhi estaba intranquilo en los brazos de Jinx, que lo hacía rebotar sin éxito.

—Creo que necesita que lo amamantes —dijo, entregándomelo.

—Oh, por supuesto —dijo Maribel e hizo un gesto hacia el sofá. No quería ocupar su lugar, pero sabía que si me sentaba en el suelo nunca podría levantarme con el tobillo como lo tenía, así que me senté y me saqué una teta de la forma más discreta que pude.

—Hoy evaluaremos la casa —dijo Maribel—. Si no encontramos un peligro inminente para Bodhi, entonces puede quedarse aquí.

Asentí con ansiedad.

—¿Así que James dijo que estabas en casa de un amigo? —comenzó Maribel.

—Sí —dije, temiendo contradecir algo de lo que Jinx le hubiera dicho.

—¿Haces eso a menudo? —preguntó ella.

—Esta es la primera vez, de hecho. Es la primera noche que paso fuera de casa.

La vergüenza se apoderó de mí, rápida y desgarradora. No podía creer que lo hubiera dejado aquí, que hubiera sido tan egoísta.

—Ya veo —dijo en un tono que dejaba claro que no me creía en absoluto—. Bueno, supongo que todo el mundo necesita un descanso tarde o temprano. Pues, le preguntaba a James a qué te dedicas. ¿Dijo que tienes un sitio web?

—No supe bien cómo explicarlo —dijo Jinx con ojos de «lo siento» por detrás de Maribel.

—Soy como una creadora de contenido. En este momento, hacemos sobre todo TikToks. Creo que con el tiempo nos expandiremos a YouTube.

Si a estas alturas no lo sabía, desde luego que yo no iba a decírselo.

—¿Pero también tienes una cuenta de OnlyFans? —preguntó Maribel.

Sabía.

—Sí —dije casi mareada de miedo—. Estoy confundida, ¿esto tiene que ver con la evaluación 730?

—¿Así que también te estás sometiendo a una evaluación 730 en este momento? —preguntó Maribel.

—Pues, ¿sí? —dije.

Tal vez eso sonó aún peor.

—¿Como parte de un pleito de custodia? ¿Divorcio?

—No, paternidad —dije.

—¡Oh, Dios mío, tu tobillo! —exclamó Jinx.

Acababa de verlo. Le había enviado un mensaje diciéndole que iba a pasar la noche con JB, pero no le había mencionado que me había caído por las escaleras y que ni siquiera habíamos llegado al restaurante.

—Estoy bien —dije intentando esconderlo detrás de mi otro pie.

—¿Te caíste? —preguntó Jinx.

—Sí —admití—, con los malditos tacones.

—¿Habías estado bebiendo? —preguntó Maribel.

—No —respondí de inmediato—. No cumplo veintiún años hasta dentro de unos meses. Es que soy torpe.

Maribel frunció el ceño. Me di cuenta de que cualquiera podía pensar que había salido a beber. Tenía el pelo desordenado, llevaba puesta la ropa de la noche anterior, tenía un tobillo hinchado y ella sabía lo de OnlyFans: Dios mío, ¿podía empeorar más la situación?

—Háblame del Sr. Bodhi —dijo. Estaba claro que intentaba ser amable, cosa que no me esperaba—. De lo que le gusta, lo que no le gusta. ¿De su personalidad?

—Oh, Dios mío —dije.

Nadie me había preguntado antes sobre la personalidad de Bodhi. Me pareció algo complejo de describir, dado que aún no hablaba y toda mi intuición maternal se basaba en su vibra.

—Es mi único bebé, así que no puedo compararlo con otros bebés, pero es muy alegre y... feliz.

Mientras hablaba, Bodhi hizo una caca descomunal, caliente y espesa. Pude sentirla a través del pañal en el brazo.

—Es, eh, o sea, es un bebé bastante normal, ¿creo? —proseguí.

—¿Por qué no me enseñas la habitación de Bodhi?

—Oh —dije—, su cuna está en mi habitación.

Me puse de pie y me mareé del dolor. Intenté que no se notara.

—Estábamos esperando a que llegaras para entrar en tu habitación —dijo Jinx con una cara de «Más vale que no tengas un consolador robótico en tu escritorio o algo así». Y tenía razón en preocuparse, aunque no creía que Maribel supiera que debía sospechar del Dyson en su caja nueva y reluciente, que estaba en una esquina. No tenía idea del estado en que había dejado la habitación mientras me preparaba para la cita y, por supuesto, al entrar por la puerta, vi un par de pantis que no habían llegado al cesto de la ropa sucia. Me agaché para recogerlos, el tobillo amenazaba con ceder por completo, y sentí que la caca de Bodhi empezaba a salirse del pañal y me ensuciaba el brazo. Estaba tan ansiosa que, de hecho, estaba temblando.

—¿Y estos son sus juguetes? Maribel apuntó a un triste y solitario pulpo que había sobre mi cama. Cada tentáculo tenía el nombre de un color en francés e inglés.

—Oh, tiene más, espera —le dije, y saqué del armario la gran caja de plástico con sus juguetes. Cada vez que me movía, me encorvaba como un jorobado de dibujos animados. No tenía idea de si Bodhi tenía una cantidad normal de juguetes, demasiados o no suficientes. Sobre todo, intentaba juzgar si Maribel podía oler la caca.

—¿Eso es solo un armario? —preguntó Maribel asomándose al armario oscuro. Y, en ese momento, recordé el paquete de jeringuillas envueltas en papel higiénico que había guardado allí. Nunca las había tirado a la basura. Estaban escondidas detrás de mis zapatos, mis botas y cosas que no usaba con frecuencia. Como no se veían, había olvidado que estaban ahí. Me zumbaban los oídos.

—¿Es aquí donde lo cambias? —preguntó señalando hacia la cómoda. El cambiador estaba en el suelo y el tope de la cómoda era de madera lisa. El hecho de que hubiera desviado su atención del armario fue un gran alivio, pero me di cuenta de que me costaba hablar con fluidez.

—Casi siempre lo cambio ¿en el suelo? —dije—. Me aterra la idea de que se vaya a caer. No es que dejaría que se cayera ni lo dejaría ahí solito ni nada parecido.

—¿Y tienes novio? ¿Te visita alguien?

—No —dije con la voz temblorosa.

—No tienes novio.

Me miró con escepticismo.

—¿No sales con nadie ni siquiera de vez en cuando?

Era como si pudiera ver todo lo que JB y yo habíamos hecho en esa enorme cama con dosel, mi cuerpo encima del suyo, sus manos fuertes apretándome las tetas hasta que la leche le corrió por los brazos, mi repentino destello de vergüenza y, después, sus gruñidos de alegría.

—Quizás de vez en cuando —admití.

—¿Alguna vez pasa la noche aquí? —preguntó Maribel.

—No —respondí de inmediato.

—Tengo que hacerle un examen físico a Bodhi para asegurarme de que no tiene moretones, laceraciones u otros signos de abuso —dijo sonriendo.

—Oh —dije—, hizo caca mientras hablábamos. Déjame cambiarlo.

—Está bien —dijo Maribel—. Yo puedo cambiarlo. Tengo que mirar debajo del pañal de todos modos.

Extendió los brazos para que le entregara a mi hijo cagado. Casi no pude hacerlo. La seguí mientras se arrodillaba en el suelo para cambiarlo en su cambiador, lo cual le resultaba incómodo dada su barriga de embarazada. Yo tenía caca en el brazo. Agarré una toallita y me limpié con disimulo. Era una cagada monumental y estaba claro que Maribel no tenía mucha experiencia en el tema de cambiar pañales. No utilizaba las toallitas de manera eficiente y se esforzaba por controlar las arcadas. No podía imaginar que eso fuera positivo. ¿Por qué no me dejaba cambiarlo a mí? Fue una movida de poder bastante extraña. Hacía rato que no podía respirar con normalidad y tenía manchas moradas en la visión.

Cuando por fin lo limpió, señaló un poco de dermatitis del pañal.

—¿Qué es esto?

—Es dermatitis del pañal —dije.

—¿Has estado haciendo algo para tratárselo?

Le dije que le había estado poniendo Boudreaux Butt Paste, y le expliqué que había empezado a comer más sólidos y que me parecía que sus cacas eran más ácidas.

—¿Esto es dermatitis del pañal? —preguntó de nuevo.

—Sí —respondí.

¿Qué pensaba? ¿Que le había estado quemando el culito con un rizador de cabello?

Después, quiso hablar a solas conmigo en la mesa del comedor. Jinx se llevó a Bodhi. Suzie había salido de su habitación, y lo observaba todo con ojos tristes y en silencio. Ella y Jinx desaparecieron en la sala de estar con el bebé, y escuché la canción de *Plaza Sésamo* al fondo. Intenté relajarme. Al menos estábamos más lejos del armario.

—¿Y en qué trabaja Jinx? —preguntó Maribel.

—Está jubilado —respondí.

—¿Qué solía hacer?

No podía ver qué relación guardaba esto con la seguridad de Bodhi, pero no quise parecer difícil.

—Era luchador profesional.

Maribel alzó la vista, escéptica.

—¿De verdad? ¿Como con la WWE?

—En realidad, era medio independiente —dije.

Me di cuenta de que eso sonaba peor aún, como si no fuera legítimo. Pero no había otra forma de explicar que era independiente porque era muy famoso.

—¿Algún problema de abuso de sustancias? —preguntó Maribel.

Pensé que iba a vomitar.

—¿Yo? —pregunté paralizada. No sabía qué hacer. Ward me había dicho que le mintiera a la Dra. Sharp en la visita domiciliaria, pero esta era una situación diferente.

—No, tu padre. ¿Ha tenido algún problema de abuso de sustancias?

—No —dije.

—¿Tu padre nunca ha tenido problemas de abuso de sustancias, ni siquiera en el pasado? —insistió Maribel.

Sabía. De lo contrario, no habría preguntado, pensé. Además, había unas dos décadas de tabloides y blogs de lucha libre que informaban que mi padre estaba en rehabilitación. Lo único que tenía que hacer era buscarlo en Google.

—En el pasado, sí —dije—. Pero está en tratamiento y le va muy bien.

—¿Así que crees que está limpio ahora? —preguntó Maribel—. Voy a pedirles a ambos que me den una muestra de orina.

No tenía idea de si la metadona aparecía en las pruebas de drogas. Imaginé que sí.

—Ahora mismo está tomando metadona —le dije—. Así que eso puede aparecer en su análisis de orina.

—Oh, ¿entonces está tomando metadona? —preguntó en un tono muy diferente—. ¿Cuánto tiempo lleva tomando metadona?

Titubeé. Si pedía una prueba de que estaba en tratamiento, vería las fechas, así que no podía ni soñar con mentirle. Sin embargo, la verdad tampoco sonaba muy bien.

—Unos diez días.

Quería explicarle que estaba limpio, que se había lastimado la espalda, que los médicos de urgencias... el círculo vicioso del dolor crónico, pero era como si me hubiera tragado un témpano de hielo.

—¿Diez días? —preguntó Maribel, a pesar de que me había escuchado muy bien.

Asentí con la cabeza. Permaneció callada un rato, tomando notas.

Y yo me quedé mirando al techo. Parecía que el mundo estaba llegando a su fin.

—¿Consumes sustancias ilegales? —preguntó ella.

—No —respondí con firmeza.

—¿Así que no usas drogas de ningún tipo?

—No.

La miré a los ojos. Me sostuvo la mirada. Esperaba que dijera que en realidad fumaba marihuana de vez en cuando. Pero podía irse a la mierda porque yo nunca fumaba marihuana. Por fin, miró su cuaderno.

—Está bien, pasemos a las muestras de orina, ¿de acuerdo? —dijo.

—Con gusto —respondí.

Sacó un recipiente de plástico para muestras de orina de su bolso, lo que me pareció bastante extraño y demasiado íntimo, y me lo entregó.

Fue un alivio estar sola en el baño. Oriné en el recipiente. Cuando estaba embarazada había orinado en muchísimos recipientes y era mucho más fácil ahora que no había una gran barriga de por medio. Cuando salí, Jinx estaba sosteniendo su recipiente y esperando para entrar, helado de pavor.

Maribel estaba en la puerta de la casa charlando con Suzie, que sostenía a Bodhi en la cadera. Suzie se veía tan pequeña de repente, como una niña abrazando a su hermanito. Cuando Bodhi me vio, chilló y extendió los bracitos hacia mí, balbuceando: «Mamamama, mamamama». Lo alcé en brazos y le planté un beso en la mejilla regordeta.

—Lo que voy a hacer ahora —dijo Maribel— es hablar con otros miembros de tu familia, tu madre, tu padrastro, hablar con ellos, hablar con el pediatra de Bodhi. Y tengo los estados financieros que James me facilitó.

Sonrió casi demasiado, mostrando sus hermosos dientes, diminutos como perlas.

—Así que la 730... —empecé a decir.

Esperaba que de alguna manera fuera ilegal que ella interfiriera en ese proceso, ¿por algún privilegio abogado-cliente o algo relacionado con el derecho a la privacidad de la información médica? Como mínimo, me parecía que los de Servicios de Protección de Menores debían esperar a que las acusaciones se probaran, antes de ir donde Mark y decirle que Jinx y yo éramos drogadictos que hacíamos pornografía y comíamos demasiado cereal azucarado.

—Puedo hablar con tu abogado —dijo—. El caso estará a tu nombre, puedo encontrarlo.

—Oh —dije con el corazón apretado—. Okey. ¿Quién presentó la querella en mi contra? Si puedo preguntar.

—Lo lamento, pero esa información es confidencial —dijo Maribel—. Hablaremos cuando lleguen los resultados de los análisis de orina. Lo que sí puedo decirte es que Jinx tendrá que dejar la metadona para que Bodhi pueda permanecer en el hogar, así que tal vez deba hablar con su médico al respecto.

—Espera, ¿qué? —pregunté—. Acaba de empezar a tomar la metadona.

—Nuestra política es que los cuidadores deben estar limpios y pasar una prueba de detección de drogas para que el niño pueda permanecer en el hogar.

Era espeluznante la forma en que repetía «el hogar».

—Pero la metadona es un tratamiento para el abuso de sustancias. ¿Por qué quieren que las personas con problemas de abuso de sustancias dejen de recibir tratamiento para esos problemas? ¿Y si recaen?

—Esa es la política —dijo Maribel—. Y no les exigimos que interrumpan el tratamiento. De hecho, tendrá que demostrar que está recibiendo algún tipo de tratamiento, por lo general un programa de doce pasos.

Había hecho mucha investigación cuando Jinx empezó el tratamiento de metadona, así que dije:

—Pero ¿por qué? ¿Si la metadona tiene una tasa de éxito del sesenta al noventa por ciento y los programas de doce pasos tienen una tasa de éxito de entre el cinco y el diez por ciento? ¿Por qué insistir en que las personas adopten la opción de tratamiento menos exitosa y menos respaldada por la ciencia?

Esas eran las frases más largas que había logrado pronunciar hasta el momento.

—A los ojos del sistema judicial de California, la metadona es solo otro nombre para la heroína —dijo, encogiéndose de hombros.

—Pero no lo es —dije.

—Y, sin embargo, lo es —dijo sonriendo, confiada.

Bodhi chilló, extendió la manita y le agarró la manga de la camiseta a Maribel.

—Lo siento —dije, intentando quitarle la camiseta del puñito apretado.

—Es lindo —dijo con un poco de tristeza, como si ya supiera que me lo quitarían—. Míralo de esta manera: cuando lleguen los resultados de los análisis de orina, tu padre dará positivo en la prueba de opiáceos. Podría ser metadona o podría ser heroína. No tenemos forma de saber la diferencia.

—Pero sí tienen una forma de saberlo porque tienen documentos que indican que está en un programa de tratamiento con metadona —dije.

Sabía que lo último que debía hacer era alterarme, pero me estaba volviendo loca.

—También podría estar consumiendo heroína. Muchas personas que toman metadona siguen consumiendo heroína.

—Su médico dijo que la metadona bloquea la euforia —dije.

—Eso no impide que la gente siga intentándolo —dijo Maribel.

Entonces Jinx apareció detrás de mí y le entregó su recipiente de orina.

—¿Todo bien? —dijo.

—¡Esto se ve muy bien! —dijo Maribel tomando la orina y guardándola en el bolso. Bueno, no era un bolso, bolso, era como un bulto de mano. Ni siquiera verificó que la tapa estuviera bien cerrada, lo metió en una bolsa Ziploc y lo guardó—. Estaremos en contacto —concluyó como si se tratara una entrevista de trabajo.

Y escuché la voz de Mark en mi cabeza: «Las palabras pueden volverse huecas, y una vez huecas, se puede hacer cualquier cosa con ellas».

CAPÍTULO VEINTITRÉS

Jinx y yo pasamos la siguiente hora repasando en detalle la visita de Maribel, intentando asegurarnos uno al otro que todo estaría bien. Debatimos sobre quién habría presentado la queja y presumí que había sido Mark. La verdad es que no había forma de saberlo.

—Lo que me preocupa es tu análisis de orina —dijo Jinx.

—¿Mi análisis de orina? —pregunté—. ¿Por qué?

—Por los hongos —dijo—. No sé si la prueba los detecta.

—Oh, Dios —dije. No había pensado en los hongos—. ¡Oh no, oh, Dios!

—Está bien —dijo Jinx—. Pero ¿no lo pensaste?

—¡No! ¡No se me ocurrió! ¡Aquello parece que fue hace una eternidad! ¿Aún podrían aparecer?

—No te asustes —dijo Jinx—. La WWE no hacía pruebas para detectar hongos, así que es posible que los de Servicios de Protección de Menores tampoco las hagan.

Buscamos en Google y la información era confusa. Había diferentes tipos de análisis de orina para diferentes cosas. Por último, buscamos cuánto tiempo los hongos permanecían en el sistema y, con un análisis de orina, solo aparecían de uno a tres días después. Así que, aunque hicieran pruebas para detectar hongos, estaba a salvo. Las pruebas de folículos pilosos eran otra historia, y ambos dimos gracias a Dios por que no me habían pedido una. Todo estaría bien. Pero no me sentía mejor.

—No sé qué hacer —dije.

—Déjame ver ese tobillo —dijo Jinx, dándose unas palmaditas en el muslo para que levantara la pierna—. Bájate un poco para que puedas doblar la rodilla.

Me recosté en el sofá con Bodhi sobre el pecho. Al menos estaba de un humor maravilloso, borrachito de leche. Jinx me examinó el pie y me pasó los dedos por los tendones hasta que encontró el punto que me hizo saltar. Exploró los huesos de la parte superior del pie, pero nada de eso me dolió.

—Creo que es un esguince —dijo por fin, levantando la vista—. Eh, oye, ¿por qué lloras?

Me encogí de hombros, me temblaba el mentón. La verdad es que no lo sabía. Tal vez mi cuerpo no tenía otra forma de procesar tanta adrenalina. No tenía idea de cuán mal podrían estar las cosas. No sabía si perdería a Bodhi, si iba a tener que dejar OnlyFans. Me sentí culpable de pasar una noche fuera de casa, de acostarme con JB, de pensar que se me permitiría volver a ser joven por una noche. Las jeringuillas en mi armario.

—Soy una mala persona —suspiré.

—No —dijo Jinx—. No, cariño, no eres una mala persona.

Cerré los ojos.

No podía confiar en él.

Él también era una mala persona.

JINX SE FUE a Rite Aid a comprarme una tobillera, y yo fui a mi armario, agarré las jeringuillas envueltas en papel, las metí en la bolsa de los pañales sucios, salí cojeando y las llevé al contenedor de basura mientras Suzie cuidaba a Bodhi. Me senté en la acera y llamé a JB, el calor del sol ayudaba a que se me relajaran los músculos de la espalda. Los cuervos graznaban de un lado a otro del estacionamiento, como discutiendo desde los árboles.

—Hola, ¿cómo estás?

—¿Todo bien? —preguntó con una voz cálida y dulce.

—La verdad es que no —dije.

—¿Qué pasa? —preguntó.

No quería entrar en detalles. Todo me parecía muy vergonzoso.

—¿Voy para allá? —preguntó.

—No —dije. Sabía que solo le quedaban unas horas antes de ir al aeropuerto. Habíamos hecho planes para almorzar con mi padre, pero no podía imaginar verlo ahora. Tenía ganas de vomitar. La idea de volver a estar con él y sentirme emocionada y feliz me resultaba casi grotesca—. No puedo almorzar.

—Oh —dijo. Noté la decepción en su voz.

—JB —le dije—, me divertí mucho anoche. Pero yo... creo que deberíamos dejar de vernos.

—¿Qué?

—Al menos por ahora. Estoy atravesando una situación muy difícil. No te he contado nada. Mark, el padre de Bodhi, está pidiendo la custodia y me han sometido a una investigación, y una persona de Servicios de Protección de Menores vino hoy porque alguien me denunció por negligencia. Yo... —dije, y se me quebró la voz. Me dolía tener que admitir todo esto.

—Oh, Margo, lo siento mucho —dijo JB.

—Tengo que enfocarme en mis cosas en este momento —dije—. No hay espacio en mi vida para el romance, aunque me gustaría que lo hubiera.

Hubo una pausa, luego lo oí suspirar. Deseé poder ver su rostro.

—¿Qué? —pregunté.

—Iba a preguntarte, ¿no puedo ayudarte? ¿No podría ir y ofrecerte apoyo moral o... no sé?

—Es que, JB, estoy jodida. Estoy jodida de verdad. Necesito concentrarme, hacer lo correcto, ser una persona adulta.

No llegué a decir que no creía que JB pudiera ayudarme en nada. Se notaba incómodo cuando conoció al bebé, así que no era que pudiera cuidar a Bodhi mientras yo hablaba con Ward o iba al baño. Y no lo quería allí. Sabía que era irracional, pero sentía que el haber pasado la noche lejos de Bodhi había provocado la llegada de Maribel.

—Si eso es lo que quieres —dijo por fin.

—Es lo que necesito —dije—. Al menos por ahora.

Tampoco sabía si las cosas mejorarían en el futuro. Mi mente regresó al momento en el que hablamos sobre mis evaluaciones de penes, la expresión de recelo en su rostro. ¿Cómo funcionarían las cosas entre JB y yo? ¿Qué chico podría tolerar que mi teléfono estuviera siempre lleno de fotos de penes de otros chicos? Podríamos mentirnos a nosotros mismos durante un tiempo y pretender que nos iba bien, pero ¿cómo? No sabía si era mejor decirle eso o no decirle nada.

—Lo siento —dije—. Esta será una de esas cosas de las que me arrepentiré.

—Entonces, ¿por qué lo haces? —preguntó, ahora molesto. Bien, pensé, enfádate conmigo. Ódiame. Abuchéame. Libérame.

Cuando colgamos, me doblé como si me hubieran apuñalado y me quedé ahí, recordando cómo, cuando terminamos de hacer el amor, salimos corriendo desnudos al patio trasero y nos metimos en el agua caliente. En el momento me preocupó que me empeorara el tobillo, pero no me importó, no iba ni a considerarlo. Las estrellas brillaban sobre nosotros y gemíamos de placer mientras nos relajábamos en el jacuzzi.

—Estás resplandeciente —dijo señalando la niebla que nos rodeaba—. Con el vapor, la piel te brilla. Como si fueras una diosa.

Me reí, encantada.

—Creo que quizás lo eres —dijo—. Esa es la única explicación racional.

—¿Explicación de qué? —pregunté y, luego, lo besé para que no pudiera responder.

Claro que no me estaba permitido ser tan feliz.

¿Cómo se me había ocurrido que merecía algo así?

JINX REGRESÓ CON una tobillera y, tan encantador, «manjar naranja» para ambos.

Margo se sintió mejor con la tobillera, más segura.

—¿Crees que debería cerrar mi cuenta de OnlyFans? —preguntó mientras abría su bolsa de SunChips.

—No es ilegal tener una cuenta en OnlyFans —observó Jinx—. No creo que puedan obligarte a cerrarla.

—¡Tampoco es ilegal tomar metadona! —dijo Margo—. ¿Qué vamos a hacer? ¡No puedes dejar la metadona!

—Oh —dijo Jinx vacilando de pronto—. Esa es la parte fácil. Creo que... bueno, creo que debo mudarme.

Parecía tan normal cuando lo dijo. Como si no estuviera arrojando a Margo por la borda en un mar helado.

—Si no vivo aquí —continuó—, no pueden opinar sobre el tratamiento al que me someta. Y la metadona, Margo, de verdad, me siento muy esperanzado. No quiero dejarla.

Margo asintió y se metió el pelo detrás de las orejas.

—Tienes toda la razón —dijo—, pero...

No sabía cómo explicarlo, cómo decirlo. No tenía excusa para lo mucho que deseaba que Jinx se quedara.

—¿A dónde irías? —preguntó por fin.

—A algún lugar cerca de aquí, al menos por ahora —dijo—. Quiero estar cerca de la clínica. Pero con el tiempo, ya sabes, tendré que empezar a trabajar de nuevo.

Margo asintió, incapaz de decir palabra. No es que hubiera pensado que Jinx viviría con ella y Bodhi para siempre. Pero ¿qué haría sin él? La idea de seguir en OnlyFans sin Jinx le asustaba, ella y Bodhi solos en su jardín de gusanos-penes. No podía ni pensarlo. Y estaba segura, en lo más profundo de su ser, de que, si seguía en OnlyFans, Maribel encontraría la manera de llevarse a Bodhi. Ya podía verla, sonriente, quitándole a Bodhi de los brazos. Pero ¿cómo se ganaría la vida Margo? ¿Quién cuidaría a Bodhi? Volvía a estar en la misma situación en la que siempre había estado y, dependiendo de si iban o no a juicio, tal vez ni siquiera tendría ahorros.

—¿En qué profesión se puede ganar mucho dinero sin ir a la escuela? —le preguntó a Jinx.

—No te precipites —la instó Jinx—. No está del todo claro que te haya dicho que tienes que cerrar la cuenta. Saldrás bien en la prueba de orina, los hongos no aparecerán. No se lo pueden llevar, Margo. No has hecho nada malo.

Pero Margo sabía que el mundo estaba dispuesto a castigarla sin importar lo que hubiera hecho.

Redactó el anuncio para sus fans esa noche.

Les explicó que regresaría a su planeta natal, que los echaría mucho de menos, y que había esculpido una réplica exacta de cada uno de sus penes en papel de aluminio y planeaba comerse uno cada día hasta que se acabaran todos. Dejó el cursor sobre el botón de «publicar». No lo haría esa noche. Había demasiadas incógnitas. Tenía que pensar en un plan. Recordó cuando Ward dijo que el estado de California prefería que un niño pudiera comer y que tuviera una madre que vendiera desnudos y pudiera alimentarlo. Tendía que idear otra forma de ganar dinero y buscar una guardería ahora que Jinx se mudaba.

Sacó una vieja carpeta de tres anillas de su estantería, la misma que había usado para la clase de Mark. La abrió, arrancó todas las hojas y las tiró. Haría esto del mismo modo que lo había hecho todo siempre.

Cuanto más leía, más se cohesionaba su plan. Si dejaba OnlyFans, Mark no tendría ningún motivo para llevarse a Bodhi; no tendrían que ir a juicio. Podría usar los treinta mil dólares de su cuenta para iniciar otra carrera. Podría contratar a Suzie de niñera. Llevaba una hora investigando cómo convertirse en agente inmobiliario cuando su teléfono sonó con un mensaje de JB. Pensando en ti, decía. Margo no respondió. Ese era el problema. No podía darse el lujo de pensar en él. Faltaban tres días para la visita domiciliaria de la Dra. Sharp y tenía que prepararse.

AL PRINCIPIO FUE muy extraño ver a la Dra. Sharp en su apartamento, como encontrarte con tu maestra de segundo grado en el supermercado, y de repente dejó de ser extraño.

—¿Qué es todo esto? —preguntó la Dra. Sharp, señalando las cajas de mudanza de Jinx. Margo sabía que le había prometido a Ward que le mentiría a la Dra. Sharp sobre la adicción de Jinx, pero, si iba a dejar OnlyFans y él se mudaba, no tenía ningún sentido mentirle, y había algo liberador en decir la verdad. Le contó sobre la visita de Servicios de Protección de Menores y la Dra. Sharp le confirmó que no había sido activado por la 730.

—Me lo imaginé —dijo Margo, y luego le explicó la recaída y el tratamiento de Jinx, y que los de Servicios de Protección de Menores requerían que dejara la metadona.

—Y queremos que tenga éxito, queremos un tratamiento eficaz, basado en evidencia científica. Eso significa que tiene que seguir tomando la metadona, así que tiene que irse —dijo Margo y se encogió de hombros.

—Ya veo —dijo la Dra. Sharp.

No parecía empática, pero tampoco lo dijo en tono de crítica. Se habían sentado a la mesa del comedor. Bodhi estaba en su silla de comer y Margo le daba puré de batatas.

—He decidido dejar OnlyFans —dijo Margo—. Aún no se lo he dicho a Mark. Pero no veo otra salida. No puedo arriesgar a Bodhi así.

—¿Así que crees que tu trabajo lo perjudica? —preguntó la Dra. Sharp.

—¡No! —resopló Margo—, pero no estoy dispuesta a que los de Protección de Menores vengan a estropearlo todo cuando les dé la gana.

Temblaba de imaginar a Maribel, los brazos extendidos hacia Bodhi, la misma expresión melancólica que cuando dijo: «Es lindo».

—Ya veo. Entonces, ¿en qué piensas trabajar? —preguntó la Dra. Sharp.

Margo nunca se había sentado tan cerca de la Dra. Sharp. Notó la pelusilla que cubría sus mejillas regordetas y que la hacía parecer más humana. Después de todo, tan solo era una mujer común y corriente. Quizás también era madre.

—Tengo bastante dinero ahorrado —dijo Margo—. Estaba pensando en obtener una licencia de vendedora de bienes raíces.

Le gustó lo sólido y adulto que sonó eso. Cuando se lo había contado a Jinx, este se exasperó con ella.

—Los odiarás —le espetó—. ¡A todos esos farsantes! Margo, no, eso no es para ti.

Al menos la Dra. Sharp no reaccionó de ese modo, sino que asintió con la cabeza y escribió algo en sus notas.

Margo le limpió un poco de batata de la cara a Bodhi. Estaba dando gritos y balbuceando de felicidad. Le encantaban las batatas. Margo había empezado a enseñarle señas, y Bodhi juntó los deditos en señal de «más».

—¡¿Quieres más?! —exclamó Margo riendo—. ¡No tengo más!

Bodhi siguió haciendo la seña con insistencia: ¡Más, más!

—Okey, ¿quieres un plátano? —preguntó ella.

Margo peló el plátano y lo machacó en un cuenco azul con un tenedor mientras Bodhi chillaba como un monito, alegre e impaciente. Le había estado dando las batatas con una cucharita. La mayoría de las veces lo dejaba que comiera él solo con las manos. No sabía si eso era malo o bueno, pero creía que no podía hacerle daño, incluso podía mejorar sus habilidades motoras finas.

—Va a ensuciarlo todo —le dijo a la Dra. Sharp—. Le encanta comer solo y creo que es bueno que use las manos. Le dio el cuenco y ambas vieron a Bodhi, emocionado y gracioso, hundir la manita en el plátano y luego metérsela en la boca de golpe. Era sorprendente la forma en que se concentraba para manipular las manos, como esas máquinas de garras, cada movimiento un poco brusco e impreciso.

—Esto hace que te impresionen más los venados —dijo Margo.

—¿Por qué? —preguntó la Dra. Sharp, que se había quitado la chaqueta en algún momento.

—Oh, porque caminan desde que nacen. O las serpientes, que no necesitan ningún tipo de crianza, salen del cascarón, dicen adiós y se van a ser serpientes. Están programadas para saber qué hacer. Me pregunto cómo sería actuar solo por instinto.

—Esa es una pregunta interesante —dijo la Dra. Sharp. Esta vez no escribió nada. No había dicho que era interesante que Margo dijera eso como si la estuviera evaluando. Parecía interesada de verdad en lo que sería ser una serpiente bebé. Dos mujeres imaginándose serpientes bebés.

Una vez que Bodhi quedó satisfecho y embadurnado de comida, Margo lo desnudó y lo metió en la bañera con todos sus juguetes. La Dra. Sharp se sentó en la tapa del inodoro mientras Margo lo bañaba arrodillaba junto a la bañera. A Margo le preocupaba sentirse incómoda con Bodhi delante de la Dra. Sharp como con Maribel, incapaz de hablar, haciéndolo todo mal. Pero descubrió que no le importaba que la Dra. Sharp los observara; estaba bañando a Bodhi como siempre lo hacía porque Bodhi esperaba que ella lo hiciera, y Bodhi era más importante que la Dra. Sharp, casi de un modo visceral.

La Dra. Sharp se quedó mientras Margo lo sacaba de la bañera y le ponía su pañal y su pijama limpios.

—Ahora, lo que suelo hacer es amamantarlo hasta que se duerma —dijo, sobre todo para anunciarle a la Dra. Sharp que estaba a punto de sacarse una teta.

—Está bien, Margo —dijo la Dra. Sharp—. Creo que he visto suficiente. Has sido muy generosa con tu tiempo. Me iré para que acuestes a Bodhi.

—Oh, okey —dijo Margo y acompañó a la Dra. Sharp hasta la puerta.

—Muchas gracias —dijo la Dra. Sharp—. Sé que no es fácil que te observen en tu casa con tu hijo. Eso es mucha confianza. Gracias por permitirme participar de su tarde.

—Oh —dijo Margo—. ¡Por supuesto!

Casi le dice: ¡Esta es su casa!

Y luego la Dra. Sharp se fue.

A Margo le pareció demasiado fácil. Le preocupaba que pudiera haber hecho algo mal, aunque no se le ocurría nada.

Se fue a dormir pensando en las serpientes mamás y las serpientes bebés, y en si las serpientes sienten amor unas por otras o si obtienen ese intenso placer de algún otro aspecto de su naturaleza, tal vez de matar. Imaginó a un filósofo serpiente hablarles a sus alumnos sobre el bien mayor y cómo todas sabían, por supuesto, que era matar.

Hubiera dado cualquier cosa por tener a alguien con quien compartir sus pensamientos, pero sabía que no sería justo llamar a JB, aunque hablar con él fuera lo más maravilloso del mundo. ¿A quién le importaba el sexo, cuando en realidad lo que único que hacía falta es tener a alguien con quien conversar en la oscuridad? Pensó en lo que su padre había dicho sobre las mujeres y por qué siempre terminaba siendo infiel. La gente está tan sola. Incluso cuando hacen cosas horribles, a menudo todo se reduce a eso. Si tan solo nos tomáramos el tiempo para entenderlas. Eso significaría que el mundo podía ser mejor, que las personas podían ayudarse unas a otras, como dijo Jesús. Sin embargo, no era así. Al parecer, casi nunca ocurría así.

No pudo evitar pensar que, si se dedicaba al sector de bienes raíces y las cosas se calmaban, si su teléfono dejaba de llenarse de penes y no se pasaba el día en lencería de *cosplay*, entonces ella y JB podrían intentar salir de verdad. Pero era difícil de imaginar. Siempre que Margo se imaginaba como una vendedora de bienes raíces, veía su cuerpo con la cabeza de otra persona, la escala un tanto desproporcionada, de modo que la cabeza resultaba demasiado grande para el cuerpo, como una Barbie. Intentó imaginarse a un muñeco JB abrazando a la muñeca Margo con sus brazos rígidos y besándola con sus labios de plástico insensibles.

CAPÍTULO VEINTICUATRO

A la mañana siguiente, me presenté en el apartamento de Kenny justo cuando Shyanne salía por la puerta, vestida de pies a cabeza de Lululemon color aguamarina y arrastrando a un labrador amarillo que no podía tener más de ocho semanas.

No creí que podría verme a través del resplandor del parabrisas, pero se detuvo en seco tan pronto como salió. Supongo que había muy pocos Civics color violeta con una gran abolladura en el guardabarros delantero derecho. Cuando saqué a Bodhi del auto y me uní a ella en la sombra, se veía tan nerviosa que casi no supe qué decir.

—Vine a disculparme —dije—. Voy a cerrar la cuenta y voy a obtener una licencia de bienes raíces. Y tratar de ser... alguien de quien puedas estar orgullosa.

Me esforcé por pronunciar las palabras. Intenté leer su rostro, pero estaba inmutable. Hacía un calor desmesurado para febrero, y noté el sudor que se le acumulaba sobre el labio superior.

—No sé si alguna vez podré perdonarte —dijo.

Mi reacción inmediata no fue de dolor, sino de escepticismo. Una ceja arqueada hasta el cielo: «¿Así es como quiere que se desarrolle esta escena, señora?». Sabía que no debía sentirme de ese modo, así que traté de volver a sentirme mal y apenada.

—Ojalá pudiera dar marcha atrás al tiempo —dije—. Ojalá hubiera estado en tu boda.

—Pues, no puedes —dijo.

—Lo sé.

El cachorro saltaba a mis pies.

—Tienes un perro —le dije. Me agaché para mostrárselo a Bodhi—. ¿Ves el cachorro? ¡Es un cachorro!

Tan pronto como nos acercamos, dio un salto y nos lamió la cara con su delicioso aliento de cachorro. Al principio, Bodhi se aterrorizó y se aferró a mí, pero luego estalló en risas e intentó tocarle la cara al perro, casi apuñalándole el ojo con los deditos.

—¿Cómo se llama? —pregunté.

—Teniente. Kenny lleva años queriendo tener un labrador y llamarlo Teniente, así que... —dijo, señalando con cierto disgusto al adorable cachorro.

—Es precioso —le dije.

—Iba a llevarlo a pasear.

Shyanne hizo un gesto que parecía una invitación, así que la seguí. No paseamos a Teniente, más bien deambulamos despacio por la hierba para que él pudiera moverse en un radio de un metro a nuestro alrededor.

—¿Cómo has estado? —pregunté decidida a superar su frialdad. La seguía como ella seguía al cachorro, y respondió, lacónica, a todas mis preguntas, con un dolor ensayado. Estaba llegando al límite de mi capacidad de fingir arrepentimiento cuando de pronto abordamos el tema de los juegos de azar en Las Vegas. Iluminada cual sol que se asoma tras las nubes, me describió su sistema de despertarse en mitad de la noche, salir a hurtadillas de la habitación del hotel, jugar hasta las cuatro y regresar a la cama antes de que Kenny se despertara. Detalló un juego, mano por mano, en el que ganó casi diez mil dólares. Recordé cuando JB me dijo que su madre tenía la energía de Lucille Ball, y pensé que tal vez por eso nos llevábamos tan bien, ambos habíamos sido criados por unas psicópatas encantadoras.

—¿Y nunca se lo has dicho? —le pregunté carcajeándome.

—¡Diablos, no! —respondió ella—. Sabes que lo pondría todo en un certificado de depósito o algo así, que no se pudiera retirar en treinta años.

Me reí. Le conté un poco más sobre la idea de la licencia de bienes raíces y Shyanne se emocionó.

—Margo, eso es genial —dijo, y me invitó a entrar en el apartamento para probar una nueva bebida que le había recomendado su entrenador personal y que le había gustado mucho, y que resultó ser un polvo rojo, que se mezclaba con agua, y contenía 150 miligramos de cafeína y suficiente niacina para hacer que me picara la piel del brazo. Nos sentamos en la mesa de la cocina de Kenny, o supongo que ahora en la mesa de la cocina de ambos. Bodhi estaba en mi regazo.

—Vas a necesitar un ajuar nuevo —dijo Shyanne—. Pienso en trajes de chaqueta con falda, pienso en Victoria Beckham. Pienso en mostrar las piernas durante el día, los labios de un color natural. ¡Estoy tan emocionada!

Shyanne estaba radiante. El corazón me latía como un colibrí por el polvo rojo y también por el alivio, por el afán de que las cosas volvieran a ser fáciles entre nosotras. Me agarró la mano.

—Me alegra mucho que hayas recuperado la cordura. ¡Sabía que lo harías! Sabía que no querrías perder a ese bebé. Pero estoy muy, muy contenta.

Me quedé helada.

—¿Qué quieres decir con «perder a ese bebé»?

Podía oír el zumbido de las luces del techo de la cocina de Kenny.

—Bueno, pasaron por tu casa, ¿no?

No le había contado lo de la visita de Servicios de Protección de Menores.

—Bueno, ¡vaya alerta! —dijo Shyanne—. Kenny dijo que eso era lo que te hacía falta, y supongo que tenía razón.

Toda esa información tardó un instante en cuajar en mi cerebro.

—Espera, ¿qué estás diciendo? ¿Ustedes llamaron a Servicios de Protección de Menores?

—Bueno, o sea, no yo, fue Kenny —dijo mi madre.

—Mamá, por Dios —le dije y, de pronto, tuve una visión: extender la mano, agarrarle las pestañas postizas y arrancárselas de cuajo.

—Bueno, oye, ¡funcionó! —dijo, señalando a Bodhi en mi regazo.

La miré a los ojos temblando de rabia.

—Pude haberlo perdido —le dije—. Mamá, la investigación sigue en curso. ¡Aún podría perder a Bodhi!

—Oh, no se lo van a llevar si dejas OnlyFans —dijo Shyanne haciendo un gesto con la mano como para restarle importancia al asunto.

El corazón me latía cada vez más rápido. Habría sido distinto si me hubiera creído que Shyanne de verdad temía por Bodhi, pero no me lo creí ni por un segundo.

—Si de verdad te preocupaba, ¡¿no podías, no sé, llamarme?! ¿Pasar por la casa?

—¡No nos hablábamos! —dijo ella—. ¡Después de que publicaste todo eso en Facebook! O sea, en serio, Margo, ¡en qué estabas pensando!

—Mamá, yo no publiqué nada. ¿Cómo puedes creer que publiqué eso? Me *doxearon*. Podías verlo ahí mismo. ¡La cuenta que lo publicó se llamaba CazaPutas!

—Pues, no lo vi —dijo Shyanne—. Pensé que te estabas anunciando.

—Por Dios —dije. Tenía la sensación de que podía empezar a reírme o a vomitar. Era una maldita idiota.

—Bueno, no importa —dijo Shyanne—, no importa, porque Kenny lo vio, y no podía dejar de pensar que no estaba bien que un niño creciera en un hogar así y que seríamos culpables de abuso infantil si nos quedábamos de brazos cruzados y lo dejábamos. ¡Y me obligó!

—¿Él te obligó?

Me levanté de la mesa, no podía permanecer sentada más tiempo. Bodhi percibió el cambio de vibra y empezó a gemir en mis brazos.

—¡No me dejaba en paz! Y cuanto más lo decía, ¡yo también creía que no debías hacer eso! No me gustaba que hicieras —se esforzaba por hallar las palabras correctas, y luego siseó— todo eso. Pensé que aprenderías la lección. Se trataba de ti y de tus decisiones. Como si la culpa fuera mía.

Shyanne también se levantó de la mesa y empezó a pasearse por la habitación, chupando la bebida roja con la pajita. Su rostro parecía hiperrealista bajo la vibrante luz fluorescente de la cocina. Yo tenía los ojos llenos de lágrimas y lo único que podía pensar era: ¿por qué no me quiere? ¿Qué hice para que este sea todo el amor que recibo?

—Margo, lo siento —dijo mi madre acortando la distancia entre nosotras. Extendió la mano y me apretó el hombro. Tenía la mano fría—. Lo siento —susurró-siseó—, pero ¿qué se suponía que debía hacer? ¡Kenny no es muy flexible que digamos!

—Entonces, ¿por qué te casaste con él?

Me apretó el brazo con fuerza y susurró:

—¿No crees que todos los días me pregunto si habré cometido un error? Pero fue lo que elegí. Pensaba que era la única opción que tenía en ese momento.

Debió de darle vértigo que Jinx apareciera con esas rosas. Una parte de ella debió de considerar dejar a Kenny ahí mismo. Pero Kenny era algo seguro. Eso era todo lo que tenía que ofrecer. Y ahora ella me estaba pidiendo que entendiera lo horrible que era su mundo y lo atrapada que se sentía dentro de él. Me había pedido toda la vida que entendiera, y siempre, siempre lo había hecho. Había entendido que no podía hacer que Jinx se quedara y nos quisiera por arte de magia. Había entendido que necesitaba el romance, y que eso significaba que saldría con hombres que no me gustaban o no quería tener cerca. Había entendido que tenía que trabajar los fines de semana, había entendido que no teníamos tanto dinero, había entendido que necesitaba una cerveza después del trabajo, había entendido que no podía preparar la cena. La quería. Lo entendía todo.

Pero a veces entender no era suficiente.

—No finjas que tu prejuicio y tu vergüenza por la forma en que me gano la vida es amor —le espeté—, que te preocupaba o que lo hiciste por mi bien. No te importa qué es bueno para mí, qué es lo mejor para nosotros. Solo te importa no enfadar a tu nuevo esposo para poder seguir vistiéndote de Lululemon y viendo a tu entrenador personal.

Shyanne hizo un sonido de incredulidad. Al parecer no supo cómo responder.

—Aléjate de mi vida —le dije—. ¡Déjame en paz!

Salí, cojeando sobre mi tobillo malo, mi bebé sollozando en mis brazos. En cuanto salimos al sol, se calmó y miró a su alrededor, asombrado de hallarse sumergido en un hermoso día. Los árboles se mecían a nuestro alrededor, cubriendo las aceras de una sombra ondulante.

«No», pensé mientras caminaba hacia mi auto. No sabía a qué le estaba diciendo que no ni a qué me refería, solo sabía que era la palabra apropiada. «No».

«No, no y no, carajo. Así no».

CUANDO LLEGUÉ A casa, Jinx estaba buscando apartamentos y Suzie estaba en clase, así que no había nadie con quien hablar y compartir lo que había sucedido. Puse a Bodhi a dormir la siesta y empecé a doblar la ropa sin saber qué más hacer cuando mi teléfono vibró con un correo electrónico de Ward. Todo lo que decía era: ¿Qué te parece esto? Había un archivo adjunto, un PDF titulado 730InformeEvalCaso#288862. No había clicado nada con tanto afán en la vida.

Las cinco primeras páginas eran un laberinto enloquecedor de casillas de verificación que detallaban exactamente quién había pedido la evaluación y qué debía incluir, quién la había pagado y las restricciones legales impuestas. Luego había una página con grandes letras en negrita en la parte superior: RECOMENDACIONES

La custodia que mejor sirve a los intereses del niño con respecto a la salud, la seguridad y el bienestar del niño, y la seguridad de todos los miembros de la familia es:

Custodia física: Madre ☑
Custodia legal: Madre ☑

Suspiré y seguí bajando, desesperada por leer más, por entender lo que significaba, por saber si era vinculante. Hacia el final, la estructura en forma de formulario se terminaba y había un informe escrito.

El tribunal, a petición de «Mark Gable», padre del niño «Bodhi Millet», me solicitó una evaluación de la aptitud psicológica y la capacidad de crianza de la madre de «Bodhi», «Margo Millet». Si se determina que «Margo» es apta en términos psicológicos, el padre «Mark» solicita que «Margo» mantenga la custodia legal y física total. «Margo» también quiere conservar la plena custodia legal y física, lo que simplifica la cuestión que el tribunal planteó cuando encargó el informe: ¿Puede «Margo Millet» proporcionar un entorno sano y seguro para «Bodhi»? Y en caso de que no pueda, ¿cuál sería el mejor entorno para «Bodhi»?

Para evaluar el perfil psicológico de «Margo», usé el MMPI-2, administrado en mi consultorio el 28 de enero de 2019. «Margo» obtuvo una puntuación dentro del rango normal en nueve de las diez escalas, con una puntuación alta (63) justo fuera del rango normal en la escala 5 de masculinidad/feminidad. En las escalas de contenido, «Margo» obtuvo un DEP alto-normal, lo que indica algunos pensamientos/tendencias depresivos, así como un CIN alto/normal, lo que indica cinismo subyacente y creencias misántropas. En la escala 4, presenta un tipo de personalidad asociado con el abuso de sustancias, pero «Margo» no tiene problemas conocidos de abuso de sustancias, aunque la adicción sí corre en su familia. (Se adjuntan los resultados completos).

«Margo» vive en un apartamento de cuatro habitaciones con el niño «Bodhi», el abuelo «James» y su compañera de apartamento, «Suzanne». El abuelo «James» está en proceso de mudarse a su propio apartamento y ya no vivirá con «Margo». En este momento, está en recuperación de la adicción a los opiáceos y está inscrito en un protocolo de tratamiento con metadona. Al ser entrevistado, su médico dijo que no se había saltado una dosis y que abordaba su recuperación con la seriedad adecuada.

«Margo» era la alumna de «Mark» en un curso universitario titulado «ING 121: Voces Antinaturales: Llevando la Narración al Límite», en el otoño de 2017 en Fullerton College. «Mark» inició la aventura. En aquel momento, «Margo» tenía diecinueve años y «Mark» tenía treinta y siete años. «Mark» estaba casado, en aquel momento, con «Sarah Gable», con quien tiene dos hijos, «Hailey» y «Max». Su romance con «Margo» duró casi seis semanas, tiempo durante el cual «Margo» quedó embarazada y decidió tener el bebé. «Mark» no quiso involucrarse en la vida del niño en aquel momento.

En este momento, «Mark» y su esposa, «Sarah», se encuentran en proceso de divorcio y mediación para la custodia de sus dos hijos «Hailey» y «Max». «Mark» no tiene un domicilio permanente y, en este momento, vive con su madre, «Elizabeth». Tiene la custodia provisional en fines de semana de «Hailey» y «Max». Tiene una relación positiva con ambos, y «Sarah» no ha denunciado ningún problema de abuso. Ha conservado su trabajo en Fullerton College, a pesar del incidente, y tiene estabilidad financiera.

El embarazo de «Margo» fue saludable y su historial médico no indica evidencia de abuso de sustancias, aun cuando el hospital retuvo a «Margo» veinticuatro horas más para hacerle una prueba adicional de drogas cuando la primera dio negativo. «Bodhi» nació sin complicaciones de salud con un peso normal-bajo de 6 libras.

Además del MMPI-2, entrevisté a «Margo» en mi oficina el 2 de febrero de 2019. «Margo» llegó a tiempo y vestida de forma apropiada. Su apariencia era limpia y arreglada, se expresaba con claridad, sus gestos no eran inusuales y su contacto visual estaba dentro de los límites normales. Su funcionamiento intelectual-cognitivo es elevado y es capaz de expresarse verbalmente con facilidad. «Margo» parece ser capaz de percibir con precisión el mundo que la rodea, presentando a los demás, incluso a aquellos con quienes tiene conflictos, de una manera matizada.

«Margo» tiene un concepto de sí misma algo disfuncional considerándose superior e inferior a los demás de un modo coherente. Está en conflicto sobre su identidad y su papel en el mundo de los adultos, e intenta proteger su vulnerabilidad con una actitud afectada de poder y dominación. En este momento está experimentando niveles manejables de ansiedad y depresión, aunque esos sentimientos se centran principalmente en el pleito por la custodia y la relación con su madre. La regulación emocional de «Margo» es apropiada para su corta edad y, aunque comenzó a llorar en varios momentos de la entrevista, pudo calmarse y mantener el control de su conducta.

Las transcripciones académicas y los puntajes del SAT de «Margo» reflejan una capacidad intelectual superior a la media. Sin embargo, abandonó Fullerton College y parece que no tiene más ambiciones educativas. Cabe señalar que abandonó los estudios a petición del padre «Mark» y la abuela «Elizabeth», quienes le pidieron que firmara un acuerdo de confidencialidad para mantener en secreto el parentesco de «Mark». «Margo» firmó dicho acuerdo y accedió los términos y, a cambio, recibió 15 000 dólares, así como un fideicomiso para el niño «Bodhi» por 50 000 dólares.

«Margo» trabaja en este momento como personalidad de las redes sociales de OnlyFans y TikTok. OnlyFans es un sitio web dirigido a clientes adultos que ofrece contenido sexual. La preocupación de «Mark» por el bienestar de «Bodhi» gira casi de forma exclusiva en torno a su trabajo en OnlyFans. Su trabajo no es ilegal y paga muy bien, lo que le permite trabajar desde casa y cuidar a Bodhi a tiempo completo. Está bien establecido que el trabajo sexual está muy correlacionado con resultados psicológicos negativos, y que las poblaciones en riesgo tienen más probabilidades de sufrir depresión, trastornos del estado de ánimo e ideas suicidas. «Margo» no muestra ninguno de estos comportamientos, pero es un riesgo que conlleva el trabajo que ha elegido y que no puede pasarse por alto, en especial si se toma en cuenta su potencial de adicción, su corta edad y su tendencia a la depresión. Si bien tiene planes de dedicarse al sector de bienes raíces, su futuro financiero sigue siendo incierto y, sin duda, seguirá siendo una fuente de estrés.

Como parte de mi evaluación, realicé una observación parental en el apartamento de «Margo». El apartamento estaba limpio y ordenado, «Margo» se expresó sin dificultad, y no había señales en su forma de andar ni gestos que indicaran consumo de alcohol o drogas. La vi darle la cena a Bodhi, bañarlo y prepararlo para dormir.

«Margo» muestra altos niveles de afectividad, participación y capacidad de respuesta positivas en sus interacciones con «Bodhi», y utiliza comunicación no verbal como sonreír, asentir con la cabeza y reírse para expresar afecto, además de comunicación verbal que incluye espacio para que «Bodhi» responda.

«Margo» demostró aptitud en establecer una estructura adecuada para «Bodhi», así como en gestionar su frustración o emoción, y calmarlo cuando fue necesario. Durante la cena, permitió que «Bodhi» se alimentara con las manos, aunque se ensuciara. A la hora del baño, tomó las medidas de precaución adecuadas y estuvo atenta a su seguridad en el agua, al tiempo que le permitía explorar y correr algunos riesgos físicos. Numerosos estudios han descubierto que este tipo de enfoque de alta atención y bajo control es óptimo.

«Bodhi» parece tener un temperamento flexible con algunas de las características de un niño activo. Se siente cómodo físicamente con Margo, y responde a sus caricias y elogios verbales con señales de placer como sonreír, reír y aplaudir. Su balbuceo y coordinación física son normales para su edad. A su pediatra (se adjunta la carta) no le preocupan la salud del niño ni la aptitud de «Margo» para ser madre y, de hecho, la describió como «demasiado concienzuda».

«Margo» está siendo investigada en este momento por Servicios de Protección de Menores. Al ser contactados, indicaron que no concluirían su investigación en un plazo conveniente para este pleito de custodia. Como no hallé señales de abuso ni negligencia en mi propia investigación, decidí que sería imprudente esperar, pero con gusto someteré un anexo una vez que sus conclusiones estén disponibles. Este informe también se envía a Servicios de Protección de Menores para su investigación.

Por todo lo que he visto, «Margo» está en condiciones psicológicas para retener la custodia total, legal y física, de «Bodhi», y no hay señales de abuso, negligencia o daño.

Margo tiene en este momento la custodia de «Bodhi». Como la investigación de Servicios de Protección de Menores está en curso, es habitual que las disputas por la custodia se suspendan hasta que se resuelva la investigación, pero, dado que «Margo» tiene en este momento la custodia de «Bodhi», y tanto «Mark» como «Margo» desean que la conserve, sujeto a que se acepte este informe, no es necesario tomar ninguna otra medida. En caso de que algún hallazgo de Servicios de Protección de Menores contravenga este informe, la custodia se reevaluará a través de los mecanismos habituales.

Mi recomendación es que a «Mark» se le permitan visitas una vez por semana, si así lo desea, y que pague la pensión alimenticia de acuerdo con sus ingresos durante un año, momento en el cual la situación podrá reevaluarse en tanto que «Mark» estabilice su situación de vivienda y que el costo psicológico, si lo hubiera, del empleo de «Margo» se haga más evidente.

Me puse feliz, aunque también me espantó leer todas esas cosas sobre mí y, al final, me sentí un poco descompuesta. Todavía tenía montoncitos de ropa de Bodhi doblada a mi alrededor. No sabía qué hacer a continuación, si terminar de doblar sus calcetines o llamar a Ward. En ese momento, Bodhi se despertó y sus gemidos resonaron pequeños pero fuertes a través del monitor para bebés. Fui a verlo y lo cambié. Estaba de un humor risueño. No hay mayor deleite en el mundo que un bebé bien descansado. Le hice trompetillas en la barriga, él chillaba de alegría y, cuando paré, los dos estábamos jadeando, mirándonos uno al otro y sonriendo, y pensé con voz de robot: «Numerosos estudios han revelado que este tipo de enfoque de alta atención y bajo control es óptimo».

Me sentía orgullosa. O sea, ¿«óptimo»? Lo acepto.

También pensé que, si Shyanne había sido quien llamó a Servicios de Protección de Menores, entonces no había sido Mark, y eso cambiaba las cosas. Además, con el informe de la Dra. Sharp, había muchas probabilidades de que no tuviéramos que ir a juicio. Necesitaba saber a qué me enfrentaba.

CAPÍTULO VEINTICINCO

La dirección de Mark estaba en los papeles de la custodia. Supuse que sería un apartamento, pero cuando llegué era como una versión en miniatura de la Casa Blanca. Una empleada abrió la puerta y me condujo a través de un salón todo pintado y decorado en blanco, pasando por una cocina de mármol de Carrara, hasta unas puertas francesas que daban al patio trasero. Había una piscina y una cocina al aire libre. Señaló un grupo de árboles de un tono plateado más allá del estanque.

—La casita del señor Mark está ahí detrás, por donde están esos árboles, ¿la ves?

¿Que si la vi? Era una casa grande y más bonita que cualquier otra en la que hubiera vivido. La empleada, cual guía del inframundo, parecía decir que no podía ir más lejos, así que bordeé sola la piscina, llegué hasta la sombra moteada de los árboles y llamé a la puerta de Mark. No hubo respuesta. Volví a llamar.

De repente, Mark abrió la puerta de un tirón, a todas luces molesto. Estaba vestido con una sudadera de Duke y pantalones de correr morados; el cabello largo, medio grasiento y sin cepillar. Llevaba gafas de lectura, que se quitó en cuanto notó que me fijaba en ellas.

—Bueno, esta visita es inesperada —dijo.

—Tenemos que hablar —dije.

Me resultaba extraño estar a solas con él; en cierto modo, familiar, aunque yo fuera una persona tan diferente de la que era la última vez que habíamos hablado así.

Lo seguí hasta un salón en penumbra. Todas las persianas estaban cerradas. Mark encendió las brillantes luces del techo, lo que al instante reveló que se trataba de un antro de horrible tristeza. Había libros y papeles por todas partes, tazas de café medio vacías y abandonadas en varias mesitas auxiliares, ropa por el suelo, una caja de pizza en la mesa de centro. Todos los muebles tenían motivos isleños, ratán y cojines estampados con aves del paraíso, que entristecían aún más la habitación. Mark se sentó en el sofá y quitó una toalla de la silla para que yo pudiera sentarme. El cojín estaba un poco húmedo.

—¿Qué pasa? —preguntó—. Vi el informe de la Dra. Sharp, que fue muy tranquilizador. Pensé que estarías contenta. Se masajeó el puente de la nariz.

—Estoy contenta —dije, aunque todavía estaba algo pasmada por el encontronazo con Shyanne del día anterior—. Pero tenemos que establecer líneas de comunicación más claras y menos costosas. Al principio, pensé que lo hacías para herirme o castigarme. Luego, en la mediación, empecé a entender que en realidad creías que no estaba haciendo bien las cosas, que, de algún modo, estaba fuera de control. Así que ahora necesito saber, Mark, ¿qué quieres? ¿Qué significa todo esto?

—¿A qué te refieres?

—¿Quieres ser parte de la vida de Bodhi?

—Es obvio —dijo—. También es mi hijo, Margo.

Lo miré con los ojos entrecerrados.

—Porque hace menos de un año me hiciste firmar un acuerdo de confidencialidad en el que prometía abandonar Fullerton y no decirle nunca a nadie que Bodhi era tuyo.

—Los sentimientos cambian. ¿No tengo derecho a mi propio viaje emocional?

Suspiré. Era tan agotador vadear su pose de persona digna. No era nada convincente.

—Ayúdame a entender cómo fue, cómo se produjo este cambio.

Tenía que saber por qué había hecho lo que había hecho para poder predecir mejor lo que podría hacer después.

—Bueno, cuando tu padre llamó, ¡Sarah estaba ahí! ¿Cómo se suponía que iba a explicarle lo que estaba pasando sin contárselo todo? Margo, no sé qué se habría metido en el cuerpo, alcohol o drogas, pero arrastraba las palabras y estaba incoherente, y no paraba de llamar y llamar. No supe qué hacer.

—¿Así que se lo contaste a Sarah? —le pregunté.

Era una serie de causalidades que no había anticipado. Ahora todo tenía sentido. Para justificarse ante Sarah, Mark había retorcido la realidad como un pretzel.

—Se lo conté a Sarah —asintió Mark—. Y, aparte de temer por mi vida, se enfureció conmigo. Dejé de dormir, dejé de comer, pedí la baja médica en el trabajo.

Puaj.

—Y Sarah estaba tan molesta. Como es natural. Por la aventura, por la traición, y no hacía más que decir: «¡¿Tienes un hijo?!». Y, mientras tanto, yo pensaba, pues, sí, pero en realidad, no. Margo tiene un hijo que tiene algo de mi ADN. O sea, no lo decía en voz alta, aunque me daba cuenta de que eso era lo que pensaba y que eso estaba muy mal.

¿Lo estaba? Ojalá no hubiese cambiado de opinión.

—¿Así que fue Sarah la que quiso demandar por la custodia total? —pregunté. Esa era la parte que no tenía sentido. Tal vez quería avergonzar a Mark, pero dudaba que quisiera cambiarle los pañales a su otro hijo.

—Pensó que yo tenía que asumir la responsabilidad —dijo Mark.

—Y ya se estaba divorciando de ti —dije, atando cabos—, así que no le afectaba.

—Bueno, el divorcio no se ha resuelto todavía —dijo Mark ofendido.

—Oh —dije. ¿Pensaría que, si asumía la responsabilidad por Bodhi, lograría convencerla de que es un buen tipo para que no lo dejara?

—Sarah nunca me dijo como tal que intentara conseguir la custodia completa —dijo Mark—. Fui a ver a Larry por lo de la orden de alejamiento de tu padre y para explicarle la situación, y los dos pensamos, ¡ahí hay un niño! ¿Qué será de ese niño? ¿Entiendes?

—Por Dios —dije.

De repente me sentí muy cansada. Larry ni siquiera era abogado de custodia, lo que en cierto modo explicaba muchas cosas. Vi un envoltorio de sándwiches Uncrustables en el suelo. Mark no iba a cambiar nunca. Ni Jinx, ni Shyanne, ni la forma en que funcionaba el mundo. Eran como piezas de ajedrez: se movían de una sola manera. Si querías ganar, no podías insistir en desear que se movieran de otra manera o pensar que sería más justo que se movieran de otra manera. Tenías que adaptarte. Lo que necesitaba saber era si a

Mark le preocupaba de verdad OnlyFans. Podía seguir procurando la custodia completa y llevarme a juicio, dijera lo que dijera la 730. Podía no ganar, pero podía llevarme a la bancarrota en el intento.

—Necesito saber qué sientes de verdad respecto a OnlyFans.

—Bueno —dijo Mark—, según la Dra. Sharp, no es problemático en absoluto.

—Te pregunto si continuarás procurando la custodia total si sigo haciéndolo.

—Pensé que te ibas a dedicar al sector de bienes raíces —dijo Mark, un poco sarcástico.

—Estoy intentando decidir qué voy a hacer, por eso pregunto. Me parece absurdo que un hombre con el que me acosté hace más de un año decida cómo me busco la vida, pero esa es la situación en la que me encuentro.

—Tengo que confesar algo —dijo Mark de repente, excitado y con cara de «he sido un chico malo»—. Compré tu video de Rigoberto. Y he de decir que, desde un punto de vista artístico, me impresionó bastante.

Tan raro, tan asqueroso.

—Gracias —dije, rezando por que no dijera más.

—No era lo que me había imaginado —dijo.

Por muy imbécil que fuera Mark, yo sabía lo que quería decir. Yo no esperaba que el relato de Arabella fuera lo que fue. Yo no esperaba pensar que la lucha libre profesional fuera una forma de arte. Yo no esperaba que la infidelidad consistiera en abrazarse ni que la drogadicción consistiera en comer Milky Ways.

—¿Me harías un favor, Mark? Entiendo que te preocupes por Bodhi o por las decisiones que tome en mi vida profesional, pero ¿podrías intentar hablar conmigo y ya? Porque creo que las cosas que nos inventamos, las suposiciones que hacemos acaban siendo mucho peores que la realidad. ¡No tienes más que llamarme! No había necesidad de firmar papeles, pudiste hablar conmigo.

Asintió con la cabeza y frunció el ceño.

—¿Podría...? ¿Crees que podría conocerlo? ¿A Bodhi?

—Por supuesto —dije—. Cuando quieras. Pero necesito saber, ¿vas a continuar procurando la custodia total si sigo en OnlyFans?

—No —respondió Mark—. En realidad, no creo que la custodia completa... Bueno, eres su madre. Eres todo lo que ha conocido.

Me dio vergüenza que casi se me llenaran los ojos de lágrimas. No esperaba que Mark dijera algo tan decente.

—No sé —continuó Mark—. En la mediación parecías estar mucho más en control de lo que esperaba; eso cambió las cosas.

Esa chaqueta negra, pensé. Vale cada centavo que pagué por ella.

Esa noche, miré la carpeta rosada que había preparado para Servicios de Protección de Menores. Había hecho un plan financiero a doce meses para la transición al sector de bienes raíces basado en una plantilla que encontré en un sitio web llamado Templates4Everything.com, que tenía eslóganes absurdos como «¡Reduce el tiempo que dedicas a tu negocio a la mitad!». Hojeé las páginas. Cerré la carpeta rosada. La puse sobre mi escritorio. Miré la cubierta color chicle.

Odiaba todo el plan. Odiaba la carpeta. Odiaba la idea de dedicarme al sector de bienes raíces, de pasar horas y horas al día lejos de Bodhi para dedicarme a algo que no quería hacer y que ni siquiera sabía si haría bien. Odiaba a Maribel. Odiaba sentir que no podía hablar, acobardada. Odiaba tener que acatar normas que sabía que eran estúpidas. Odiaba tener miedo.

Pero tenía miedo. Sentía cómo la burocracia se iba cerrando en torno a mi vida. Lo más aterrador de Maribel —me di cuenta— era que no era una verdadera villana. Era una especie de entrometida oficiosa, convencida de que estaba del lado del bien. Alguien insustancial por completo con el poder de decidir si me quedaba con mi bebé. Iba hacer lo que fuera para que nos dejara a Bodhi y a mí en paz. Y, si eso significaba seguir las reglas, entonces tendría que aguantarme y seguirlas. O al menos eso pensaba antes de hablar con Mark.

Entonces, oh maravilla, tuve una visión. Y esa visión era de Ric Flair, su piel de anciano, bronceada y reluciente de aceite, su lustrosa melena rubia oxigenada hasta los hombros. Ric Flair, el mejor rudo de todos los tiempos. Un hombre que pedía clemencia a sus oponentes y luego les metía el pulgar en el ojo, un hombre que ganaba haciendo trampa, un hombre tan famoso por fingir que se desmayaba que lo llamaron el Flair Fiasco. Y en esa visión, el Chico de la Naturaleza aparecía ante mí con su reluciente túnica enjoyada, iluminado por un resplandor de neón, y me decía: «Margo: Para ser el hombre, WOOOO, ¡tienes que vencer al hombre!».

Abrí el portátil e hice un par de búsquedas rápidas, tenía el pulso acelerado. Leí artículos y más artículos lo más rápido que pude. Es increíble todo lo que no se encuentra cuando no se está buscando. Llamé a Ward, a pesar de que eran las diez de la noche y ya le había dado la lata antes para decirle que Mark quería conocer a Bodhi. Contestó al primer timbrazo.

—Hola, Ward —dije—. ¿Quieres ganar un poco más de dinero y ayudarme en la investigación de un caso? Creo que he estado abordando esto muy mal.

COMO CUALQUIER MUJER dueña de su destino, intenté que la baraja jugara a mi favor, en este caso haciendo un alto en el camino para comprarle donas a Ward. Cuando llegué, Ward me dijo:

—No sé muy bien qué esperas conseguir con esto, Margo, y no quiero que te hagas ilusiones.

Coloqué la caja rosa sobre su escritorio, el aura de Ric Flair me envolvía como un escudo protector.

—Ward, los que renuncian nunca ganan y los ganadores nunca renuncian.

Abrió la caja y sacó un buñuelo de manzana.

—Dios mío, todavía están calientes.

—¿Sabías que no hay precedentes legales sobre la forma en que Servicios de Protección de Menores maneja los casos contra las madres que tienen cuentas en OnlyFans?

—Sí —dijo Ward, aún masticando el buñuelo.

—Pues, ¿sabes quién es el dueño de OnlyFans?

Ward se encogió de hombros.

—Leonid Radvinsky. ¿Y cuál es el otro gran sitio web que posee? MyFreeCams —dije—. Y me puse a pensar que OnlyFans es en realidad una vuelta de tuerca que las redes sociales han dado a los sitios de chicas webcams, y los sitios de chicas webcams han existido más o menos desde que existe Internet.

—¿Y cómo fallaron los jueces? —preguntó Ward.

—Adivina —respondí.

—A juzgar por este buñuelo de manzana, diría que los fallos fueron favorables.

—Y tendrías razón —dije—. Pero no voy a imprimirle a Maribel un montón de páginas de una búsqueda en Google; no se lo creerá si vienen de mi parte. Necesito que lo hagas todo oficial y legal.

—Claro, claro —dijo Ward—. Quieres que le dé un susto que se cague.

—Exacto —dije y alejé mi dona glaseada de Bodhi para que no pudiera agarrarla—. Y necesito saber también si hay algún caso que no encaje en ese patrón.

—La cuestión es, Margo, que podemos hacer todo eso, pero la investigación va a ser costosa. Y no estoy seguro de que logremos que se retiren. Todo esto sería mucho más fácil si hubiera hecho algo malo.

—Entró en mi casa sin una orden —le ofrecí.

—Sí, pero tú la dejaste. Si alguien dice: «¿Puedo entrar?» y tú le dices que sí, no hay nada malo en ello.

—Bueno, ella no preguntó «¿Puedo entrar?».

—Entonces, ¿qué dijo? Palabra por palabra. ¿Cuáles fueron las palabras exactas que usó? —preguntó Ward.

A PESAR DE su escepticismo inicial, la reunión con Ward fue larga y desquiciante. Al final nos habíamos comido más de la mitad de las donas y teníamos un plan. La semana siguiente transcurrió sin novedades. Eso me inquietaba. Cuando uno va a hacer algo valiente y estúpido a la vez, ayuda tener menos tiempo para pensarlo. Aun así, saqué todos los papeles viejos de la carpeta rosa y la llené de papeles nuevos, organizados de forma esmerada con un índice. No teníamos ni idea de cuándo volvería Maribel. Podía ser en cualquier momento o podrían pasar semanas. El rosa de la carpeta se volvía un poco más radiactivo con cada día que pasaba.

Mientras tanto, Jinx encontró una casa de alquiler encantadora con una piscina, que decía que era para Bodhi.

—Papá, todavía no sabe nadar —le dije. Pero me alegraba que se mudara cerca. No estaba mal, me di cuenta, poner un poco de distancia entre nosotros. Tenía que confiar en que seguiría así. Antes, cada vez que mi padre se marchaba, siempre significaba que desaparecía de mi vida. Me iba a llevar algún tiempo aprender cómo haríamos para que funcionara.

Pensaba en JB sin cesar y, aunque sabía que no era sano, leía sus viejos mensajes. Pero sabía que no podía darle prioridad.

También pensé en Shyanne. Ya me había tranquilizado un poco, no le había dicho en serio lo de que se alejara de mi vida. Era la única madre que tenía; tenía defectos y eso era una mierda, pero la quería. La verdad es que me sacaba de quicio imaginarla en el apartamento de Kenny, ese lugar tan pulcro y feo, acelerada con bebidas energéticas, jugando al póquer a escondidas en su teléfono. No podía dejarla ahí. Tendría que encontrar alguna forma de hacer las paces con ella, aunque no tenía idea de cómo. Todo eso me dolía en el corazón.

Pero también sabía, cuando amamantaba a Bodhi para que se durmiera cada noche, que en mi mundo nunca volvería a faltar el amor. El amor no era algo, me daba cuenta, que venía de fuera. Siempre había pensado que el amor debía venir de otras personas y, de algún modo, yo no conseguía atrapar las migajas del amor, no conseguía comérmelas, y andaba siempre con la barriga vacía y desesperada. No sabía que el amor debía venir de mi interior y que, mientras amara a los demás, la fuerza y el calor de ese amor me llenarían, me harían fuerte.

Cuando por fin me dormí, me imaginé a mí misma como Arabella, violenta y medio desnuda, solo que, en lugar de dispararle a la gente con pistolas brillantes de dibujos animados, los amaba con tanta fuerza y realismo que el mundo empezó a sacudirse ante el poder de ese amor. El rostro de mi madre voló en fragmentos atravesado por rayos dorados de luz; el cuerpo esquelético de Jinx se elevó hacia el cielo.

Y Bodhi, Bodhi resplandecía bajo una luz dorada mientras bebía y bebía el amor que fluía de mi cuerpo, y usaba ese amor para volverse fuerte y feliz, para crecer, y sus células se duplicaban y se redoblaban, sus huesitos se armaban a la velocidad de una cámara rápida, como un milagro.

CAPÍTULO VEINTISÉIS

El viernes siguiente por la mañana, Mark acudió al apartamento para conocer a Bodhi. Le hice una advertencia a Jinx.

—Tengo que decirte algo, es algo que he estado temiendo decirte todo este tiempo.

Jinx frunció el ceño.

—¿Qué?

Sabía que era algo medio gracioso, pero igual me preocupaba.

—Mark es bajito.

—¿El padre de Bodhi?

—Sí, es de la estatura de Michael J. Fox.

—¿Y?

—Bueno, sé que esperabas que Bodhi fuera alto y se convirtiera en luchador... pero...

—Bodhi va a ser gigantesco, Margo. Te lo digo, nunca he visto un bebé con unas manos de ese tamaño.

—Solo intento prepararte. Para que no te extrañe cuando llegue.

—Prometo no suspirar y decirle: «¡Pero qué bajito eres!».

—Gracias.

—Pero podría decirle: «No puedo creer que te tiraras a mi hija mientras era tu alumna, pedazo de mierda».

—Eso puedes decírselo.

Cuando llegó Mark, todos nos comportamos bastante bien, aunque mi padre hizo una broma arriesgada sobre romperle los dedos de verdad esta vez cuando se dieron la mano. Mark llevaba unos pantalones de lino marrones de pata ancha. Jinx arqueó una ceja, pero permaneció callado y se metió en la cocina a preparar té y aperitivos mientras Mark estaba con Bodhi en el salón.

—Pues este es Bodhi —dije, haciendo rebotar a Bodhi en mi cadera. Tenía siete meses, dos dientes inferiores y babeaba sin cesar, le corrían cascadas de saliva por la barbilla a todas horas. A pesar de eso, era un hermoso duendecillo y yo estaba orgullosa. Le puse su mameluco más bonito. Era de un color siena tostado con zorros blancos. Acababa de bañarlo, así que olía a miel y avena.

—¡Dios mío! ¡Oh, Margo!

Mark me miró y se le saltaron las lágrimas. No era la reacción que esperaba y la verdad es que me conmovió un poco.

—¿Quieres cargarlo? —pregunté.

—¿Vendrá conmigo? ¿Ya les teme a los desconocidos?

—No, todavía se va con casi cualquiera —le dije—. Vamos, lo pondré sobre su manta, juegas un rato con él y luego puedes intentar cargarlo.

Mark se arrojó de inmediato al suelo como si le hubiera dicho que hiciera flexiones.

—Margo, es tan bonito.

Puse a Bodhi sobre su manta y enseguida se puso en cuatro patas, algo que hacía cada vez con más frecuencia. Se balanceó de un lado a otro y miró a Mark de forma desafiante. Mark también se puso en cuatro patas e imitó su vaivén, lo que hizo reír a Bodhi. Bodhi agarró su pulpo, se frotó la boca con él y miró a Mark.

—¿Es tu pulpo? —preguntó Mark—. ¡Debe pensar que soy muy raro por llorar así!

—Oh, me ha visto llorar muchas veces —dije—. A estas alturas, debe de pensar que los adultos tenemos la cara mojada.

Jinx trajo el té y los aperitivos, y nos sentamos a ver a Mark y a Bodhi jugar juntos. Recordé lo que dijo Ward sobre la declaración jurada: Mark era un marido de mierda, pero un padre bastante bueno. Podía creerlo. Era imposible que fingiera lo encantado que estaba con Bodhi y, a regañadientes, se ganó mi aprobación.

Entonces sonó el timbre.

No esperaba sentirme tan feliz, así que ni me preocupé. Me quedé sentada en el sofá mirando a Mark y a Bodhi en lo que Jinx iba a la puerta. Luego, escuché la voz de Maribel. Me levanté del sofá y le susurré a Mark:

—Mierda, es la de Servicios de Protección de Menores.

—¿Quieres que haga algo? —susurró.

Y le dije, como si fuera una transacción de drogas o algo así:

—Actúa con naturalidad.

Se burlaría de mí durante muchos años. Todavía me lo dice a cada rato.

Corrí a mi escritorio y agarré la carpeta. Escuché a mi padre explicarle a Maribel que el padre de Bodhi estaba en casa.

—¡Qué lindo! —dijo cuando regresó de la inspección ocular que debió de hacerles a Mark y a Bodhi en el salón.

En cuanto se sentó a la mesa con nosotros, abrí la carpeta e intenté comenzar mi discurso. Había ensayado decenas de veces lo que quería decir. Todas las noches, cuando me metía en la cama, cuando iba al baño, cuando hacía cola en la tienda imaginaba mi justificación ante Maribel.

—En nuestro último encuentro... —dije, pero ella me interrumpió.

—Pues, Jinx, diste positivo a los opiáceos.

Dijo esto como si fuera algo condenatorio. Como si Jinx debiera de avergonzarse.

—Te dijimos que sería así. Está en un programa de tratamiento con metadona —le dije.

—¿Y Jinx ha hecho algún plan para dejar la metadona?

—No —le dije —, pero se muda este fin de semana, así que, si toma o no toma metadona, ahora es irrelevante.

Maribel me dirigió una mirada extraña que no supe interpretar, y luego dijo:

—Tendré que ver una copia de su contrato de arrendamiento.

—Está aquí, en la carpeta —dije señalando la sección 3 del índice.

—¿Qué es todo esto? —preguntó por fin.

—Son ejemplos de jurisprudencia en casos anteriores de Servicios de Protección de Menores contra chicas webcam en el estado de California.

Maribel suspiró con cierto dramatismo.

—No era necesario que hicieras todo esto. La jurisprudencia no determina si su hogar es seguro o no. Margo, pasaste la prueba de orina, así que ahora queremos una prueba de folículos pilosos.

No pudo haber dicho nada peor.

—¿Por qué pasar un control antidopaje me obliga a someterme a otro control antidopaje? —pregunté.

El corazón me latía cual *dubstep*. No pasaría la prueba de folículos pilosos. Ward y yo habíamos repasado lo que debía decir, pero no sabía qué pasaría si Maribel decía algo inesperado.

—Cuando un miembro del hogar da positivo en un análisis de drogas ilegales, la política es realizar un análisis más exhaustivo de todos los cuidadores para detectar cualquier cosa que el análisis de orina pueda haber pasado por alto. Es muy sencillo, cortamos un centímetro de cabello, un solo mechón. Me lo explicó como si yo fuera un niño al que hay que convencer para que se tome una medicina.

—¿Tienes una orden para la prueba de drogas? —pregunté.

Maribel se echó a reír.

—No solemos solicitar una orden para un control de drogas estándar.

—Bueno, por una cuestión técnica debiste haber traído una orden, incluso para entrar en el apartamento —dije—. Te permitimos entrar como un gesto de buena voluntad por nuestra parte.

—¿Te estás negando a someterte a la prueba de drogas? —preguntó Maribel.

—No —dije—, con gusto me haré la prueba de drogas si me enseñas una orden.

Ward estaba seguro de que ningún juez firmaría esa orden. No había motivos para sospechar que yo consumía drogas, no había drogas en la casa y el resultado positivo de Jinx tenía una explicación lógica. «No tienen causa probable» había dicho Ward. Pero en aquel momento estaba poniendo toda mi vida en sus pegajosas, extrañas y lampiñas manos.

Maribel anotó algo en su cuaderno. El bolígrafo tenía una ranita de Sanrio. Movió la cabeza de lado a lado, luego me miró a los ojos.

—Cuando un padre se niega a cooperar en una investigación es una gran señal de alarma. Negarte a hacerte una simple prueba de folículos pilosos te hace parecer en extremo culpable.

Intentaba tragar y sentía como si se me cerrara la garganta.

—Entiendo —dije.

Por supuesto que negarme me hacía parecer culpable. ¿Por qué Ward y yo nos habíamos convencido de que eso funcionaría?

Maribel se acercó y me puso la mano en el brazo. Tenía las uñas pintadas de un morado brillante.

—Te lo digo porque me preocupo por ti, Margo. Negarte a cooperar con la investigación quedará muy, muy mal.

Y así, sin más, volví a sentir el suelo bajo los pies. Maribel no se preocupaba por mí. Había llevado su papel demasiado lejos. Intentaba manipularme y, en un instante, todo volvió a parecerme sencillo.

—Oh, estoy ansiosa por cooperar con la investigación. De hecho, he organizado algunos documentos para ayudarte. Como podrás ver, aquí está el índice y mi evaluación 730, que incluye un perfil psicológico completo y concluye que no solo soy apta para criar a Bodhi, sino que mi estilo de crianza es óptimo. —Me temblaba la voz. Me aclaré la garganta en un esfuerzo por recuperar el control—. Aquí hay una carta de Mark, el padre de Bodhi, en la que expresa su pleno apoyo a mi trabajo en OnlyFans. Al final hay una colección de ejemplos de jurisprudencia en California que establecen un claro precedente sobre la legalidad de mi trabajo. Hay decenas de casos en los que se estableció que Servicios de Protección de Menores no puede utilizar el empleo de una madre que trabaje en un ámbito adyacente al sexo de forma legal, ya sea como stripper o como chica webcam, en su contra.

—Puede ser, pero OnlyFans es un fenómeno nuevo —dijo Maribel—, que presenta una situación única porque el trabajo sexual tiene lugar en el hogar donde se está criando al niño.

Lo dijo con una seriedad estudiada, enfatizando las palabras «en el hogar». Sonó a personaje de *Plaza Sésamo*.

—Correcto —dije, sonriendo y asintiendo—. Sí, eso lo entiendo. Pero hay muy poca diferencia material entre trabajar con una cámara y tener un perfil en OnlyFans. El último caso aquí fue una demanda que Kendra Baker, a la que le quitaron a sus hijos debido a su exitosa carrera como chica webcam, le ganó a los Servicios de Protección de Menores y al estado de California. Al igual que yo, Kendra Baker trabajaba en su hogar. Al igual que yo, mantuvo a sus hijos al margen de su vida laboral, y era una madre buena y apta.

Abrí la carpeta en la página correcta.

—Baker demandó por... espera, ¿cuánto fue? ¿Dos millones de dólares?

Dejé la página abierta para que Maribel pudiera ver que el importe real era de 2,2 millones de dólares. Y que Kendra Baker había ganado.

—Esto es muy detallado —dijo Maribel—, pero como he dicho, nuestra prioridad es que el niño esté seguro en el hogar.

Sin duda, le encantaba esa frase.

—Llegados a este punto —dije—, creo que tu prioridad debería ser evaluar tu propio riesgo legal. Esta es una carta de mi abogado, Michael T. Ward, en la que te solicita que desistas de entrar en mi casa sin una orden judicial. La última vez que estuviste aquí, entraste con falsos pretextos al afirmar que te llevarías a mi hijo a menos que cumpliéramos, lo cual, como estoy segura de que sabes, es una violación de nuestros derechos y te expone a ser procesada en virtud del artículo 42 del Código de Estados Unidos, sección 1983, Acción Civil por Privación de Derechos.

Ward se había fijado en ese detalle cuando nos reunimos. No paraba de decir que eso lo cambiaba todo y me preguntó como diez veces si en realidad había dicho eso. Incluso llamamos a Jinx y le hicimos repetirlo palabra por palabra. Amenazó con llevarse a Bodhi dos veces, primero cuando él no la dejó entrar y otra vez porque yo no estaba en casa. Ward había soltado una carcajada. «¿Qué? ¿Como si fuera ilegal tener una niñera? A esta chica sí que le gusta amenazar, a ver qué le parece recibir un par de amenazas». No creía que fuera para tanto como pensaba Ward. No había ninguna grabación de la conversación. No teníamos pruebas reales de que hubiera dicho eso. Solo tenía que negarlo y sería nuestra palabra contra la suya. Maribel agarró la carpeta por primera vez y empezó a mirarla con detenimiento. Se saltó todos los expedientes y leyó la carta de Ward.

Jinx se acercó y me agarró la mano. Contuvimos la respiración mientras veíamos a Maribel leer. De vez en cuando murmuraba las palabras para sí misma en voz baja. Cuando llegó a la última página, se detuvo un momento y luego cerró despacio la carpeta.

—Esto es muy interesante —dijo—, y está claro que le has dedicado mucho tiempo y esfuerzo. Y, sin duda, nuestra prioridad es el bienestar de Bodhi. No estamos aquí para intentar llevarnos a un niño que no necesita que se lo lleven. Nuestra meta es siempre mantener al niño con su familia, en la medida de lo posible.

—Correcto —dije casi sin aliento. Parecía que empezaba a retroceder. Y yo necesitaba que sintiera que podía hacerlo sin dificultad—. Eso tiene mucho sentido. Porque nuestro abogado estaba tan disgustado que quería presentar cargos enseguida, pero yo le dije: «Ward, creo que los Servicios de Protección de Menores quieren ayudar de verdad. Ellos son los buenos. Démosles la oportunidad de demostrarlo».

—Por supuesto —se entusiasmó Maribel—, nuestra prioridad es siempre intentar mantener al niño en el hogar. Lo que importa, al fin y al cabo, es que el hogar esté limpio, que el niño reciba atención médica con regularidad, etcétera. Tu prueba de drogas dio negativa. Las otras personas que entrevistamos confirmaron todo lo que observé de ti y de James.

—¿Ves? —dije—. Eso fue justo lo que le dije a Ward. ¡Pero estaba tan obsesionado con los tecnicismos! Me decía: «Margo, lo que hicieron es ilegal, podrías demandarlos por mucho dinero», y lo repetía una y otra vez. Me reí como si Ward hubiera dicho una tontería.

Maribel asentía y se mordía el labio superior.

—No, en realidad siempre queremos hacer lo correcto para nuestras familias, para eso estamos aquí, ¡para asegurarnos de que todo el mundo esté seguro! Y gracias por esta investigación, toda esta investigación legal. Creo que tiene argumentos muy convincentes sobre la naturaleza de OnlyFans y los sitios de chicas webcam. Sin duda tenemos precedentes legales con respecto a los sitios de chicas webcam.

Jinx me estaba estrangulando la mano. Maribel debía de estar pensando que se iba a meter en un problema por mentirle a Jinx sobre llevarse a Bodhi. Ni siquiera intentó argumentar.

—Así que, en este punto —continuó, chasqueando varias veces el bolígrafo—, esta visita cuenta como la segunda visita al hogar, con la que concluye tu caso. Una vez que presente mi informe, el caso se considerará cerrado. Pero aquí tienes mi número, y si alguna vez tienes alguna pregunta, alguna duda, si necesitas ayuda con Servicios Sociales o para encontrar una guardería, llámame o mándame un mensaje de texto.

—Espera —dije—, ¿cuándo volveremos a saber de ti?

—No es necesario que realice otra visita al hogar en este momento. Lo único que provocaría una nueva visita es que recibiéramos otra queja.

—¿O si tu supervisor tiene algún problema con la documentación que le hemos proporcionado?

—La verdad es que no lo preveo —dijo Maribel. No iba a enseñarle a su supervisor ni una sola hoja de esa carpeta. Iba a enterrar todo el asunto tan rápido como pudiera.

—Creo que voy a llorar —dije.

—No llores —dijo Maribel—. ¡Alégrate! Este es el resultado que todos queremos, ¿no es cierto?

¿Lo era? La miré a los ojos, sonriendo de una forma que esperaba que pareciera genuina. Nos hizo firmar unos papeles que decían que se había realizado la visita al hogar y que nos habían informado que el caso estaba cerrado y punto. Se iba.

Cuando la acompañé a la puerta, quise decirle algo más.

—Buena suerte —le dije, apuntándole a la barriga.

Pareció confundida. Me di cuenta de que sonaba a disparate. Y en realidad era un disparate que aún quisiera desearle lo mejor. No creía que Maribel fuera una villana. Creía que era una idiota con ínfulas de poder, que se pensaba una de las buenas. También sabía que toda su vida estaba a punto de explotar y no por causa mía.

—Es como enamorarse —dije, aunque tal vez eso sonara aún más disparatado—. Es el amor más grande que jamás experimentarás. Nada volverá a ser igual. A veces pensarás que toda tu vida está arruinada, pero sabes que no cambiarías nada. Es que... Me alegro por ti. Por todo lo que está a punto de suceder.

—Gracias —dijo Maribel a su modo cauteloso pero dulce. Asentí y cerré la puerta del apartamento.

CAPÍTULO VEINTISIETE

E so —dijo Jinx cuando regresé a la sala de estar— fue magistral.

Me reí, atolondrada. En cuanto Mark se fue, llamamos a Rose y a KC para que vinieran a celebrar. Pedimos comida mediterránea, que a todos nos provocó unas diarreas fulminantes. Las tripas de Jinx fueron las más afectadas y pasó casi toda la noche en el inodoro. KC hizo una broma grosera sobre cómo las diarreas la habían «limpiado» y ahora estaba «lista para un poco de acción», así que ella y Rose fueron a reunirse con el tarado, y a las ocho de la noche solo quedamos Suzie y yo. Bodhi estaba dormido en su cuna, el monitor de bebés descansaba a mi lado en el sofá.

—¿Así que de verdad ibas a dejarlo? —preguntó Suzie.

—Bueno, creía que no tenía otra opción —dije.

—¿Cuándo ibas a decirme que me habías despedido? —preguntó y soltó una risita poco convincente. Bajo la luz amarilla del salón, su cabello castaño claro brillaba cual oro batido, y la sencillez de sus rasgos la hacía parecer antigua, como el perfil de un camafeo.

—En realidad, esperaba contratarte a tiempo completo como niñera.

Suzie arqueó las cejas y bajó la mirada. Estaba hurgándose en la rotura de los jeans, jugueteando con el borde blanco deshilachado. Me di cuenta de que Suzie seguía siendo un misterio para mí.

—¿Has pensado alguna vez en abrir tu propia cuenta? —pregunté porque me intrigaba. ¿Para qué trabajar para mí cuando podía forrarse trabajando por cuenta propia?

—Oh, no soy tan guapa —dijo.

—No digas tonterías —dije.

Se rio y, por fin, alzó la vista.

—No creo que podría hacerlo —dijo—. Para ser sincera. Tanta atención, tener que fingir con tipos así. O sea, tener que editar un trillón de imágenes mías desnuda semana tras semana me parece una especie de infierno existencial.

—Oh, con el tiempo dejas de pensar que eres tú —le dije.

—Aun así, yo... mi familia... No podría. No podría hacerlo.

Eso lo entendí.

—¿Te gustaría estar en los TikToks? —pregunté.

Negó con la cabeza y volvió a hurgarse los jeans.

—¿Qué quieres entonces? —pregunté, porque sin duda quería algo y tenía miedo de decirlo.

Puso los ojos en blanco y sonrió.

—¡Ya sabes lo que quiero!

—¡No! —exclamé.

—Quiero ser parte del equipo —dijo, la voz se le quebró en la última palabra.

—Oh, Suzie —le dije—, eres parte del equipo. A partir de ahora, eres miembro oficial del equipo.

Me acerqué y la abracé. Para mi sorpresa, tenía la piel caliente.

—Y me lo dirás —dijo—. ¡Seré una de las personas a quienes se lo dirás cuando pienses dejarlo!

—Lo haré —dije—. Te contaré cada pensamiento relacionado con el negocio que me pase por la cabeza.

Se sorbió los mocos, se rio y dijo:

—Eso puede ser lo más romántico que me hayan dicho en la vida.

CASI A FINALES de febrero recibí una llamada de JB.

—Estoy en Los Ángeles —dijo.

—¿Qué?

—He estado pensando mucho y creo que tenemos que hablar, así que vine.

No sabía si alegrarme o entristecerme. Sobre todo, me inquietaba. Y, sin embargo, a nivel físico, me excitaba oír su voz.

—De acuerdo —dije.

—¿Sí?

Parecía un poco sorprendido.

—Sí. ¿Dónde quieres que nos veamos?

—Donde quieras —dijo.

—Oh, te arrepentirás —le dije, mientras le enviaba la dirección de mi segundo Arby's favorito. (Mi segundo Arby's favorito estaba más cerca de su hotel. Y yo no era un monstruo que lo haría conducir hasta Brea. Solo tenía que conducir desde el centro de Los Ángeles hasta Buena Park, algo que cualquiera debería estar dispuesto a hacer por amor).

TRAJE A BODHI a pesar de que nos haría más difícil hablar porque me preocupaba que JB tuviera alguna gran idea romántica en la cabeza, como que nuestro destino era estar juntos. Pensé que algo así debía sentir para volar de un extremo al otro del país solo para conversar. El Arby's de Buena Park había sido remodelado hacía poco. Le habían puesto paneles de madera falsa, luces colgantes y sillas de metal de un rojo brillante. Tenía un aspecto mucho más cursi que el Arby's de Brea con sus mugrientos azulejos grises y negros, y las paredes recubiertas con un extraño papel de confeti de los ochenta. Pero era adecuado.

Cuando Bodhi y yo llegamos, JB ya estaba allí. Se levantó de la mesa y se inclinó cuando nos acercamos.

—¿Has pedido? —pregunté, abrumada por su presencia física. Incluso el hecho de que llevara las gafas un poco grasientas y medio torcidas me aceleraba el pulso.

—No, te estaba esperando —dijo—. No sabía qué pedir. Nunca había estado en un Arby's.

—¡¿No?! Pues, ¡esta es una gran ocasión! ¿Quieres que pida?

—Claro —asintió.

—De acuerdo, busca una sillita de bebé —dije, y me llevé a Bodhi conmigo para hacer la cola. Tenía hambre, así que me lancé: un sándwich Classic Beef 'n Cheddar, el Smokehouse Brisket, un French Dip & Swiss, un Corned Beef Reuben, dos raciones de papitas fritas rizadas y dos batidos de vainilla.

—Me alegro mucho de verte —le dije cuando regresé a la mesa. Deslicé a Bodhi en la sillita que JB le había conseguido e inmediatamente chilló. Busqué en el bolso algo para entretenerlo y extraje un juguete mordedor, que sabía que no funcionaría en absoluto. Se lo di, gritó y lo tiró al suelo.

—Espera un segundo —dije, y corrí a buscar un puñado de pajitas. Bodhi nunca había investigado una pajita de plástico rojo brillante. Lo sostuvo con asombro en la mano como si fuera una varita mágica; luego, se la metió hasta el fondo de la garganta y se provocó una arcada. Se la sacó de la boca, y la miró con curiosidad y respeto.

—Muy bien —dije metiéndome el cabello detrás de las orejas.

—No sé si lanzarme de cabeza o esperar a que llegue la comida —dijo.

—¡Oh! —dije. Me desconcertó un poco que pareciera tener una presentación preparada de antemano: «Ocho razones por las que deberías salir conmigo». En esta charla TED, hablaré de...

—Para quitármelo de encima —dijo JB—, solo quiero decirte que no creo que debamos estar juntos. En el sentido romántico.

Mi cara debió de convertirse en un gran signo de exclamación. JB se rio.

—¡Te pillé desprevenida!

—Pues, sí —dije—, desde luego que sí.

En ese momento, llamaron al número sesenta y ocho.

—Espera —dije, y fui a buscar nuestra comida.

—Madre mía, Margo —dijo cuando regresé—. Esto alcanza para seis personas.

—Estoy lactando —dije—. ¡Y así puedes probarlo todo!

Todavía estaba intentando analizar cómo me sentía respecto a lo que acababa de decir. JB no pensaba que debíamos estar juntos. Sin embargo, había volado hasta aquí. Pensó que teníamos que hablar. No tenía sentido. No sabía si me mentía o se mentía a sí mismo. Pero ya habría tiempo de averiguarlo. Mientras tanto, me comería esas papitas fritas rizadas. Abrí la tapa de mi batido para poder mojar.

—¿Cuál es este? —preguntó.

—Beef 'n Cheddar, empieza por ese.

Asintió con la cabeza y desenvolvió el sándwich con cuidado. Por un instante, pareció un niñito serio.

—¿Así que no quieres salir conmigo? —pregunté.

Hizo un gesto de que contestaría cuando terminara de masticar. Esperé.

—Bueno, no es cuestión de que no quiera salir contigo. Tú eres la que dice que no puede comprometerse en una relación ahora mismo, y lo respeto. Pero me puse a pensar: ¿cómo podríamos encontrar la manera de no desperdiciar esto? ¿Debemos desechar esta gran conexión solo porque no es el momento adecuado?

A Bodhi se le cayó la pajita al suelo, así que le di una nueva. Sentí que sabía hacia dónde iba la conversación.

—La cuestión es, JB, que no se trata tan solo del momento o de que necesito enfocarme. Acabo de pasar una crisis de la custodia. Pero es que vi tu rostro cuando te dije que evaluaba penes y... No quiero hacerte sentir así. Tampoco quiero dejar mi trabajo. Lo comprendo, puede ser incompatible. No creo que me sentiría bien si estuvieras todo el día coqueteando con mujeres en Internet, aunque solo fuera por dinero. ¿Cambio? —pregunté y le pasé el sándwich de French Dip.

—Claro —dijo, intercambiándomelo por su Beef 'n Cheddar.

Bodhi podía oler la comida y estaba desesperado por que le diera algo, pero no sabía si se atragantaría con la carne. Le di un trocito de carne asada y lo engulló. Empezó a hacer señas febriles para que le diera más.

—¿Qué fue eso? —preguntó JB—. ¿Qué es lo que acaba de hacer?

—Oh, es lenguaje de señas de bebés. Me hizo señas de que quiere más porque le gusta la carne asada.

—¡Oh! —dijo JB—. El French Dip no es tan rico.

—Prueba el de costillas —le dije, acercándoselo.

—En cualquier caso —dijo JB mientras desenvolvía el Smokehouse Brisket—, mientras sucedía todo contigo, en el trabajo las cosas empezaron a decaer. D. C. ha cambiado desde las elecciones, es un ambiente diferente del todo. Y me di cuenta de que odio mi vida. Odio lo que hago, odio donde vivo. Tengo algunos amigos del trabajo, pero todos están casados y tienen hijos.

—Entiendo —dije.

No se me había ocurrido que JB y yo estábamos en una situación similar. Yo estaba aislada porque tenía un hijo y ninguno de mis amigos tenía hijos, y él estaba aislado porque no tenía hijos y todos sus amigos tenían hijos.

—Creo que estoy tardando demasiado en ir al grano —dijo JB—. La cuestión es que empecé a pensar: ¿cómo podríamos Margo y yo mantener esto? ¿Cómo podríamos convertirlo en algo real y sustancial? El de costillas está muy bueno. Medio dulzón.

Asentí con la cabeza, todavía desmenuzando la carne asada y dándole pedacitos a Bodhi, que estaba en un frenesí total por la carne.

—Margo, te tengo una propuesta de negocios.

No sé por qué empecé a reírme.

—¿Qué? —dijo con una sonrisa dulcísima.

—Nada —dije—, es que no me esperaba nada de esto. ¿Cuál es la propuesta de negocios?

—Bueno, sabes que trabajo con inteligencia artificial y publicidad, ¿cierto?

—Sí, pero reconozco que no tengo idea de lo que es.

—Pues, imagínate, digamos que miro a tus seguidores en Instagram. Y escribo un programa que analiza todas sus cuentas de Instagram y encuentra características comunes entre ellos: los patrones que comparten, las personas o marcas que siguen, sus patrones de uso, palabras en sus biografías, datos demográficos básicos tales como sexo, edad y ubicación. Y diseño un perfil perfecto del suscriptor promedio de Fantasma.

—¡Genial! —dije.

—Y luego uso ese perfil para comprar anuncios y mostrarles esos anuncios solo a las personas que son el material perfecto para suscribirse a Fantasma.

—¡Diablos! —dije.

—Margo, tu fuerte es la escritura, ese personaje que inventaste para Fantasma. Así que pensé: ¿y si montamos una empresa de consultoría? Les ofrecemos a los creadores de contenido de OnlyFans un análisis profundo, basado en los datos de su público meta y les hacemos recomendaciones de anuncios. Muchas empresas podrían hacerlo ahora mismo, pero no lo hacen porque ni siquiera saben qué es OnlyFans, aunque acabarán por darse cuenta y se convertirán en una competencia feroz. Pero podríamos hacer más que eso. Tú podrías ofrecerles una crítica de sus personajes, de su persona pública, y darles ideas sobre cómo retocarla para tener más éxito. Incluso podríamos ofrecer un servicio de prestigio en el que les escribas los guiones.

—Dios mío —dije. Había dejado de desmenuzarle la carne a Bodhi, que chilló para llamar mi atención. Le di otro trocito—. Incluso podríamos... podríamos crear tramas.

—Exacto —dijo JB.

Nos miramos a los ojos. Lo que JB me ofrecía superaba incluso mis ambiciones más descabelladas. JB me estaba ofreciendo la oportunidad de convertirme en Vince McMahon.

—¿Te gusta la idea? —preguntó.

—JB, carajo, me encanta la idea.

JB asintió, aunque parecía preocupado, quizás un poco repugnado.

—¿Margo?

—¿Sí?

—No creo que pueda comer nada más.

—Cobarde —dije—. Dámelo.

Me dio el sándwich de costillas y me puse manos a la obra mientras seguíamos hablando. Había un millón de cosas que discutir. No había ninguna razón por la que tuviéramos que estar en la misma zona geográfica para crear la empresa, aunque JB estaba seguro de que no quería quedarse en D. C.

—¿Vas a hacer esto además de tu trabajo? ¿Crees que te alcanzará el tiempo?

—Oh, no, ya he dejado mi trabajo. Lo dejé en cuanto me di cuenta de que lo odiaba, hace como tres semanas.

—¡Oh! —dije.

—Siento que necesito algo nuevo. No sé si me mudaría a Los Ángeles; también estaba pensando en Seattle. Pero necesito que sepas que, si me mudara aquí, no intentaría empezar algo, no estaría...

—Entiendo —dije.

Pero no lo entendía. Si JB y yo viviéramos en la misma ciudad, si colaboráramos de cerca, algo ocurriría. Con el dorso de los dedos le acaricié la mano y sentí que se me erizaban todos los vellos del brazo.

—¿Sientes esto? —pregunté, aunque tal vez me equivocaba y la sensación era solo de mi lado. Pero no podía imaginarme sentada al lado de JB en un auto sin besarnos como desquiciados.

—Sí —dijo JB—. Eso podría ser un problema. Tendríamos que estar de acuerdo en que no haya nada físico entre nosotros. Porque si lo hubiera, se acabó.

Aparté la mano.

—¿Te parece realista, la idea de que nunca haya nada físico entre nosotros?

JB no contestó de inmediato. Bodhi estaba cada vez más alterado, chillando porque quería más carne y, cuando por fin le di otro trocito, me lo lanzó.

—Creo que Bodhi está sudando la carne, no puede más. ¿Nos vamos?

—Sí, sí —dijo JB—. Tú llévatelo afuera, yo limpiaré todo esto.

Saqué a Bodhi de su sillita, y le sacudí toda la carne y las migas. Luego, me lo enganché en la cadera y salimos a la fría tarde gris. Hacía viento y los autos que pasaban hacían ruido, sonaban como el océano. Cuando JB salió, decidimos pasear un poco, así que amarré bien a Bodhi en su cargador, donde se quedó dormido casi al instante. Hablamos mientras caminábamos, pero solo sobre cómo funcionaría el negocio y cuáles serían los precios. La cuestión de qué haríamos con el volcán de nuestra atracción física fue ignorada con discreción. No había dicho nada sobre si se oponía a mi trabajo, si podría soportar estar conmigo mientras yo siguiera evaluando penes de otros hombres. Y quizás no había dicho nada porque aún no sabía cómo se sentía al respecto.

Enseguida nos dimos cuenta de que debíamos vender distintas ofertas, distintos niveles de servicio.

—De acuerdo, así que podríamos ofrecer varios niveles de suscripción. Ofrecemos un servicio básico que solo les da retroalimentación demográfica actualizada, análisis posrendimiento, y consejos sobre lo que podrían hacer con su personaje o su contenido. Pero también ofrecemos un servicio de prestigio, un servicio personalizado, donde les gestionamos todo: sitio web, colocación de anuncios, tal vez incluso una cantidad determinada de guiones por semana. ¿Cuánto crees que deberíamos cobrar? O sea, ¿cuál sería la cuota mensual a la que no se resistirían?

—No creo que debamos cobrar una cuota mensual estándar. Creo que deberíamos cobrar un porcentaje de los ingresos.

Hacía tanto frío que veía el vapor de nuestro aliento en el aire.

—Eso me gusta —dijo—, ¿pero cuánto?

Lo pensé. La verdad es que dependía de cada caso, pero no creía que debíamos de cobrar menos del diez por ciento por el servicio personalizado.

—¿Tanto? —preguntó JB.

Asentí con la cabeza.

—Y se supone que, si hacemos bien nuestro trabajo, sus ingresos deberían aumentar lo suficiente como para pagarnos nuestro diez por ciento y más. Creo que así lo venderíamos, no hay riesgo, no verán disminuir sus ingresos porque nosotros nos ganemos nuestra comisión.

—Lo único que empieza a inquietarme —dijo JB—, y no había pensado en ello hasta que empezamos a hablar de porcentajes, es... Margo, estamos... ¿estamos hablando de convertirnos en proxenetas?

Titubeé. Pensé muy bien mi respuesta. Entonces solté un «¡Wooo!» a lo Ric Flair en mitad de la fría tarde de febrero.

—Pues, sí —dije—. ¡Seremos los proxenetas más alucinantes, éticos y maravillosos de todos los tiempos! Si el trabajo sexual puede ser una profesión legítima, ¿por qué no también la de proxeneta? Oye, se me ocurre otra idea: ¿sabes algo de VPN? O sea, ¿podríamos ofrecer un servicio de seguridad que los proteja del *doxing*?

Seguimos caminando, hablando de todo, de cuántos clientes podríamos manejar a la vez, de la mejor manera de empezar. Dimos una larga vuelta y terminamos de nuevo en el estacionamiento de Arby's.

—¿Cómo quieres que se llame? —preguntó JB.

—No lo sé —respondí—. ¿Servicios Especiales?

Me reí; era un nombre tan malo.

—Creo que deberíamos llamarlo Tinta Fantasma —dijo—. Ya sabes, ¿como los escritores fantasma?

No pude decir nada, me fascinaba la idea. Me limité a asentir.

—No sé, quizá se te ocurra algo mejor —dijo—. Tenemos tiempo para pensarlo.

—¿Cuánto tiempo vas a estar en la ciudad? —pregunté.

—No viajo hasta dentro de un par de días.

—¿Quieres venir a mi casa? —pregunté, de pronto emocionada.

—Sí, ¿cuándo?

—¿Mañana?

—¡Okey, genial! —dijo JB.

—¡Estoy tan emocionada!

Habíamos llegado a mi Civic violeta, y fui a darle un abrazo de lado a JB, ya que aún tenía a Bodhi, dormido y gigantesco, atado a mi pecho.

—Oye, espera —dijo JB, separándose de mí—. Tengo algo para ti en mi auto.

Abrió el maletero de su automóvil de alquiler. Luego, me entregó una bolsa Ziploc de un galón llena a reventar de Runts.

—¿Cómo? —pregunté—. ¿Dónde los conseguiste?

—En el centro comercial —dijo, sonriendo con timidez—. Traje como veinte dólares en monedas de veinticinco centavos.

—¿Tú mismo cosechaste estos Runts para mí? —chillé de felicidad.

—De la mismísima tierra fértil y oscura del capitalismo estadounidense —afirmó JB.

—JB, gracias.

—Fue un gesto tonto —dijo—. Me parece patético tener tanto tiempo libre. Es raro no tener trabajo. No he sabido cómo llenar mi tiempo.

—No, quiero decir por venir aquí. Por exigir que habláramos y por esta idea.

—Oh, no tienes que agradecérmelo. Esto va a sonar raro, pero es que yo... Seguía pensando que no habíamos terminado. Era todo lo que podía pensar: sé que esto no ha terminado; Margo y yo nos conocemos desde hace mucho tiempo; acabamos uno en la vida del otro. Tardé un tiempo en darme cuenta de cómo hacer que funcionara.

Miré su hermoso rostro. Tenía razón. Deseaba cualquier cosa que nos permitiera seguir juntos, cualquier camino que nos permitiera seguir uno en la vida del otro. Además, ya habría tiempo para seducirlo. Le extendí la mano.

—¿Socios?

JB parecía a punto de llorar, pero sonreía.

—Socios —dijo.

Y nos dimos la mano allí, bajo el brillante sombrero rojo de Arby's, con Ric Flair y la Virgen María sonriéndonos, deseando que la historia continuara, que no acabara nunca, que volviera a empezar, una aventura que llevara a la siguiente, y no morir nunca, y ser jóvenes para siempre, y gritarle a la multitud: «¡Mírame! ¡Mira las cosas hermosas y descabelladas que puedo hacer con mi cuerpo! ¡Mírame! ¡Ámame!».

Porque, al fin y al cabo, eso es el arte.

Una persona que intenta que otra a quien no conoce se enamore de ella.

AGRADECIMIENTOS

En primer lugar, gracias a Michelle Brower, sirena resplandeciente: gracias por creer en Margo y en mí. Sin ti, este libro sería una sombra de sí mismo. Gracias a todos los miembros de Trellis, un verdadero grupo de estrellas literarias, y un agradecimiento especial a Allison Malecha, Allison Hunter, Nat Edwards, Khalid McCalla y Danya Kukafka. Me han robado el corazón.

Gracias a Jessica Williams por ser la editora de mis sueños. Trabajas muy duro y de una forma más inteligente que nadie. Eres la elegancia personificada y eres tan divertida. Un agradecimiento especial a Peter Kispert por sus maravillosos correos electrónicos, y a Nancy Tan por su cuidadosa y exhaustiva edición. Gracias a Nicole Rifkin por la magnífica ilustración de la portada; su arte me deja sin aliento. Y gracias a Mumtaz Mustafa por ser la brillante mente maestra tras todo el diseño de la portada.

Brooke Ehrlich, Dios mío, ¿qué no les debo a ti y a tu voz serena de terciopelo? Eres tan sensato, y tan astuto, y tan deslumbrante. ¿Cómo lo logras? Vivo por las fotos de Oliver. Sidney Jaet, eres un verdadero héroe.

A los editores extranjeros que le han ofrecido un hogar a Margo les estoy agradecidísima. Gracias a la brillante Ansa Khan Khattak de Sceptre y a Monika Buchmeier de Ecco Verlag, ¡cuya carta me hizo llorar! Gracias también a Edward Benítez de HarperCollins Español, y a Daniela Guglielmino de Bollati Boringhieri. Daniela, te estoy tan agradecida por tu amistad y por seguir creyendo en mí.

No sería nada sin mis amigos. K-dawg, eres un tesoro, un cachorro perfecto. Como sabes, me comería el mundo y luego me moriría, pero, cuando recibo tus mensajes en el teléfono, me siento menos triste y aterrorizada.

Pony, sostienes mi pasado y mi presente, unidos y apretados como un acordeón, y puede que seas lo único que me hace una persona concreta. No hay un ser humano tan hermoso como tú y estoy muy orgullosa de ti. Gracias por creer en mí todo este tiempo, y por hablarme y ayudarme a planificar, y por ser lo máximo y lo mejor del mundo.

Gracias a Emily Adrian, que es feroz y guapa. Tu lectura inicial de este libro fue decisiva para que pudiera mantener vivo el sueño, a pesar de tantos contratiempos. Me siento tan afortunada de conocerte.

Mary Lowry, eres un rayo de sol, una niña de luz y, sin duda, la más divertida; te amo.

Gracias a Cynthia, que es fuerte y cálida y sabia, y siempre sabe qué decir para consolarme. Gracias a Jade, que camina hacia los cerdos bajo una luna enorme, y habla de libros como nadie. Gracias a Janelle, que es dulce hasta la médula, aunque tal vez no se piense así. Gracias a Steph, que en realidad no es dulce, sino gloriosa, poderosa y leonina. Gracias a Edan, que da vueltas en pantalones de vestir mientras friega los platos.

Gracias a Annie, cuyos pómulos deberían ser ilegales; a Tessa, que es valiente y salvaje; y a Clare, que quizás sea una suerte de elfa, una náyade, una semidiosa. Dawg Pit, siempre.

Matt Walker, ¿sabías que hay un dragón debajo de la nueva cervecería que han abierto? Tengo el arma que querías.

Le debo un agradecimiento especial a Heather Lazare, quien me dijo las dos palabras más importantes de mi vida. Ninguna taza de café será suficiente. Eres una luz en la comunidad literaria, y tengo mucha suerte de que nuestros caminos se cruzaran cuando lo hicieron.

Gracias a Mary Adkins, cuya voz incorpórea atesoro y escucho en secreto. No puedo creer que trabaje contigo todos los días. Eres brillante. Gracias a toda la gente de The Book Incubator. Liz y Harrison, son unos seres humanos maravillosos y es un placer trabajar con ustedes.

Gracias a Stephen Cone, que es mágico. Quiero pasar una tarde nublada comiendo papitas fritas en el centro de adolescentes contigo.

Gracias a mis amigas mamás: Emily, eres un prodigio; Avni y Tulika y Reagan y Janet y Kelli y Janice y Jazmin y Chelsea (¡GRACIAS POR MI CABELLO!).

Gracias a mi familia. Gracias a Jan, la mejor suegra, y a Ashley, la mejor cuñada. Me hacen reír a carcajadas y dar saltitos de alegría. Su salsa de almejas, su tarta de zanahoria y su pan de kamut no tienen igual. Muchos abrazos feroces a Tom y Grant, y a mis sobrinitos, Blake y Calvin, quienes me llenan el corazón hasta reventar.

Gracias a Andrew por ser mi hermano, y a Jessie por aguantar los constantes triatlones. Gracias a Jackson por ser el bebé más guapo y maravilloso del mundo.

Gracias a mi madre, que ha hecho posible todo en mi vida y que sigue siendo una fuente de inspiración cada día. Siempre pintarás mejor que yo porque, al fin y al cabo, trabajas mucho más, y eso debería servirnos a todos de lección. Gracias por amar los colores y por enseñarme que Dios no es más que ser agradecidos y buscar la belleza. Gracias por todo lo que has sacrificado para que yo pueda vivir esta vida, recorrer este camino y escribir estos libros. Te lo debo todo.

Gracias Sam por ser la lechuga que crece junto a mi agua. Casarme contigo es lo mejor que he hecho en la vida. Viviré contigo en una casita hasta el fin de los tiempos, nos inventaremos y reinventaremos todos los días. Sueño que sigo encontrando nuevas habitaciones en mi casa, y tú eres esas habitaciones, esas habitaciones mágicas, que no sabía que estaban ahí, y la felicidad es seguir encontrándolas, conociéndote y volviendo a conocerte una y otra vez hasta que muramos.

Gracias a mis chicos. Booker, pequeño dragón, cada día me sorprendes y me deleitas. Sé que algún día harás cosas muy importantes. Gracias por ser siempre tan cariñoso conmigo. Y Gus, pícaro encantador, lanzador de misiles de orina y descifrador de chistes, a diario me traes una alegría descomunal. Gracias por las interminables horas de YouTube, gracias por jugar al Duolingo y al ajedrez y al Wordle conmigo. Gracias por ser mi mundo.

A todas las chicas de OnlyFans que me ayudaron en la investigación de este libro: GRACIAS. Sé que parecía un perro verde y que mis preguntas eran muy incómodas, pero me siguieron la corriente a pesar de todo y no pude haber escrito este libro sin ustedes.

Gracias a las cuentas de YouTube de WrestlingBios y Wrestling-WithWregret. He pasado incontables horas viendo sus contenidos y espero que se haya notado.

También me gustaría agradecer en especial a Bret Hart por ser lo mejor que hay, lo mejor que hubo y lo mejor que habrá, siempre. También a Mick Foley por enseñarme que no hace falta ser el mejor para ser el más amado. Gracias por todo lo que has hecho con tu cuerpo a lo largo de los años para asombrarnos y robarnos el aliento. Todo ese dolor y todo ese riesgo, dudo que la gente normal pueda siquiera comprender lo que has hecho, y sé que yo misma apenas puedo vislumbrar la magnitud de todo ello, pero quiero darte las gracias de verdad. Eres un artista.

Es obvio que el agradecimiento final va para ustedes, a quienes me leen, a quienes nunca conoceré y de quienes estoy enamorada, sean quienes sean. Este estado —esta cámara de susurros privada, escondida en el corazón del mundo que llamamos novelas— lo es todo para mí. Gracias por permitirme entrar en la oscuridad de su mente y mentirles de manera implacable, angustiada y emocionada. Moriría si no me lo permitieran. Sin duda, moriría.

SOBRE LA AUTORA

Rufi Thorpe es la autora de *The Knockout Queen*, finalista del PEN/Faulkner Award; *Dear Fang, with Love*; y *The Girls from Corona del Mar*, nominada para el International Dylan Thomas Prize y el Flaherty-Dunnan First Novel Prize. Nacida en California, vive en Los Ángeles con su esposo y sus dos hijos.